AS LIGAÇÕES PERIGOSAS

Título original: Les Liaisons dangereuses
© Copyright 2020 Lafonte

ISBN: 978-65-86096-89-7

Todos os direitos reservados.
Nenhuma parte deste livro pode ser reproduzida sob quaisquer meios existentes sem autorização por escrito dos editores.

Direção Editorial	**Ethel Santaella**
Tradução	**Ciro Mioranza**
Revisão	**Nazaré Baracho**
Diagramação	**Demetrios Cardozo**
Imagem de Capa	**Detalhe de obra de Jacques-Louis David / Commons**

```
        Dados Internacionais de Catalogação na Publicação (CIP)
               (Câmara Brasileira do Livro, SP, Brasil)

      Laclos, Pierre Ambroise François Choderlos de,
      1741-1803
           As ligações perigosas / Choderlos de Laclos ;
      tradução Ciro Mioranza. -- São Paulo : Lafonte, 2020.

           Título original: Les liaisons dangereuses
           ISBN 978-65-86096-89-7

           1. Ficção francesa I. Título.

  20-39733                                              CDD-843
                   Índices para catálogo sistemático:

        1. Ficção : Literatura francesa      843

        Maria Alice Ferreira - Bibliotecária - CRB-8/7964
```

Editora Lafonte

Av. Profª Ida Kolb, 551, Casa Verde, CEP 02518-000, São Paulo-SP, Brasil
Tel.: (+55) 11 3855-2100, CEP 02518-000, São Paulo-SP, Brasil
Atendimento ao leitor (+55) 11 3855- 2216 / 11 – 3855 - 2213 – atendimento@editoralafonte.com.br
Venda de livros avulsos (+55) 11 3855- 2216 – vendas@editoralafonte.com.br
Venda de livros no atacado (+55) 11 3855-2275 – atacado@escala.com.br

Choderlos de
Laclos

AS LIGAÇÕES PERIGOSAS

ou
Cartas recolhidas numa sociedade e publicadas para instrução de outras

tradutor
Ciro Mioranza

Lafonte

Brasil * 2020

APRESENTAÇÃO

As Ligações Perigosas é um romance epistolar que poderia retratar o relacionamento amoroso fora dos padrões normais de certos grupos sociais da época, mas o texto inicial de advertência afirma que não pode refletir a realidade daquele período, alegando ser impossível que, numa França que vive um período de luzes e de inovação do pensamento filosófico, se possa pensar que subsistam cidadãos tão desonestos e com tamanhos desvios de comportamento.

De qualquer forma, o sucesso do livro excita a imaginação e a curiosidade do público, que parece se deleitar com os desmandos e com a podridão que poderiam grassar nos círculos da alta sociedade. O autor é acusado de imoral e pornográfico. O leitor mais atento, porém, pode vislumbrar claramente a intenção do escritor. Ao apresentar as personagens e descrever a conduta delas no grupo social em que se relacionam, ele pretende simplesmente mostrar a sublimidade do amor e a depravação do desamor, causado este por ciúmes, traições e trapaças, quando não pela busca desenfreada do prazer pelo prazer. A sublimidade do amor se revela na plena confiança, na atração física e espiritual irresistível, que são penhores da mais profunda paixão. A depravação se alicerça em ciúmes, quando não em inveja pura e simples, o que leva certas personagens retratadas nesse romance a arquitetar tramas de todo tipo para enganar, corromper e, enfim, depravar. Em última análise, é um estudo da virtude e da maldade humana em perpétuo confronto. Os dois polos se mesclam e se interconectam e a maldade leva a melhor, até certo ponto, quando o círculo do mal desaba.

As Ligações Perigosas não deixa de ser um estudo profundo da alma humana sob um enfoque precipuamente psicológico. Sentimentos, emoções, sensações, paixão e razão são elementos essenciais na balança do equilíbrio e desequilíbrio a que está sujeito o ser humano. Manter o equilíbrio parece sempre mais difícil do que ceder ao desequilíbrio. Mas a felicidade está sempre do lado do primeiro e a infelicidade premia o segundo. O livro, numa análise extraordinária da paixão e das paixões humanas, termina por oferecer ao leitor uma conclusão bem simples e mais que conhecida, ou seja, o bem sempre vence, apesar dos estragos que o mal possa causar e dos dissabores e desgostos que possa deixar.

O tradutor

Vi os costumes de meu tempo e publiquei essas Cartas.

(Jean-Jacques Rousseau, prefácio de *La Nouvelle Héloïse*)

parte 1

ADVERTÊNCIA DO EDITOR

Julgamos dever prevenir o público de que, apesar do título dessa obra e o que dela diz o redator em seu prefácio, não garantimos a autenticidade dessa coletânea, e temos até mesmo fortes razões para pensar que se trata apenas de um romance.

Além do mais, dá-nos a impressão de que o autor, embora pareça ter procurado a a verossimilhança, ele próprio a destruiu e de forma bem desajeitada, pela época em que situou os acontecimentos que traz a público. Com efeito, várias personagens que põe em cena têm costumes tão perversos que é impossível supor que tenham vivido em nosso século; nesse século de filosofia em que as luzes, difundidas por toda parte, tornaram, como qualquer um sabe, todos os homens tão honrados e todas as mulheres tão discretas e reservadas.

Nossa opinião, portanto, é que, se as aventuras relatadas nessa obra têm um fundo de verdade, só poderão ter ocorrido em outros lugares ou em outros tempos; e censuramos abertamente o autor que, seduzido aparentemente pela esperança de suscitar maior interesse ao aproximá-las mais de seu século e de seu país, teve a ousadia de mostrar que se refletem, em nossa aparência e em nossos hábitos, costumes que nos são tão estranhos.

Para preservar, pelo menos na medida em que nos for possível, o leitor demasiado crédulo de qualquer surpresa a esse respeito, vamos basear nossa opinião num raciocínio que lhe propomos com segurança, porque nos parece correto e irrefutável, ou seja, que, sem dúvida, as mesmas causas não deixariam de produzir os mesmos efeitos, e que, no entanto, não vemos hoje em dia nenhuma donzela com uma renda de 60 mil libras ingressar na vida religiosa, nem qualquer presidenta, jovem e bonita, morrer de desgosto.

PREFÁCIO DO REDATOR

Essa obra, ou melhor, essa coletânea, que o público talvez julgue ainda demasiado volumosa, não contém, contudo, mais que um número muito reduzido das cartas que compunham a totalidade da correspondência da qual foi extraída. Encarregado de colocá-la em ordem pelas pessoas que a guardavam e que, eu sabia, tinham a intenção de publicá-la, só pedi, em troca de meus serviços, a permissão de suprimir tudo o que me parecesse inútil; com efeito, procurei conservar somente as cartas que me pareceram necessárias, seja para a compreensão dos fatos, seja para a apresentação das personagens. Se acrescentarmos a esse pequeno trabalho o de repor em ordem as cartas que selecionei, guiando-me quase sempre pela sequência das datas indicadas, e, por fim, incluindo breves e raras notas, as quais, em sua maioria, têm por único objetivo indicar a fonte de algumas citações ou justificar algumas dessas supressões que me permiti fazer, teremos toda a parte que me coube nessa obra. Minha missão não se estendia além disso.[1]

---

1   Devo prevenir também que suprimi ou mudei todos os nomes das pessoas a que se referem essas cartas; e se, entre aqueles que substituí, se encontrasse algum que pertença a alguém, seria somente um erro de minha parte, do que não caberia tirar nenhuma conclusão.

Eu havia proposto alterações mais consideráveis e quase todas relacionadas à pureza de dicção ou de estilo, em que poderão ser encontradas muitas falhas. Teria desejado também ter sido autorizado a fazer cortes em algumas cartas demasiado longas, muitas delas tratando separadamente e quase sem transição de assuntos totalmente estranhos um ao outro. Esse trabalho, que não foi aceito, não teria sido suficiente, sem dúvida, para trazer mais mérito à obra, mas teria pelo menos eliminado parte de seus defeitos.

Objetaram-me que eram as próprias cartas que queriam tornar conhecidas e não só a obra composta a partir delas; que seria tanto contra a verossimilhança quanto contra a verdade que oito a dez pessoas que contribuíram para essa correspondência tivessem todas escrito com igual pureza de estilo. E quando argumentei que, longe disso, não havia nenhuma, ao contrário, que não tivesse cometido graves erros e que não deixariam de me criticar por isso, responderam-me que todo leitor sensato certamente esperaria encontrar erros numa coletânea de cartas escritas por alguns indivíduos, visto que em todas as publicadas até o momento por diferentes autores respeitados e mesmo por alguns acadêmicos, não havia nenhuma totalmente isenta dessa crítica. Esses motivos não me convenceram e os julguei, como ainda os julgo, mais fáceis de dar do que de receber; mas não cabia a mim a decisão, e me submeti. Só me reservei o direito de protestar e declarar que não era essa minha opinião, o que estou fazendo nesse momento.

Quanto ao mérito que essa obra possa ter, talvez não me caiba explicá-lo, não devendo nem podendo minha opinião influenciar a de ninguém. A esses, no entanto, que antes de começar uma leitura gostam de saber aproximadamente o que esperar dela, digo que podem prosseguir; os outros farão melhor passando diretamente para a própria obra; já sabem bastante a respeito.

O que posso dizer inicialmente é que, se minha intenção foi, como devo confessar, publicar essas cartas, estou bem longe, no entanto, de esperar seu sucesso; e que não se tome essa minha sinceridade por falsa modéstia de autor, pois declaro com a mesma franqueza que, se essa coletânea não me parecesse digna de ser oferecida ao público, não teria me dedicado a ela. Tratemos de conciliar essa aparente contradição.

O mérito de uma obra reside em sua utilidade ou em seu encanto, ou mesmo em ambos, segundo o caso; mas o sucesso, que nem sempre prova o mérito, muitas vezes se deve antes à escolha do tema do que à sua execução, ao conjunto dos elementos que apresenta do que à forma como esses elementos são tratados. Ora, uma vez que essa coletânea contém, como o indica seu título, as cartas de todo um grupo social, reina nela uma diversidade de interesses que enfraquece o do leitor. Além do mais, quase todos os sentimentos ali expressos, sendo fingidos ou dissimulados, não podem senão suscitar um interesse de curiosidade, sempre inferior ao do sentimento e que, acima de tudo, inclina menos à indulgencia e permite tanto mais perceber os erros que ali se encontram nos detalhes do que aqueles que se opõem constantemente ao único desejo que se quer satisfazer.

Esses defeitos talvez sejam redimidos, em parte, por uma qualidade que se prende à natureza da obra em si: a variedade de estilos, mérito que um autor dificilmente alcança, mas que aqui se apresentava de per si e que atenua pelo menos o tédio da uniformidade. Várias pessoas poderão apreciar ainda um número bastante expressivo de observações, novas ou pouco conhecidas, que se encontram esparsas nessa cartas. E é isso também, creio, tudo o que se pode esperar de atraente nelas, mesmo que sejam julgadas com a maior benevolência.

A utilidade da obra, que talvez venha a ser ainda mais contestada, me parece, no entanto, mais fácil de estabelecer. Acredito, pelo menos, que se presta um serviço aos costumes ao desvendar os meios empregados por aqueles que possuem maus princípios para corromper os que possuem bons princípios; e acredito, pois, que essas cartas poderão contribuir eficazmente para esse fim. Nelas podemos encontrar também a prova e o exemplo de duas importantes verdades, que poderíamos julgar desconhecidas ao ver como são pouco praticadas: uma, que toda mulher que consente em conviver com um homem sem princípios acaba se tornando sua vítima; a outra, que toda mãe é no mínimo imprudente ao permitir que outra pessoa que não ela mesma seja confidente de sua filha. Também os jovens de ambos os sexos poderiam nela aprender que a amizade que as pessoas de maus costumes parecem tão facilmente lhes conceder nunca passa de perigosa armadilha e tão fatal para sua felicidade como para sua virtude. O abuso, no entanto, sempre tão próximo do bem, neste caso me parece haver muito a temer e, longe de aconselhar esta leitura aos jovens, julgo de capital importância afastar deles toda leitura desse gênero. O momento em que essa leitura pode deixar de ser perigosa e se tornar útil me parece ter sido muito bem percebido, para seu sexo, por uma boa mãe que não só tem espírito, mas bom espírito. "Acreditaria", dizia-me ela, depois de ler o manuscrito dessa correspondência, "prestar um verdadeiro serviço à minha filha, se lhe desse esse livro no dia de seu casamento." Se todas as mães de família pensarem assim, vou me congratular eternamente por tê-lo publicado.

Mas, mesmo partindo dessa suposição favorável, ainda assim me parece que essa coletânea vai agradar a pouca gente. Os homens e as mulheres depravados terão todo o interesse em depreciar uma obra que pode lhes ser prejudicial; e como não carecem de habilidade, talvez consigam obter o apoio dos rigoristas, alarmados pelo quadro de maus costumes que não se teve receio de apresentar.

Os pretensos espíritos fortes não vão ter qualquer interesse por uma mulher devota, que por isso mesmo vão considerar como uma mulher fútil, ao passo que os devotos vão se ofender ao ver sucumbir a virtude e vão lastimar que a religião se mostre com tão pouca força.

Por outro lado, as pessoas de gosto delicado vão se aborrecer com o estilo demasiado simples e demasiado incorreto de várias dessas cartas, ao passo que o comum dos leitores, seduzido pela ideia de que tudo o que é impresso é fruto de um trabalho, acreditará perceber em outras a dificuldade de um autor que se mostra por detrás da personagem a quem dá voz.

Enfim, talvez se diga, de modo bastante generalizado, que cada coisa só tem valor no lugar que lhe cabe e que, se comumente o estilo por demais apurado dos autores costuma, de fato, tirar certa graça das cartas da sociedade, as negligências dessas últimas se convertem em verdadeiros erros e as tornam insuportáveis quando são entregues para a impressão.

Confesso sinceramente que todas essas críticas podem ter fundamento; creio também que me seria possível responder a elas, mesmo sem exceder o espaço de um prefácio. Mas deve-se concordar que, diante da necessidade de responder a tudo, se daria a entender que a obra não poderia responder a nada; e que, se eu assim tivesse julgado, teria suprimido ao mesmo tempo tanto o prefácio como o próprio livro.

CARTA I

**DE CÉCILE VOLANGES A SOPHIE CARNAY,
NO CONVENTO DAS URSULINAS DE...**

Como pode ver, minha boa amiga, cumpro com minha palavra e pode estar certa de que os chapéus e os adornos não ocupam todo o meu tempo. Sempre vai me sobrar um pouco para você.

Só no dia de hoje, contudo, vi mais adereços do que nos quatro anos em que passamos juntas; e creio que a soberba Tanville deverá sentir, em minha primeira visita, que pretendo realmente lhe fazer, mais desgosto do que pensava nos causar todas as vezes que ela veio nos ver vestida em grande estilo.

Minha mãe me consultou sobre todas as coisas. Ela me trata muito menos como colegial do que no passado. Agora tenho uma camareira só para mim; disponho de um quarto e de uma saleta e estou lhe escrevendo de uma bela escrivaninha de que me deram a chave e na qual posso trancar tudo o que eu quiser.

Minha mãe me disse que deveria vê-la todos os dias na hora em que ela levantar; que, para o almoço, bastava que eu estivesse penteada, uma vez que estaríamos sempre sozinhas e que então me diria, cada dia, a que horas deveria ir ter com ela no período da tarde. O restante do tempo fica à minha disposição. Tenho minha harpa, meu desenho e livros como no convento, com a diferença de que madre Perpétua não vai estar por perto para me recriminar; além do mais, dependeria só de mim passar o tempo sempre sem nada fazer. Mas como não tenho minha Sophie para conversar e rir, prefiro então me ocupar.

Não são cinco horas ainda. Só devo me encontrar com minha mãe às sete. Veja só quanto tempo, se tivesse alguma coisa para lhe contar! Mas não me falaram nada ainda e, se não fossem os preparativos que vejo fazer e a quantidade de costureiras que acorrem a mim, acreditaria que não estão pensando em me casar e que esse é apenas um disparate a mais da boa Joséphine. Minha mãe, no entanto, me disse tantas vezes que uma moça deveria ficar no convento até o momento de se casar que, uma vez que me tirou de lá, é bem provável que Joséphine tenha razão.

Uma carruagem acaba de parar à porta e minha mãe me mandou dizer que devo passar pelos aposentos dela imediatamente. E se for esse senhor? Não estou arrumada, minhas mãos tremem e meu coração bate acelerado. Perguntei à camareira se sabia quem estava com minha mãe.

– É verdade, é o senhor C***! – disse ela; e ria. – Oh! Acho que é ele. Fique tranquila que volto em seguida para lhe contar o que houve. Por enquanto, já tem o nome dele. Não se deve se fazer esperar. Adeus, até daqui a pouco.

Como você vai zombar da pobre Cécile! Oh! Fiquei muito envergonhada! Mas você teria sido enganada como eu. Ao entrar nos aposentos de minha mãe, me deparei com um senhor vestido de preto, em pé ao lado dela. Cumprimentei-o da melhor maneira possível e fiquei ali, sem conseguir me mexer. Pode imaginar como eu o examinava!

– Senhora – disse ele à minha mãe, ao me cumprimentar –, é uma jovem encantadora e percebo mais do que nunca o valor de sua gentileza.

A essas palavras tão lisonjeiras, tamanha tremedeira tomou conta de mim que não conseguia me manter de pé; vi uma poltrona e me sentei, totalmente vermelha e desconcertada. Mal me havia sentado, que o homem já estava a meus pés. Sua pobre Cécile perdeu então a cabeça! Eu estava, como disse minha mãe, completamente apavorada. Levantei-me, dando um grito lancinante... como naquele dia do trovão, lembra? Minha mãe não se conteve e caiu na gargalhada, dizendo:

– Ora, ora! O que é que você tem? Sente-se e dê seu pé a esse senhor.

Com efeito, minha cara amiga, esse senhor era um sapateiro. Não consigo lhe descrever como eu estava envergonhada; por sorte, não havia mais ninguém, além de minha mãe. Acho que, depois de casada, não vou mais recorrer a esse sapateiro. Você deve concordar que estamos bem informadas! Adeus! São quase seis horas e minha camareira me disse que devo me arrumar. Adeus, minha cara Sophie. Gosto de você como se estivesse ainda no convento.

P. S. – Não sei por meio de quem enviar minha carta. Assim, vou esperar que Joséphine apareça.

Paris, 3 de agosto de 17**.

CARTA 2

**DA MARQUESA DE MERTEUIL
AO VISCONDE DE VALMONT, NO CASTELO DE...**

Volte, meu caro visconde, volte! O que está fazendo, o que pode fazer em casa de uma velha tia cujos bens já lhe foram todos legados? Venha para cá imediatamente; preciso de você. Tive uma excelente ideia e gostaria de lhe confiar sua execução. Essas poucas palavras deveriam bastar; e, muito honrado com minha escolha, deveria vir, com toda a solicitude, receber minhas ordens de joelhos; mas você abusa de minhas atenções, mesmo depois de não desfrutá-las mais; e, oscilando entre um ódio eterno e uma excessiva indulgência, para sorte sua, minha bondade é que leva a melhor. O que mais quero é lhe contar meus planos; mas deve me jurar, como fiel cavalheiro, que não vai se envolver em nenhuma aventura enquanto não tiver posto um fim nessa. Ela é digna de um herói: você estará servindo o amor e a vingança; será, enfim, mais uma bela aventura a acrescentar a suas memórias. Sim, em suas memórias, pois quero que um dia sejam publicadas e eu me encarrego de escrevê-las. Mas deixemos isso de lado e voltemos ao que me interessa.

A senhora de Volanges está para casar a filha. Ainda é segredo, mas ela me contou isso ontem. E quem julga que ela escolheu para genro? O conde de Gercourt. Quem haveria de dizer que eu me tornaria prima de Gercourt? Estou furiosa... Pois bem! Ainda não adivinhou? Oh! mente lerda! Então já lhe perdoou a aventura com a mulher do intendente? E eu, acaso não tenho mais motivos ainda de me queixar dele, seu monstro?[2] Mas já estou me acalmando e a esperança de me vingar tranquiliza minha alma.

Como eu, você se aborreceu mais de cem vezes com a importância dada por Gercourt à sua futura mulher e à tola presunção de que vai evitar o inevitável. Você conhece suas ridículas prevenções com relação à educação nos conventos e seu preconceito, mais ridículo ainda, sobre o recato das loiras. Com efeito, eu apostaria que, apesar das 60 mil libras de renda da pequena Volanges, ele jamais teria acertado esse casamento, se ela fosse morena ou se não tivesse estado no convento. Podemos provar, portanto, que ele não passa de um tolo e continuará sendo daqui em diante; não é isso que me preocupa; o divertido seria que ele passasse a ser traído desde o começo. Como haveríamos de nos divertir no dia seguinte, ao ouvi-lo se vangloriar, pois certamente vai se gabar! Mais ainda, se você desse uma vez um trato nessa moça, só por muita falta de sorte Gercourt não se tornaria, como outro qualquer, motivo de riso em toda a cidade de Paris.

De resto, a heroína desse novo romance merece toda a sua atenção. Ela é verdadeiramente bonita, tem apenas quinze anos, é um botão de rosa. Na verdade, é desajeitada, mas de modo algum, afetada.

---

2   Para compreender essa passagem, é preciso saber que o conde de Gercourt tinha deixado a marquesa de Merteuil pela mulher do intendente de***; esta, por sua vez, havia sacrificado por ele o visconde de Valmont; e foi então que a marquesa e o visconde de Valmont passaram a se relacionar. Como essa aventura é muito anterior aos acontecimentos de que ora se trata nessas cartas, achamos por bem suprimir toda a correspondência relativa a ela.

Mas vocês, homens, não temem isso; além do mais, certo olhar lânguido, que promete muito, sem dúvida. Some-se a isso, que sou eu que a recomendo, e só lhe resta me agradecer e obedecer.

Você vai receber esta carta amanhã de manhã. Exijo que amanhã, às sete da tarde, esteja em minha casa. Não vou receber ninguém até as oito horas, nem mesmo meu atual cavalheiro; ele não tem tino suficiente para um assunto tão importante. Pode perceber que o amor não me cega. Às oito horas, vou lhe devolver sua liberdade e, às dez, você deverá voltar para jantar com a bela moça, pois mãe e filha vão jantar em minha casa. Adeus, já passa de meio-dia; em breve, não vou mais me ocupar de você.

Paris, 4 de agosto de 17**.

CARTA 3

**DE CÉCILE VOLANGES
A SOPHIE CARNAY**

Não sei de nada ainda, minha boa amiga. Minha mãe recebeu ontem muitas pessoas para jantar. Apesar do interesse que eu tinha em examinar, de modo particular os homens, me aborreci demais. Homens e mulheres, todos me olharam com insistência, e depois cochichavam entre si e eu percebia muito bem que falavam de mim. Isso me fazia corar; não conseguia evitar. Bem que eu gostaria, pois notei que, ao fitarem as outras mulheres, elas não coravam ou talvez fosse o ruge que elas usam que impede de ver o constrangimento que lhes causa, pois deve ser bem difícil não enrubescer quando um homem nos olha fixamente.

O que mais me inquietava era não saber o que pensavam a meu respeito. Creio ter ouvido, no entanto, por duas ou três vezes, a palavra *bonita*, mas consegui ouvir bem distintamente a palavra *desajeitada*; e deve ser mesmo verdade, pois a mulher que a proferia é parente e amiga de minha mãe; parece até mesmo que ela se decidiu por se aproximar de mim, como sinal de amizade. Foi a única pessoa que conversou um pouco comigo durante o encontro. Amanhã vamos jantar na casa dela.

Escutei também, depois do jantar, um homem, que tenho certeza de que falava de mim, dizendo a outro:

— É preciso deixá-la amadurecer. No inverno, veremos.

Talvez seja aquele que deve se casar comigo. Mas nesse caso, isso ocorreria somente daqui a quatro meses! Gostaria muito de saber do que realmente se trata.

Aí está Joséphine, e me diz que está com pressa. Mas ainda quero lhe contar mais uma de minhas faltas de jeito. Oh! acho que essa senhora tem razão.

Depois do jantar, passamos a jogar. Eu me sentei ao lado de minha mãe. Não sei como pôde acontecer, mas o fato é que adormeci quase logo em seguida. Uma sonora gargalhada me acordou. Não sei se riam de mim, mas acredito que sim. Minha mãe me deu permissão para me retirar e isso me deixou imensamente feliz. Imagine, já passava das onze horas! Adeus, minha querida Sophie; continue amando, e muito, sua Cécile. Posso lhe garantir que a alta sociedade não é tão divertida como pensávamos.

Paris, 4 de agosto de 17**.

CARTA 4

DO VISCONDE DE VALMONT
À MARQUESA DE MERTEUIL, EM PARIS

Suas ordens são encantadoras, sua maneira de dá-las é mais amável ainda; você conseguiria até me induzir a apreciar o despotismo. Não é a primeira vez, como sabe, que lamento não ser mais seu escravo; e, por mais *monstro* que você diga que sou, nunca relembro sem prazer o tempo em que me honrava com os mais doces apelidos. Com frequência, sinto até mesmo o desejo de merecê-los novamente e de acabar dando ao mundo, com você, um exemplo de constância. Mas interesses bem maiores nos chamam. Conquistar é nosso destino. É preciso segui-lo. Talvez ainda nos encontremos no final da carreira, pois, que seja dito sem aborrecê-la, minha bela marquesa, você me segue, pelo menos, com passos iguais aos meus e, desde que, separando-nos para a felicidade de todos, pregamos a fé, cada um a seu modo, me parece que, nessa missão de amor, você andou conquistando mais prosélitos do que eu. Conheço seu zelo, seu ardente fervor e, se esse Deus nos julgasse por nossas obras, você seria algum dia a padroeira de uma grande cidade, enquanto que esse seu amigo seria, quando muito, um santo de aldeia. Essa linguagem a surpreende, não é verdade? Mas há oito dias que não ouço nem falo qualquer outra; e é para me aperfeiçoar nela que me vejo forçado a lhe desobedecer.

    Não se zangue e me escute. Depositária de todos os segredos de meu coração, vou lhe confiar o maior plano que já concebi. O que me sugere? Seduzir uma moça que não viu nada, que não conhece nada, que, por assim dizer, me seria entregue sem defesa, que uma primeira homenagem não deixará de embriagar e que a curiosidade levará a ceder, talvez, mais rapidamente que o amor. Vinte outros podem conseguir isso como eu. O mesmo não ocorre com o plano que tenho em mente; seu êxito me assegura glória bem como prazer. O próprio amor que prepara minha coroa hesita entre o mirto e os louros, ou melhor, deverá juntar os dois para celebrar meu triunfo. Você mesma, minha bela amiga, será tomada de um santo respeito e, com entusiasmo, dirá: "Aí está um homem segundo meu coração."

    Você conhece a presidenta Tourvel, sua devoção, seu amor conjugal, seus princípios austeros. Aí está o que vou atacar. Aí está o inimigo digno de mim. Aí está o objetivo que pretendo alcançar:

*E se não conseguir o prêmio de alcançá-lo,
Pelo menos terei a honra de tê-lo tentado.*

Pode-se citar maus versos quando são de um grande poeta.[3]

Deve saber, portanto, que o presidente está na Borgonha, por causa de um grande processo (espero fazê-lo perder outro, bem mais importante). Sua inconsolável metade deverá passar aqui todo o tempo dessa aflitiva viuvez. Uma missa por dia, algumas visitas aos pobres da periferia, orações de manhã e à tarde, passeios solitários, piedosas conversas com minha velha tia e, por vezes, um triste jogo de uíste deveriam ser suas únicas distrações. Vou lhe preparar outras mais eficazes. Meu bom anjo me trouxe aqui para felicidade dela e minha. Insensato! Eu lamentava as 24 horas que ia sacrificar em civilidades de praxe. Como haveriam de me punir agora, se me forçassem a voltar a Paris! Felizmente, são necessárias quatro pessoas para jogar o uíste; e como por aqui se encontra apenas o pároco do lugar, minha eterna tia insistiu muito para que eu lhe sacrificasse alguns dias. Deve adivinhar que consenti. Não imagina como ela anda me mimando desde esse momento, como se sente, de modo particular, edificada por me ver regularmente acompanhar suas orações e sua missa. Não desconfia qual divindade eu ali adoro.

Aqui estou, portanto, há quatro dias, entregue a uma grande paixão. Você sabe como desejo ardorosamente e como devoro os obstáculos, mas o que desconhece é como a solidão aumenta o ardor do desejo. Nada mais tenho que uma ideia; de dia penso nela e, de noite, sonho com ela. Preciso possuir essa mulher para me salvar do ridículo de me apaixonar por ela, pois até onde não nos leva um desejo contrariado? Ó delicioso prazer, eu o imploro para minha felicidade e, sobretudo, para meu sossego. Quanta sorte a nossa, ao perceber

---

3   Versos do fabulista Jean de La Fontaine (1621-1695).

que as mulheres se defendem tão mal! Caso contrário, não seríamos, aos pés delas, senão tímidos escravos. Nesse momento, só posso ter um sentimento de gratidão para com as mulheres fáceis, sentimento que naturalmente me traz a seus pés. Prosterno-me diante deles para obter meu perdão e assim termino esta carta demasiado longa. Adeus, minha bela amiga: sem rancor.

Do castelo de..., 5 de agosto de 17**.

CARTA 5

DA MARQUESA DE MERTEUIL
AO VISCONDE DE VALMONT

Sabia, visconde, que sua carta é de uma rara insolência e eu bem poderia me zangar por causa dela? Mas ela me mostrou claramente que você perdeu a cabeça e só isso é que o salvou de minha indignação. Amiga generosa e sensível, esqueço minha injúria para só cuidar do perigo em que você incorre; e por mais aborrecedor que seja chamar alguém à razão, cedo à necessidade que você tem disso nesse momento.

Você, possuir a presidenta Tourvel! Mas que capricho mais ridículo! Reconheço nisso sua cabeça tresloucada, que só pensa em desejar o que julga não poder conseguir. O que tem essa mulher, afinal? Traços regulares, se quiser, mas nenhuma expressão; corpo tolerável, mas sem qualquer encanto: sempre vestida de forma risível, com diversos lenços lhe envolvendo o pescoço e com o corpete chegando até o queixo! É como amiga que lhe digo, não precisaria de duas mulheres como essa para perder todo o seu prestígio. Lembre-se, portanto, do dia em que ela fez a coleta em Saint-Roch e você me agradeceu muito por ter lhe proporcionado esse espetáculo. Parece-me vê-la ainda, dando a mão a esse magricela de cabelos longos, prestes a cair a cada passo, com seu chapéu espalhafatoso sempre roçando a cabeça de alguém e enrubescendo a cada reverência. Quem teria dito então que você haveria de desejar essa mulher? Vamos, visconde, envergonhe-se e caia em si. Prometo guardar segredo.

Além disso, pense nos dissabores que o esperam! Que rival tem a combater? Um marido! Não se sente humilhado diante dessa simples palavra? Que vergonha, se fracassar! E mesmo, quão pouca glória, em caso de sucesso! Digo mais: não espere haurir disso qualquer prazer. Existe prazer com as virtuosas? Refiro-me àquelas de boa-fé; reservadas até no prazer mais intenso, não lhe oferecem senão meio prazer. Essa total entrega de si mesmo, esse delírio da volúpia em que o prazer se depura por seu excesso, esses bens do amor são desconhecidos para elas. Eu o previno: na mais feliz das hipóteses, sua presidenta vai julgar ter feito tudo por você ao tratá-lo como seu marido e, mesmo no mais terno aconchego conjugal, sempre se continua sendo dois. Nesse caso, é bem pior ainda; sua virtuosa é devota, com essa devoção de comadre que condena a uma eterna infância. Talvez você possa superar esse obstáculo, mas não pense que possa destruí-lo; vencedor do amor a Deus, não o será do medo do diabo; e quando, com sua amante nos braços, sentir palpitar seu coração, será de medo e não de amor. Quem sabe, se tivesse conhecido essa mulher mais cedo, teria podido fazer alguma coisa; mas ela está com 22 anos e faz quase dois que está casada. Acredite em mim, visconde, quando uma mulher se *estagnou* a esse ponto, deve-se abandoná-la à própria sorte: nunca passará de uma *mulher desprezível*.

É por esse belo objeto, no entanto, que você se recusa a me obedecer, que você se enterra no túmulo de sua tia e que renuncia à aventura mais deliciosa e mais própria a lhe propiciar toda a honra. Por que fatalidade, portanto, é que Gercourt tem sempre de levar vantagem em relação a você? Veja bem, eu lhe falo disso sem irritação: mas, nesse momento, estou tentada a acreditar que você não merece a reputação que tem; estou sobretudo tentada a retirar minha confiança em você. Jamais poderei me acostumar a revelar meus segredos ao amante da senhora de Tourvel.

Saiba, no entanto, que a pequena Volanges já virou a cabeça de alguém. O jovem Danceny anda louco por ela. Ele chegou a cantar com ela; e, com efeito, ela canta melhor do que uma simples colegial. Eles devem ensaiar muitos duetos e creio que ela se prestaria de bom grado a um uníssono; mas esse Danceny é um menino que vai perder seu tempo a namorá-la e tudo vai terminar em nada. A mocinha, por seu lado, é bastante arisca e, seja como for, isso tudo será bem menos divertido do que você teria podido torná-lo; por isso estou irritada e certamente vou me alterar com o cavaleiro quando ele chegar. Aconselho-o a ficar calmo, pois, nesse momento, não me custaria nada romper com ele. Tenho certeza de que, se eu tivesse o bom senso de abandoná-lo agora, seria para ele um desespero; e nada me diverte tanto como um desespero amoroso. Ele me chamaria de pérfida; e a palavra *pérfida* sempre me dá prazer; depois de *cruel*, é a palavra mais doce aos ouvidos de uma mulher, e a menos difícil de merecer. Falando sério, vou tratar desse rompimento. Veja, portanto, do que você é causa! Por isso ponho isso em sua consciência. Adeus. Recomende-me às orações de sua presidenta.

Paris, 7 de agosto de 17**.

CARTA 6

DO VISCONDE DE VALMONT
À MARQUESA DE MERTEUIL

Será que não há então mulher que não abuse do poder que soube conquistar? E você mesma, você a quem tantas vezes chamei de minha indulgente amiga, deixa enfim de sê-lo e não receia me atacar no próprio objeto de minhas afeições! Com que traços ousa pintar a senhora de Tourvel?... Que homem não teria pago com a vida tão insolente audácia? A que outra mulher, senão a você, essa atitude não teria sido retribuída com uma maldade pelo menos? Por favor, não me envolva mais em situações tão rudes, que não garantiria poder tolerá-las. Em nome da amizade, espere até que eu tenha tido a oportunidade de possuir essa mulher antes de falar mal dela. Será que não sabe que somente a volúpia tem o direito de tirar a venda do amor?

Mas o que estou dizendo? A senhora de Tourvel precisa acaso de ilusão? Não; para ser adorável, basta-lhe ser ela mesma. Você a recrimina por se vestir mal; eu até concordo; qualquer adereço não lhe cai bem, todo disfarce a deixa mais feia. É no abandono do descuidado vestir-se que ela se mostra verdadeiramente encantadora. Graças ao calor sufocante que enfrentamos, uma roupa simples de tecido leve me deixa entrever uma silhueta cheia e delgada. Uma simples musselina cobre seu busto e meus olhares furtivos, mas penetrantes, já captaram as sedutoras formas dela. Você diz que seu semblante não tem expressão alguma. E o que poderia expressar nos momentos em que nada lhe fala ao coração? Não, sem dúvida, ela não tem, como nossas mulheres namoradeiras, esse olhar mentiroso que, às vezes, seduz e sempre nos engana. Ela não sabe encobrir o vazio de uma frase com um sorriso estudado; e embora possua os mais belos dentes do mundo, ri somente daquilo que a diverte. Mas é preciso ver como, nas brincadeiras descompromissadas, ela revela a imagem de uma alegria espontânea e franca! Como, junto de um infeliz que se apressa em socorrer, seu olhar demonstra a alegria pura e a bondade compassiva! É preciso ver, sobretudo, à menor palavra de elogio ou de apreço, transparecer em seu celestial semblante esse tocante embaraço de uma modéstia que não é afetada!... Ela é virtuosa e devota; e por isso você a julga fria e sem vida? Eu penso de forma bem diferente. Que espantosa sensibilidade não deve ter para infundi-la até em seu marido e continuar amando assim um ser sempre ausente? Que prova mais conclusiva poderia desejar? Eu consegui, no entanto, obter mais uma.

 Acompanhei-a em seu passeio e nos deparamos com um fosso a ser transposto; embora seja muito ágil, ela é, acima de tudo, tímida: você pode imaginar muito bem que uma virtuosa tem medo de saltar por sobre o fosso. Ela teve de confiar em mim. Segurei em meus braços essa mulher recatada. Nossos preparativos e a passagem de minha velha tia por sobre o fosso haviam levado a tresloucada devota a rir às gargalhadas. Mas, assim que a tomei nos braços, por um proposital mau jeito, nossos braços se enlaçaram. Apertei o peito dela contra o meu e, nesse breve intervalo, senti o coração dela batendo mais acelerado. O amável rubor veio colorir o rosto da moça e seu tímido embaraço foi suficiente para me dizer *que seu coração tinha palpitado de amor, e não de medo.* Minha tia, no entanto, se enganou como você e acabou dizendo: "A menina se assustou." Mas a encantadora candura da *menina* não lhe permitiu mentir e ela respondeu ingenuamente: "Oh! não, mas..." Essas simples palavras me aclararam tudo. A partir daquele momento, a doce esperança tomou o lugar da cruel inquietude. Essa mulher vai ter de ser minha; vou tirá-la do marido que a profana; ousaria arrebatá-la do próprio Deus que ela adora. Que delícia é ser, alternadamente, o objeto e o vencedor dos próprios remorsos! Longe de mim a ideia de derrubar os preconceitos que a afligem! Só vão aumentar minha felicidade e minha glória. Que ela acredite na virtude, mas que a sacrifique a mim; que suas faltas a assustem, mas sem conseguir detê-la, e que, agitada por mil terrores, não possa esquecê-las ou vencê-las, senão em meus braços. Que então, consinto, ela me diga: "Eu o adoro." Só ela, entre todas as mulheres, será digna de pronunciar essas palavras. E eu serei verdadeiramente o deus que ela terá preferido.

 Vamos ser sinceros: em nossos arranjos, tão frios quanto fáceis, o que chamamos de felicidade é apenas um prazer momentâneo. Quer saber? Acreditava que meu coração tinha fenecido e, não encontrando em mim nada mais que sentidos, me queixava de uma velhice prematura. A senhora de Tourvel me devolveu as encantadoras ilusões da juventude. Ao lado dela, não preciso gozar para ser feliz. A única coisa que me assusta é o tempo que essa aventura vai me tomar, pois não me atrevo a deixar nada ao acaso. É de todo inútil relembrar minhas exitosas temeridades, porque não me arrisco a pô-las em prática. Para que eu seja verdadeiramente feliz, é necessário que ela se entregue; e isso não é nada fácil.

Tenho certeza de que você ficaria admirada com minha prudência. Ainda não pronunciei a palavra amor, mas já chegamos a palavras que exprimem confiança e interesse. Para enganá-la o menos possível e, sobretudo, para prevenir o efeito de conversas que pudessem lhe chegar aos ouvidos, eu mesmo lhe contei, como se estivesse me acusando, alguns de meus casos mais conhecidos. Você haveria de rir ao ver com que candura ela me admoesta. Ela quer, assim o diz, me converter. Ainda não chega a desconfiar quanto isso vai lhe custar, só para tentar. Está longe de imaginar que, *ao defender*, para usar as próprias palavras dela, *as infelizes que levei à perdição*, ela está, desde já, falando em causa própria. Essa ideia me ocorreu ontem, no meio a um de seus sermões, e não pude resistir ao prazer de interrompê-la para lhe assegurar que ela falava como um profeta. Adeus, minha bela amiga. Pode ver que não estou irremediavelmente perdido.

P.S. – A propósito, esse pobre cavaleiro se matou de desespero? Na verdade, você é cem vezes pior do que eu, e haveria de me humilhar, se eu tivesse amor-próprio.

Do castelo de..., 9 de agosto de 17**.

CARTA 7

DE CÉCILE VOLANGES
A SOPHIE CARNAY [4]

Se nada lhe disse sobre meu casamento, é porque não estou mais informada a respeito do que no primeiro dia. Estou me acostumando a não pensar mais nisso e me sinto bastante bem com meu modo de vida. Tenho me dedicado muito ao estudo de canto e de harpa; parece-me que passei a apreciá-los mais depois que fiquei sem professor, ou talvez, porque agora tenho um melhor. O cavaleiro Danceny, esse senhor de que lhe falei e com quem cantei em casa da senhora de Merteuil, me faz a gentileza de vir aqui todos os dias e cantar comigo horas a fio. Ele é extremamente amável. Canta como um anjo e compõe melodias muito bonitas, para as quais escreve também as palavras. É realmente uma pena que seja Cavaleiro de Malta! Acredito que, se viesse a se casar, sua esposa seria muito feliz... É de uma meiguice encantadora. Nunca parece que está intencionalmente elogiando e, no entanto, tudo o que ele diz lisonjeia. Ele me corrige sem cessar, tanto com relação à música como sobre outras coisas, mas ele junta a suas críticas tanto interesse e alegria que é impossível não lhe ficar agradecida. Somente com o olhar, parece que está lhe dizendo algo muito gentil. Além de tudo isso, é muito simpático. Ontem, por exemplo, ele tinha sido convidado a um grande concerto; preferiu ficar a noite toda em casa de minha mãe. Isso me deixou muito contente, pois, quando ele não está, ninguém fala comigo e acabo me aborrecendo; mas quando ele está, nós passamos o tempo cantando e conversando. Ele sempre tem algo a me dizer. Ele e a senhora de Merteuil são as duas únicas pessoas que jul-

---

4   Para não abusar da paciência do leitor, suprimimos muitas cartas dessa correspondência diária; só transcrevemos aqui aquelas que pareciam necessárias para a compreensão dos acontecimentos desse grupo social. Pelo mesmo motivo, suprimimos também todas as cartas de Sophie Carnay e várias outras dos atores dessas aventuras.

go amáveis. Mas adeus, minha cara amiga; prometi aprender para hoje uma pequena ária, cujo acompanhamento é muito difícil, e não quero faltar com minha palavra. Volto a estudar até que ele chegue.

De..., 7 de agosto de 17**.

CARTA 8

**DA PRESIDENTA DE TOURVEL
À SENHORA DE VOLANGES**

Ninguém pode ser mais sensível do que eu, minha senhora, à confiança que me mostra, nem ter mais interesse do que eu em definir a situação da senhorita de Volanges. É do fundo de minha alma que desejo a ela uma felicidade que, sem dúvida, merece e para a qual me reporto à prudência da senhora. Não conheço o senhor conde de Gercourt, mas, se foi honrado pela escolha da senhora, não posso senão ter dele uma ideia mais que favorável. Limito-me, senhora, a desejar que esse casamento seja tão feliz como o meu, que também é obra sua, e pelo qual lhe sou cada dia mais reconhecida. Que a felicidade da senhorita sua filha seja a recompensa por aquilo que me proporcionou e que a melhor de minhas amigas possa ser igualmente a mais feliz das mães!

Sinto-me verdadeiramente mortificada por não poder lhe prestar de viva voz a homenagem desses sinceros votos e ser, tão logo como desejaria, apresentada à senhorita de Volanges. Depois de ter usufruído de sua bondade verdadeiramente maternal, acredito poder esperar dela a terna amizade de uma irmã. Peço-lhe, minha senhora, que lhe faça, em meu nome, o pedido dessa amizade, na esperança de que me encontre em condições de merecê-la.

Pretendo permanecer no campo durante todo o período de ausência do senhor de Tourvel. Reservei esse tempo para desfrutar e aproveitar da companhia da respeitável senhora de Rosemonde. Essa mulher é sempre encantadora. Sua idade avançada não lhe faz perder nada; conserva toda a sua memória e sua alegria. Só seu corpo tem 84 anos; seu espírito não tem mais que vinte.

Nosso isolamento tem sido animado por seu sobrinho, o visconde de Valmont, que se dignou a passar alguns dias conosco. Eu só o conhecia pela reputação que tem, o que não me deixava muito à vontade para querer conhecê-lo melhor; mas me parece que ele vale mais do que essa reputação. Aqui, onde o turbilhão da vida social não o desgasta, diz coisas sensatas com uma facilidade surpreendente e reconhece seus erros com rara singeleza. Fala comigo com muita confiança e eu o exorto com muita severidade. A senhora, que o conhece, haveria de convir que seria uma bela conversão a fazer, mas não tenho dúvidas de que, apesar de suas promessas, oito dias em Paris lhe farão esquecer todos os meus sermões. O tempo que permanecer aqui será, pelo menos, um refreamento à sua conduta habitual e acredito que, pela maneira como vive, o melhor que pode fazer é não fazer absolutamente nada. Ele sabe que estou lhe escrevendo e me pediu para lhe transmitir seus respeitosos cumprimentos. Receba também os meus, com a bondade que lhe é peculiar, e jamais duvide dos sinceros sentimentos com que tenho a honra de ser, etc.

Do castelo de..., 9 de agosto de 17**.

CARTA 9

**DA SENHORA DE VOLANGES
À PRESIDENTA DE TOURVEL**

Jamais duvidei, minha jovem e bela amiga, da amizade que tem por mim nem do sincero interesse que demonstra por tudo o que me diz respeito. Não é para esclarecer esse aspecto, que espero que esteja definitivamente estabelecido entre nós, que respondo à sua *resposta*, mas não creio que possa me furtar de lhe falar a respeito do visconde de Valmont.

Não esperava, confesso, encontrar algum dia esse nome numa de suas cartas. Com efeito, o que pode haver de comum entre a senhora e ele? Não conhece esse homem; onde teria ido buscar a ideia de que ele tem a alma de um libertino? E me fala de sua *rara candura*. Oh, sim! A candura de Valmont deve ser, de fato, muito rara. Mais falso e perigoso do que é amável e sedutor, jamais, desde sua mais bela juventude, deu um passo ou disse uma palavra sem segundas intenções, e jamais teve uma intenção que não fosse desonesta ou criminosa. Minha amiga, bem me conhece; e sabe que, entre as virtudes que me empenho em adquirir, a indulgência não é aquela que mais aprecio. Por isso, se Valmont fosse arrastado por ardentes paixões, se, como mil outros, fosse seduzido por erros de sua idade, ao recriminar sua conduta, eu lamentaria por ele e esperaria, em silêncio, o momento em que uma feliz emenda lhe devolveria a estima das pessoas honestas. Mas Valmont não é assim; sua conduta é o resultado de seus princípios. Ele sabe calcular tudo o que um homem pode se permitir em termos de horrores, sem se comprometer; e para ser cruel e mau sem perigo de se arriscar, escolheu as mulheres como vítimas. Não me detenho a contar aquelas que ele seduziu; mas quantas delas não levou à perdição?

Na vida sensata e isolada que leva, essas aventuras escandalosas não chegam até a senhora. Eu poderia lhe contar algumas que a fariam estremecer; mas seu olhar, puro como sua alma, se enlamearia diante de semelhantes quadros. Certa de que Valmont nunca será perigoso para a senhora, creio que não necessita de semelhantes armas para se defender. A única coisa que tenho a lhe dizer é que, dentre todas as mulheres que cortejou, com ou sem sucesso, não houve uma só que não tenha tido motivos de se queixar. A marquesa de Merteuil constitui a única exceção a essa regra geral; foi a única que soube lhe resistir e dominar a maldade dele. A meu ver, confesso que esse episódio de sua vida é o que mais lhe propiciou méritos e honradez; por isso foi suficiente para justificá-la plenamente aos olhos de todos, por algumas inconsequências que lhe eram recriminadas e que remontavam ao o início de sua viuvez.[5]

Seja como for, minha bela amiga, o que a idade, a experiência e sobretudo a amizade me autorizam a observar é que se começa a perceber a ausência de Valmont na sociedade e, caso se venha a saber que ele permaneceu algum tempo, como terceira pessoa, entre sua tia e a senhora, sua reputação estará nas mãos dele, o que é a maior desgraça que possa ocorrer a uma mulher. Aconselho-a, portanto, a pedir à tia que não o retenha mais e que, se ele se obstinar em permanecer, creio que a senhora não deve hesitar em lhe ceder o lugar. Mas por que ele haveria de ficar? O que ele anda fazendo, pois, ali no interior? Se mandasse vigiar seus passos, tenho certeza de que haveria de descobrir que ele apenas encontrou um refúgio mais cômodo para praticar algumas maldades, que anda arquitetando, ali pelas redondezas. Mas, na impossibilidade de remediar o mal, contentemo-nos em nos precaver.

Adeus, minha bela amiga. O casamento de minha filha teve de ser adiado um pouco. O conde de Gercourt, que esperávamos mais dia menos dia, me escreveu dizendo que seu regimento está seguindo para a Córsega e, como há ainda ações de guerra na ilha, é impossível para ele se ausentar antes do inverno. Isso me contraria, mas me leva a esperar que teremos o prazer de vê-la pessoalmente nas bodas; e já estava ficando inconformada em celebrá-las sem sua presença. Adeus; sou, sem elogios ou ressalvas, inteiramente sua.

P.S. - Transmita minhas lembranças à senhora de Rosemonde, que continuo amando como ela bem merece.

De..., 11 de agosto de 17**.

---

5   O erro em que incorre a senhora de Volanges nos mostra que, como os outros celerados, Valmont não revelava seus cúmplices.

CARTA 10

**DA MARQUESA DE MERTEUIL
AO VISCONDE DE VALMONT**

Está descontente comigo, visconde? Ou morreu? Ou, o que seria bem de seu estilo, só vive para sua presidenta? Essa mulher, que lhe devolveu *as ilusões da juventude*, logo haverá de lhe devolver também os ridículos preconceitos. Aí está então você, tímido e escravo; melhor seria estar apaixonado. Está aí renunciando a *suas exitosas temeridades*. Aí está então, agindo sem princípios e entregando tudo ao acaso, ou melhor, ao capricho. Não se recorda mais de que o amor é, como a medicina, *somente a arte de ajudar a natureza*? Pode ver que o derroto com suas próprias armas, mas não vou me orgulhar disso, porque é como derrotar um homem caído. *É preciso que ela se entregue*, me diz você. Oh! sem dúvida, é preciso; por isso ela vai se entregar como as outras, com a diferença de que será de má vontade. Mas para que ela acabe por se entregar, o melhor meio é começar por tomá-la. Como essa ridícula distinção é realmente um verdadeiro disparate do amor! Digo amor, pois você está apaixonado. Falar-lhe de outro modo seria traí-lo, seria esconder-lhe seu próprio mal. Diga-me, pois, lânguido amante, julga ter violentado essas mulheres que possuiu? Mas, por mais vontade que tenhamos de nos entregar, por mais atrevidas que sejamos, ainda assim precisamos de um pretexto; e existe algum mais cômodo para nós que aquele que nos faz parecer que cedemos à força? Para mim, confesso, uma das coisas que mais me lisonjeia é um ataque incisivo e bem conduzido, em que tudo se sucede com ordem, embora com rapidez, e que nunca nos coloca na penosa situação de termos de reparar nós mesmas uma falta de jeito que, pelo contrário, deveríamos ter sabido aproveitar; isso é privilégio de quem sabe manter a aparência de violência até nas coisas que concedemos e acalentar com destreza nossas duas paixões prediletas: a glória da defesa e o prazer da derrota. Concordo que esse talento, mais raro do que se pensa, sempre me agradou, mesmo quando ele não me seduziu e que, às vezes, me aconteceu de me render unicamente como recompensa. Assim, em nossos torneios de antigamente, a beleza constituía o prêmio do valor e da destreza.

Mas você, que já não é mais você, se comporta como se tivesse medo de triunfar. Oh! desde quando se viaja por curtas distâncias e por atalhos? Meu amigo, quando se quer chegar, toma-se cavalos de posta e a estrada principal! Mas vamos deixar de lado esse assunto, que me deixa tão irritada que me priva do prazer de vê-lo. Escreva-me, pelo menos, com mais frequência do que anda fazendo e me deixe a par de seus progressos. Sabe que já faz mais de quinze dias que essa ridícula aventura o mantém ocupado e que anda negligenciando todo o mundo?

A propósito de negligência, você se assemelha a essas pessoas que mandam regularmente um criado saber notícias dos amigos doentes, mas que nunca o mandam esperar pela resposta. Você termina sua última carta me perguntando se o cavalheiro morreu. Não respondi e você nem mais se preocupa. Não sabe que meu amante é seu amigo nato? Mas fique tranquilo, ele não morreu; ou, se tivesse morrido, seria de excesso de alegria. Pobre cavaleiro, como é terno, como foi feito para o amor, como sabe sentir intensamente! Minha cabeça gira. Falando sério, a perfeita felicidade que ele sente em ser amado por mim faz com que eu me apegue verdadeiramente a ele.

Nesse mesmo dia em que lhe escrevia, que ia me empenhar em nosso rompimento, como o tornei feliz! Eu estava, contudo, arquitetando todos os melhores meios de desesperá-lo, quando me anunciaram sua chegada. Seja por capricho, seja por razão, ele nunca me havia parecido tão bem. Recebi-o, no entanto, com alguma irritação. Ele esperava passar duas horas comigo, antes da hora em que minha casa deveria estar aberta a todos. Disse-lhe que eu estava pronta para sair; ele me perguntou para onde ia, mas me recusei em lhe responder. Ele insistiu. *Onde o senhor não estiver*, respondi com azedume. Felizmente para ele, ficou petrificado ante essa resposta, pois, se ele tivesse proferido uma palavra, teria se seguido inevitavelmente uma cena que levaria à ruptura que eu havia planejado. Surpresa com seu silêncio, fitei meus olhos nele sem outro objetivo, juro, senão o de ver a reação em seu semblante. Percebi, naquelas feições encantadoras, essa tristeza, a um tempo profunda e terna, à qual, você mesmo concordou, é tão difícil de resistir. A mesma causa produziu o mesmo efeito; fui vencida pela segunda vez. A partir desse momento, me preocupei por todos os meios em evitar que ele pudesse encontrar em mim alguma falha. "Vou sair para tratar de um assunto", disse-lhe num tom um pouco mais suave; "e até mesmo esse assunto lhe diz respeito, mas não me faça perguntas. Vou jantar em casa; volte mais tarde e receberá as devidas explicações." Ele recobrou então a fala, mas não lhe permiti que fizesse uso dela. "Estou com muita pressa", continuei. "Deixe-me. Até hoje à noite." Ele beijou minha mão e saiu.

Imediatamente, para compensá-lo, e talvez para me compensar a mim mesma, decido lhe mostrar minha pequena casa especial, de cuja existência ele não suspeitava. Chamo minha fiel *Vit*ória. Estou com enxaqueca e, para toda a criadagem da casa, estou de cama; ficando, enfim, só com a *verdadeira*, enquanto ela se disfarça com roupas de lacaio, eu me disfarço com as vestes de camareira. Em seguida, *Vit*ória manda encostar uma pequena carruagem à porta de meu jardim e ambas partimos. Chegando nesse templo do amor, escolho meu galã mais à vontade. Ele é delicioso, é descoberta minha: não deixa ver nada e, no entanto, leva a adivinhar tudo. Prometo que lhe darei um modelo para sua presidenta quando a tiver tornado digna de usá-lo.

Depois desses preparativos, enquanto Vitória trata de outros detalhes, leio um capítulo do romance *Sophia*, uma carta do romance *Heloísa* e dois contos de La Fontaine, para recordar os diferentes tons que eu queria assumir. Meu cavalheiro, no entanto, chega à porta com toda a pressa de sempre. Meu porteiro lhe recusa a entrada e o informa de que estou doente: primeiro incidente. Ao mesmo tempo, lhe entrega um bilhete meu, mas não com minha letra, segundo minha prudente regra. Ele o abre e lê, com a caligrafia de Vitória: "Às nove horas em ponto, no Boulevard, na frente dos cafés." Ele se dirige para lá e um jovem lacaio, que ele não conhece, que pelo menos julga não conhecer, pois era a mesma Vitória, chega para lhe anunciar que deve dispensar sua carruagem e acompanhá-lo. Todos esses passos românticos lhe excitava sobremaneira a mente, mas uma mente excitada não faz mal nenhum. Ele chega, finalmente, e a surpresa e o amor causavam nele um verdadeiro encantamento. Para lhe dar tempo de se recompor, passeamos por uns momentos pelo pequeno bosque e depois o conduzo para a casa. Ele vê, primeiramente, a mesa posta para dois; depois, uma cama feita. Passamos para a saleta, que estava primorosamente arrumada. Ali, em parte por pensar nisso, em parte por sentimento, passei meus braços em torno dele e me deixei cair a seus pés. "Oh, meu amigo!", digo-lhe, "por querer fazer-lhe a surpresa desse momento, eu me recrimino por tê-lo afligido com aparente irritação, por ter velado por instantes meu coração a seu olhar. Perdoe meus erros, quero expiá-los com todo meu amor." Pode imaginar o efeito desse discurso sentimental. O feliz cavaleiro me soergueu e meu perdão foi selado naquele mesmo sofá em que você e eu selamos tão alegremente e da mesma maneira nosso eterno rompimento.

 Como tínhamos seis horas a passar juntos e eu havia decidido que todo esse tempo seria igualmente delicioso para ele, moderei seus arroubos e a amável galantaria veio substituir a ternura. Creio que nunca me empenhei tanto em agradar, como nunca me senti tão contente comigo mesma. Depois do jantar, mostrando-me alternadamente infantil e sensata, tresloucada e sensível, até mesmo libertina, às vezes, me divertia em considerá-lo como um sultão em seu serralho, no qual eu representava sucessivamente o papel das diferentes favoritas. Com efeito, seus reiterados préstimos amorosos, embora recebidos sempre pela mesma mulher, foram sempre retribuídos por uma nova amante.

Finalmente, ao raiar do dia, tivemos de nos separar; e o que quer que ele dissesse, o que quer que fizesse para me provar o contrário, ainda que com pouca vontade, ele precisava ir embora. No momento em que saímos, e como último adeus, tomei a chave desse ditoso refúgio e, colocando-a nas mãos dele, disse-lhe: "Só por sua causa a tive e é justo que seja seu dono; cabe ao sacrificador dispor do templo." Foi por meio dessa astúcia que preveni as reflexões que poderiam lhe suscitar a propriedade, sempre suspeita, de uma pequena casa. Conheço-o bastante para ter certeza de que só haverá de se servir dela junto comigo; e se a fantasia me insinuasse de ir para lá sem ele, guardo comigo uma cópia da chave. Ele queria a todo custo marcar um dia para voltar ali, mas eu ainda o amo demais para querer desgastá-lo tão depressa. Não devemos nos permitir excessos a não ser com quem queremos abandonar logo. Ele não sabe disso; mas, para sorte dele, eu o sei pelos dois.

Percebo que são três horas da manhã e que escrevi um volume, quando só pretendia escrever algumas palavras. Esse é o encanto da amizade confiante; é ela que faz com que você seja sempre aquele de quem mais gosto; na verdade, porém, o cavaleiro é o que mais me agrada.

De..., 12 de agosto de 17**.

CARTA II

DA PRESIDENTA DE TOURVEL
À SENHORA DE VOLANGES

Sua carta severa teria me assustado, senhora, se por sorte eu não tivesse encontrado aqui mais motivos de segurança do que os que a senhora me dá de temor. Esse temível senhor de Valmont, que deve ser o terror de todas as mulheres, parece ter deposto sua arma mortífera antes de entrar nesse castelo. Longe de arquitetar planos, não trouxe nem sequer pretensões; e a qualidade de homem amável, que seus próprios inimigos lhe concedem, aqui quase desaparece para lhe deixar somente aquela de bom-moço. Aparentemente, foi o ar do campo que produziu esse milagre. O que posso lhe assegurar é que, estando continuamente comigo, parecendo até mesmo apreciar minha companhia, não deixou escapar uma só palavra que se assemelhe ao amor, nenhuma dessas frases que todos os homens se permitem, sem ter, como ele, com que justificá-las. Jamais nos obriga a essa reserva que toda mulher de respeito é forçada a manter hoje em dia para conter os homens que a cercam. Ele sabe não abusar da alegria que inspira. Talvez seja um tanto galanteador, mas o é com tamanha delicadeza que levaria até a própria modéstia se acostumar ao elogio. Enfim, se eu tivesse um irmão, gostaria que fosse exatamente como o senhor de Valmont se mostra aqui. Muitas mulheres talvez desejassem da parte dele um galanteio mais marcante e confesso que lhe sou infinitamente grata por ter sabido me julgar bastante bem para não me confundir com elas.

Esse retrato difere bastante, sem dúvida, daquele que a senhora me descreve; apesar disso, os dois podem ser retratos fiéis, se atentarmos para as épocas. Ele próprio reconhece ter cometido muitos erros e diversos outros certamente lhe terão sido atribuídos. Mas encontrei poucos homens que falassem das mulheres honradas com mais respeito, diria quase com entusiasmo. A senhora afirma que, pelo menos nesse ponto, ele não se engana. Prova disso é sua conduta em relação à senhora de Merteuil.

Ele nos fala muito dela e sempre com tantos elogios e com ar de verdadeira afeição que cheguei a acreditar, até receber sua carta, que aquilo que ele chamava de amizade entre eles dois era realmente amor. Recrimino-me por esse juízo temerário, no qual tive muito menos razão do que ele próprio, que teve o cuidado de justificá-la. Confesso que eu via como simples delicadeza o que era, da parte dele, pura sinceridade. Não sei, mas me parece que aquele que é capaz de uma amizade tão constante por uma mulher tão estimada não pode ser um libertino contumaz. De resto, ignoro se devemos a sensata conduta que mantém por aqui a algum plano pelas redondezas, como a senhora supõe. Há realmente algumas mulheres amáveis por aí, mas ele sai pouco, exceto pela manhã, quando diz que vai caçar. É verdade que raramente traz alguma caça, mas ele garante que é desajeitado nesse esporte. Além disso, o que pode fazer lá fora pouco me importa e, se desejasse sabê-lo, seria apenas para ter mais um motivo para aderir à sua opinião ou para aproximá-la da minha.

Quanto à sua proposta para que eu me empenhe em abreviar a estada do senhor de Valmont por aqui, parece-me muito difícil ousar pedir à tia de não manter o sobrinho na casa dela, tanto mais que gosta muito dele. Prometo-lhe, contudo, mas só por deferência e não por necessidade, de colher a primeira ocasião para fazer esse pedido, seja a ela, seja a ele próprio. Quanto a mim, o senhor de Tourvel está informado sobre meu plano de permanecer aqui até seu regresso, e certamente o espantaria, com razão, uma leviandade que me fizesse mudar de ideia.

Aí estão, senhora, esclarecimentos bastante longos, mas julguei que era meu dever para com a verdade dar um testemunho favorável sobre o senhor de Valmont, e do qual, me parece, ele realmente precisa perante a senhora. Nem por isso sou menos sensível à amizade que ditou seus conselhos. A ela é que devo também o que me disse com tanta gentileza por ocasião do informe sobre o adiamento do casamento da senhorita sua filha. Agradeço-lhe sinceramente por isso. Mas, por maior que seja o prazer que já antevejo de passar esses momentos com a senhora, de bom grado eu os sacrificaria ao desejo de ver a senhorita de Volanges feliz o mais breve possível, se é que, no entanto, ela pode ser mais feliz do que junto de uma mãe tão digna de toda a ternura e respeito. Compartilho com ela esses dois sentimentos que me prendem à senhora e lhe peço que tenha a bondade de receber o testemunho deles.

Tenho a honra de ser, etc.

De..., 13 de agosto de 17**.

CARTA 12

**DE CÉCILE VOLANGES
À MARQUESA DE MERTEUIL**

Minha mãe está indisposta, senhora; não vai sair e preciso lhe fazer companhia; assim, não terei a honra de acompanhá-la à Ópera. Asseguro-lhe que lamento muito mais não poder estar em sua companhia do que assistir ao espetáculo. Eu lhe peço, por favor, que acredite. Eu a amo de coração! Poderia ter a bondade de dizer ao senhor cavaleiro Danceny que não possuo a coleção de que me falou e ficaria imensamente feliz se ele pudesse trazê-la amanhã? Se ele vier hoje, vão lhe dizer que não estamos em casa; mas é porque minha mãe não quer receber ninguém. Espero que esteja se sentindo melhor amanhã.

Tenho a honra de ser, etc.

De..., 13 de agosto de 17**.

CARTA 13

**DA MARQUESA DE MERTEUIL
A CÉCILE VOLANGES**

Estou muito aborrecida, minha bela, tanto por ser privada do prazer de vê-la como pela causa dessa privação. Espero que essa oportunidade possa se reapresentar. Vou transmitir seu recado ao cavaleiro Danceny, que certamente vai ficar muito aborrecido ao saber que sua mãe está doente. Se ela quiser me receber amanhã, irei lhe fazer companhia. Nós vamos atacar, ela e eu, o cavaleiro de Belleroche⁽⁶⁾ no jogo de cartas. E, ganhando o dinheiro dele, teremos, além disso, o prazer de ouvir você cantar com seu amável professor, a quem vou fazer essa sugestão. Se for conveniente para sua mãe e para você, respondo por mim e por meus dois cavaleiros. Adeus, minha bela; meus cumprimentos à minha cara senhora de Volanges. Abraço-as com toda a ternura.

De..., 13 de agosto de 17**.

CARTA 14

DE CÉCILE VOLANGES
A SOPHIE CARNAY

Ontem não lhe escrevi, minha cara Sophie, mas não foi porque assim o quisesse, lhe asseguro. Minha mãe estava doente e não a deixei sozinha o dia inteiro. À noite, quando me retirei de perto dela, não tinha coragem para fazer mais nada; eu me deitei logo para ter certeza de que o dia tinha finalmente terminado; nunca tinha vivido um dia tão longo. Não que eu não goste de minha mãe, mas não sei o que houve. Eu devia ir à Ópera com a senhora de Merteuil; o cavaleiro Danceny deveria ir também. Você sabe muito bem que são as duas pessoas de quem mais gosto. Quando chegou a hora em que deveria ter chegado lá, meu coração ficou apertado, malgrado meu. Fiquei desgostosa com tudo e chorei, chorei, sem

---

6   É o mesmo a que se referem as cartas da senhora de Merteuil.

conseguir evitar. Felizmente, minha mãe estava deitada e não podia me ver. Tenho certeza de que o cavaleiro Danceny deveria estar aborrecido também, mas provavelmente se distraiu com o espetáculo e com o público presente; é bem diferente.

 Por sorte, minha mãe está bem melhor hoje e a senhora de Merteuil deverá vir junto com outra pessoa e mais o cavaleiro Danceny; mas a senhora Merteuil sempre chega muito tarde e é bem enfadonho ficar tanto tempo sozinha. Mal são onze horas. É verdade que preciso tocar harpa e depois minha toalete vai me tomar um bom tempo, pois hoje quero estar bem penteada. Acho que a madre Perpétua tem razão quando diz que nos tornamos exibidas logo que passamos a frequentar a sociedade. Nunca tive tanta vontade de ser bonita como de uns dias para cá, e acho que não o sou tanto como acreditava ser; além disso, ao lado das mulheres que usam ruge, sempre se fica em desvantagem. A senhora de Merteuil, por exemplo. Percebo muito bem que todos os homens a acham mais bonita do que eu; isso não me incomoda tanto assim, porque ela gosta muito de mim; além do mais, garante que o cavaleiro Danceny me acha mais bonita que ela. Foi muito honesto da parte dela me dizer isso! E ela se mostrava realmente bem à vontade ao dizê-lo. Eu, por exemplo, não consigo entender uma coisa dessas. É que ela gosta tanto de mim! E ele!... oh! isso me deixa imensamente feliz! Por isso é que me parece que basta olhar para ele para ficar mais bonita. Eu o olharia sempre, se não temesse encontrar seus olhos, pois, todas as vezes que isso me acontece, fico constrangida e me sinto como que triste; mas não faz mal.

 Adeus, minha querida amiga, vou tratar de me arrumar. Continuo gostando muito de você, como sempre.

Paris, 14 de agosto de 17**.

CARTA 15

**DO VISCONDE DE VALMONT
À MARQUESA DE MERTEUIL**

É muito honesto de sua parte não me abandonar à minha triste sorte. A vida que levo aqui é realmente fatigante, pelo excesso de repouso e insípida uniformidade. Ao ler sua carta e os detalhes do dia encantador que teve, fui tentado mais de vinte vezes a pretextar algum negócio, para voar a seus pés e lhe pedir, em meu favor, uma infidelidade a seu cavaleiro que, afinal de contas, não merece a sorte que tem. Sabe que me deixou com ciúmes dele? Por que me fala de eterno rompimento? Renego esse juramento, pronunciado em pleno delírio: não seríamos dignos de prestá-lo, se tivéssemos de cumpri-lo. Ah! quem dera possa um dia me vingar em seus braços do involuntário despeito que me causou a felicidade do cavaleiro! Sinto-me realmente indigno, confesso, quando penso que esse homem, sem argumentar, sem fazer o menor esforço, seguindo tão estupidamente o impulso de seu coração, encontra uma felicidade que eu não posso alcançar. Oh! mas vou perturbá-la... Prometa-me que vou perturbá-la. Você mesma não se sente humilhada? Você se dá ao trabalho de enganá-lo, e ele é mais feliz do que você. Você o julga preso a seus grilhões! Mas, na verdade, é você que está presa aos dele. Ele dorme tranquilamente, enquanto você vela por seus prazeres. O que mais faria uma escrava dele?

Veja bem, minha bela amiga, enquanto você se divide entre vários, eu não sinto o menor ciúme. Não vejo em seus amantes senão simples sucessores de Alexandre, incapazes de conservar, todos eles juntos, esse império em que eu reinava sozinho. Mas que você se entregue por inteiro a um só deles! que exista outro homem tão feliz como eu! isso eu não vou suportar. E não espere que o suporte. Ou me aceite de volta ou, pelo menos, aceite qualquer outro e não traia, por um exclusivo capricho, a inviolável amizade que juramos um ao outro.

Já é suficiente, sem dúvida, que tenha de me queixar do amor. Bem vê que me presto a suas ideias e confesso meus erros. Com efeito, se estar apaixonado é não conseguir viver sem possuir o que se deseja, sem sacrificar a isso o tempo, os prazeres, a vida, então estou realmente apaixonado. Não que isso me sirva para alguma coisa. Nem teria até mesmo nada a lhe contar a respeito, sem que tivesse acontecido um fato que me deixou muito apreensivo e sobre o qual não sei ainda se devo temer ou esperar.

Você conhece meu criado, tesouro de intrigas e verdadeiro lacaio de comédia. Pode imaginar que suas falcatruas incluíam a de se apaixonar pela camareira e a de embriagar a criadagem. O tratante é mais feliz do que eu; já conseguiu. Ele acaba de descobrir que a senhora de Tourvel encarregou um de seus criados de obter informações sobre minha conduta e mesmo de me seguir, sem ser percebido e sempre que pudesse, em meus passeios pela manhã. O que pretende essa mulher? Assim, pois, a mais modesta de todas ousa ainda se arriscar em coisas que nós mal ousaríamos nos permitir! Juro que... Mas antes de pensar em me vingar dessa astúcia feminina, vamos procurar os meios de revertê-la em nosso favor. Até agora, esses passeios de que ela suspeita não tinham nenhum objetivo; é preciso dar-lhes um. Isso merece toda a minha atenção e me despeço para refletir sobre o caso. Adeus, minha bela amiga.

Sempre do castelo de..., 15 de agosto de 17**.

CARTA 16

**DE CÉCILE VOLANGES
A SOPHIE CARNAY**

Ah! minha Sophie, quantas novidades! Não deveria talvez contá-las, mas preciso realmente falar delas a alguém; isso é mais forte do que eu. Esse cavaleiro Danceny... Estou tão perturbada que não consigo escrever; não sei por onde começar. Depois que lhe contei a bela noite[7] que tinha passado em casa de minha mãe com ele e com a senhora de Merteuil, não lhe falei mais a respeito. É que eu não queria falar disso a ninguém, mas continuava pensando sempre no assunto. Desde então, ele foi ficando tão triste, mas tão triste, tão triste, que me dava pena; e quando lhe perguntava por quê, dizia que não; mas eu via que estava. Ontem, enfim, estava mais triste que de costume. Isso não o impediu de ter a gentileza de cantar comigo como sempre fazia; mas todas as vezes que me olhava, eu sentia um aperto no coração. Depois de termos terminado de cantar, ele foi guardar minha harpa no estojo e, ao me devolver a chave, me pediu para que eu voltasse a tocar à noite, logo que ficasse sozinha. Não suspeitava absolutamente de nada. Nem mesmo queria tocar, mas ele me suplicou tanto que lhe disse que sim. Ele tinha lá suas razões. Com efeito, quando me recolhi em meus aposentos e depois que minha camareira saiu, fui buscar a harpa. Entre as cordas, encontrei uma carta, simplesmente dobrada e não lacrada, escrita por ele.

    Ah! se você soubesse tudo o que me diz! Desde que li essa carta, me sinto tão feliz que não consigo pensar em outra coisa. Eu a reli quatro vezes seguidas e, depois, a tranquei em minha escrivaninha. Eu a sabia de cor e, quando já estava deitada, a repeti tantas vezes que nem pensava em dormir. Assim que fechava os olhos, eu o via ali, que me dizia pessoalmente tudo o que eu acabava de ler. Só muito tarde é que adormeci e logo que acordei (era ainda muito cedo), retomei a carta para lê-la à vontade. Levei-a para minha cama e então a beijei como se... Talvez seja feio beijar uma carta dessa maneira, mas não pude me conter.

    Nesse momento, minha querida amiga, ainda que esteja bem à vontade, sinto-me também um tanto confusa, pois certamente não devo responder a essa carta. Sei muito bem que não se deve e, no en-

---

7   A carta em que se fala dessa noite não foi encontrada. Tudo leva a crer que se trate daquela mencionada no bilhete da senhora de Merteuil e da qual se trata também na carta precedente de Cécile Volanges.

tanto, é o que ele me pede; e, se eu não responder, tenho certeza de que ele vai continuar triste. É muito doloroso para ele! O que você me aconselha? Mas você não deverá saber mais do que eu. Tenho muita vontade de falar a respeito com a senhora de Merteuil, que gosta muito de mim. Gostaria muito de consolá-lo, mas não queria fazer nada que fosse errado. Todos nos recomendam tanto ter bom coração! E então nos proíbem de seguir o que o coração inspira quando se trata de um homem! Pois bem, não acho isso nada justo. Acaso um homem não é nosso próximo como o é uma mulher e até mais? Afinal de contas, não temos um pai como temos uma mãe, um irmão como uma irmã? E temos ainda o marido. Se eu, no entanto, fizesse algo que não fosse correto, talvez o próprio senhor Danceny não haveria de pensar mal de mim. Oh! mais essa! prefiro antes que continue triste; além do mais, enfim, tenho tempo ainda, porque ele escreveu ontem e eu não sou obrigada a responder hoje. Logo que me encontrar com a senhora de Merteuil hoje à noite e, se tiver coragem, vou lhe contar tudo. Fazendo apenas o que ela me disser, não terei do que me recriminar. E mais, talvez me diga que posso responder um pouco, só para que ele não continue tão triste. Oh! como estou sem saber o que fazer!

Adeus, minha boa amiga. Diga-me o que você acha.

De..., 19 de agosto de 17**.

CARTA 17

**DO CAVALEIRO DANCENY
A CÉCILE VOLANGES**

Antes de me entregar, senhorita, ao prazer ou à necessidade, diria eu, de lhe escrever, começo por lhe implorar que me escute. Sinto que, para ousar lhe declarar meus sentimentos, preciso de indulgência; se só quisesse justificá-los, ela me seria inútil. O que vou fazer, afinal, a não ser lhe mostrar sua própria obra? E o que tenho a lhe dizer, que meus olhares, meu embaraço, minha conduta e mesmo meu silêncio não lhe tenham dito antes de mim? Ora, por que iria se aborrecer por um sentimento que você fez brotar? Emanado de você, sem dúvida, é digno de lhe ser oferecido; se é ardente como minha alma, é puro como a sua. Seria um crime ter sabido apreciar seu encantador semblante, seus talentos sedutores, suas graças fascinantes e essa tocante candura que acrescenta um valor inestimável a qualidades já por si tão preciosas? Não, sem dúvida. Mas mesmo sem ser culpado, pode-se ser infeliz; e é esse o destino que me espera, se você se recusar em aceitar minha homenagem. É a primeira que meu coração oferece. Sem você, eu ainda seria, não feliz, mas tranquilo. Eu a vi e o sossego fugiu para longe de mim; e minha felicidade é incerta. Você, no entanto, se surpreende com minha tristeza; e me pergunta qual seria a causa; algumas vezes, julguei até mesmo que essa minha tristeza a afligia. Ah! diga uma só palavra, e minha felicidade será obra sua. Mas, antes de proferi-la, pense que uma palavra pode também causar minha desgraça. Seja, portanto, o árbitro de meu destino. Por você, serei eternamente feliz ou infeliz. E em que mãos mais caras poderia colocar tamanho interesse?

Termino, como comecei, implorando sua indulgência. Pedi que me escutasse; vou ousar mais: pediria que me responda. Recusar-se seria me levar a crer que se sentiu ofendida, embora meu coração garanta que meu respeito é igual a meu amor.

P.S. – Para me responder, poderá se servir do mesmo meio de que me sirvo para lhe fazer chegar esta carta; parece-me que é igualmente seguro e cômodo.

De..., 18 de agosto de 17**.

CARTA 18

DE CÉCILE VOLANGES
A SOPHIE CARNAY

O quê! Sophie, você reprova de antemão o que vou fazer! Minhas inquietações já eram muitas e você vem exatamente aumentá-las. É claro, você me diz que não devo responder. Fala disso bem à vontade e você, aliás, nem sabe ao certo do que se trata; você não está aqui para ver. Tenho certeza de que, se estivesse em meu lugar, você faria como eu. Certamente, de modo geral, não se deve responder; e você viu muito bem, por minha carta de ontem, que eu tampouco o queria; mas é que não creio que alguém se tenha encontrado algum dia na situação em que estou.

E ainda mais, ser obrigada a decidir sozinha! A senhora de Merteuil, que eu contava ver ontem à noite, não apareceu. Tudo conspira contra mim; foi por meio dela que eu o conheci. Foi quase sempre com ela que o vi, que falei com ele. Não é que eu lhe queira mal por isso, mas ela me deixou sozinha num momento de dificuldade. Oh! pobre de mim!

Imagine que ele veio ontem como de costume. Eu estava tão perturbada que não ousava olhar para ele. E ele não podia me falar, porque minha mãe estava presente. Eu realmente desconfiava que ele deveria ficar aborrecido quando visse que eu não lhe havia escrito. Eu não sabia o que fazer. Pouco depois, me perguntou se eu queria que ele fosse buscar minha harpa. Meu coração batia tão forte que só consegui lhe responder que sim. Quando voltou, foi muito pior. Não olhei para ele mais que um instante. Por sua vez, ele não olhava para mim, mas estava com uma aparência que se poderia dizer que estava doente. Isso me deixou mais que aflita. Então ele se pôs a afinar a harpa e depois, ao trazê-la, me disse: "Ah! senhorita!..." Só me disse essas duas palavras, mas foi num tom que me deixou totalmente transtornada. Eu dedilhava em minha harpa, sem saber o que estava fazendo. Minha mãe perguntou se não íamos cantar. Ele se desculpou, dizendo que estava um pouco adoentado; e eu, que não tinha desculpa, tive de cantar. Queria nunca ter tido voz. Escolhi propositadamente uma música que não sabia, pois tinha certeza absoluta de que não conseguiria cantar nenhuma; e todos teriam percebido alguma coisa. Felizmente, chegou uma visita e, logo que escutei a carruagem estacionar à porta, parei e pedi a ele para que guardasse minha harpa. Fiquei com muito medo de que ele aproveitasse o momento para ir embora, mas voltou.

Enquanto minha mãe e a senhora recém-chegada conversavam, quis olhar para ele mais um breve instante. Meus olhos cruzaram com os dele e me senti impossibilitada de desviá-los. Um momento depois, vi lágrimas brotando de seus olhos e ele se viu obrigado a voltar-se para que ninguém reparasse. Diante disso, não pude me conter e senti que ia chorar também. Saí e, logo em seguida, escrevi a lápis, num pedaço de papel: "Não fique tão triste, eu lhe peço; prometo que vou lhe responder". Certamente, você não pode dizer que haja algo errado nisso; além de tudo, foi um impulso mais forte do que eu. Pus o pedaço de papel entre as cordas da harpa, como ele havia feito com a carta, e voltei para a sala. Sentia-me mais tranquila. Não via a hora de que essa senhora fosse embora de uma vez. Felizmente, estava só de passagem, partiu logo depois. Mal ela saiu, eu disse que queria retomar a harpa e pedi a ele para que a buscasse. Pude perceber muito bem, por seu jeito, que não suspeitava de nada. Mas ao voltar, oh!, como estava contente! Ao colocar a harpa diante de mim, ele se posicionou de maneira que minha mãe não pudesse ver, tomou minha mão e a apertou... mas de um jeito!... não foi mais que um instante, mas não saberia lhe dizer o prazer que senti. Retirei-a, no entanto; assim, nada tenho a me recriminar.

Agora, minha boa amiga, pode ver que não posso deixar de lhe escrever, porquanto o prometi; além do mais, não quero que recaia na tristeza, pois sofro, com isso, mais do que ele. Se fosse por maldade, certamente eu não o faria. Mas que mal pode haver em escrever, sobretudo se for para impedir que alguém se sinta infeliz? O que me deixa embaraçada é que nem sei direito como vou escrever minha carta; mas ele deverá perceber que não é por culpa minha. Além disso, estou certa de que, pelo simples fato de ser minha, será um imenso prazer para ele.

Adeus, minha querida amiga. Se achar que estou errada, diga-me; mas creio que não. À medida que o momento de lhe escrever se aproxima, meu coração bate de um modo inconcebível. Mas devo fazê-lo, porque o prometi. Adeus.

De..., 20 de agosto de 17**.

CARTA 19

**DE CÉCILE VOLANGES
AO CAVALEIRO DANCENY**

O senhor estava tão triste ontem! Isso me causou tanta pena que acabei prometendo lhe responder a carta que me deixou. Não me sinto menos indecisa hoje, porque sei que não é de bom tom fazê-lo. Como o prometi, porém, não posso faltar com minha palavra e isso deve lhe provar a amizade que lhe devoto. Agora que já sabe, espero que não me peça novamente para lhe escrever. Espero também que não diga a ninguém que lhe escrevi, porque certamente haveriam de me recriminar, o que poderia me causar muito desgosto. E espero, de modo particular, que o senhor não pense mal de mim, o que me causaria maior pesar que qualquer outra coisa. Posso lhe assegurar que não teria feito semelhante gentileza a ninguém mais, que não fosse ao senhor. Gostaria que o senhor, de sua parte, tivesse a gentileza de não ficar mais triste como estava ontem, pois isso me tira todo o prazer que sinto ao vê-lo. Pode perceber, senhor, que lhe falo com toda a sinceridade. O que mais desejo é que nossa amizade dure para sempre, mas eu lhe peço que não me escreva mais.

Tenho a honra de ser,
Cécile VOLANGES

De..., 20 de agosto de 17**.

CARTA 20

DA MARQUESA DE MERTEUIL
AO VISCONDE DE VALMONT

Ah! seu tratante, anda me adulando de medo que eu zombe de você? Ora essa, eu o perdoo. Anda me escrevendo tantas loucuras que realmente preciso perdoar a prudência em que sua presidenta o mantém. Não creio que meu cavaleiro pudesse ter tanta indulgência como eu; seria aquele tipo de homem que não haveria de aprovar a renovação de nosso contrato e não haveria de achar a menor graça em sua ideia tresloucada. Já ri bastante por causa disso e fiquei realmente chateada por ser obrigada a rir sozinha. Se você estivesse aqui, não sei a que teria me levado essa alegria, mas tive tempo para refletir e me armei de severidade. Não é que me recuse para sempre, mas estou adiando, e tenho razão. Talvez pusesse nisso alguma vaidade e, uma vez envolvida no jogo, ninguém sabe aonde se iria parar. Eu seria o tipo de mulher a prendê-lo de novo, a fazê-lo esquecer sua presidenta; e se eu, indigna como sou, o induzisse a se desinteressar da virtude, imagine só que escândalo! Para evitar esse perigo, seguem minhas condições.

Logo que possuir sua bela devota e puder me fornecer uma prova, venha, e serei sua. Mas você não ignora que, em assuntos importantes, só se aceitam provas por escrito. Dessa forma, por um lado, eu me tornarei uma recompensa, em lugar de um consolo, e essa ideia me agrada mais. Por outro lado, seu êxito será mais picante, tornando-se ele próprio uma forma de infidelidade. Venha, portanto, venha o quanto antes me trazer a prova de seu triunfo: de igual modo como nossos bravos cavaleiros vinham depositar aos pés de suas damas os brilhantes frutos de sua vitória. Falando sério, estou curiosa em saber o que pode escrever uma mulher virtuosa depois de semelhante momento e com que véu vai encobrir suas palavras depois de não ter mais nenhum para encobrir sua pessoa. Cabe a você julgar se meu preço é elevado demais, mas eu o previno de que não há como pechinchar. Até lá, meu caro visconde, vai achar bom que eu permaneça fiel a meu cavaleiro e me entretenha em fazê-lo feliz, apesar do pequeno desgosto que isso lhe causa.

Se eu, no entanto, tivesse menos princípios, creio que ele teria, nesse momento, um perigoso rival: a pequena Volanges. Gosto demais dessa menina; é uma verdadeira paixão. Ou muito me engano ou ela ainda vai se tornar uma de nossas mulheres mais em voga. Vejo seu pequeno coração desabrochar, é um espetáculo encantador. Ela já ama seu Danceny com furor, mas nada sabe ainda. Ele próprio, embora totalmente apaixonado, ainda possui a timidez de sua idade e não ousa por ora declarar-se. Os dois têm adoração por mim. A menina, de modo particular, tem grande vontade de me contar seu segredo; especialmente de alguns dias para cá, a vejo realmente oprimida e eu lhe teria prestado um grande favor se a ajudasse um pouco, mas não esqueço que ela é ainda uma criança e não quero me comprometer. Danceny me falou um pouco mais claramente, mas, em relação a ele, minha decisão está tomada, não quero ouvi-lo. Quanto à menina, com frequência me sinto tentada a transformá-la em minha aluna; é um favor que tenho vontade de prestar a Gercourt. Ele me dá tempo, porquanto deverá permanecer na Córsega até o mês de outubro. Estou pensando que posso aproveitar esse tempo e então lhe entregaremos uma mulher completamente formada, em lugar de sua inocente colegial. Com efeito, que insolente segurança é a desse homem, que ousa dormir tranquilo, enquanto uma mulher, que tem motivos para se queixar dele, ainda não se vingou? Ora, vamos, se a menina estivesse aqui nesse momento, não sei o que não haveria de lhe dizer.

Adeus, visconde, boa noite e sucesso, mas, por Deus, vá em frente. Pense bem que, se não conquistar essa mulher, as outras, que já o tiveram, vão se envergonhar de você.

De..., 20 de agosto de 17**.

CARTA 21

**DO VISCONDE DE VALMONT
À MARQUESA DE MERTEUIL**

Finalmente, minha bela amiga, dei um passo adiante, mas um grande passo que, se não me levou até o fim, pelo menos me mostrou que estou no caminho certo e dissipou o medo, que sentia, de ter me extraviado. Declarei, enfim, meu amor e, embora ela guardasse o mais obstinado silêncio, obtive a resposta talvez menos equívoca e mais lisonjeira. Mas não antecipemos os fatos e remontemos ao início.

Você deve se lembrar que mandaram vigiar meus movimentos. Pois bem! Eu quis que esse escandaloso expediente se transformasse em edificação pública e veja só o que fiz. Encarreguei meu confidente de descobrir, nas redondezas, algum infeliz que necessitasse de ajuda. Essa tarefa não era difícil de cumprir. Ontem à tarde, ele me contou que deviam apreender, hoje pela manhã, os móveis de uma família inteira que não tinha como pagar um imposto devido. Assegurei-me de que não houvesse nessa casa nenhuma moça ou mulher cuja idade ou aparência pudessem tornar minha ação suspeita e, depois de estar bem informado, comuniquei, durante o jantar, minha intenção de fazer uma caçada, no dia seguinte. Nesse ponto, devo fazer justiça à minha presidenta. Sem dúvida, ela sentiu algum remorso pelas ordens que tinha dado e, sem forças para dominar a própria curiosidade, as teve, pelo menos, para contrariar meu desejo. Dizia ela que deveria fazer um calor excessivo, que eu corria o risco de adoecer, que não conseguiria matar nada e que me cansaria em vão. Durante esse diálogo, seus olhos, que talvez falassem mais do que ela desejasse, me diziam de modo bastante claro que ela desejava que eu acatasse como boas suas más razões. Eu não pretendia de forma alguma me render, como pode imaginar, e resisti inclusive a uma pequena crítica direta contra a caça e os caçadores e a uma leve sombra de irritação que obscureceu, durante o resto da noite, seu semblante celestial. Por um momento, tive receio de que acabasse por revogar suas ordens e sua delicadeza terminasse por me prejudicar. Eu não avaliava muito bem a curiosidade de uma mulher; por isso me enganava. Nessa mesma noite, meu criado me tranquilizou e fui dormir satisfeito.

Ao despontar do dia, levanto-me e parto. A cinquenta passos apenas do castelo, percebo meu espião, que me segue. Começo a caçar e caminho através dos campos em direção da aldeia, para onde pretendia ir, sem outro prazer, em minha rota, que o de fazer correr o patife que me seguia, o qual, não se atrevendo a sair da estrada, muitas vezes percorria, a toda a velocidade, uma distância três vezes maior que a minha. À força de exercitá-lo, eu mesmo senti um calor extremo e me sentei ao pé de uma árvore. Não é que ele teve a insolência de se esconder atrás de um arbusto a uns vinte passos de mim e de sentar-se também? Por um momento, fiquei tentado a disparar um tiro com minha espingarda que, embora carregada somente de chumbo fino, lhe teria dado uma lição suficiente sobre os perigos da curiosidade; para sorte dele, lembrei-me de que ele era útil, e mesmo necessário, para meus planos; e essa reflexão o salvou.

Chego, enfim, à aldeia; percebo uma agitação, vou avançando e pergunto. Relatam-me do que se trata. Mando chamar o coletor de impostos e, cedendo à minha generosa compaixão, pago com toda a nobreza as 56 libras pelas quais estavam reduzindo cinco pessoas à miséria e ao desespero. Depois desse ato tão simples, não pode imaginar o coro de bênçãos que ecoou em torno de mim da parte dos presentes! Que lágrimas de reconhecimento escorriam dos olhos do velho chefe dessa família e embelezavam esse semblante de patriarca que, momentos antes, a marca feroz do desespero o tornava verdadeiramente medonho! Eu contemplava esse espetáculo quando outro camponês, mais jovem, conduzindo pela mão uma mulher e dois filhos e vindo em minha direção a passos apressados, lhes disse: "Ajoelhemo-nos todos diante dessa imagem de Deus." E, no mesmo instante, me vi cercado por essa família, prostrada a meus pés. Devo confessar minha fraqueza; meus olhos se encheram de lágrimas e senti em mim um movimento involuntário, mas delicioso. Fiquei surpreso com o prazer que se experimenta ao fazer o bem; e estaria tentado a acreditar que essas pessoas a quem chamamos de virtuosas não têm tanto mérito como gostam de alardear. Seja como for, achei justo pagar a essa pobre gente pelo prazer que acabavam de me dar. Eu tinha ainda dez luíses no bolso e os dei a eles. Recomeçaram então os agradecimentos, mas não tinham mais aquele mesmo grau patético: o necessário tinha produzido o grande, o verdadeiro efeito; o resto não passava de simples expressão de reconhecimento e de surpresa diante de doações supérfluas.

No meio, contudo, das profusas bênçãos dessa família, eu até que podia parecer o herói de um drama, na cena final. Cumpre observar que, no meio dessa multidão, estava também meu fiel espião. Meu objetivo tinha sido alcançado; desvencilhei-me de todos eles e retornei ao castelo. Em resumo, não posso deixar de me felicitar por minha armação. Essa mulher merece, sem dúvida, que me empenhe em tantos cuidados que, um dia, ainda serão, perante ela, outros tantos penhores; e, de certa forma, tendo-a pago antecipadamente, terei o direito de dispor desses penhores a meu bel-prazer, sem ter de me recriminar.

Esquecia-me de lhe dizer que, para tirar o máximo proveito de tudo, pedi àquelas boas pessoas que tivessem bondade de orar a Deus pelo êxito de meus projetos. Vai ver se essas orações já não foram em parte atendidas... Mas acabam de me avisar que o jantar está servido e ficaria muito tarde para enviar esta carta, se só a fechasse antes de me recolher. Assim, *o resto fica para a próxima*. Lamento, uma vez que o resto é a melhor parte. Adeus, minha bela amiga. Está me roubando um instante do prazer de vê-la.

De..., 20 de agosto de 17**.

CARTA 22

DA PRESIDENTA DE TOURVEL
À SENHORA DE VOLANGES

Ficará, sem dúvida, muito satisfeita, minha senhora, em conhecer um aspecto do senhor de Valmont que contrasta não pouco, ao que me parece, com todos aqueles sob os quais lhe foi apresentado. É tão desagradável pensar desfavoravelmente de quem quer que seja, tão deplorável perceber apenas vícios naqueles que teriam todas as qualidades necessárias para fazer amar a virtude!

Enfim, a senhora aprecia tanto usar de indulgência que é lhe fazer um favor ao lhe dar motivos para reconsiderar um julgamento por demais rigoroso. O senhor de Valmont me parece merecedor desse favor, quase diria dessa justiça; e lhe explico por que assim penso.

Hoje de manhã, ele saiu para um desses passeios que poderia sugerir algum plano dele, pelas redondezas, conforme a ideia que lhe havia ocorrido, ideia que me culpo por ter assimilado talvez com demasiada presteza. Para sorte dele, e especialmente para nós, porquanto isso nos salva de sermos injustas, um de meus criados também devia seguir para os mesmos lados que ele[8], e foi assim que minha ansiosa curiosidade, ainda que repreensível, foi satisfeita. O criado nos contou que o senhor de Valmont, encontrando na aldeia de... uma infeliz família que via seus móveis sendo vendidos, por não ter conseguido pagar seus impostos, não só se prestou de imediato a saldar a dívida dessas pobres pessoas, como ainda lhes deu uma soma bastante considerável de dinheiro. Meu criado foi testemunha dessa virtuosa ação e me contou ainda que os camponeses, conversando entre si e com ele, tinham dito que um criado, que descreveram e que o meu julga ser o criado do senhor de Valmont, tinha levantado, ontem, informações sobre habitantes da aldeia que pudessem estar precisando de ajuda. Se assim for, não se trata somente de uma compaixão passageira, determinada pelas circunstâncias; é um plano bem pensado de fazer de fazer o bem, é a solicitude da benevolência, é a mais bela virtude das mais belas almas. Mas, seja por acaso ou por plano traçado, é sempre uma ação louvável, cujo simples relato me enternece até as lágrimas. Devo acrescentar ainda, e sempre por justiça, que, ao lhe falar desse gesto, sobre o qual nada dizia, ele começou por negar e, quando finalmente o reconheceu, pareceu lhe conferir tão pouco valor que sua modéstia lhe redobrava o mérito.

Agora me diga, minha respeitável amiga, o senhor de Valmont é,

---

8   A senhora de Tourvel não ousa, portanto, dizer que era por ordem sua?

de fato, um irremediável libertino? Se não for nada mais que isso e assim se comporte, o que pode restar para as pessoas honestas? O quê! Os maus haveriam de compartilhar com os bons o sagrado prazer da benevolência? Deus haveria de permitir que uma família virtuosa recebesse, das mãos de um celerado, um auxílio pelo qual renderia graças à divina providência? E poderia ele se comprazer em ouvir bocas puras derramando suas bênçãos sobre um réprobo? Não. Prefiro acreditar que esses erros, por mais que perdurem, não são eternos; e não posso pensar que aquele que faz o bem seja inimigo da virtude. O senhor de Valmont talvez não passe de mais um exemplo do perigo das relações. Detenho-me nessa ideia, que me agrada. Se, por um lado, pode servir para justificá-lo em sua mente, por outro, torna cada vez mais preciosa a terna amizade que me une à senhora por toda a vida.

Tenho a honra de ser, etc.

P. S. – A senhora de Rosemonde e eu vamos também, nesse instante, visitar a honesta e infeliz família e somar nossa tardia ajuda à do senhor de Valmont. Vamos levá-lo conosco. Pelo menos, daremos a essa boa gente o prazer de rever seu benfeitor; creio que é tudo o que ele nos deixou a fazer.

De..., 20 de agosto de 17**.

CARTA 23

DO VISCONDE DE VALMONT
À MARQUESA DE MERTEUIL

Em meu retorno, tínhamos parado no castelo; retomo meu relato. Mal tive tempo de me arrumar rapidamente e fui para a sala, onde minha dama se dedicava à tapeçaria, enquanto o pároco local lia o jornal para minha velha tia. Fui me sentar ao lado do tear. Olhares ainda mais meigos que de costume e quase acariciantes me deixaram logo suspeitando que o criado já havia prestado contas de sua missão. Com efeito, minha amável curiosa não conseguiu guardar por mais tempo o segredo que me havia roubado; e, sem receio de interromper um venerável pastor cuja fala se assemelhava, no entanto, a um sermão, disse: "Também tenho uma novidade para contar"; em seguida, passou a desfiar minha aventura com uma exatidão que fazia jus à inteligência de seu narrador. Pode imaginar como ostentei toda a minha modéstia; mas quem poderia deter uma mulher que, sem desconfiar, tece o elogio daquele que ama? Tomei, portanto, a decisão de deixá-la falar. Parecia que estivesse pregando o panegírico de um santo. Enquanto isso, eu observava, não sem esperança, tudo o que prometiam ao amor seu olhar animado, seus gestos agora mais livres e, de modo particular, esse tom de voz que, por sua já sensível alteração, traía a emoção de sua alma. Mal terminou de falar, a senhora de Rosemonde me disse: "Venha, meu sobrinho, venha que quero lhe dar um abraço." Logo senti que a linda pregadora não poderia se furtar de ser abraçada por sua vez. Ela, no entanto, quis se escapulir, mas logo se viu em meus braços e, longe de ter forças para resistir, mal lhe restavam aquelas que a mantinham de pé. Quanto mais observo essa mulher, mais desejável ela me parece. Ela se apressou em retornar a seu tear e, para todos os presentes, parecia que estivesse recomeçando seu trabalho de tapeçaria. Mas eu percebi muito bem que as mãos trêmulas não lhe permitiam continuar sua obra.

Depois do almoço, as damas quiseram fazer uma visita aos desafortunados que eu tão piedosamente havia ajudado; acompanhei-as. Poupo-lhe o aborrecimento dessa segunda cena de gratidão e de elogios. Meu coração, apertado por uma deliciosa lembrança, apressa o momento do retorno ao castelo. Pelo caminho, minha bela presidenta, mais sonhadora que de costume, não disse nem uma palavra sequer. Ocupado inteiramente em encontrar os meios de aproveitar do efeito produzido pelo acontecimento do dia, eu guardava o mesmo silêncio. Somente a senhora de Rosemonde falava e obtinha de nós apenas respostas curtas e raras. Devíamos aborrecê-la; era o que pretendia, e consegui. Por isso, ao descer da carruagem, ela foi para seus aposentos e nos deixou a sós, minha bela e eu, numa sala mal iluminada; doce obscuridade que encorajou o tímido amor.

 Não tive dificuldade em dirigir a conversa para onde eu queria. O fervor da amável pregadora me serviu melhor do que poderia fazê-lo minha habilidade. "Quando se é digno de fazer o bem", me disse ela, fitando em mim seu doce olhar, "como é possível passar a vida fazendo o mal?" – "Não mereço", respondi, "nem esse elogio nem essa recriminação; e não posso entender, com o espírito tão refinado que possui, como não conseguiu ainda me decifrar. Se minha confiança pudesse me prejudicar a seus olhos, a senhora é tão digna dela que não me seria possível recusá-la. Encontrará a chave de minha conduta num caráter infelizmente demasiado fácil. Cercado de pessoas sem princípios, imitei seus vícios; e, por amor-próprio, talvez tenha tentado superá-las. Seduzido aqui, do mesmo modo, pelo exemplo das virtudes, sem esperar me igualar à senhora, pelo menos tentei segui-la. E talvez a ação pela qual me elogia hoje perdesse todo o valor a seus olhos, se soubesse seu verdadeiro motivo! (Veja, minha bela amiga, como eu estava próximo da verdade.) Não é a mim", continuei, "que esses infelizes devem minha ajuda. Onde a senhora pensa ver uma ação louvável, eu apenas procurava um modo de agradar. Não fui, é preciso dizê-lo, senão o fraco agente da divindade que adoro (nesse ponto, ela tentou me interromper, mas não lhe dei tempo). Nesse preciso momento", acrescentei, "meu segredo só pode me escapar por fraqueza. Eu me havia prometido a mim mesmo de não revelá-lo; era para mim suma felicidade render a suas virtudes, bem como a seus atrativos, uma pura homenagem que a senhora haveria de ignorar para sempre; mas, incapaz de enganar, quando tenho diante de mim o exemplo da candura, não terei de me recriminar uma culpável dissimulação para com a senhora. Não creia que a esteja ultrajando com uma criminosa esperança. Serei infeliz, já sei; mas meus sofrimentos me serão caros, pois serão sempre prova do excesso de meu amor; é a seus pés, é em seu colo que deposito minha dor. Ali vou haurir forças para sofrer de novo; ali vou encontrar a compassiva bondade e vou me sentir consolado, porque a senhora se condoeu de mim. Ó senhora que adoro! Escute-me, lamente-me, venha em meu auxílio!"

Nesse momento, eu estava a seus pés e apertava as mãos dela nas minhas. Mas ela, soltando-as de repente e cruzando-as sobre os olhos com a expressão do desespero, exclamou: "Ah! como sou infeliz!" Depois se derreteu em lágrimas. Por sorte, eu estava envolvido a tal ponto que também chorava e, retomando suas mãos, as banhava com meus prantos. Essa precaução era realmente necessária, pois ela estava tão imersa em sua dor que não teria percebido a minha, se eu não tivesse lançado mão desse meio para alertá-la.Com isso, ganhei também a oportunidade de contemplar com calma aquele semblante encantador, embelezado ainda mais pelo poderoso atrativo das lágrimas. Minha cabeça esquentava e me senti tão pouco senhor de mim que fiquei tentado de aproveitar desse momento.

Qual é, portanto, nossa fraqueza? Qual é o domínio das circunstâncias, se eu mesmo, esquecendo-me de meus planos, arrisquei perder, por um triunfo prematuro, o encanto dos longos combates e dos detalhes de uma penosa derrota; se, seduzido por um desejo de jovem, pensei expor o vencedor da senhora de Tourvel a recolher apenas, como fruto de seus esforços, a insípida vantagem de ter tido uma mulher a mais? Ah! que ela se renda, mas que combata; que, sem ter a força para vencer, tenha aquela para resistir; que saboreie com calma o sentimento de sua própria fraqueza e seja obrigada a reconhecer sua derrota. Deixemos o obscuro caçador clandestino matar de tocaia o cervo que surpreendeu; o verdadeiro caçador deve forçar a presa. Esse plano é sublime, não é? Mas talvez eu estivesse agora lamentando por não tê-lo seguido, se o acaso não tivesse vindo em auxílio de minha prudência.

Ouvimos um barulho. Alguém vinha em direção da sala. A senhora de Tourvel, amedrontada, se levantou precipitadamente, apanhou uma das tochas e saiu. Não houve jeito de impedi-la. Era apenas um criado. Logo que me assegurei, eu a segui. Mal tinha dado alguns passos que, seja por ter me reconhecido, seja por um vago sentimento de medo, a ouvi apressar o passo e se lançar, mais do que entrar, em seus aposentos, fechando a porta atrás de si. Fui até lá, mas a chave estava do lado de dentro. Tive o cuidado de não bater: seria lhe fornecer a oportunidade de uma resistência demasiado fácil. Tive a simples e feliz ideia de tentar ver alguma coisa através do buraco da fechadura e, com efeito, vi essa adorável mulher de joelhos, banhada em lágrimas e rezando com fervor. Que Deus ousava ela invocar? Existe algum tão poderoso contra o amor? Em vão clama ela, nesse momento, por socorro alheio; sou eu que vou decidir sua sorte.

Julgando ter feito bastante por um dia, eu também me recolhi em meus aposentos e me pus a lhe escrever. Esperava revê-la no jantar; mas ela mandou dizer que se sentia indisposta e tinha deitado. A senhora de Rosemonde quis subir até os aposentos dela, mas a maliciosa doente pretextou uma dor de cabeça que não lhe permitia ver ninguém. Pode imaginar que, depois do jantar, a vigília foi curta e eu também tive dor de cabeça. Retirado em meus aposentos, escrevi uma longa carta para me queixar desse rigor e me deitei, com a intenção de remetê-la essa manhã. Dormi mal, como pode ver pela data dessa carta. Levantei-me e reli minha epístola. Percebi que não me havia controlado muito bem, que mostrava mais ardor do que amor e mais irritação do que tristeza. Será preciso refazê-la, mas teria de estar mais calmo.

Já percebo o despontar do dia e espero que o frescor que o acompanha me traga o sono. Vou voltar para a cama e, qualquer que seja o poder dessa mulher, prometo não me ocupar de tal modo dela que não me sobre tempo para pensar muito em você. Adeus, minha bela amiga.

De..., 21 de agosto de 17**, quatro horas da manhã.

CARTA 24

**DO VISCONDE DE VALMONT
À PRESIDENTA DE TOURVEL**

Ah! senhora, por piedade, digne-se acalmar a perturbação de minha alma, digne-se me dizer o que devo esperar ou temer! Preso entre o excesso de felicidade e de infortúnio, a incerteza é um tormento cruel. Por que fui lhe falar? Por que não soube resistir ao encanto imperioso que lhe entregava meus pensamentos? Satisfeito em adorá-la em silêncio, desfrutava pelo menos de meu amor; e esse sentimento puro, que então não perturbava a visão de sua dor, bastava para minha felicidade; mas essa fonte de felicidade se transformou em fonte de desespero desde que vi suas lágrimas escorrendo, desde que ouvi esse cruel *Ah! como sou infeliz*! Essas palavras, senhora, vão ecoar por muito tempo em meu coração. Por que fatalidade, o mais doce dos sentimentos só pode lhe inspirar pavor? Que medo é esse, pois? Ah! não é daqueles de compartilhar. Seu coração, que não conheci bem, não foi feito para o amor; o meu, que a senhora calunia sem cessar, é o único sensível; o seu não tem pena mesmo. Se não fosse assim, não teria recusado uma palavra de consolo ao infeliz que lhe contava seus sofrimentos; não teria se subtraído a seus olhares, quando ele não tem outro prazer senão o de vê-la; não teria brincado cruelmente com sua inquietação, mandando dizer que estava doente, sem lhe permitir que fosse se informar de seu estado; teria sentido que essa mesma noite que, para a senhora, não passava de doze horas de repouso, para ele deveria ser um século de angústia.

Por que motivo, diga-me, merecia esse rigor tão desolador? Não receio tomá-la como juiz. Que fiz eu, afinal de contas, além de ceder a um sentimento involuntário, inspirado pela beleza e justificado pela virtude, sempre contido pelo respeito e cuja inocente confissão foi efeito da confiança e não da esperança? Haverá de trair essa confiança que a senhora mesma parecia me permitir e à qual me entreguei sem reserva? Não, não posso crer; seria atribuir-lhe um erro e meu coração se revolta à simples ideia de encontrar um só que seja na senhora. Retiro minhas recriminações. Posso tê-las escrito, mas não as pensei. Ah! deixe-me acreditar que é perfeita, é o único prazer que me resta. Prove-me que assim é, concedendo-me sua generosa atenção. Que outro infeliz socorreu alguma vez que estivesse tão necessitado quanto eu? Não me abandone no delírio em que me mergulhou; empreste-me sua razão, porque arrebatou a minha; depois de ter me corrigido, esclareça-me, para concluir sua obra.

Não quero enganá-la: não vai conseguir derrotar meu amor, mas poderá me ensinar a ajustá-lo, guiando meus passos, ditando minhas palavras, pelo menos vai me salvar da terrível infelicidade de magoá-la. Dissipe, sobretudo, esse medo desesperador; diga que me perdoa, que tem pena de mim; garanta-me sua indulgência. Nunca será toda a que eu desejaria, mas reclamo aquela de que preciso. Vai recusá-la?

Adeus, senhora. Receba com bondade a homenagem de meus sentimentos, que não desmerece a de meu respeito.

De..., 20 de agosto de 17**.

CARTA 25

DO VISCONDE DE VALMONT
À MARQUESA DE MERTEUIL

Segue o boletim de ontem.

Às onze horas, entrei nos aposentos da senhora de Rosemonde e, sob seus auspícios, fui introduzido no quarto da falsa doente, que estava ainda deitada. Tinha os olhos muito abatidos; espero que tenha dormido tão mal como eu. Aproveitei um momento em que a senhora de Rosemonde se havia afastado para entregar minha carta. Houve recusa em recebê-la, mas a deixei sobre a cama e, educadamente, fui aproximar a poltrona de minha velha tia, que queria estar bem perto de *sua querida filha*. Foi preciso esconder a carta para evitar um escândalo. A doente disse, desajeitadamente, que julgava estar com um pouco de febre. A senhora de Rosemonde me pediu para que lhe tomasse o pulso, elogiando exageradamente meus conhecimentos de medicina. Minha bela teve então a dupla mágoa de ser obrigada a me estender o braço e a pressentir que sua pequena mentira seria descoberta. Com efeito, tomei uma de suas mãos, apertando-a com uma das minhas, enquanto que, com a outra, percorria seu braço saudável e roliço; a maliciosa criatura ficou calada, o que me levou a dizer, ao me retirar: "Não se nota a menor perturbação." Desconfiei que seu olhar deveria mostrar-se severo e, para puni-la, não o fitei. Um momento depois, disse que queria se levantar e a deixamos a sós. Apareceu no almoço, que foi tristonho. Afirmou que não iria passear, o que equivalia a me dizer que eu não teria oportunidade de lhe falar. Senti então que precisava introduzir nesse instante um suspiro e um olhar doloroso. Sem dúvida, ela esperava por isso, pois foi o único momento do dia em que consegui encontrar seu olhar. Por mais reservada que seja, ela tem suas pequenas astúcias, como qualquer outra. Encontrei uma oportunidade para lhe perguntar *se tinha tido a bondade de me informar sobre minha sorte*, e fiquei um pouco surpreso ao ouvi-la responder: *Sim, senhor, eu lhe escrevi.* Eu estava ansioso demais para ler essa carta. Mas, seja uma vez mais por astúcia, seja por imperícia ou timidez, ela só a entregou à noite, no momento em que se retirava para seus aposentos. Envio-lhe essa carta, assim como o rascunho da minha; leia e julgue; veja com que insigne falsidade ela afirma que não sente amor nenhum, quando tenho certeza do contrário; e depois haverá de se queixar de que a engano, quando não teme me enganar antes! Minha bela amiga, o mais sagaz dos homens não consegue ainda chegar ao nível da mulher mais sincera. Será necessário, contudo, fingir acreditar nessa conversa fiada e me esgotar de desespero, porque essa senhora se compraz em bancar a rigorosa! Como encontrar um meio de não se vingar dessas maldades!... Ah! paciência... Mas adeus. Ainda tenho muito a escrever.

A propósito, mande-me de volta a carta da desumana; pode bem ser que, mais adiante, ela queira dar valor a essas bobagens todas e é preciso estar em dia e atento.

Não lhe falo da pequena Volanges; falaremos a respeito num dos próximos dias.

Do castelo, 22 de agosto de 17**.

CARTA 26

DA PRESIDENTA DE TOURVEL
AO VISCONDE DE VALMONT

Certamente, senhor, não teria recebido nenhuma carta minha, se minha tola conduta de ontem à noite não me obrigasse hoje a lhe dar uma explicação. Sim, confesso que chorei. Talvez até me tenham escapado as duas palavras que o senhor cita com todo o cuidado; lágrimas e palavras, o senhor reparou em tudo. Devo, portanto, lhe explicar o que ocorreu.

Habituada a inspirar somente sentimentos honestos, a ouvir somente palavras que posso ouvir sem corar e, por conseguinte, desfrutar de uma segurança que, ouso dizer que mereço, não sei dissimular nem combater as sensações que experimento. A surpresa e o embaraço em que me deixaram sua atitude; não sei que temor, inspirado por uma situação que jamais deveria se apresentar a mim; talvez a revoltante ideia de me ver confundida com mulheres, que o senhor despreza, e tratada com a mesma leviandade que elas; todas essas causas reunidas provocaram minhas lágrimas e podem ter me levado a dizer, creio que com razão, que me sentia infeliz. Essa expressão, que o senhor julga tão forte, seria certamente muito mais fraca ainda, se meus prantos e minhas palavras tivessem tido outro motivo; se, em lugar de desaprovar sentimentos que devem me ofender, eu chegasse a temer compartilhá-los.

Não, senhor, não tenho esse temor. Se o tivesse, fugiria a cem léguas daqui; iria chorar num deserto a infelicidade de tê-lo conhecido. Quem sabe até, apesar da certeza que tenho de não amá-lo, de que jamais o amarei, quem sabe se não teria sido melhor seguir o conselho de meus amigos: de não deixá-lo se aproximar de mim.

Acreditei, e foi esse meu único erro; acreditei que o senhor haveria de respeitar uma mulher honesta, que não exigiria nada mais do que achá-lo igualmente honesto e de lhe fazer justiça; que já o defendia enquanto o senhor a ultrajava com suas juras criminosas. O senhor não me conhece, não, senhor, não me conhece. De outro modo, não teria pensado em fazer de seus erros um direito, porque me dirigiu palavras que eu não deveria ouvir, porque não se julgaria autorizado a me escrever uma carta que eu não deveria ler, e ainda me pede de *guiar seus passos, de ditar suas palavras*! Pois bem, senhor, o silêncio e o esquecimento, esses são os conselhos que me convém lhe dar como convém ao senhor segui-los. Então terá, de fato, direito à minha indulgência; só dependeria do senhor obter até mesmo meu reconhecimento... Mas não, não farei nunca um pedido àquele que não me respeitou; não vou dar nem sequer um sinal de confiança àquele que abusou de minha tranquilidade.

O senhor me obriga a temê-lo, talvez a odiá-lo; e não era o que eu queria. Só queria ver no senhor o sobrinho de minha mais respeitável amiga. Eu opunha a voz da amizade à voz pública que o acusava. O senhor destruiu tudo e, bem posso prever, não vai querer reparar nada.

Atenho-me, senhor, a declarar que seus sentimentos me ofendem, que sua confissão me ultraja e, sobretudo, que, longe de um dia vir a compartilhá-los, o senhor me forçaria a não revê-lo nunca mais, se não se impor sobre esse assunto um silêncio que me parece ter o direito de esperar, e até mesmo de exigir do senhor. Junto a esta carta aquela que me escreveu, esperando que tenha a bondade de me devolver a presente; ficaria deveras aflita se restasse algum vestígio de um fato que jamais deveria ter ocorrido. Tenho a honra de ser, etc.

De..., 21 de agosto de 17**.

CARTA 27

**DE CÉCILE VOLANGES
À MARQUESA DE MERTEUIL**

Meu Deus, quanta bondade, senhora! Como realmente percebeu que me seria mais fácil lhe escrever do que lhe falar! O que tenho a lhe dizer é muito difícil; mas a senhora é minha amiga, não é verdade? Oh, sim! minha boa amiga! Vou procurar não ter medo. Além disso, preciso tanto da senhora, de seus conselhos! Ando muito desgostosa, parece que todos adivinham o que estou pensando e, de modo particular, quando ele está presente, coro ao perceber que todos me olham. Ontem, quando me viu chorando, era porque eu queria lhe falar, mas não sei o que é que me impedia; e quando me perguntou o que eu tinha, as lágrimas brotaram malgrado meu. Não teria conseguido dizer uma única palavra. Se não fosse pela senhora, minha mãe teria percebido, e o que teria sido de mim? Aí está, pois, como passo minha vida, principalmente de quatro dias para cá.

Foi nesse dia, senhora, sim vou lhe contar, foi nesse dia que o cavaleiro Danceny me escreveu. Oh! asseguro-lhe que, ao me deparar com sua carta, não sabia em absoluto do que se tratava; mas, para não mentir, não posso dizer que não tenha sentido um grande prazer ao lê-la. Veja só, preferiria ter desgostos a vida inteira a que ele não a tivesse escrito. Mas sabia muito bem que eu não poderia lhe dizer isso e posso até mesmo lhe assegurar que lhe disse que estava magoada com a carta dele. Mas ele afirmou que tinha sido algo mais forte que ele e acredito, pois eu tinha resolvido não lhe responder e, no entanto, não pude me impedir de fazê-lo. Oh! só lhe escrevi uma vez e foi mesmo, em parte, para lhe pedir que não me escrevesse mais. Apesar disso, ele continua me escrevendo; e como não lhe respondo, percebo que anda triste e isso me aflige ainda mais, de modo que já não sei o que fazer nem o que será de mim; sinto-me, pois, mais que infeliz.

Diga-me, lhe peço, minha senhora, seria de todo incorreto lhe responder de vez em quando? Só até que ele próprio se decidisse a não me escrever mais e deixar tudo como era antes, entre nós, pois, quanto a mim, continuando desse jeito, não sei o que será de mim. Imagine só que, ao ler sua última carta, chorei que não acabava mais; e estou mais que certa de que, se não lhe responder, será muito penoso para nós.

Vou lhe enviar também a carta dele, ou melhor, uma cópia, para que a senhora possa julgar. Verá que ele não me pede nada de mal. Mas, se achar que isso não convém, prometo que vou me abster de fazê-lo; acredito, porém, que deverá pensar como eu, que nisso não há mal algum.

Falando disso, senhora, permita-me fazer mais uma pergunta. Disseram-me que era errado amar alguém, mas por quê? O que me leva a perguntar isso é que o senhor cavaleiro Danceny afirma que não há mal nenhum, que quase todo o mundo ama. Se assim for, não vejo por que eu seria a única a me proibir isso. Ou será que é um mal somente para as donzelas? Pois escutei minha própria mãe dizendo que a senhorita D... amava o senhor M..., e não falava como de uma coisa que fosse tão errada. Mas tenho certeza de que ela haveria de se zangar comigo, se só desconfiasse de minha amizade pelo senhor Danceny. Minha mãe me trata ainda como se eu fosse uma criança e não me diz absolutamente nada. Quando me tirou do convento, acreditava que era para que eu me casasse, mas agora me parece que não é bem assim. Não é que eu esteja preocupada, garanto-lhe, mas a senhora, que é amiga dela, talvez saiba o que se passa; e, se souber, espero que me conte.

Aí está uma carta bem longa, senhora, mas uma vez que me permitiu lhe escrever, aproveitei o ensejo para lhe dizer tudo e conto com sua amizade.

Tenho a honra de ser, etc.

Paris, 23 de agosto de 17**.

CARTA 28

DO CAVALEIRO DANCENY
A CÉCILE VOLANGES

Ora essa! senhorita, ainda se recusa a me responder! Nada pode sensibilizá-la e cada dia leva embora consigo a esperança que tinha trazido! Que amizade é essa, pois, que consente que subsista entre nós, se não é bastante forte para torná-la sensível à minha dor, se a deixa fria e tranquila enquanto eu vivo os tormentos de um fogo que não posso apagar, se, longe de lhe inspirar confiança, não é suficiente nem mesmo para suscitar sua compaixão? O quê! Seu amigo sofre, e a senhorita nada faz para socorrê-lo! Ele não lhe pede mais que uma palavra, e a senhorita a recusa! E quer que ele se contente com um sentimento tão fraco, ao qual ainda teme corresponder?

Dizia-me ontem que não gostaria de passar por ingrata. Ah! acredite, senhorita, querer pagar amor com amizade não é temer a ingratidão, é temer somente parecer ingrata. Não me atrevo mais, contudo, lhe falar de um sentimento que só pode lhe ser um peso, se não a interessa; toca a mim, pelo menos, encerrá-lo em mim mesmo, esperando que consiga sufocá-lo. Sinto como vai ser penosa essa tarefa; não lhe escondo que vou precisar de todas as minhas forças; vou tentar todos os meios. Há um deles que mais haverá de custar a meu coração; será o de me repetir com frequência que o seu é insensível. Vou procurar até mesmo vê-la menos e, desde já, ando em busca de um pretexto plausível.

O quê! Vou perder, portanto, o doce hábito de vê-la todos os dias! Ah! pelo menos nunca vou deixar de lamentá-lo. Uma eterna infelicidade será o preço do amor mais terno, e a senhorita assim o quis, e será obra sua! Nunca mais, sinto-o, vou reencontrar a felicidade que hoje estou perdendo; só e exclusivamente a senhorita era feita para meu coração; com que prazer eu faria o juramento de viver só para a senhorita! Mas não aceita recebê-lo, seu silêncio me revela que seu coração nada sente por mim. Essa é, de uma vez por todas, a prova mais segura de sua indiferença e a forma mais cruel de dizê-la a mim. Adeus, senhorita!

Não ouso mais me iludir com uma resposta sua; o amor a teria escrito com presteza, a amizade, com prazer, a própria compaixão, com complacência. Mas a compaixão, a amizade e o amor são igualmente estranhos a seu coração.

Paris, 23 de agosto de 17**.

CARTA 29

**DE CÉCILE VOLANGES
A SOPHIE CARNAY**

Eu bem que lhe dizia, Sophie, que há casos em que seria conveniente escrever e lhe asseguro que me recrimino de ter seguido seu conselho, que tanta mágoa causou ao cavaleiro Danceny e a mim. Prova de que eu tinha razão é que a senhora de Merteuil, que é uma mulher que certamente entende do assunto, acabou por concordar comigo. Eu lhe confessei tudo. De início, ela realmente me disse o mesmo que você, mas depois que lhe expliquei tudo, concordou que o caso era bem diferente. Exige somente que lhe mostre todas as minhas cartas e todas aquelas do cavaleiro Danceny, para ter certeza de que só direi o que convém. Assim, no momento, me sinto tranquila. Meu Deus, como gosto da senhora de Merteuil! É tão bondosa! E é uma mulher respeitável. Assim, não há o que dizer.

Como estou ansiosa por escrever ao senhor Danceny e como ele vai ficar contente! Mais ainda do que ele imagina, pois até o momento só lhe falava de minha amizade e ele sempre queria que eu falasse de meu amor. Creio que era precisamente a mesma coisa, mas, enfim, eu não ousava, e ele fazia questão disso. Foi o que eu disse à senhora de Merteuil, e ela me respondeu que eu tinha razão e só se devia admitir que se ama quando já não se consegue mais evitá-lo. Ora, tenho mais que certeza de que não vou conseguir evitá-lo por muito mais tempo. Afinal, é a mesma coisa e isso vai deixá-lo bem mais feliz.

A senhora de Merteuil me disse também que me emprestaria livros que falam de tudo isso e me ensinariam a me comportar bem e também a escrever melhor do que venho fazendo, pois, como vê, ela aponta todos os meus defeitos, o que prova que realmente me quer bem. Recomendou-me apenas de não dizer nada à minha mãe a respeito desses livros, porque daria a impressão de que ela negligenciou demais minha educação, o que poderia aborrecê-la. Oh! não vou lhe dizer nada.

É deveras extraordinário, portanto, que uma mulher, que não é nem minha parenta, cuide mais de mim do que minha mãe! É muita sorte minha tê-la conhecido!

Ela também pediu à minha mãe para que a deixasse me levar à Ópera, depois de amanhã, em seu camarote. Disse-me que ali estaríamos sozinhas e poderemos conversar o tempo todo sem temer que alguém nos ouça. Gosto muito mais disso do que da Ópera. Vamos falar também sobre meu casamento, pois me disse que era mais que certo que um dia eu iria me casar; mas não pudemos falar mais sobre esse assunto. Veja só, não é surpreendente que minha mãe não me fale absolutamente nada a respeito?

Adeus, minha Sophie, vou agora mesmo escrever ao cavaleiro Danceny. Oh! como estou contente!

De..., 24 de agosto de 17**.

CARTA 30

**DE CÉCILE VOLANGES
AO CAVALEIRO DANCENY**

Finalmente, senhor, consinto em lhe escrever, em lhe confirmar minha amizade, meu *amor*, visto que, sem isso, o senhor seria infeliz. Diz que não tenho bom coração; asseguro-lhe que se engana e espero que agora não duvide mais. Se acaso se sentiu magoado porque eu não lhe escrevia, acredita que isso não me doía também? Mas é que por nada deste mundo eu queria fazer algo que fosse incorreto; e mesmo porque eu não estaria seguramente convencida de meu amor, se pudesse evitá-lo. Mas sua tristeza me magoava demais. Espero que agora não já não fique mais tão triste e ambos vamos ser muito felizes.

Conto em ter o prazer de vê-lo essa noite e espero que venha cedo; nunca será tão cedo como o desejo. Minha mãe vai jantar em seus aposentos e acredito que vai convidá-lo a ficar; espero que não tenha outro compromisso, como anteontem. Foi agradável então o jantar, no local para onde ia? Pois saiu para lá bem cedo. Enfim, não vamos falar disso. Agora que sabe que o amo, espero que fique comigo o mais que puder, pois só me sinto feliz quando estou com o senhor, e bem que gostaria que sentisse o mesmo.

Lamento muito que ainda esteja triste nesse momento, mas a culpa não é minha. Vou pedir para tocar harpa logo que o senhor chegar, para que tenha em mãos minha carta imediatamente. É o melhor que posso fazer.

Adeus, senhor. Eu o amo muito, de todo o meu coração; quanto mais o digo, mais contente fico. Espero que o senhor também fique contente.

De..., 24 de agosto de 17**.

CARTA 31

DO CAVALEIRO DANCENY
A CÉCILE VOLANGES

Sim, sem dúvida, seremos felizes. Minha felicidade está assegurada, porque sou amado pela senhorita; e a sua não haverá de acabar jamais, se tiver de durar tanto quanto o amor que me inspirou. O quê! Então me ama, já não tem medo de me garantir seu *amor! Quanto mais o diz, mais contente se sente!* Depois de ter lido esse encantador *Eu o amo*, escrito de seu próprio punho, ouvi sua linda boca me repetir essa confissão. Vi se fixarem em mim esses olhos encantadores, que a expressão da ternura embelezava ainda mais. Recebi seu juramento de viver sempre para mim. Ah! receba o meu de consagrar minha vida inteira à sua felicidade; receba-o e esteja certa de que jamais o trairei.

Que dia maravilhoso passamos ontem! Ah! por que a senhora de Merteuil não tem todos os dias segredos para contar à sua mãe? Por que a ideia da pressão que nos espera tem de se mesclar à deliciosa lembrança que me entretém? Por que não posso apertar constantemente essa linda mão que me escreveu *Eu o amo*? Cobri-la de beijos e me vingar assim da recusa que me fez de um favor maior!

Diga-me, minha Cécile, quando sua mãe voltou, quando fomos forçados, por sua presença, a só termos um pelo outro olhares indiferentes; quando não podia mais me consolar com a segurança de seu amor, por sua recusa de me dar provas dele; não sentiu, pois, nenhum arrependimento? Não chegou a se dizer: "Um beijo o teria feito feliz e fui eu quem lhe arrebatou essa felicidade?" Prometa-me, minha adorável amiga, que, na próxima ocasião, será menos severa. Com essa promessa, haverei de encontrar coragem para suportar as contrariedades que as circunstâncias nos preparam; e as cruéis privações serão, pelo menos, atenuadas pela certeza de que as lamenta como eu.

Adeus, minha encantadora Cécile. Já está na hora de me dirigir à sua casa. Seria impossível me despedir, se não fosse para ir revê-la. Adeus; e como a amo, senhorita! e a quem hei de amar sempre mais!

De..., 25 de agosto de 17**.

CARTA 32

DA SENHORA DE VOLANGES
À PRESIDENTA DE TOURVEL

Quer então, senhora, que eu acredite na virtude do senhor de Valmont? Confesso que não posso me resolver a isso e teria tanta dificuldade em julgá-lo honesto, com base no único fato que me contou, quanto julgar cheio de vícios um reconhecido homem de bem, do qual chegasse a saber de uma falta que tivesse cometido. A humanidade não é perfeita em nenhum aspecto, tanto no mal quanto no bem. O celerado tem suas virtudes, como o homem de bem tem suas fraquezas. Parece-me tão necessário acreditar nessa verdade, porquanto é dela que deriva a necessidade de indulgência para os maus, como também para os bons, ainda mais que preserva esses últimos do orgulho e salva os primeiros do desânimo. Julgará, sem dúvida, que pratico muito mal nesse momento a indulgência que prego; mas é que só vejo nela uma perigosa fraqueza quando nos leva a tratar de igual modo o homem cheio de vícios e o homem de bem.

Não vou me permitir perscrutar os motivos da ação do senhor de Valmont; quero crer que sejam louváveis como o próprio gesto o é. Mas ele não passou a vida semeando nas famílias perturbação, desonra e escândalo? Escute, se quiser, a voz do infeliz que ele ajudou, mas que ela não a impeça de ouvir os gritos de centenas de vítimas que ele imolou. Mesmo que ele não fosse, como diz, um exemplo do perigo das relações, não seria ele próprio uma relação perigosa? Chega a supor que ele seria suscetível de uma feliz conversão? Vamos mais longe: suponhamos que esse milagre aconteça. Não permaneceria ainda contra ele a opinião pública, e essa não seria suficiente para definir sua conduta? Só Deus pode absolver no momento do arrependimento; ele lê nos corações. Mas os homens só podem julgar os pensamentos através das ações; e nenhum deles, depois que perdeu a estima dos outros, tem o direito de se queixar da necessária desconfiança que torna essa perda tão difícil de reparar. Pense, acima de tudo, minha jovem amiga, que por vezes basta, para perder essa estima, dar a impressão de lhe conferir pouco valor. E não taxe de injustiça essa severidade, pois, se nos é dado acreditar que não renunciamos a esse bem precioso quando temos o direito de pretendê-lo, a rigor está mais perto de fazer o mal todo aquele que não é contido por esse poderoso freio. Esse seria, no entanto, o aspecto sob o qual lhe mostraria uma relação íntima com o senhor de Valmont, por mais inocente que fosse.

Assustada pelo ardor com que o defende, apresso-me em me antecipar às objeções que posso prever. Deverá me citar a senhora de Merteuil, a quem perdoaram essa relação; vai me perguntar por que o recebo em minha casa; vai me dizer que, longe de ser rejeitado pelas pessoas de bem, ele é admitido e mesmo requisitado, na assim chamada boa sociedade. Posso, assim creio, responder a tudo.

Em primeiro lugar, a senhora de Merteuil, que é realmente muito estimável, talvez não tenha outro defeito, a não ser excessiva confiança em suas próprias forças; é uma hábil guia que se diverte em conduzir uma carruagem entre rochedos e precipícios, que só o sucesso justifica. É justo louvá-la, seria imprudente segui-la. Ela própria o admite e se recrimina. À medida que foi observando mais coisas, seus princípios se tornaram mais severos e não receio lhe assegurar que ela pensaria como eu.

Quanto ao que me diz respeito, não vou me justificar mais que os outros. Sem dúvida, recebo o senhor de Valmont, como ele é recebido por toda parte; é uma inconsequência a mais a acrescentar às mil outras que regem a sociedade. Sabe tão bem como eu que passamos a vida a reparar nelas, a queixar-nos delas e a entregar-nos a elas. O senhor de Valmont, que tem um belo sobrenome, uma grande fortuna e muitas qualidades amáveis, compreendeu desde cedo que, para se inserir e se impor na sociedade, bastava manejar, com igual destreza, o elogio e o ridículo. Ninguém possui, como ele, esse duplo talento: seduz com um e se faz temer com o outro. Ninguém o estima, mas todos o bajulam. Essa é a vida dele no seio de uma sociedade que, mais prudente que corajosa, prefere aturá-lo a combatê-lo.

Mas nem a própria senhora de Merteuil, nem qualquer outra mulher, ousaria, sem dúvida, isolar-se no campo quase frente a frente com um homem desses. Coube à mais sensata, à mais modesta dentre elas, dar o exemplo dessa inconsequência; perdoe-me essas palavras, pois me escaparam em virtude da amizade. Minha bela amiga, sua própria honestidade a trai, pela segurança que lhe inspira. Pense, portanto, que terá por juízes, de um lado, pessoas frívolas que não vão acreditar numa virtude cujo modelo não encontram em si mesmas e, de outro, pessoas más que vão fingir não acreditar, para puni-la por ter essa virtude. Considere que está fazendo, nesse momento, o que alguns homens não ousariam arriscar. Com efeito, entre os jovens, dos quais o senhor de Valmont se tornou, até por demais, o oráculo, observo que os mais sensatos têm medo de parecer tão intimamente ligados a ele; e a senhora, a senhora não o teme! Ah! reconsidere, reconsidere, lhe suplico... Se meus argumentos não são suficientes para persuadi-la, ceda à minha amizade; é ela que me faz renovar minhas instâncias, cabe a ela justificá-las. Julga-a severa, e eu desejo que seja inútil; mas prefiro que venha a se queixar de sua solicitude do que de sua negligência.

De..., 24 de agosto de 17**.

CARTA 33

**DA MARQUESA DE MERTEUIL
AO VISCONDE DE VALMONT**

Uma vez que tem medo de triunfar, meu caro visconde, uma vez que seu plano é fornecer armas contra si mesmo, que deseja menos vencer que combater, nada mais me resta a dizer. Sua conduta é uma obra-prima de prudência. Seria obra-prima de tolice na hipótese contrária; e, para falar a verdade, receio que esteja se iludindo.

O que lhe recrimino não é o fato de não ter aproveitado a oportunidade. Por um lado, não vejo claramente se ela surgiu; por outro, sei muito bem que, apesar do que se diz, uma oportunidade perdida se recupera, ao passo que nunca se volta atrás de uma atitude precipitada.

Mas o que está lhe custando caro foi o de ter-se deixado levar a escrever. Eu o desafio, agora, a prever aonde isso poderá ainda levá-lo. Acaso espera provar a essa mulher que ela deve se render? Parece-me que essa só pode ser uma verdade de sentimento e não de demonstração e, para que ela a aceite, deverá enternecer e não argumentar. Mas de que lhe adiantaria enternecer por meio de cartas, porquanto não vai estar lá para aproveitar? Ainda que suas belas frases produzissem a embriaguez do amor, julga que esta perduraria tempo suficiente para que a reflexão não tivesse tempo de impedir a confissão? Pense, portanto, no tempo necessário para escrever uma carta, no tempo que transcorre antes de ser entregue; e veja se, principalmente uma mulher de princípios como sua devota, pode querer esse tempo todo algo que se empenha por não querer jamais. Esse procedimento pode dar certo com crianças que, ao escrever "eu o amo", não sabem que estão dizendo "eu me rendo". Mas a virtude raciocinativa da senhora de Tourvel me parece conhecer muito bem o valor das palavras. Por isso, apesar da vantagem que tinha em relação a ela na conversa, ela o derrota em sua carta. E então, sabe o que acontece? Pelo simples fato de discutir, não se pretende ceder. À força de procurar boas razões, as encontramos, as dizemos e depois nos apegamos a elas, não tanto porque são boas, mas para não nos desmentirmos.

Além disso, uma observação, que muito me espanta que não a tenha feito, é que não há nada mais difícil, no amor, do que escrever o que não se sente. Quero dizer, escrever de maneira verossímil; não é que não usemos as mesmas palavras, mas não as dispomos do mesmo modo, ou melhor, as dispomos e basta. Releia sua carta; nela reina uma ordem que o denuncia a cada frase. Quero crer que sua presidenta tem formação insuficiente para poder perceber, mas que importa? Nem por isso o efeito deixa de se perder. É o defeito dos romances; o autor se bate com denodo para se animar, e o leitor permanece frio. *Heloísa* é o único romance que se possa excetuar; e, apesar do talento do autor, essa observação sempre me levou a acreditar que há nisso um fundo de verdade. O mesmo não acontece quando falamos. O hábito de exercitar um órgão lhe confere sensibilidade; a facilidade para as lágrimas a aumenta ainda mais; a expressão do desejo se confunde nos olhos com a da ternura; enfim, as palavras mal articuladas produzem mais facilmente esse ar de perturbação e de desordem que é a verdadeira eloquência do amor; e, de modo particular, a presença do objeto amado impede a reflexão e nos leva a desejar sermos vencidas.

Acredite, visconde, ela lhe pede que não lhe escreva mais; aproveite para reparar seu erro e aguarde por uma oportunidade de falar. Sabe que essa mulher tem mais força do que eu imaginava? Sua defesa é boa; e sem a extensão de sua carta e o pretexto que ela lhe dá para voltar ao assunto em sua frase de reconhecimento, ela não teria se traído de forma alguma.

O que me parece ainda ter de assegurá-lo quanto ao sucesso é que ela usa forças em demasia de uma só vez. Estou prevendo que ela vai esgotá-las na defesa da palavra e não lhe restará mais nenhuma para a defesa da coisa.

Devolvo-lhe suas duas cartas e, se for sensato, serão as últimas até o feliz momento. Se não fosse tão tarde, lhe falaria da pequena Volanges, que tem progredido bem depressa e tem me deixado muito contente. Acredito que vou terminar antes de você, o que deverá deixá-lo bem feliz. Adeus por hoje.

De..., 24 de agosto de 17**.

CARTA 34

DO VISCONDE DE VALMONT
À MARQUESA DE MERTEUIL

Fala que é uma maravilha, minha bela amiga, mas por que tanto esforço para provar o que ninguém ignora? Para ser rápido no amor, é melhor falar do que escrever. E aí está, creio, o que transparece em toda a sua carta. Mas oh! esses são os elementos mais simples da arte de seduzir. Notaria somente que você faz uma única exceção a esse princípio e, na realidade, há duas. Às meninas que seguem esse procedimento por timidez e se entregam por ignorância, é preciso acrescentar as mulheres pretensiosas que se deixam envolver por amor-próprio e que a vaidade conduz à armadilha. Estou mais que seguro, por exemplo, que a condessa de B..., que respondeu sem dificuldade à minha primeira carta, não tinha então mais amor por mim do que eu tinha por ela, e não viu senão a oportunidade de tratar de um assunto que devia fazê-la sentir-se prestigiada.

Seja como for, um advogado lhe diria que o princípio não se aplica a essa questão. Com efeito, você parte da suposição de que posso optar entre escrever e falar, o que não é bem assim. Desde o incidente do dia 29, minha desumana, que se mantém na defensiva, tem empregado, para evitar os encontros, uma habilidade que desconcertou a minha. Está num ponto em que, se continuar assim, ela me obrigará a lançar mão seriamente dos meios aptos para recuperar a vantagem perdida, pois, com toda a certeza, não quero, de qualquer jeito, ser vencido por ela. Minhas cartas se tornaram objeto de uma pequena guerra. Não contente em não respondê-las, ela se recusa a recebê-las. Para cada uma, preciso inventar uma nova astúcia, que nem sempre dá o resultado esperado.

Você deve se lembrar por que meio simples havia remetido a primeira; a segunda não ofereceu maior dificuldade. Ela me havia pedido para lhe devolver sua carta; em vez disso, lhe enviei a minha, sem lhe despertar a menor suspeita. Mas, seja por despeito por ter sido enganada, seja por capricho ou seja, enfim, por virtude, pois ela me forçará a acreditar nesta, recusou obstinadamente a terceira. Espero, no entanto, que o embaraço em que a deixou a sequência dessa recusa vai corrigi-la no futuro.

Não fiquei muito surpreso ao ver que ela não quis receber essa carta, que eu simplesmente lhe oferecia; já teria sido ceder um pouco e fico no aguardo de uma defesa mais prolongada. Depois dessa tentativa, que não era mais que um ensaio feito de passagem, pus minha carta num envelope e, aproveitando a hora da toalete, quando a senhora de Rosemonde e a camareira estavam presentes, mandei entregá-la por meu criado, com a ordem para lhe dizer que era o documento que ela me havia pedido. Imaginei que ela haveria de temer a explicação escandalosa que uma recusa deveria exigir. Com efeito, recebeu a carta, e meu embaixador, que tinha ordens para observar seu semblante, e não enxerga mal, só percebeu um leve rubor mais de embaraço que de raiva.

É certo, portanto, que fiquei mais que contente, pois ela deveria guardar essa carta ou, se quisesse devolvê-la, deveria se encontrar a sós comigo, o que me daria a oportunidade de lhe falar. Mais ou menos uma hora depois, um de seus criados entra em meu quarto e me entrega, da parte da patroa dele, um pacote de formato diferente do meu, em cujo envelope reconheci a letra tão desejada. Abro com precipitação... Era minha própria carta, com o lacre intacto, e somente dobrada ao meio. Desconfio que o medo de que eu fosse menos sensível que ela ao escândalo a levou a recorrer a essa diabólica astúcia.

Você me conhece; não preciso lhe descrever minha fúria. Tive, no entanto, de recobrar meu sangue-frio e procurar novos meios. Aí vai o único que encontrei.

Todas as manhãs, alguém parte daqui para buscar as cartas no correio, que fica a cerca de três quartos de légua. Para tanto, utiliza-se uma caixa fechada, parecida com um pequeno baú, da qual o agente do correio tem uma chave, e a senhora de Rosemonde, outra. Cada um deposita ali suas cartas durante o dia, quando melhor lhe parecer; à tarde, são levadas ao correio e, pela manhã, alguém vai buscar as que chegaram. Todos os criados, da casa ou outros, fazem esse serviço. Não era a vez de meu criado, mas ele se ofereceu para ir ao correio, a pretexto de que tinha algo a fazer por aqueles lados.

Escrevi, portanto, minha carta. Disfarcei minha caligrafia ao apor o endereço, e reproduzi bastante bem, no envelope, o selo de Dijon. Escolhi essa cidade, porque achei mais divertido, uma vez que eu reclamava os mesmos direitos do marido, de escrever também do mesmo lugar; e também porque minha bela tinha passado o dia inteiro falando do desejo que tinha de receber cartas de Dijon. Pareceu-me justo lhe proporcionar esse prazer.

Uma vez tomadas essas precauções, foi fácil juntar essa carta às outras. Com esse expediente, eu tinha ainda a vantagem de testemunhar o recebimento, pois é costume aqui nos reunirmos no café da manhã e aguardar a chegada das cartas antes de nos dispersarmos. Finalmente, elas chegaram.

A senhora de Rosemonde abriu a caixa. "De Dijon", disse ela, entregando a carta à senhora de Tourvel. "Não é a letra de meu marido", comentou esta, com voz alterada, ao romper atabalhoadamente o lacre. Um primeiro e simples olhar já a deixou ciente e seu semblante se transtornou de tal maneira que a senhora de Rosemonde percebeu e lhe perguntou: "O que aconteceu?" Eu me aproximei também, dizendo: "Essa carta é assim tão terrível?" A tímida devota não ousava levantar os olhos, não dizia palavra e, para disfarçar seu embaraço, fingia percorrer a epístola, que ela estava praticamente sem condições de ler. Eu me alegrava intimamente com sua perturbação e, não me incomodando por instigá-la mais um pouco, acrescentei: "Seu ar mais tranquilo me faz esperar que essa carta lhe causou mais espanto que dor." A raiva então a inspirou melhor do que teria podido fazer a prudência e replicou: "Ela contém coisas que me ofendem e estou surpresa que alguém tenha ousado me escrever." A senhora de Rosemonde a interrompeu: "E quem teria sido?" A bela enfurecida respondeu: "Não está assinada; mas a carta e seu autor me inspiram igual desprezo. Seria um favor que me fariam não tocar mais nesse assunto." Dizendo essas palavras, rasgou a audaciosa missiva, guardou os pedaços no bolso, levantou-se e saiu.

Apesar dessa raiva, não deixou de ficar com minha carta e, conhecendo bem sua curiosidade, deverá ter sido levada a lê-la por inteiro.

Referir pormenores do dia me levaria muito longe. Anexo a esse relato os rascunhos de minhas duas cartas, de modo que saberá tanto quanto eu. Se quiser acompanhar essa correspondência, terá de se acostumar a decifrar minhas minutas, pois por nada deste mundo enfrentaria o tédio de copiá-las de novo. Adeus, minha bela amiga.

De..., 25 de agosto de 17**.

CARTA 35

**DO VISCONDE DE VALMONT
À PRESIDENTA DE TOURVEL**

Preciso lhe obedecer, senhora, preciso lhe provar que, no meio dos erros que se apraz me atribuir, me resta, pelo menos, bastante delicadeza para não me permitir uma recriminação e bastante coragem para me impor os mais dolorosos sacrifícios. Ordena-me o silêncio e o esquecimento! Pois bem! Forçarei meu amor a se calar e vou tentar esquecer, se possível, a maneira cruel com que o acolheu. Sem dúvida, o desejo de lhe agradar não me dava esse direito e confesso também que a necessidade que eu tinha de sua indulgência não constituía uma razão para obtê-la. Mas a senhora vê em meu amor como um ultraje, esquece que, se esse amor fosse um erro, a senhora seria a um tempo tanto sua causa como sua desculpa. Esquece também que, acostumado a lhe abrir meu coração, mesmo quando essa confiança podia me prejudicar, não me era possível lhe esconder os sentimentos de que estou imbuído; e o que foi obra de minha boa-fé, a senhora o vê como fruto da audácia. Como prêmio pelo amor mais terno, mais respeitoso, mais verdadeiro, a senhora me rejeita da pior forma. Fala-me, enfim, de seu ódio... Quem não se queixaria de ser tratado assim? Só eu me submeto; suporto tudo e não murmuro, a senhora bate, e eu adoro. O inconcebível poder que exerce sobre mim a torna dona absoluta de meus sentimentos e, se somente meu amor lhe resiste, se não consegue destruí-lo, é porque é obra sua, não minha.

Não peço uma retribuição, com a qual nunca me iludi. Não espero nem mesmo essa compaixão que o interesse, que, às vezes, a senhora demonstrou por mim, poderia me levar a esperar. Mas creio, confesso-o, que posso reivindicar sua justiça.

Disse-me que procuraram me prejudicar perante a senhora. Caso tivesse acreditado nos conselhos de seus amigos, não teria permitido que me aproximasse da senhora: essas são suas palavras. Quais são, pois, esses amigos solícitos? Sem dúvida, essas pessoas tão severas e de virtude tão rígida consentem em ser citadas; sem dúvida, não gostariam de se encobrir de uma obscuridade que haveria de confundi-las com vis caluniadores, e eu não haveria de ignorar nem seus nomes nem suas recriminações. Pense, senhora, que eu tenho o direito de saber uma e outra coisa, visto que me julga segundo o parecer delas. Não se condena um culpado sem lhe revelar o crime, sem lhe citar seus acusadores. Não peço qualquer outro benefício e me comprometo de antemão a me justificar, a obrigá-las a se desdizer.

Se desprezei demasiadamente, talvez, os vãos clamores de um público, do qual faço pouco caso, o mesmo não ocorre com sua estima; e uma vez que consagro minha vida para merecê-la, não vou deixar que a arrebatem impunemente. Ela se torna tanto mais preciosa para mim que a ela deverei, sem dúvida, esse pedido que a senhora não ousa me fazer e me daria, diz a senhora, *direito à sua gratidão*. Ah! Longe de exigir sua gratidão, eu é que deveria lhe ser grato, se me desse a oportunidade de lhe ser agradável. Comece, pois, a ser mais justa comigo, não me deixando mais ignorar o que deseja de mim. Se eu pudesse adivinhá-lo, haveria de lhe poupar o trabalho de dizê-lo. Ao prazer de vê-la, acrescente a sorte de servi-la e ficarei feliz com sua indulgência. O que é, pois, que pode detê-la? Não é, espero, o medo de uma recusa? Sinto que por essa recusa não poderia perdoá-la. Não é uma recusa o fato de eu não lhe devolver sua carta. Desejo, mais que a senhora mesma, que ela não me seja mais necessária, mas, acostumado a julgá-la como uma alma tão doce, não é senão nessa carta que posso vê-la tal como quer parecer. Quando expresso o desejo de sensibilizá-la, vejo nessa carta que, antes de consentir, a senhora fugiria a cem léguas de distância de mim; quando tudo na senhora aumenta e justifica meu amor, é novamente ela que me repete que meu amor a ultraja; e quando, ao vê-la, esse amor me parece o bem supremo, preciso lê-la para sentir que ele não passa de um terrível tormento. Pode compreender agora que minha maior felicidade seria poder lhe devolver essa carta fatal. Pedi-la novamente seria me autorizar a não acreditar mais naquilo que ela contém. A senhora não deve ter dúvida alguma, espero, quanto à minha solicitude em devolvê-la.

De..., 21 de agosto de 17**.

CARTA 36

**DO VISCONDE DE VALMONT
À PRESIDENTA DE TOURVEL**
(*Com timbre de Dijon*)

Sua severidade aumenta a cada dia, senhora, e ouso dizer que parece ter menos receio de ser injusta do que de ser indulgente. Depois de ter me condenado sem me ouvir, deve ter sentido, com efeito, que lhe seria mais fácil não ler meus argumentos do que refutá-los. Recusa minhas cartas com obstinação; devolve-as com desprezo. Obriga-me, enfim, a recorrer à astúcia, no preciso momento em que meu único objetivo é convencê-la de minha boa-fé. A necessidade em que me colocou de me defender deverá ser suficiente, sem dúvida, para justificar meus meios. Convencido, aliás, pela sinceridade de meus sentimentos, de que para justificá-los a seus olhos seria suficiente fazer com que os conhecesse bem, julguei poder me permitir esse breve desvio. Ouso acreditar também que vai me perdoar por isso e pouco deverá se surpreender que o amor seja mais engenhoso para brotar do que a indiferença para afastá-lo.

Permita, portanto, que meu coração se desvende inteiramente à senhora. Ele lhe pertence, é justo que o conheça.

Ao chegar a casa da senhora de Rosemonde, eu estava bem longe de prever a sorte que me aguardava. Ignorava que estivesse ali e vou acrescentar, com a sinceridade que me caracteriza que, mesmo que o soubesse, minha segurança não teria sido abalada; não que eu não rendesse à sua beleza a justiça que não se pode lhe recusar, mas acostumado a não experimentar senão desejos, a não me entregar senão àqueles que a esperança estimulava, não conhecia os tormentos do amor.

A senhora foi testemunha das instâncias da senhora de Rosemonde para que eu permanecesse mais algum tempo. Já havia passado um dia com a senhora, mas não me entreguei, ou pelo menos julguei não me entregar, senão ao prazer, tão natural e legítimo, de mostrar consideração para com uma respeitável parenta. O tipo de vida que levávamos aqui diferia muito, sem dúvida, daquele ao qual eu estava acostumado; não me custou nada me adaptar a ele e, sem tentar penetrar na causa da mudança que se operava em mim, eu a atribuía unicamente a essa facilidade de caráter que creio já lhe ter falado.

Infelizmente (e por que haverá de ser uma infelicidade?), ao conhecê-la melhor, logo percebi que esse semblante encantador, que me havia impressionado, era a menor de suas qualidades; sua alma celestial surpreendeu, seduziu a minha. Admirava a beleza, adorei a virtude. Sem pretender conquistá-la, tratei de merecê-la. Ao pedir sua indulgência pelo passado, ambicionava seu sufrágio para o futuro. Eu o procurava em suas palavras, o espreitava em seu olhar, nesse olhar de onde partia um veneno tanto mais perigoso que se espalhava furtivamente e era recebido sem desconfiança.

Então conheci o amor. Mas longe de mim me queixar! Decidido a enterrá-lo num eterno silêncio, eu me entregava sem medo e sem reservas a esse delicioso sentimento. Seu domínio aumentava dia após dia. Logo o prazer de vê-la se transformou em necessidade. Ausentava-se por um momento? Meu coração se apertava de tristeza; ao rumor que me anunciava seu retorno, palpitava de alegria. Eu não existia mais senão pela senhora e para a senhora. Mas é a senhora mesma que intimo: alguma vez, na alegria de brincadeiras tolas ou no interesse de uma conversa séria, me escapou alguma palavra que pudesse trair o segredo de meu coração?

Chegou, enfim, o dia em que deveria ter início meu infortúnio; e, por uma inconcebível fatalidade, uma ação honesta se tornou seu sinal. Sim, senhora, foi no meio dos infelizes que eu havia socorrido que, entregando-se a essa preciosa sensibilidade que embeleza a própria beleza e acrescenta mais valor à virtude, a senhora terminou de perder um coração que excessivo amor já inebriava. Talvez se recorda da preocupação que tomou conta de mim ao voltar! Ai de mim! Eu tentava combater um pendor que sentia tornar-se mais forte que eu.

    Foi depois de ter exaurido minhas forças nesse combate desigual que um acaso, que eu não teria podido prever, fez com que me encontrasse a sós com a senhora. Ali então, sucumbi, confesso-o. Meu coração, repleto demais, não soube conter suas palavras nem suas lágrimas. Mas será esse um crime? E, se for, já não foi bastante punido pelos terríveis tormentos aos quais estou entregue?

    Devorado por um amor sem esperança, imploro sua compaixão e só me deparo com seu ódio; sem outra felicidade senão a de vê-la, meus olhos a procuram sem querer e temo encontrar seu olhar. No cruel estado a que me reduziu, passo os dias disfarçando meu sofrimento e as noites me entregando a ele, enquanto a senhora, tranquila e pacífica, só conhece esses tormentos por ser sua causadora e se congratular por isso. Mas é a senhora que se queixa e sou eu que me desculpo.

    Aí está, senhora, aí está o relato fiel do que a senhora chama de meus erros e talvez fosse mais justo chamar de meus sofrimentos. Um amor puro e sincero, um respeito que nunca se desmentiu, uma perfeita submissão, esses são os sentimentos que a senhora me inspirou. Não recearia apresentá-los como homenagem à própria divindade. Ó senhora, que é a mais bela das obras dessa divindade, imite-a em sua indulgência! Pense em meus cruéis sofrimentos, pense, sobretudo, que, colocado pela senhora entre o desespero e a suprema felicidade, a primeira palavra que pronunciar vai decidir para todo o sempre minha sorte.

De..., 23 de agosto de 17**.

CARTA 37

DA PRESIDENTA DE TOURVEL
À SENHORA DE VOLANGES

Submeto-me, senhora, aos conselhos que sua amizade me dá. Habituada a acatar inteiramente suas opiniões, devo acreditar que são sempre fundadas na razão. Vou confessar até mesmo que o senhor de Valmont deve ser, de fato, extremamente perigoso, se consegue, ao mesmo tempo, fingir ser o que parece ser aqui e seguir sendo tal como a senhora o descreve. Seja como for, uma vez que a senhora o exige, vou afastá-lo de mim; pelo menos, vou fazer o possível, pois muitas vezes as coisas que, no fundo, deveriam ser as mais simples se tornam embaraçosas na prática.

Continua me parecendo impraticável fazer esse pedido à tia dele; seria igualmente indelicado para ela e para ele. Não tomaria tampouco, sem certa repugnância, a decisão de eu mesma me afastar, pois, além dos motivos que já lhe citei em relação ao senhor de Tourvel, se minha partida contrariasse o senhor de Valmont, como é possível, não seria fácil para ele me seguir até Paris? E seu retorno, do qual eu seria, do qual pelo menos eu pareceria ser objeto, não haveria de se revelar ainda mais estranho que um encontro no campo, em casa de uma pessoa que se sabe que é parente dele e minha amiga?

Não me resta, portanto, outro recurso a não ser obter dele próprio que aceite se afastar. Sinto que essa proposta é difícil de realizar; como, no entanto, ele me parece disposto a provar que, de fato, é mais honesto do que se supõe, não perco a esperança de conseguir. Não me incomodaria até mesmo de tentar e ter assim uma oportunidade de verificar se, como ele diz muitas vezes, as mulheres verdadeiramente honestas nunca tiveram, nunca terão motivo para se queixar dos procedimentos dele. Se ele partir, como o desejo, será certamente em consideração a mim, pois não posso duvidar de que ele planeje passar aqui boa parte do outono. Se ele recusar meu pedido e se obstine em ficar, sempre vou estar disposta a partir eu mesma e prometo que o farei.

Creio, senhora, que isso é tudo o que sua amizade exigia de mim; apresso-me em satisfazê-la e em lhe provar que, apesar do *ardor* com que possa ter defendido o senhor de Valmont, nem por isso estou menos disposta, não somente a ouvir, como também a seguir os conselhos de meus amigos.

Tenho a honra de ser, etc.

De..., 25 de agosto de 17**.

CARTA 38

**DA MARQUESA DE MERTEUIL
AO VISCONDE DE VALMONT**

Seu enorme pacote chegou nesse instante, meu caro visconde. Se a data for exata, deveria tê-lo recebido 24 horas antes. Seja como for, se tomasse tempo para lê-lo, não teria como lhe responder. Prefiro, portanto, apenas acusar o recebimento e vamos falar de outra coisa. Não que tenha, por minha vez, algo a lhe contar; o outono não deixa em Paris quase nenhum homem com aparência de gente; por isso tenho estado, há um mês, mortalmente quieta e qualquer outro, que não fosse meu cavaleiro, estaria cansado das provas de minha constância. Sem ter com que me ocupar, me distraio com a pequena Volanges e é sobre ela que quero lhe falar.

Sabe que perdeu mais do que imagina ao não se encarregar dessa menina? É verdadeiramente deliciosa! Não tem caráter nem princípios. Imagine quanto seria doce e fácil sua companhia. Não creio que venha algum dia a brilhar pelo sentimento, mas tudo prenuncia nela as mais intensas sensações. Desprovida de inteligência e de fineza, tem, no entanto, certa falsidade natural, se for permitido falar assim, que, às vezes, me surpreende e terá tanto mais êxito quanto sua fisionomia revela a imagem da candura e da ingenuidade. É naturalmente muito carinhosa e me divirto, às vezes, com isso; sua cabecinha se exalta com incrível facilidade e então se torna tanto mais atraente por não saber nada, absolutamente nada daquilo que tanto deseja saber. É acometida por impaciências totalmente estranhas; ela ri, se despeita, chora e depois me pede que lhe ensine com uma boa-fé realmente cativante. Na verdade, quase sinto ciúmes daquele a quem esse prazer está reservado.

Não sei se lhe contei que, há quatro ou cinco dias, tenho a honra de ser sua confidente. Pode imaginar que, de início, me fiz de severa, mas logo que percebi que ela julgava ter me convencido com suas péssimas razões, fingi aceitá-las como boas, e ela está intimamente persuadida de que deve esse sucesso à própria eloquência. Essa precaução era necessária para não me comprometer. Permiti que ela escrevesse e dissesse *amo*; e, no mesmo dia, sem que ela desconfiasse, dei um jeito para que ficasse frente a frente com seu Danceny. Mas imagine só, ele é tão tolo que ainda não lhe arrancou um beijo! E esse rapaz, no entanto, escreve versos muito bonitos! Meu Deus! Como são bobas as pessoas de espírito! Este o é a ponto de me confundir, pois, afinal, a ele não posso orientar!

É agora que você me seria muito útil. Você é bastante ligado a Danceny para obter suas confidências e, se ele se abrisse uma só vez, já seria um bom passo dado. Decida-se, pois, com sua presidenta, pois não quero que Gercourt se salve; de resto, falei dele ontem à menina e o descrevi tão bem que, se estivesse há dez anos casada com ele, não o odiaria tanto. Falei-lhe muito, no entanto, sobre a fidelidade conjugal; nada iguala minha severidade nesse ponto. Com isso, por um lado restabeleço a seus olhos minha reputação de virtude, que excessiva condescendência poderia destruir; por outro lado, aumento nela o ódio com que quero brindar seu marido. E enfim, espero que, levando-a a acreditar que só lhe é permitido entregar-se ao amor durante o pouco tempo que ainda lhe resta como moça, ela vai se decidir mais que depressa a nada perder nesse período.

 Adeus, visconde. Vou agora, enquanto trato de minha toalete, ler seu volume.

De..., 27 de agosto de 17**.

CARTA 39

DE CÉCILE VOLANGES
A SOPHIE CARNAY

Estou triste e inquieta, minha cara Sophie. Chorei quase a noite inteira. Não é que nesse momento não esteja feliz, mas prevejo que isso não vai durar.

 Ontem, fui à Ópera com a senhora de Merteuil. Conversamos muito sobre meu casamento e não aprendi nada de bom. É com o senhor conde de Gercourt que devo me casar e isso deverá ocorrer no mês de outubro. Ele é rico, é homem de caráter, é coronel do regimento de... Até aí, tudo vai muito bem. Mas, para começar, ele é velho: imagine que tem, no mínimo, 36 anos! Além disso, a senhora de Merteuil diz que ele é triste e severo; e ela tem medo de que eu não seja feliz com ele. Cheguei mesmo a perceber que ela tem certeza disso e não queria me dizer para não me afligir. Ela me entreteve praticamente a noite toda falando unicamente nos deveres das mulheres para com os maridos. E ela admite que o senhor de Gercourt não é nem um pouco amável; e ainda assim me disse que terei de amá-lo. E não é que me disse também que, uma vez casada, não devia mais amar o cavaleiro Danceny? Como se isso fosse possível! Oh! eu lhe garanto que vou amá-lo sempre. Veja só, até preferiria não me casar. Que esse senhor de Gercourt se arranje, eu não corri atrás dele. No momento, ele está na Córsega, bem longe daqui; gostaria que ficasse por lá dez anos. Se eu não tivesse medo de voltar para o convento, diria à minha mãe que não quero esse marido; mas seria ainda pior. Estou totalmente perdida. Sinto que nunca amei tanto o senhor Danceny como agora e quando penso que não me resta mais que um mês para ser como sou, as lágrimas logo brotam de meus olhos. Meu único consolo é a amizade da senhora de Merteuil. Ela tem um coração tão bom! Compartilha de todas as minhas mágoas como se fossem suas e, além disso, é tão amável que, ao estar com ela, nem penso mais em tudo isso. Ela, aliás, tem-me sido muito útil, pois o pouco que sei, foi ela que me ensinou. E é tão bondosa que lhe digo tudo o que penso sem nenhuma vergonha. Quando julga que não está certo, ela, às vezes, me repreende, mas com toda a meiguice e então eu a abraço de todo o coração, até que ela não esteja mais aborrecida. A esta, pelo menos, posso amar quanto quiser sem que haja nada de errado nisso, o que me deixa mais que contente. Combinamos, no entanto, que eu não demonstraria gostar tanto dela na frente de todos e, de modo particular, diante de minha mãe, a fim de que ela não desconfie de nada em relação ao cavaleiro Danceny. Asseguro-lhe que, se eu pudesse viver sempre como estou vivendo agora, creio que seria muito feliz. O problema é esse desagradável senhor de Gercourt!... Mas não quero mais falar dele, porque voltaria a ficar triste. Em lugar disso, vou escrever ao cavaleiro Danceny; vou lhe falar somente de meu amor e não de minhas mágoas, pois não quero afligi-lo.

Adeus, minha boa amiga. Como pode ver, você não tem motivos para se queixar e, por mais *ocupada* que eu esteja, como me diz, nem por isso me falta tempo para amá-la e para lhe escrever[9].

De..., 27 de agosto de 17**.

---

9   Continuamos omitindo as cartas de Cécile Volanges e do cavaleiro Danceny que são de pouco interesse e não trazem nenhuma novidade.

CARTA 40

DO VISCONDE DE VALMONT
À MARQUESA DE MERTEUIL

É pouco, para minha desumana, não responder a minhas cartas, recusar-se a recebê-las; ela quer me privar de vê-la, exige que eu me afaste. O que deve surpreender ainda mais você é que eu me submeta a tamanho rigor. Vai certamente me criticar. Não achei, no entanto, que devia perder a oportunidade de receber uma ordem dela, persuadido, por um lado, de que quem manda se envolve e, por outro, de que a ilusória autoridade que fingimos deixar que as mulheres assumam é uma das armadilhas que elas dificilmente evitam. Além do mais, a habilidade com que esta soube evitar encontrar-se a sós comigo me colocava numa situação perigosa, de que julguei ter de sair a qualquer custo, pois, estando sem cessar com ela, sem poder lhe falar de meu amor, havia o risco de que ela se acostumasse, enfim, a me ver sem se perturbar, disposição esta, como você bem sabe, é muito difícil de reverter.

De resto, pode adivinhar que não me submeti sem condições. Tive até mesmo o cuidado de incluir uma impossível de aceitar, tanto para permanecer sempre livre de cumprir minha palavra, ou de faltar com ela, quanto para introduzir uma discussão, seja verbal, seja por escrito, num momento em que minha bela estiver mais contente comigo, em que precisar que eu o esteja com ela, sem contar que eu seria muito inábil se não encontrasse um meio de obter alguma compensação de minha desistência dessa pretensão, por insustentável que fosse.

Depois de ter exposto minhas razões nesse longo preâmbulo, passo a relatar o histórico desses dois últimos dias. Vou juntar, como peças justificativas, a carta de minha bela e minha resposta. Deverá convir que há poucos historiadores tão precisos como eu.

Você deve estar lembrada do efeito que causou, anteontem de manhã, minha carta de *Dijon*. O restante do dia foi bastante tempestuoso. A bela virtuosa só chegou na hora do almoço, anunciando uma forte dor de cabeça, pretexto com que quis encobrir um dos mais violentos acessos de mau humor que uma mulher possa ter. Sua fisionomia estava realmente alterada; a expressão de meiguice que você lhe reconhece se havia transformado num ar revoltado, que lhe conferia uma nova beleza. Certamente vou fazer uso dessa descoberta mais adiante e substituir, algumas vezes, a amante terna pela amante revoltada.

Previ que a tarde seria triste e, para fugir do aborrecimento, pretextei cartas a escrever e me retirei a meus aposentos. Voltei à sala em torno das seis horas. A senhora de Rosemonde propôs um passeio, que foi aceito. Mas no momento de subir na carruagem, a pretensa doente, com uma malícia infernal, pretextou por sua vez, e quem sabe para se vingar de minha ausência, um recrudescimento das dores, e me obrigou a suportar um frente a frente com minha velha tia. Não sei se as imprecações que soltei contra essa demônia foram atendidas, mas nós a encontramos acamada, ao retornar.

No dia seguinte, no café da manhã, não era mais a mesma mulher. A doçura natural tinha voltado e tive motivos para me julgar perdoado. Mal havia terminado o café, a doce criatura se levantou com ar indolente e foi para o parque. Eu a segui, como bem pode imaginar.

– De onde pode surgir esse desejo de passear? – perguntei-lhe, ao me aproximar.

– Escrevi muito esta manhã – respondeu ela – e estou com a cabeça um pouco cansada.

– Então não posso me sentir feliz – continuei – de ter de me recriminar por ser a causa dessa fadiga?

– Veja bem que lhe escrevi – retrucou ela. – Mas hesito em lhe entregar minha carta. Ela contém um pedido, e o senhor não me habituou a esperar que seja atendido.

— Ah! juro que, se me for possível...

— Nada é mais fácil — interrompeu-me ela. — E embora o senhor talvez tivesse de atendê-lo por justiça, consinto em obtê-lo como favor.

Dizendo isso, ela me mostrou sua carta. Ao tomá-la, agarrei também sua mão, que ela retirou, mas sem irritar-se e com mais embaraço do que impaciência.

— O calor está mais forte do que pensava — disse ela. — Preciso voltar.

E retomou o caminho do castelo. Fiz inúteis esforços para persuadi-la a continuar o passeio e precisei me lembrar de que podíamos ser vistos para recorrer exclusivamente à eloquência. Ela retornou sem proferir palavra e percebi claramente que esse falso passeio não tinha tido outro objetivo senão o de me entregar sua carta. Ao chegar, ela subiu para seus aposentos, e eu me retirei aos meus para ler a epístola, que seria melhor que você lesse também, bem como minha resposta, antes de prosseguir...

CARTA 41

**DA PRESIDENTA DE TOURVEL
AO VISCONDE VALMONT**

Parece-me, senhor, por sua conduta para comigo, que só procurasse aumentar a cada dia os motivos de queixa que eu tinha contra o senhor. Sua obstinação em querer me falar, sem cessar, sobre um sentimento que não quero nem devo ouvir; o abuso que não teve o pudor de fazer de minha boa-fé ou de minha timidez para me entregar suas cartas; e sobretudo o meio, pouco delicado, ouso dizer, de que se serviu para fazer chegar a minhas mãos a última delas, sem temer pelo menos o efeito de uma surpresa que poderia me comprometer; tudo isso deveria dar lugar, de minha parte, a recriminações tão rudes quanto justamente merecidas. Em vez de reprisar, contudo, essas queixas, atenho-me a fazer-lhe um pedido tão simples quanto justo. E, se for atendido, consinto em esquecer tudo.

O senhor mesmo me disse que eu não devia temer uma recusa e, embora, por uma inconsequência que lhe é peculiar, essa própria frase seja seguida pela única recusa que poderia me fazer[10], quero crer que não deixará de cumprir hoje a palavra formalmente dada há tão poucos dias.

Desejo, portanto, que tenha a gentileza de se afastar de mim, de deixar esse castelo em que uma permanência mais prolongada de sua parte só poderia me expor mais ainda ao julgamento de uma sociedade sempre pronta a pensar mal dos outros, e que o senhor se acostumou até demais a fixar os olhos nas mulheres que o admitem no convívio delas.

Advertida há muito tempo desse perigo por minhas amigas, negligenciei, até mesmo combati a opinião delas enquanto sua conduta para comigo me havia levado a crer que o senhor não estava inclinado a me confundir com essa multidão de mulheres que, todas elas tiveram motivos para se queixar do senhor. Agora que me trata como elas, que já não posso ignorá-lo, devo à sociedade, a meus amigos, a mim mesma, tomar essa decisão mais que necessária. Poderia acrescentar aqui que o senhor não ganharia nada em recusar meu pedido, decidida como estou a partir eu mesma, caso se obstine em permanecer; mas não procuro diminuir o quanto lhe ficaria devendo por essa gentileza e quero que realmente saiba que, ao forçar minha partida daqui, o senhor estaria contrariando meus planos. Prove-me, portanto, que, como me disse tantas vezes, as mulheres honestas nunca terão do que se queixar do senhor; prove-me, pelo menos, que, ao cometer erros em relação a elas, sabe repará-los.

Se eu julgasse necessário justificar meu pedido diante do senhor, me bastaria dizer que o senhor passou a vida tornando-o

---

10   Ver carta 35

necessário e, no entanto, nunca fiz questão de um dia formulá-lo. Mas não recordemos fatos que quero esquecer e me obrigariam a julgá-lo com rigor, num momento em que lhe ofereço a oportunidade de merecer toda a minha gratidão. Adeus, senhor. Sua conduta vai me ensinar com que sentimentos devo ficar, por toda a vida. Sua humilde, etc.

De..., 25 de agosto de 17**.

CARTA 42

**DO VISCONDE DE VALMONT
À PRESIDENTA DE TOURVEL**

Por mais duras que sejam, senhora, as condições que me impõe, não me recuso a cumpri-las. Sinto que me seria impossível contrariar qualquer desejo seu. Uma vez de acordo nesse ponto, ouso esperar que vai me permitir fazer, por minha vez, alguns pedidos, bem mais fáceis de atender que os seus e no entanto, não quero obtê-los senão por minha perfeita submissão à sua vontade.

Um deles, que espero seja solicitado por sua justiça, é que se digne citar os nomes de meus acusadores perante a senhora; eles me causam, ao que me parece, um mal considerável para que eu tenha o direito de saber quem são. O outro, que espero de sua indulgência, é o de que se digne permitir que lhe renove, de vez em quando, a homenagem de um amor que, mais do que nunca, deverá merecer sua compaixão.

Observe, senhora, que me apresso em lhe obedecer, mesmo que só possa fazê-lo à custa de minha felicidade; direi mais, apesar da convicção que tenho de que deseja minha partida somente para lhe poupar a vista, sempre penosa, do objeto de sua injustiça.

Convenhamos, senhora, receia menos uma sociedade por demais acostumada a respeitá-la para ousar emitir um juízo desfavorável à senhora do que se incomoda pela presença de um homem a quem é mais fácil punir do que recriminar. A senhora me afasta como quem desvia o olhar de um infeliz que não quer socorrer.

Mas enquanto a ausência vai redobrar meus tormentos, a que outra poderei dirigir meus lamentos, senão à senhora? De que outra posso esperar consolo que me será tão necessário? Vai recusá-lo, mesmo sendo a senhora a única causadora de minhas mágoas?

Sem dúvida, não vai tampouco se surpreender se, antes de partir, eu faça questão de justificar perante a senhora os sentimentos que me inspirou; e ainda, se só tomar coragem de me afastar ao receber essa ordem de sua própria boca.

Esse duplo motivo me leva a lhe pedir um breve encontro. Seria inútil tentar substituí-lo por cartas; escrevem-se volumes e se explica mal o que um quarto de hora de conversa é suficiente para deixar extremamente claro. Encontrará facilmente o tempo de me concedê-lo, pois, por maior que seja minha pressa em lhe obedecer, sabe que a senhora de Rosemonde está ciente de meu plano de passar na casa dela uma parte do outono e terei de esperar no mínimo a chegada de uma carta para poder pretextar algum negócio que me obrigue a partir.

Adeus, senhora. Nunca essa palavra me custou tanto a escrevê-la como nesse momento em que me traz a ideia de nossa separação. Se pudesse imaginar o quanto ela me faz sofrer, atrevo-me a pensar que haveria de reconhecer um pouco de minha docilidade. Queira aceitar, pelo menos, com mais indulgência, o penhor e a homenagem do mais terno e respeitoso amor.

De..., 26 de agosto de 17**.

CONTINUAÇÃO DA CARTA 40

DO VISCONDE DE VALMONT
À MARQUESA DE MERTEUIL

Agora, raciocinemos, minha bela amiga. Percebe, como eu, que a escrupulosa, a honesta senhora de Tourvel não pode atender o primeiro de meus pedidos e trair a confiança de suas amigas ao me citar o nome de meus acusadores. Assim, tudo prometendo sob essa condição, não me comprometo a nada. Mas percebe também que essa recusa da parte dela vai se tornar um trunfo para obter todo o restante e então ganho, ao me afastar, o direito de manter com ela, e com seu consentimento, uma correspondência regular, pois espero muito pouco do encontro que peço e que não tem quase outro objetivo senão o de acostumá-la de antemão a não recusar outros quando forem verdadeiramente necessários.

A única coisa que me resta a fazer antes de minha partida é saber quem são as pessoas que tratam de me prejudicar perante ela. Suponho que seja o pedante de seu marido; gostaria que fosse, pois, além da proibição conjugal ser um estímulo ao desejo, estarei certo de que, a partir do momento em que minha bela consentir em me escrever, não terei mais nada a temer da parte do marido, uma vez que ela já se veria na necessidade de enganá-lo.

Mas se ela tiver uma amiga íntima para receber suas confidências e se essa amiga estiver contra mim, parece-me necessário semear a desavença entre elas, o que pretendo conseguir; mas, antes de mais nada, preciso estar informado.

Cheguei a pensar que o estaria ontem, mas essa mulher não faz nada como as outras. Estávamos nos aposentos dela no momento em que vieram avisar que o almoço estava servido. Ela mal havia acabado de se arrumar e, enquanto se apressava e se desculpava, percebi que deixava a chave na escrivaninha; e sei de seu hábito de não tirar a chave da porta de seu quarto. Refletia a respeito disso durante o almoço quando ouvi sua camareira descer. Tomei minha decisão de imediato. Fingi estar com o nariz sangrando e saí. Corri até a escrivaninha, mas encontrei todas as gavetas abertas e nenhum papel escrito. Mas não se tem como queimá-las nessa casa. O que ela faz com as cartas que recebe? E as recebe seguidamente! Não descurei nada; estava tudo aberto e procurei por toda parte. Mas não consegui nada, além de me convencer de que esse precioso acervo fica guardado em seus bolsos.

Como tirá-lo de lá? Desde ontem, ando pensando inutilmente como encontrar um meio de fazer isso; não consigo, porém, renunciar a esse desejo. Lamento não ter o talento dos gatunos. Isso não deveria, de fato, fazer parte da educação de um homem que se envolve em intrigas? Não seria divertido subtrair a carta ou o retrato de um rival, ou tirar dos bolsos de uma virtuosa o necessário para desmascará-la? Mas nossos pais não pensam em nada e é inútil que eu tente pensar em tudo, pois só consigo perceber que sou desajeitado e sem condições de dar um jeito nisso.

Seja como for, voltei a me sentar à mesa muito descontente. Minha bela, porém, acalmou um pouco meu mau humor pelo interesse que teve por minha falsa indisposição, e eu não perdi a oportunidade de lhe assegurar que tinha, havia algum tempo, violentas agitações que abalavam minha saúde. Persuadida, como está, de que é ela que as causa, não deveria em consciência tratar de serená-las? Mas, embora devota, é pouco caridosa, recusa qualquer esmola amorosa e essa recusa em si é mais que suficiente, segundo me parece, para autorizar o furto. Mas adeus, pois, enquanto converso com você, só consigo pensar nessas malditas cartas.

De..., 27 de agosto de 17**.

CARTA 43

DA PRESIDENTA DE TOURVEL
AO VISCONDE DE VALMONT

Por que procurar, senhor, diminuir minha gratidão? Por que só quer me obedecer pela metade e negociar, de certa forma, um procedimento correto? Então não lhe basta que eu reconheça seu valor? Não está somente me pedindo muito, mas pede coisas impossíveis. Com efeito, se meus amigos me falaram do senhor, só o fizeram movidos pelo interesse por mim; mesmo que tivessem se enganado, a intenção deles não seria menos boa. E o senhor propõe que eu retribua esse sinal de afeição da parte deles, entregando-lhe o segredo deles! Já foi um erro lhe falar a respeito como o senhor está me mostrando nesse momento. O que não haveria de passar de candura com qualquer outra pessoa, com o senhor se torna desatino e poderia me levar à perfídia, se eu cedesse a seu pedido. Apelo ao senhor mesmo, à sua honestidade: julgou que eu seria capaz desse modo de proceder? O senhor precisava me propor isso? Sem dúvida que não; e estou certa de que, refletindo melhor, não vai voltar a me fazer esse pedido.

O outro que me faz, de me escrever, não é muito mais fácil de atender e, se quiser ser justo, não é a mim que deve culpar. Não quero ofendê-lo, mas com a reputação que construiu para si e que, como o senhor mesmo reconhece, é merecida pelo menos em parte, que mulher poderia confessar que mantém uma correspondência com o senhor? E que mulher honesta pode se decidir a fazer algo que sabe que seria obrigada a esconder?

Mais ainda, se eu tivesse certeza de que o teor de suas cartas nunca haveria de me dar motivos de queixa, que eu sempre pudesse me justificar perante mim mesma o fato de tê-las recebido, talvez então o desejo de lhe provar que é a razão e não o ódio que me guia, me levasse a deixar de lado essas importantes considerações e fazer muito mais do que deveria, permitindo que o senhor me escrevesse de vez em quando. Se, com efeito, o deseja tanto quanto me diz, deverá se submeter de bom grado à única condição que me permitiria consenti-lo e, se tiver alguma gratidão por aquilo que faço pelo senhor nesse momento, não haveria de adiar por mais tempo sua partida.

Permita-me observar, a esse respeito, que o senhor recebeu uma carta no decorrer dessa manhã e ainda não aproveitou para anunciar sua partida à senhora de Rosemonde, como me havia prometido. Espero que agora nada mais vai impedi-lo de cumprir sua palavra. Conto, sobretudo, que não haverá de esperar, para isso, o encontro que me pede, ao qual não quero em absoluto me prestar, e que, em vez da ordem que afirma lhe ser necessária, deverá se contentar com o pedido que ora lhe renovo. Adeus, senhor.

De..., 27 de agosto de 17**.

CARTA 44

**DO VISCONDE DE VALMONT
À MARQUESA DE MERTEUIL**

Compartilhe de minha alegria, minha bela amiga: sou amado, triunfei sobre esse coração rebelde. É em vão que ele ainda dissimula, pois minha sutil destreza surpreendeu seu segredo. Graças a meus contínuos esforços, sei tudo o que me interessa. Desde a noite, a feliz noite de ontem, estou novamente em meu elemento, reassumi toda a minha existência; desvendei um duplo mistério de amor e de iniquidade, vou desfrutar de um e me vingar do outro, vou voar de prazer em prazer. A simples ideia que faço a respeito me entusiasma a tal ponto que sinto certa dificuldade em manter a prudência, que deveria ter, talvez, para reordenar o relato que preciso lhe fazer. De qualquer modo, vou tentar.

Ontem mesmo, depois de lhe ter escrito minha carta, recebi uma da celestial devota, que lhe envio, e nela poderá ver que ela me dá, o menos desajeitadamente possível, a permissão de lhe escrever; mas insiste também em minha partida e eu sabia muito bem que não poderia adiá-la por muito mais tempo sem me prejudicar.

Atormentado, no entanto, pelo desejo de saber quem poderia ter escrito contra mim, ainda estava incerto quanto à decisão a tomar. Tentei ganhar a confiança da camareira e queria que ela me entregasse o conteúdo dos bolsos de sua patroa, do qual poderia facilmente se apoderar à noite, sendo fácil repô-lo pela manhã, sem levantar a menor suspeita. Ofereci dez luíses por esse pequeno serviço, mas me deparei com uma mulher fingida, escrupulosa ou tímida, que nem minha eloquência nem meu dinheiro puderam convencer. Eu ainda estava tentando induzi-la quando soou a hora do jantar. Tive de deixá-la, dando-me por feliz por ela ter me prometido guardar segredo, coisa com a qual realmente não contava, como pode imaginar.

Nunca fiquei tão irritado. Sentia-me comprometido e me recriminei a noite inteira por essa atitude imprudente.

Recolhido em meus aposentos, falei, não sem inquietação, com meu criado que, em sua qualidade de amante correspondido, devia ter algum crédito. Eu queria que ele convencesse a moça a fazer o que eu lhe havia pedido ou, pelo menos, que garantisse a discrição dela. Mas ele, que geralmente não duvida de nada, pareceu duvidar do êxito dessa negociação e fez, a respeito, uma reflexão que me surpreendeu por sua profundidade.

"O senhor certamente sabe melhor do que eu", disse ele, "que deitar com uma mulher significa apenas levá-la a fazer o que lhe dá prazer; daí a levá-la a fazer o que nós queremos, vai muitas vezes uma grande distância."

O bom senso do velhaco, às vezes, me espanta.⁽¹¹⁾

"Tanto menos respondo por ela", acrescentou ele, "porque tenho motivos para acreditar que tem um amante e, se ora fico com ela, devo-o à monotonia que predomina nos campos. Por isso, sem meu zelo em servir o senhor, eu a teria tido uma única vez." (Esse rapaz é um verdadeiro tesouro!) "Quanto ao segredo", continuou ele, "de que adianta fazê-la prometer, porquanto ela não corre nenhum risco em nos enganar? Falar-lhe de segredo outra vez, só a levaria a entender que se trata de algo importante e, com isso, a deixaria com mais vontade de usá-lo para agradar à patroa."

Quanto mais acertadas eram essas reflexões, mais aumentava meu embaraço. Por sorte, o patife estava com a corda toda; e como eu precisava dele, deixei que falasse à vontade. Ao me contar seu caso com essa moça, me informou que, visto que o quarto dela é separado daquele da patroa por uma simples divisória que deixa ouvir qualquer ruído suspeito, era no quarto dele que se encontravam todas as noites. Diante disso, logo montei meu plano, passei-o a ele e o executamos com sucesso.

Esperei até as duas horas da madrugada e então, como combinado, fui até o quarto do encontro, levando uma lamparina, a pretexto de ter tocado várias vezes a campainha inutilmente. Meu confidente, que representa maravilhosamente bem seus papéis, fez uma pequena encenação de surpresa, de desespero e de desculpas, a que pus fim mandando-o esquentar água, de que fingi precisar, enquanto a escrupulosa camareira estava muito mais envergonhada que o velhaco criado que, pretendendo aperfeiçoar meu plano, a tinha convencido a usar roupas que a estação do ano comportava, mas que ela não queria.

Ao observar que, quanto mais humilhada se sentisse a moça, mais facilmente eu haveria de manipulá-la, não lhe permiti de mudar de

---

11   Alexis Piron, na peça intitulada Metromania.

posição nem de roupa e, depois de ordenar a meu criado que me esperasse em meu quarto, me sentei ao lado dela na cama, que estava em completa desordem, e dei início à conversa. Precisava manter o domínio sobre ela, que as circunstâncias me davam. Por isso conservei um sangue-frio digno da continência de Cipião e, sem tomar a menor liberdade com ela, o que, no entanto, seu frescor e a ocasião pareciam lhe dar direito de esperar, falei de negócios tão tranquilamente como teria feito com um procurador.

Minhas condições foram as seguintes: eu manteria absoluto segredo, contanto que, no dia seguinte, mais ou menos àquela mesma hora, ela me entregasse o conteúdo dos bolsos de sua patroa. "De resto", acrescentei, "eu lhe ofereci dez luíses ontem; volto a prometê-los hoje. Não quero abusar de sua situação." Ficou tudo combinado, como pode imaginar; então me retirei e permiti ao feliz casal recuperar o tempo perdido.

Empreguei o meu para dormir e, ao acordar, precisando de um pretexto para não responder à carta de minha bela antes de ter percorrido seus papéis, o que só poderia fazer na noite seguinte, decidi ir à caça, no que passei quase o dia inteiro.

Ao voltar, fui recebido bastante friamente. Tenho motivos para crer que se sentiu um pouco ofendida pelo pouco empenho que eu punha para aproveitar o tempo que me restava, sobretudo, depois da mais doce carta que já me havia escrito. Assim é que julgo o fato de minha bela ter comentado com certo azedume a recriminação que a senhora de Rosemonde me dirigiu por causa de minha longa ausência: "Ah! não vamos repreender o senhor de Valmont por se entregar ao único prazer que pode encontrar por aqui." Eu me queixei dessa injustiça e aproveitei para garantir que me sentia tão bem com essas damas que por elas sacrificava uma carta muito interessante que precisava escrever. Acrescentei que, não conseguindo conciliar o sono havia várias noites, minha intenção tinha sido tentar ver se o cansaço poderia restituí-lo e meus olhares explicavam bastante bem tanto o assunto de minha carta quanto o motivo de minha insônia. Tive o cuidado de mostrar a noite toda uma melancólica doçura, que me pareceu ter efeito satisfatório e sob a qual disfarçava a impaciência em que me encontrava, esperando chegar a hora que deveria me entregar o segredo que ela teimava em me esconder. Finalmente, nós nos separamos e, pouco depois, a fiel camareira veio me trazer o prêmio combinado em troca de minha discrição.

Uma vez de posse desse tesouro, procedi ao inventário com a prudência que você conhece, pois era importante repor tudo no lugar. Apanhei primeiramente duas cartas do marido, mescla indigesta de detalhes de processos e de tiradas de amor conjugal, que tive a paciência de ler por inteiro e nas quais não encontrei uma só palavra que se referisse a mim. Recoloquei-as no lugar de mau humor, mas este se esvaiu ao encontrar, sob minhas mãos, os fragmentos da famosa carta de Dijon, cuidadosamente colados. Felizmente, tive o capricho de percorrê-la. Imagine minha alegria ao perceber nela os vestígios bem distintos das lágrimas de minha adorável devota. Confesso que cedi a um ímpeto de jovem e beijei essa carta com um arrebatamento, de que não me julgava mais capaz. Continuei o gratificante exame e encontrei todas as minhas cartas reunidas e em ordem de data; e o que me surpreendeu mais agradavelmente ainda foi encontrar a primeira de todas, aquela que eu julgava ter sido devolvida pela ingrata, fielmente copiada de seu próprio punho, com uma letra alterada e trêmula, que revelava a doce agitação de seu coração durante essa tarefa.

Até então, eu estava totalmente entregue ao amor, mas logo ele deu lugar ao furor. Quem é que você julga que quer me prejudicar aos olhos dessa mulher que adoro?

Que fúria supõe pode chegar a tamanha maldade para tramar semelhante perfídia? Você a conhece, é sua amiga, sua parenta, é a senhora de Volanges. Não pode imaginar que teia de horrores a infernal megera lhe escreveu a meu respeito. Foi ela, apenas ela, que perturbou a segurança dessa angélica mulher; é por causa de seus conselhos, de suas opiniões perniciosas que me vejo obrigado a me afastar; a ela, enfim, é que sou sacrificado. Ah! sem dúvida, a filha dela deve ser seduzida; mas isso não basta, é preciso induzi-la à perdição e, uma vez que a idade dessa maldita a põe ao abrigo de meus golpes, é preciso feri-la no objeto de seus afetos.

Ela quer, portanto, que eu volte para Paris! Ela me força a isso! Que seja, vou retornar, mas ela ainda vai gemer com meu retorno. Fico chateado que Danceny seja o herói dessa aventura; ele tem uma bela base de honestidade que vai nos atrapalhar. Mas ele está apaixonado e o vejo com frequência; talvez possamos tirar partido disso. Estou alterado de raiva e estava me esquecendo que lhe devo o relato do que aconteceu hoje. Vamos recapitular.

Pela manhã, revi minha sensível virtuosa. Nunca a havia achado tão linda. Era para ser assim: o mais belo momento de uma mulher, o único em que ela pode produzir essa embriaguez da alma, de que tanto se fala que tão raramente se sente; é esse em que, certos de seu amor, não o estamos de seus favores; e era precisamente a situação em que me encontrava. Talvez também a ideia de que ficaria privado do prazer de vê-la contribuía para embelezá-la mais. Enfim, com a chegada da correspondência, me entregaram sua carta do dia 27; enquanto a lia, ainda hesitava em me definir se haveria de manter minha palavra, mas dei com os olhos de minha bela e me seria impossível lhe negar qualquer coisa.

Anunciei, pois, minha partida. Um momento depois, a senhora de Rosemonde nos deixou a sós, mas eu estava ainda a quatro passos de distância da feroz criatura que, levantando-se com ar de pavor, me disse: "Deixe-me, deixe-me, senhor, em nome de Deus, me deixe." Essa súplica fervorosa, que revelava sua emoção, só podia me animar mais ainda. Já estava junto dela e segurava suas mãos, que ela havia juntado com uma expressão realmente tocante; então, eu começava a proferir ternas queixas quando um demônio inimigo trouxe de volta a senhora de Rosemonde. A tímida devota que, de fato, tem alguns motivos para temer, aproveitou para se retirar.

Eu lhe ofereci, no entanto, a mão, que ela aceitou e, pressentindo algo de bom dessa doçura, que ela não tinha demonstrado havia muito tempo, ao recomeçar minhas queixas, tentei segurar a dela. De início, quis retirá-la, mas a uma instância mais incisiva, ela se entregou de bom grado, embora sem responder a esse gesto nem responder a minhas palavras. Chegando à porta de seus aposentos, quis beijar essa mão antes de me despedir. O instinto de defesa se manifestou claramente, mas um *pense que estou para partir*, proferido ternamente, a deixou sem jeito e insegura. Mal o beijo foi dado, a mão recobrou sua força e me escapou; a bela entrou em seus aposentos, onde estava sua camareira. Aqui termina minha história.

Como presumo que amanhã vai estar na casa da marechala de..., onde certamente não irei para encontrá-la, como também desconfio que em nossa primeira conversa vamos ter mais de um assunto a tratar, notadamente o da menina Volanges, que não perco de vista, tomei a decisão de me fazer preceder por esta carta. Por mais longa que seja, só vou fechá-la no momento de enviá-la ao correio, pois, no ponto em que estou, tudo pode depender de uma ocasião. E me despeço para ir espiá-la.

P. S. – Às oito horas da noite.

Nada de novo; nem um breve momento de liberdade, até mesmo de empenho para evitá-lo. Tanta tristeza, porém, quanto o permitia a decência, pelo menos. Outro fato que pode não ser indiferente é que fui encarregado de transmitir um convite da senhora de Rosemonde à senhora de Volanges para que venha passar algum tempo com ela na casa de campo.

Adeus, minha bela amiga. Até amanhã ou depois de amanhã, no mais tardar.

De..., 28 de agosto de 17**.

CARTA 45

**DA PRESIDENTA DE TOURVEL
À SENHORA DE VOLANGES**

O senhor de Valmont partiu essa manhã. A senhora parecia desejar tanto essa partida, que julguei dever informá-la. A senhora de Rosemonde sente muito a falta do sobrinho, cuja companhia, deve-se convir, é de fato agradável; ela passou a manhã inteira me falando dele com a sensibilidade que bem conhece; não se cansava de elogiá-lo. Julguei dever-lhe a gentileza de escutá-la sem contradizê-la, tanto mais que é preciso confessar que ela tinha razão em muitos pontos. Além disso, tinha do que me recriminar por ser a causa dessa separação e não creio que possa compensá-la do prazer de que a privei. Sabe que, por natureza, não sou muito expansiva, e o estilo de vida que vamos levar aqui não contribui para me animar muito mais.

Se não tivesse me conduzido seguindo seus conselhos, recearia ter agido um pouco levianamente, pois fiquei realmente entristecida com a dor de minha respeitável amiga, que me tocou a tal ponto que, de bom grado, mesclaria minhas lágrimas às suas.

Vivemos agora na expectativa de que vai aceitar o convite que o senhor de Valmont deve lhe fazer, da parte da senhora de Rosemonde, para vir passar algum tempo na casa dela. Espero que não duvide do prazer que eu teria em revê-la e, na verdade, a senhora nos deve essa compensação. Ficaria encantada em aproveitar dessa oportunidade para conhecer a senhorita de Volanges e colher a ocasião para convencê-la sempre mais de meus respeitosos sentimentos, etc.

De..., 29 de agosto de 17**.

CARTA 46

DO CAVALEIRO DANCENY
A CÉCILE DE VOLANGES

O que é que lhe aconteceu, minha adorável Cécile? O que pôde causar em você uma mudança tão brusca e tão cruel? O que é feito de seus juramentos de nunca mudar? Ainda ontem, os reiterava com tanto prazer! Quem pode ter feito com que hoje os esquecesse? É em vão que me examine; não consigo encontrar a causa em mim e é terrível para mim ter de procurá-la em você. Ah! sem dúvida, você não é leviana nem mentirosa, e, mesmo nesse momento de desespero, uma suspeita ultrajante não haverá de enfraquecer minha alma. Mas por que fatalidade você não é mais a mesma? Não, cruel, não é mais a mesma! A terna Cécile, a Cécile que adoro e da qual recebi juras de amor, não teria evitado meus olhares, não teria contrariado o feliz acaso que me colocou ao lado dela; ou, se alguma razão, que não posso imaginar, a tivesse forçado a me tratar com tamanho rigor, pelo menos não teria deixado de me informar a respeito.

Ah! você não sabe, nunca haverá de saber, minha Cécile, quanto me fez sofrer hoje, quanto ainda sofro nesse momento. Acredita, pois, que eu possa viver sem ser amado por você? Quando, no entanto, pedi que dissesse uma palavra, uma só palavra para dissipar meus temores, em vez de me responder, fingiu ter medo de ser ouvida; e esse obstáculo, que não existia então, você o fez logo surgir pelo lugar em que escolheu se posicionar naquele círculo. Quando, obrigado a deixá-la, perguntei a que horas poderia revê-la no dia seguinte, fingiu não saber e foi a senhora de Volanges que teve de me informar. Assim, esse momento sempre tão ansiado, que deve me aproximar de você, amanhã só deverá me trazer inquietação; e o prazer de vê-la, até então tão caro a meu coração, será substituído pelo medo de lhe ser importuno.

Já o sinto, esse temor me detém e não ouso lhe falar de meu amor. Esse *eu a amo,* que eu tanto gostava de repetir quando podia ouvi-lo por minha vez, essa expressão tão doce que bastava para minha felicidade, não me oferece mais, uma vez que está mudada, senão a imagem de um eterno desespero. Não posso acreditar, contudo, que esse talismã do amor tenha perdido todo o seu poder e tento ainda recorrer a ele.[12] Sim, minha Cécile, *eu a amo*. Repita comigo, portanto, essa expressão de minha felicidade. Pense que me acostumou a ouvi-la e que me privar dela significa me condenar a um tormento que, como meu amor, só terá fim com minha vida.

De..., 29 de agosto de 17**.

CARTA 47

**DO VISCONDE DE VALMONT
À MARQUESA DE MERTEUIL**

Não vai ser hoje ainda que poderei vê-la, minha bela amiga, e esses são os motivos que lhe peço acolher com indulgência. Em vez de voltar ontem diretamente, me detive em casa da condessa de..., cujo castelo fica praticamente em minha rota, e a quem pedi que me recebesse para o almoço. Só cheguei a Paris em torno das sete horas e fui à Ópera, onde esperava que você pudesse estar.

Depois da Ópera, fui até o saguão para rever minhas amigas; lá encontrei minha velha Emília, cercada por numerosa corte, tanto de mulheres como de homens, aos quais ela oferecia naquela mesma noite um jantar em P... Mal entrei nesse círculo, fui convidado

---

12 Aqueles que não tiveram oportunidade de sentir alguma vez o valor de uma palavra, de uma expressão, consagradas pelo amor, não vão ver nenhum sentido nessa frase.

por aclamação a esse jantar. Fui convidado também por um sujeito gordo e baixo que me dirigiu confusamente um convite num francês da Holanda e, nesse homem, reconheci o verdadeiro herói da festa. Aceitei.

Fui informado, pelo caminho, que a casa para onde estávamos indo era a paga combinada dos favores de Emília a essa figura grotesca e que o jantar era um verdadeiro banquete de núpcias. O homenzinho não cabia em si de alegria na expectativa da felicidade de que ia desfrutar; pareceu-me tão satisfeito que tive vontade de perturbá-lo, o que, de fato, acabei fazendo.

A única dificuldade que tive foi convencer Emília, que a riqueza do burgomestre a tornava um tanto escrupulosa. Prestou-se, no entanto, depois de alguma relutância, a meu plano de encher de vinho esse pequeno barril de cerveja e colocá-lo assim fora de combate por toda a noite.

A sublime ideia que tínhamos de um bebedor holandês nos levou a empregar todos os meios conhecidos. Tivemos tal sucesso que, na hora da sobremesa, ele não tinha mais forças para segurar o copo; ainda assim, a prestativa Emília e eu nos alternávamos a fazê-lo beber sempre mais. Finalmente, caiu por baixo da mesa, em tal estado de embriaguez que deverá durar pelo menos oito dias. Decidimos então enviá-lo de volta a Paris; e como não tivesse conservado ali sua carruagem, mandei transportá-lo na minha e fiquei em seu lugar. Em seguida, recebi os cumprimentos dos presentes, que se retiraram logo depois, deixando-me como senhor do campo de batalha. Essa alegria, e talvez minha longa ausência, fizeram com que eu achasse Emília tão desejável que prometi ficar com ela até a ressurreição do holandês.

Essa gentileza de minha parte é a retribuição por aquela que ela acaba de ter, de me servir de escrivaninha para escrever à minha bela devota, para quem julguei divertido enviar uma carta escrita na cama e quase nos braços de uma moça; carta interrompida inclusive por uma infidelidade completa, e na qual presto contas precisas de minha situação e de minha conduta. Emília, que leu a epístola, riu como louca e espero que você também possa rir.

Como minha carta precisa ter o timbre de Paris, envio-a para você, deixando-a aberta. Queira lê-la, selá-la e mandá-la ao correio. Mas tenha o cuidado de não usar seu próprio sinete nem qualquer emblema amoroso; somente um selo comum.

Adeus, minha bela amiga.

P. S. – Volto a abrir a carta. Convenci Emília a ir ao Teatro dos Italianos... Vou aproveitar para visitá-la. Estarei em sua casa às seis horas, no mais tardar; e, se lhe convier, poderemos ir juntos, em torno das sete horas, à casa da senhora de Volanges. Creio que seja de bom tom não adiar o convite que tenho de lhe transmitir da parte da senhora de Rosemonde; além disso, ficarei feliz em ver a pequena Volanges.

Adeus, bela senhora. Quero ter tanto prazer ao abraçá-la que pretendo deixar o cavaleiro com ciúmes.

De P..., 30 de agosto de 17**.

CARTA 48

**DO VISCONDE DE VALMONT
À PRESIDENTA DE TOURVEL**

(Com timbre de Paris)

É depois de uma noite tempestuosa, durante a qual não preguei olho, é depois de ter estado continuamente agitado por um ardor sufocante ou por um total aniquilamento de todas as faculdades de minha alma, que venho procurar junto da senhora a calma de que preciso e da qual, no entanto, não espero poder desfrutar ainda. Com efeito, a situação em que me encontro ao lhe escrever me leva a conhecer, mais do que nunca, o irresistível poder do amor. Tenho dificuldade em manter algum autodomínio, a fim de pôr certa ordem em minhas ideias e já posso prever que não vou concluir essa carta sem ser obrigado a interrompê-la. O quê! Então não posso esperar que um dia venha a compartilhar a perturbação que sinto nesse momento? Ouso acreditar, porém, que se conhecesse essa perturbação, não seria totalmente insensível. Acredite, senhora, a fria tranquilidade, o sono da alma, imagem da morte não conduzem à felicidade; somente as paixões ativas podem levar a ela e, apesar dos tormentos que a senhora me faz experimentar, creio poder afirmar sem receio que, nesse momento, sou mais feliz que a senhora. É em vão que me cumula de seu desolador rigor; ele não me impede de me abandonar inteiramente ao amor e esquecer, no delírio que ele me causa, o desespero a que a senhora me entrega. É assim que quero me vingar do exílio ao qual me condena. Nunca senti tanto prazer ao lhe escrever, nunca experimentei, ao fazê-lo, uma emoção tão doce e, no entanto, tão intensa. Tudo parece vir aumentar meus arroubos; o ar que respiro está repleto de volúpia, a própria mesa sobre a qual lhe escrevo, consagrada pela primeira vez a esse uso, se torna para mim o sagrado altar do amor; como vai se embelezar a meus olhos! Terei traçado sobre ela o juramento de amá-la para sempre! Perdoe, lhe suplico, a desordem de meus sentidos. Talvez eu não tivesse de me entregar tanto assim a arroubos de que a senhora não participa. Preciso deixá-la por um momento para dissipar uma embriaguez que cresce a cada instante que se torna mais forte do que eu.

Volto para a senhora, minha dama, e, sem dúvida, retorno sempre com o mesmo desvelo. O sentimento de felicidade, no entanto, fugiu para longe de mim, dando lugar ao das cruéis privações. De que adianta lhe falar de meus sentimentos, se é em vão que procuro os meios de convencê-la? Depois de tantos e reiterados esforços, a confiança e a força me abandonam de vez. Se ainda me relembro dos prazeres do amor, é para sentir mais intensamente a mágoa de ser privado deles. Não vejo outro recurso senão sua indulgência e, nesse momento, percebo até demais o quanto preciso dela para ter esperança de poder obtê-la. Meu amor, no entanto, nunca foi mais respeitoso, nunca deu menos motivos para ofendê-la; é tal, ouso dizer, que a mais severa virtude não deveria temê-lo; mas eu mesmo tenho medo de lhe falar por mais tempo da dor que sinto. Certo de que o objeto que a causa não a compartilha, pelo menos não devo abusar de sua bondade, o que estaria fazendo se continuasse por mais tempo a lhe descrever essa dolorosa imagem. Não tomo mais o tempo senão o de lhe suplicar que me responda e que nunca duvide da verdade de meus sentimentos.

Escrita em P..., datada de Paris, 30 de agosto de 17**.

CARTA 49

DE CÉCILE VOLANGES
AO CAVALEIRO DANCENY

Sem ser leviana nem falsa, bastou-me, senhor, compreender minha conduta para sentir a necessidade de mudar. Prometi esse sacrifício a Deus, até que eu possa lhe oferecer também aquele de meus sentimentos em relação ao senhor, que a condição religiosa em que se encontra torna ainda mais criminosos. Sinto realmente que isso vai me causar tristeza e não posso lhe esconder que, desde anteontem, andei chorando todas as vezes que pensei no senhor. Mas espero que Deus me dê a graça de ter a força necessária para esquecê-lo, como a venho pedindo dia e noite. Espero inclusive, de sua amizade e de sua honestidade, que não vai procurar me perturbar na boa resolução que me foi inspirada e me empenho em manter. Em decorrência disso, peço-lhe que tenha a bondade de não me escrever mais, até porque, previno-o, não iria lhe responder, além de me obrigar a contar à minha mãe tudo o que anda acontecendo, o que haveria de me privar por completo do prazer de vê-lo.

Nem por isso vou deixar de ter pelo senhor todo o afeto que possa ter, sem que nisso haja qualquer mal; e é de toda a minha alma que lhe desejo todo tipo de felicidade. Sei muito bem que não vai mais me amar como antes que, logo mais talvez, venha a amar outra melhor do que eu. Mas essa será uma penitência a mais pela falta que cometi ao lhe entregar meu coração, que só podia entregar a Deus e a meu marido, quando tiver um. Espero que a misericórdia divina tenha piedade de minha fraqueza e me dê somente a dor que vou poder suportar.

Adeus, senhor. Posso lhe assegurar que, se me fosse permitido amar alguém, só ao senhor é que eu amaria. Mas aí está tudo o que posso lhe dizer, e talvez seja até mesmo mais do que deveria.

De..., 31 de agosto de 17**.

CARTA 50

DA PRESIDENTA DE TOURVEL
AO VISCONDE DE VALMONT

É assim então, senhor, que cumpre as condições com que consenti receber, de vez em quando, cartas suas? E posso *não ter do que me queixar*, quando nelas só fala de um sentimento ao qual eu ainda teria receio de me entregar, mesmo que o pudesse fazer sem ferir todos os meus deveres?

De resto, se eu tivesse necessidade de novas razões para manter esse temor salutar, parece-me que poderia encontrá-las em sua última carta. Com efeito, no exato momento em que julga fazer a apologia do amor, o que faz, pelo contrário, além de me mostrar suas temíveis tempestades? Quem poderá querer uma felicidade comprada à custa da razão e cujos prazeres pouco duradouros são seguidos, no mínimo, por arrependimentos, quando não forem por remorsos?

O senhor mesmo, em quem o hábito desse perigoso delírio deve lhe diminuir o efeito, não é obrigado, contudo, a reconhecer que muitas vezes ele se torna mais forte que o senhor e não é o primeiro a se queixar da involuntária perturbação que lhe causa? Que terrível devastação não haveria então de causar num coração virgem e sensível, o qual ainda ampliaria seu poder com a grandeza dos sacrifícios que seria obrigado a lhe fazer?

Acredita, senhor, ou finge acreditar, que o amor leva à felicidade; e eu estou de tal modo persuadida que me tornaria infeliz, que gostaria de nunca ouvir pronunciar essa palavra. Parece-me que o simples fato de falar dele perturba a tranquilidade e é tanto por gosto como por dever que lhe peço para guardar silêncio sobre esse ponto.

Afinal, esse pedido deve lhe ser bem fácil de atender nesse momento. De regresso a Paris, vai encontrar por lá não poucas oportunidades para esquecer um sentimento que talvez só deva seu surgimento a seu hábito de lidar com semelhantes assuntos e sua força à ociosidade que grassa nos campos. Não se encontra, pois, nesse mesmo lugar onde me havia visto com tanta indiferença? Pode dar um passo ali sem nem sequer se deparar com um exemplo de sua facilidade em mudar? E não está cercado de mulheres que, todas mais amáveis que eu, têm mais direito a suas homenagens? Não tenho a vaidade tão criticada do sexo feminino, e muito menos essa falsa modéstia que não passa de um refinamento do orgulho. E é com toda a boa-fé que aqui lhe digo que conheço em mim poucos atrativos para agradar; mas, mesmo que os tivesse todos, não os julgaria suficientes para prendê-lo. Pedir-lhe que não me dê mais atenção é apenas lhe solicitar que faça agora o que já tinha feito antes e o que certamente haveria de fazer ainda dentro de pouco tempo, mesmo que eu lhe pedisse o contrário.

Essa verdade, que não perco de vista, seria, por si só, motivo bastante forte para não querer ouvi-lo. Tenho mil outros ainda, mas, sem entrar nessa longa discussão, atenho-me a lhe suplicar, como já fiz, que não venha mais me falar de um sentimento, que não devo escutar e ao qual devo, ainda menos, responder.

De..., 1º. de setembro de 17**.

parte 2

CARTA 51

**DA MARQUESA DE MERTEUIL
AO VISCONDE DE VALMONT**

Na verdade, visconde, você é insuportável. Trata-me com tanta leviandade como se eu fosse sua amante. Sabe que vou me zangar e que, nesse momento, estou com um humor execrável? Como! Deve encontrar-se com Danceny amanhã de manhã. Sabe como é importante que lhe fale antes desse encontro e, sem se inquietar minimamente, me deixa esperá-lo o dia inteiro para ir não sei onde! Por sua causa, cheguei *indecentemente* tarde à casa da senhora de Volanges, e todas as velhas presentes me acharam *maravilhosa*. Tive de passar a noite toda em bajulações para acalmá-las, porque não se deve aborrecer as velhas senhoras; são elas que constroem a reputação das jovens.

Agora, é quase uma hora da madrugada e, em vez de me deitar, como morro de vontade de fazê-lo, tenho de lhe escrever uma longa carta que vai duplicar meu sono pelo tédio que vai me causar. Sorte sua que não tenho tempo de recriminá-lo mais. Não vá por isso pensar que o perdoo; estou simplesmente com pressa. Então me escute, vou ser rápida.

Por menos hábil que seja, você deve conquistar amanhã a confiança de Danceny. O momento é de aflição e, portanto, propício à confiança. A menina foi se confessar; contou tudo, feito criança e, desde então, está a tal ponto atormentada de medo do diabo que quer romper a qualquer custo. Ela me contou todos os seus pequenos escrúpulos com tanta vivacidade que me deixou claro como sua cabeça estava transtornada. Ela me mostrou sua carta de rompimento, que é um verdadeiro sermão grosseiro. Conversou atabalhoadamente comigo, sem me dizer uma só palavra que fizesse sentido. Mas não me deixou menos constrangida, pois eu não podia correr o risco de me abrir com aquela cabeça de vento.

Pude perceber, no entanto, no meio de todo esse palavreado, que nem por isso ama menos seu Danceny. Observei inclusive um desses expedientes que nunca faltam ao amor e do qual a menina é ridiculamente vítima. Atormentada pelo desejo de se dedicar ao namorado e o medo de se condenar se o fizer, pensou em pedir a Deus que a ajudasse a esquecê-lo; e como renova essa oração a todo instante durante o dia, acaba por encontrar um meio de pensar nele sem cessar.

Para alguém mais *experiente* que Danceny, esse fato de somenos importância seria talvez mais favorável que adverso; mas esse jovem é tão ingênuo que, se não o ajudarmos, vai levar tanto tempo para vencer os mais leves obstáculos, que não nos deixará nem aquele para executar nosso plano.

Realmente, você tem razão; é uma pena, e estou tão aborrecida como você, que ele seja o protagonista dessa aventura. Mas fazer o quê? O que está feito, feito está; e a culpa é sua. Pedi para ver a resposta dele[13]; deu-me até pena. Apresenta argumentos sem conta, tentando lhe provar que um sentimento involuntário não pode ser crime; como se não deixasse de ser involuntário a partir do momento em que se deixa de combatê-lo! Essa ideia é tão óbvia que ocorreu até a própria menina. Ele se queixa de seu infortúnio de maneira bastante tocante, mas sua dor é tão doce e parece tão forte e sincera que chego a julgar impossível que uma mulher, tendo a oportunidade de desesperar um homem a esse ponto e com tão pouco risco, não seja tentada a se permitir tal fantasia. Ele lhe explica, enfim, que não é monge, como a menina acreditava; e é, sem dúvida, a parte que ele desempenha melhor, pois pelo fato de se entregarem ao amor monástico, os senhores Cavaleiros de Malta certamente não mereceriam a preferência.

Seja como for, em vez de perder meu tempo em raciocínios que poderiam me comprometer, e talvez sem conseguir persuadi-la, aprovei o plano de ruptura, mas disse que seria mais honesto, em tal caso, transmitir pessoalmente suas razões em vez de escrevê-las e que também era costume devolver as cartas e outras bagatelas que acaso tivesse recebido. Aparentando concordar com a moça, eu a convenci a marcar um encontro com Danceny. Pensamos imediatamente nos meios de fazê-lo e me encarreguei de convencer a mãe a sair sem a filha. Esse momento decisivo será amanhã à tarde. Danceny já foi informado, mas, por Deus, se você tiver a oportunidade, convença esse belo pastor a ser menos lânguido e ensine-lhe, visto que a ele é preciso dizer tudo, que a verdadeira forma de vencer os escrúpulos é deixar quem os tem sem ter nada a perder.

De resto, para que essa cena ridícula não venha a se repetir, não deixei de suscitar, na cabeça da menina, algumas dúvidas quanto à discrição dos confessores; e lhe garanto que ela agora está pagando, pelo susto que me deu, com o medo de que seu confessor

---

13   Essa carta não foi encontrada.

vá contar tudo à mãe dela. Espero que, depois de ter conversado com ela mais uma ou duas vezes, não vá mais contar suas tolices ao primeiro que aparecer.⁽¹⁴⁾

Adeus, visconde; tome conta de Danceny e dê-lhe as devidas orientações. Seria vergonhoso se não conseguíssemos fazer o que queremos com essas duas crianças. Se encontrarmos nisso mais dificuldade do que imaginávamos de início, pensemos, para estimular nosso zelo: você, que se trata da filha da senhora de Volanges, e eu, que ela deve se tornar a mulher de Gercourt. Adeus.

De..., 2 de setembro de 17**.

CARTA 52

**DO VISCONDE DE VALMONT
À PRESIDENTA DE TOURVEL**

A senhora me proíbe de lhe falar de meu amor, mas como encontrar a coragem necessária para lhe obedecer? Unicamente ocupado com um sentimento que deveria ser tão doce e a senhora torna tão cruel, definhando no exílio ao qual me condenou, vivendo somente de privações e lamentos, presa de tormentos tão mais dolorosos por me recordarem constantemente sua indiferença, devo ainda perder o único consolo que me resta? Que outro consolo posso ter que o de lhe oferecer, de vez em quando, uma alma que a senhora enche de perturbação e de amargura? Vai desviar seu olhar para não ver os prantos que me faz verter? Vai recusar até a homenagem dos sacrifícios que exige? Não seria, pois, mais digno

---

14   O leitor deve ter adivinhado há muito tempo, pelas atitudes da senhora de Merteuil, como ela respeitava pouco a religião. Poderíamos ter suprimido todo esse parágrafo, mas julgamos que, ao mostrar os efeitos, não devíamos deixar de apontar as causas.

da senhora, de sua alma honesta e doce, ter compaixão de um infeliz, que só é infeliz por sua causa, do que ainda querer agravar seus sofrimentos por meio de uma proibição a um tempo injusta e rigorosa?

Finge temer o amor e não quer ver que é unicamente a senhora que causa os males que lhe recrimina. Ah! sem dúvida, esse sentimento é penoso quando aquela que o inspira não o compartilha! Mas onde encontrar a felicidade, se um amor recíproco não a proporciona? A terna amizade, a doce confiança, a única que é sem reservas, as dores abrandadas, os prazeres aumentados, a encantadora esperança, as deliciosas lembranças, onde encontrá-las senão no amor? A senhora o calunia, a senhora que, para desfrutar de todos os bens que ele lhe oferece, nada mais precisa do que parar de recusá-lo; e eu, esqueço minhas dores para cuidar de defendê-lo.

A senhora me obriga também a me defender a mim mesmo, pois, enquanto consagro minha vida a adorá-la, a senhora passa a sua procurando defeitos em mim. Desde já me supõe leviano e falso e, exagerando em meu desfavor alguns erros que eu mesmo lhe confessei, se compraz em confundir o que eu era com o que eu sou agora. Não satisfeita de me entregar ao tormento de viver longe da senhora, ainda acrescenta um sarcasmo cruel acerca de prazeres aos quais sabe muito bem que me tornou insensível. Não acredita em minhas promessas nem em meus juramentos. Pois bem! Resta-me uma garantia a lhe dar, da qual pelo menos não poderá desconfiar: é a senhora mesma. Nada mais lhe peço do que se interrogue a si mesma de boa-fé. Se não acredita em meu amor, se duvida um só momento de que é a única a reinar em minha alma, se não está segura de ter conquistado esse coração, que até aqui era de fato por demais volúvel, consinto em carregar a dor desse erro; por ele vou gemer, mas não vou recorrer. Mas se, pelo contrário, fazendo justiça a nós dois, a senhora for obrigada a reconhecer para si mesma que não tem, que nunca vai ter, nenhuma rival, suplico-lhe que não me obrigue mais a combater quimeras e me deixe, pelos menos, esse consolo: o de ver que não duvida mais de um sentimento que, de fato, não vai findar, nem pode findar senão com minha própria vida. Permita-me, senhora, solicitar que responda afirmativamente a esse item de minha carta.

Se abandono, no entanto, esse período de minha vida, que parece me prejudicar tão cruelmente perante a senhora, não é porque me faltassem, se fosse necessário, motivos para justificá-lo.

O que fiz afinal, além de não resistir ao turbilhão em que havia sido jogado? Ingressando na sociedade jovem e sem experiência, passando, por assim dizer, de mão em mão, por uma multidão de mulheres, todas se apressando em se prevenir com reflexões que lhes pareciam ser favoráveis, acaso competia a mim dar o exemplo de uma resistência que ninguém me opunha? Ou devia me punir por um erro momentâneo, muitas vezes provocado por outros, com uma constância certamente inútil que veriam como ridícula? Ora, que outro meio senão uma brusca ruptura pode justificar uma escolha vergonhosa?

Posso dizê-lo, porém, que essa embriaguez dos sentidos, talvez até mesmo esse delírio da vaidade, não atingiu meu coração. Nascido para o amor, a intriga poderia tê-lo distraído, mas não bastava para preenchê-lo; cercado de objetos sedutores, mas desprezíveis, nenhum deles penetrava em minha alma. Ofereciam-me prazeres, eu procurava virtudes; e eu mesmo, por fim, me julguei inconstante, porque era delicado e sensível.

Foi ao vê-la que compreendi tudo. Logo reconheci que o encanto do amor dependia das qualidades da alma; que só elas podiam causar o excesso e justificá-lo. Senti, finalmente, que me era igualmente impossível não amá-la e amar outra que não a senhora.

Aí está, senhora, qual é esse coração ao qual receia se entregar e sobre cujo destino tem de se pronunciar. Mas qualquer que seja o destino que lhe reservar, nada vai mudar os sentimentos que o prendem à senhora: são inalteráveis como as virtudes que os fizeram nascer.

De..., 3 de setembro de 17**.

CARTA 53

**DO VISCONDE DE VALMONT
À MARQUESA DE MERTEUIL**

Estive com Danceny, mas só obtive dele meia confidência. Ele se obstinou, de modo particular, em calar o nome da menina Volanges, da qual só me falou como de uma mulher muito sensata e até mesmo um pouco devota. Além disso, me contou com bastante sinceridade sua aventura e, especialmente, o último episódio. Insisti com ele o quanto pude e brinquei bastante em relação à sua delicadeza e a seus escrúpulos, mas parece que faz questão de mantê-los, de modo que não posso responder por ele. De resto, poderei lhe dizer mais depois de amanhã. Vou levá-lo a Versalhes e, pelo caminho, vou tratar de sondá-lo.

O encontro que deve ocorrer hoje também me dá alguma esperança; poderia ser que tudo se passe segundo o que almejamos e talvez só nos reste arrancar a confissão e colher as provas. Essa tarefa será mais fácil para você do que para mim, pois a moça é mais confiante ou, o que dá na mesma, mais falante que seu discreto namorado. Farei, contudo, o que for possível.

Adeus, minha bela amiga, estou com muita pressa. Não poderei vê-la hoje, nem amanhã. Se, por seu lado, souber de alguma novidade, escreva-me um bilhete que deverei encontrar ao retornar. Voltarei certamente para passar a noite em Paris.

De..., 3 de setembro de 17**, à noite.

CARTA 54

DA MARQUESA DE MERTEUIL
AO VISCONDE DE VALMONT

Oh! sim, será mesmo com Danceny que há algo a saber! Se ele o disse, foi para se vangloriar. Não conheço ninguém tão tolo em matéria de amor, e me arrependo cada vez mais da gentileza com que o tratamos! Sabe que até pensei estar comprometida com ele! E isso por nada! Oh! ainda vou me vingar, prometo.

Ontem, quando cheguei para apanhar a senhora de Volanges, ela não queria mais sair, se sentia indisposta. Precisei usar de toda a minha eloquência para convencê-la e me parecia ver o momento em que Danceny poderia chegar, antes de nossa partida, o que teria sido desastroso, mesmo porque a senhora de Volanges lhe havia dito na véspera que ela não estaria em casa. Sua filha e eu estávamos mais que nervosas. Finalmente, saímos, e a menina me apertou tão afetuosamente a mão ao se despedir que, apesar de seu plano de ruptura, do qual acreditava de boa-fé se ocupar ainda, eu me augurava maravilhas para aquela noite.

Minhas preocupações estavam longe de acabar. Fazia apenas meia hora que estávamos em casa da senhora de..., quando a senhora de Volanges passou mal de fato, seriamente mal, e era evidente que quisesse voltar para casa. Era o que eu menos queria, porque temia que, se surpreendêssemos os jovens, como era de se esperar, minhas instâncias para convencer a mãe a sair poderiam lhe parecer suspeitas. Tomei a decisão de assustá-la sobre sua própria saúde, o que felizmente não é difícil, e a retive por uma hora e meia, não consentindo em levá-la para casa, fingindo temer o perigoso movimento da carruagem. Finalmente, só regressamos no horário combinado. Pelo aspecto envergonhado que observei ao chegar, confesso que esperei que, pelo menos, todos os meus esforços não tivessem sido em vão.

O desejo que eu tinha de saber o que havia acontecido me fez permanecer junto da senhora de Volanges, que foi logo se deitar; e depois de jantar ao lado de sua cama, nós a deixamos, cedo ainda, sob o pretexto de que ela precisava de repouso; e nós passamos para os aposentos da filha. Esta, por sua vez, fez tudo o que eu esperava dela: escrúpulos desfeitos, novas juras de amor eterno, etc.; ela, enfim, se saiu muito bem; mas o tolo do Danceny não avançou nem um passo sequer do lugar em que estava antes. Oh! com esse se pode brigar, as reconciliações não são perigosas.

A menina garante, no entanto, que ele queria mais, mas ela soube se defender. Eu seria capaz de apostar que ela está se gabando ou que o está desculpando. Tenho até quase certeza disso. Com efeito, ocorreu-me o capricho de saber em que me basear para me certificar até que ponto ela era capaz de se defender; e eu, simples mulher, de conversa em conversa, fui enchendo a cabeça dela a ponto... Enfim, pode me acreditar, nunca houve ninguém mais suscetível a uma surpresa dos sentidos. É verdadeiramente amável, essa querida menina! Merecia outro namorado! Terá, pelo menos, uma boa amiga, pois estou sinceramente afeiçoada a ela. Já lhe prometi instruí-la e creio que vou cumprir minha palavra. Muitas vezes senti necessidade de ter uma mulher como confidente e preferiria essa a qualquer outra; mas nada posso fazer com ela enquanto não for... o que ela precisa ser. É mais uma razão para me zangar com Danceny.

Adeus, visconde. Não venha à minha casa amanhã, a menos que seja pela parte da manhã. Cedi às instâncias do cavaleiro para passar uma noite na pequena casa.

De..., 4 de setembro de 17**.

CARTA 55

**DE CÉCILE VOLANGES
A SOPHIE CARNAY**

Você tinha razão, minha querida Sophie, suas profecias dão mais certo que seus conselhos. Danceny, como você havia previsto, foi mais forte que o confessor, que você, que eu mesma; e aqui estamos de volta exatamente no ponto em que estávamos. Ah! Não me arrependo; e você, caso me recrimine, será por não saber o prazer que há em amar Danceny. É muito fácil para você dizer o que se deve fazer, nada a impede; mas se tivesse provado quanto nos dói a mágoa de alguém que amamos, como sua alegria se torna a nossa e como é difícil dizer não quando queremos dizer sim, você não se surpreenderia com mais nada. Eu mesma, que o senti, que o senti intensamente, não o compreendo ainda. Você acha, por exemplo, que eu consiga ver Danceny chorar sem chorar também? Garanto-lhe que isso me é impossível e, quando ele está contente, eu me sinto feliz como ele. Você poderá dizer o que quiser; o que se diz não muda aquilo que é, e estou totalmente certa de que é assim.

Gostaria de vê-la em meu lugar... Não, não foi exatamente o que eu quis dizer, pois certamente não gostaria de ceder meu lugar a ninguém, mas gostaria que você também amasse alguém. Não seria somente para que me compreendesse melhor e me recriminasse menos, mas também porque você seria mais feliz ou, melhor dizendo, só então começaria a ser feliz.

Nossas brincadeiras, nossas risadas, tudo isso, pode ver, não passa de brincadeira de criança; depois que passam, não sobra mais nada. Mas o amor, ah! o amor!... uma palavra, um olhar, só de saber que ele está ali, pois bem! isso é a felicidade. Quando vejo Danceny, não desejo mais nada; quando não o vejo, desejo apenas ele. Não sei como isso se dá, mas se poderia dizer que tudo o que me agrada é parecido com ele. Quando não está comigo, penso nele e quando posso pensar nele inteiramente, sem distração, quando estou sozinha, por exemplo, também me sinto feliz; fecho os olhos e logo me parece vê-lo; lembro de suas palavras e acho que o estou ouvindo; isso me faz suspirar; e então sinto um fogo, uma agitação... Não consigo ficar quieta. É como um tormento, e esse tormento causa um prazer inexprimível.

    Creio até mesmo que, uma vez que se ama, o amor se derrama até sobre a amizade. Aquela que nutro por você, no entanto, não mudou; é sempre igual como era no convento, mas o que lhe digo, eu o sinto pela senhora de Merteuil. Parece-me que a amo mais do jeito que amo Danceny do que do jeito como amo você e, às vezes, eu gostaria que ela fosse ele. Talvez isso se origine do fato de que essa não é uma amizade de infância, como a nossa; ou porque os vejo tantas vezes juntos, o que acaba por me confundir. Enfim, o que há de verdade é que os dois me deixam muito feliz e, afinal, não creio que haja algo de muito errado no que faço. Por isso só pediria para continuar como estou; só a ideia de meu casamento é que me entristece, pois se o senhor de Gercourt for como me disseram, do que não duvido, não sei o que vai ser de mim. Adeus, minha Sophie. Amo-a sempre e bem ternamente.

De..., 4 de setembro de 17**.

CARTA 56

**DA PRESIDENTA DE TOURVEL
AO VISCONDE DE VALMONT**

De que lhe serviria, senhor, a resposta que me pede? Acreditar em seus sentimentos não seria mais um motivo para temê-los? E sem atacar nem defender a sinceridade deles, não me basta, não deve bastar ao senhor, saber que não quero nem devo corresponder?

Supondo que o senhor me amasse verdadeiramente (e é somente para não voltar mais a esse assunto que consinto nessa suposição), os obstáculos que nos separam seriam menos intransponíveis? E eu teria outra coisa a fazer do que desejar que o senhor superasse em breve esse amor e, sobretudo, ajudá-lo em tudo o que me fosse possível, apressando-me em fazê-lo perder toda esperança? O senhor mesmo admite que *esse sentimento é penoso quando o objeto que o inspira não o compartilha*. Ora, sabe bastante bem que me é impossível compartilhá-lo; e mesmo que essa desgraça me ocorresse, eu me tornaria digna de pena, sem que com isso o senhor se tornasse mais feliz. Espero que tenha suficiente estima por mim, para não duvidar disso nem um instante sequer. Pare, portanto, lhe suplico, pare de querer perturbar um coração para o qual a tranquilidade é tão necessária. Não me obrigue a lamentar tê-lo conhecido.

Querida e estimada por um marido que amo e respeito, meus deveres e meus prazeres se unem no mesmo objeto. Sou feliz, devo sê-lo. Se existem prazeres mais intensos, não os desejo; não quero conhecê-los. Haverá prazer mais doce do que estar em paz consigo mesma, de só ter dias serenos, de adormecer sem inquietação e de acordar sem remorsos? O que o senhor chama de felicidade não passa de um tumulto dos sentidos, uma tempestade de paixões cujo espetáculo é apavorante, mesmo que seja contemplado da margem. Pois bem! como enfrentar essas tempestades? Como ousar embarcar num mar coberto de destroços de milhares e milhares de naufrágios? E com quem? Não, senhor, eu fico em terra; gosto dos laços que a ela me prendem. Poderia rompê-los, mas é justamente o que não quero; se não os tivesse, me empenharia em criá-los.

Por que se prender a meus passos? Por que se obstinar em me seguir? Suas cartas, que deveriam ser raras, se sucedem com rapidez. Deveriam ser sensatas e nelas o senhor só me fala de seu louco amor. O senhor me envolve com sua ideia mais do que o fazia com sua pessoa. Afastado sob uma forma, o senhor se reproduz sob outra. As coisas que lhe peço para não dizer mais, torna a dizê-las, só que de outra maneira. Diverte-se em me deixar constrangida com raciocínios capciosos e se esquiva dos meus. Não quero mais lhe responder, não vou mais lhe responder... E como trata as mulheres que já seduziu! Com que desprezo fala delas! Quero crer que algumas o merecem, mas todas elas seriam assim tão desprezíveis? Ah! sem dúvida, visto que elas traíram seus deveres para se entregar a um amor criminoso. A partir desse momento, elas perderam tudo, até a estima daquele a quem tudo sacrificaram. Esse suplício é justo, mas só de pensar nisso me faz estremecer. Que me importa, afinal? Por que haveria de me preocupar com elas ou com o senhor? Com que direito vem perturbar minha tranquilidade? Deixe-me, não venha mais me ver; não me escreva mais, por favor; eu o exijo. Essa carta é a última que vai receber de mim.

De..., 5 de setembro de 17**.

CARTA 57

**DO VISCONDE DE VALMONT
À MARQUESA DE MERTEUIL**

Encontrei sua carta ontem, ao chegar. Sua raiva me divertiu muito. Você não poderia sentir com mais intensidade os erros de Danceny, se ele os cometesse diante de você. É, sem dúvida, por vingança que vem habituando a namorada dele a cometer pequenas infidelidades; você é mesmo malvada! Sim, você é encantadora, e não me surpreende que ela resista menos a você do que a Danceny.

Enfim, já conheço de fio a pavio esse belo herói de romance! Ele não tem mais segredos para mim. Tanto lhe repeti que o amor honesto era o bem supremo, que um sentimento valia mais que dez intrigas, que eu mesmo me sentia, nesse momento, apaixonado e tímido; ele, enfim, descobriu em mim uma forma de pensar tão conforme à dele que, encantado como estava com minha candura, me contou tudo e me jurou uma amizade sem reservas. Nem por isso avançamos muito em nosso projeto.

Em primeiro lugar, pareceu-me que seu modo de pensar era que uma donzela merece muito mais consideração que uma mulher, por ter muito mais a perder. Ele acha, de modo particular, que nada pode justificar um homem colocar uma moça diante da necessidade de se casar com ele ou de viver desonrada, quando essa moça é infinitamente mais rica que o homem, como é o caso dele. A firmeza da mãe, a pureza da filha, tudo o intimida e o detém. O complicado não seria refutar seus argumentos, por mais verdadeiros que sejam. Com um pouco de habilidade e com o apoio da paixão, seriam rapidamente destruídos, tanto mais que se prestam ao ridículo, e eu teria a meu favor a autoridade da experiência. Mas o que impede ter ascendência sobre ele é que se sente feliz como está. Com efeito, se os primeiros amores parecem em geral mais honestos e, como se diz, mais puros; se são, pelo menos, mais lentos em seu ritmo, não é, como se pensa, por delicadeza ou timidez; é porque o coração, surpreso por um sentimento desconhecido, se detém, por assim dizer, a cada passo para desfrutar do encanto que experimenta, e esse encanto é tão poderoso para um coração inexperiente, que o ocupa a ponto de levá-lo a se esquecer de qualquer outro prazer. Tanto isso é verdade que um libertino apaixonado, se é que isso é possível para um libertino, se tornará a partir desse momento menos premido a desfrutar desse prazer. E afinal, entre a conduta de Danceny para com a menina Volanges e a minha para com a reservada senhora de Tourvel, só subsiste a diferença do mais para o menos.

Seriam necessários, para estimular nosso jovem, mais obstáculos do que esses que encontrou; teria necessidade, sobretudo, de mais mistério, pois o mistério leva à audácia. Não estou longe de acreditar que você nos prejudicou ao servi-lo tão bem; sua conduta teria sido excelente com um homem *experiente*, que só tivesse desejos; mas poderia ter previsto que, para um homem jovem, honesto e apaixonado, o maior valor dos favores está em serem prova do amor e, por conseguinte, quanto mais certo ele estivesse de ser amado, menos ousado seria. O que fazer agora? Não sei, mas não creio que ele seduza a menina antes do casamento, e teremos de amargar o prejuízo; fico aborrecido, mas não vejo remédio.

Enquanto fico aqui dissertando, você faz melhor com seu cavaleiro. Isso me faz lembrar que prometeu uma infidelidade em meu benefício; tenho sua promessa por escrito e não quero que se torne uma nota promissória. Concordo que o prazo não venceu ainda, mas seria generoso de sua parte não esperar o vencimento; de minha parte, vou lhe cobrar com juros. O que me diz, minha bela amiga? Será que não anda cansada com sua constância? Esse cavaleiro é assim tão maravilhoso? Oh! deixe comigo! Quero obrigá-la a concordar que, se viu nele algum mérito, é porque você me havia esquecido.

Adeus, minha bela amiga. Abraço-a com imenso desejo. Duvido que todos os beijos do cavaleiro sejam mais ardorosos que os meus.

De..., 5 de setembro de 17**.

CARTA 58

DO VISCONDE DE VALMONT
À PRESIDENTA DE TOURVEL

Por causa de que, senhora, mereci tanto as recriminações que me dirige como a raiva que tem de mim? O afeto mais intenso e, no entanto, mais respeitoso, a total submissão a suas mínimas vontades, aí está, em duas palavras, a história de meus sentimente: e de minha conduta. Acabrunhado pela dor de um amor não correspondido, eu não tinha outro consolo senão o de vê-la. A senhora me ordenou a me privar dele e eu obedeci sem me permitir um murmúrio. Como pagamento desse sacrifício, a senhora me permitiu que lhe escrevesse e hoje quer me tirar esse único prazer. Poderia deixar arrebatá-lo sem tentar defendê-lo? Não, sem dúvida; ora, não deveria ser caro a meu coração? É o único que me resta e o devo à senhora.

Minhas cartas, diz a senhora, são demasiado frequentes! Considere, pois, lhe peço, que, nesses dez dias que já dura meu exílio, não passei nenhum momento sem pensar na senhora que, no entanto, recebeu apenas duas cartas minhas. *Nelas só lhe falo de meu amor*! Ora, o que posso dizer senão aquilo que penso? Tudo o que pude fazer foi atenuar sua expressão e, pode me acreditar, só fiz lhe revelar o que me foi impossível esconder. A senhora me ameaça, enfim, de não me responder mais. Assim, o homem que a prefere a tudo e que a respeita ainda mais do que a ama, não contente em tratá-lo com rigor, quer ainda desprezá-lo? E por que essas ameaças, essa irritação? Que necessidade tem disso? Já não tem certeza de ser obedecida, mesmo em suas ordens injustas? Será que sou capaz de contrariar qualquer desejo seu e já não dei provas disso? Mas a senhora vai mesmo abusar desse domínio que possui sobre mim? Depois de ter me tornado infeliz, depois de se ter tornado injusta, será fácil para a senhora desfrutar dessa tranquilidade que garante que lhe é tão necessária? Nunca deverá se perguntar: "Ele me fez senhora de sua sorte, e eu destruí sua felicidade; ele implorava meu socorro, e eu o olhei sem compaixão?" Sabe até onde pode ir meu desespero? Não.

Para acalmar meus males, precisaria saber quanto a amo, mas a senhora não conhece meu coração.

A que me sacrifica? A quiméricos temores. E quem lhe inspira esses temores? Um homem que a adora; um homem sobre o qual nunca deixará de ter um domínio absoluto. O que é que teme? O que pode temer de um sentimento que sempre terá o poder de dirigir a seu bel-prazer? Mas sua imaginação cria monstros e o pavor que eles lhe causam a senhora atribui ao amor. Um pouco de confiança e esses fantasmas desaparecerão.

Um sábio disse que, para dissipar os temores, quase sempre basta aprofundar a causa deles[15]. É principalmente no amor que essa verdade encontra aplicação. Ame e seus temores se esvairão. No lugar dos objetos que a assustam, vai encontrar um sentimento delicioso, um namorado terno e submisso; e todos os seus dias, marcados pela felicidade, não lhe deixarão outro arrependimento senão o de ter perdido alguns deles na indiferença. Eu mesmo, desde que, arrependido de meus erros, não existo senão para o amor, lamento o tempo que eu julgava ter passado nos prazeres e sinto que só à senhora cabe me tornar feliz. Suplico-lhe, porém, que o prazer que sinto em lhe escrever não seja mais perturbado pelo temor de lhe desagradar. Não quero lhe desobedecer, mas estou a seus pés, reclamando a felicidade que a senhora quer me arrebatar, a única que me deixou. Eu clamo à senhora: escute minhas súplicas e veja minhas lágrimas. Ah! senhora, vai me rejeitar?

De..., 7 de setembro de 17**.

CARTA 59

DO VISCONDE DE VALMONT
À MARQUESA DE MERTEUIL

Explique-me, se souber, o que significa esse disparate de Danceny. O que aconteceu e o que foi que ele perdeu? Sua bela talvez se tenha aborrecido com seu eterno respeito? Justiça seja

---

15   Acredita-se que se trate de Rousseau, na obra "Emile", mas a citação não é exata e a aplicação que dela faz Valmont é aparentemente falsa; e mais, a senhora de Tourvel tinha lido "Emile"?

feita, há quem se aborrecesse por muito menos. O que vou lhe dizer hoje à noite no encontro que ele me pediu e que aceitei por puro acaso? Certamente não vou perder meu tempo escutando suas lamúrias, se isso não nos levar a nada. As queixas amorosas só se prestam a ser ouvidas em cantos declamados ou em grandes cantatas. Queira me informar, portanto, sobre a situação e sobre o que devo fazer, ou vou desertar para evitar o aborrecimento que já estou prevendo. Poderia conversar com você hoje pela manhã? Caso esteja *ocupada*, mande-me, pelo menos, um bilhete com as dicas de meu papel.

Onde esteve ontem? Não consigo mais vê-la. Na verdade, não valia a pena me deter em Paris no mês de setembro. Decida-se, portanto, pois acabo de receber um convite bem insistente da condessa de B... para ir visitá-la no campo; e como ela afirma graciosamente, "seu marido possui o mais belo bosque do mundo, que ele preserva cuidadosamente para os prazeres de seus amigos". Ora, você sabe que tenho realmente alguns direitos sobre esse bosque, e vou revê-lo, se não lhe for útil aqui. Adeus, lembre-se de que Danceny vai estar em minha casa em torno das quatro horas.

De..., 8 de setembro de 17**.

CARTA 60

DO CAVALEIRO DANCENY
AO VISCONDE DE VALMONT
(*Anexa à precedente*)

Ah! senhor, estou desesperado, perdi tudo. Não ouso confiar ao papel o segredo de minhas mágoas, mas preciso chorá-las no peito de um amigo fiel e seguro. A que horas poderei vê-lo para procurar consolo e conselhos com o senhor? Estava tão feliz no dia em que lhe abri meu coração! E agora, que diferença! Tudo mudou para mim. O que sofro por mim mesmo é ainda a menor parte de meus tormentos; minha aflição por um objeto muito mais caro é que não posso suportar. Mais feliz do que eu, o senhor poderá vê-la e espero de sua amizade que não me negue essa atenção. Mas é preciso que lhe fale, que lhe explique. Deverá ficar com pena de mim e vai me socorrer; só tenho esperança no senhor. É sensível, conhece o amor e é o único em quem posso confiar. Não me negue seu auxílio.

Adeus, senhor. O único alívio que sinto em minha dor é pensar que ainda me resta um amigo como o senhor. Mande-me dizer, por favor, a que horas poderei encontrá-lo. Se não for agora pela manhã, desejaria que fosse logo depois do meio-dia.

De..., 8 de setembro de 17**.

CARTA 61

DE CÉCILE VOLANGES
A SOPHIE CARNAY

Minha cara Sophie, tenha pena de sua Cécile, de sua pobre Cécile; ela está muito infeliz! Minha mãe já sabe de tudo. Não compreendo como chegou a desconfiar de alguma coisa e, no entanto, descobriu tudo. Ontem à noite, minha mãe me pareceu estar um pouco irritada, mas não dei muita importância e inclusive, esperando que o jogo de cartas terminasse, conversei animadamente com a senhora de Merteuil, que havia jantado aqui, e falamos muito sobre Danceny. Não creio, contudo, que possam nos ter ouvido. Ela foi embora, e eu me retirei a meus aposentos.

Estava me despindo quando minha mãe entrou e mandou minha camareira sair; pediu-me a chave de minha escrivaninha. O tom com o qual me fez esse pedido me deu uma tremedeira tão intensa que mal conseguia parar em pé. Fingi não encontrar a chave, mas, enfim, tive de obedecer. A primeira gaveta que ela abriu foi justamente aquela em que estavam as cartas do cavaleiro Danceny. Eu estava tão perturbada que, quando ela perguntou o que era aquilo, só soube lhe responder que não era nada. Mas quando a vi começando a ler a primeira carta que se lhe apresentou, mal tive tempo de alcançar uma poltrona e passei mal a ponto de perder os sentidos. Logo que voltei a mim, minha mãe, que havia chamado a camareira, se retirou, dizendo-me que me deitasse. Levou todas as cartas de Danceny. Estremeço todas as vezes que penso que terei de comparecer diante dela. Não fiz mais que chorar a noite inteira.

Escrevo-lhe ao raiar do dia, na esperança de que Joséphine apareça. Se conseguir falar com ela a sós, pedirei que entregue em casa da senhora de Merteuil um bilhete que vou lhe escrever; caso contrário, vou anexá-lo a esta carta e lhe peço a gentileza de remetê-lo como se fosse seu. Só dela é que posso esperar algum consolo. Pelo menos, vamos falar sobre ele, pois acredito que não possa mais vê-lo. Sinto-me totalmente infeliz! Ela talvez tenha a bondade de se encarregar de uma carta para Danceny. Não ouso confiar em Joséphine para essa tarefa, ainda menos em minha camareira, pois talvez tenha sido ela que disse à minha mãe que eu tinha cartas guardadas em minha escrivaninha.

Não lhe escrevo mais longamente, porque quero ter tempo de escrever à senhora de Merteuil e também a Danceny, para estar com minha carta pronta, se ela se encarregar de entregá-la. Depois disso, vou voltar para a cama, para que me encontrem deitada quando entrarem em meu quarto. Vou dizer que estou doente, para evitar ter de ir até os aposentos de minha mãe. Não será uma grande mentira; certamente sofro mais do que se estivesse com febre. Meus olhos ardem de tanto chorar e sinto um peso no estômago que me impede de respirar. Quando penso que não voltarei a ver Danceny, minha vontade é de morrer. Adeus, minha cara Sophie. Não posso lhe dizer mais, as lágrimas me sufocam.

De..., 7 de setembro de 17**.

Nota – Foi suprimida a carta de Cécile Volange à marquesa, porque só continha os mesmos fatos da carta anterior e com menos detalhes. A do cavalheiro Danceny não foi encontrada; ver-se-á o motivo na carta 63, da senhora de Merteuil ao visconde.

CARTA 62

DA SENHORA DE VOLANGES
AO CAVALEIRO DANCENY

Depois de ter abusado, senhor, da confiança de uma mãe e da inocência de uma menina, não se surpreenderá, sem dúvida, se não for mais recebido numa casa em que não retribuiu às provas da mais sincera amizade, a não ser pelo esquecimento de todas as conveniências. Prefiro lhe pedir que não venha mais em minha casa do que dar ordens a meu porteiro, ordens que haveriam de comprometer a todos nós pelos comentários que os criados não deixariam de fazer. Tenho o direito de esperar que não me obrigue a recorrer a esse expediente. Previno-o também que, se no futuro fizer a menor tentativa de manter minha filha no descaminho em que a mergulhou, um retiro austero e eterno vai subtraí-la à sua perseguição. Cabe ao senhor decidir se teme tão pouco causar seu infortúnio como pouco receou em tentar desonrá-la. Quanto a mim, minha decisão está tomada e já a comuniquei à minha filha.

Vai encontrar, anexo, o pacote de suas cartas. Espero que haverá de me remeter, em troca, todas as de minha filha e se prestará a não deixar nenhum vestígio de um incidente, do qual não poderíamos guardar a lembrança, sem indignação de minha parte, sem real vergonha da parte dela e sem remorsos da sua. Tenho a honra de ser, etc.

De..., 7 de setembro de 17**.

CARTA 63

DA MARQUESA DE MERTEUIL
AO VISCONDE DE VALMONT

Na verdade, sim, vou lhe explicar a respeito do bilhete de Danceny. O fato que o levou a escrevê-lo é obra minha e é, creio, minha obra-prima. Não perdi meu tempo depois de sua última carta e acabei dizendo, como o arquiteto ateniense: "O que ele disse, eu farei".

Ele precisa, pois, de obstáculos, esse belo herói de romance e adormece na felicidade! Oh! que se apoie em mim, que lhe darei com que se ocupar; ou muito me engano ou seu sono não será mais tranquilo. Era preciso lhe ensinar o valor do tempo e penso que agora lamenta aquele que perdeu. Era preciso, como você diz, que houvesse mais mistério; pois bem, é o que não vai mais lhe faltar. Tenho isso de bom: basta que me façam perceber meus erros, e não descanso enquanto não os reparo totalmente. Saiba, portanto, o que fiz.

Ao voltar para casa, anteontem de manhã, li sua carta; achei-a brilhante. Persuadida de que você tinha apontado muito bem a causa do mal, eu nada mais fiz que tentar encontrar um meio de saná-lo. A primeira coisa que fiz, no entanto, foi me deitar, pois o infatigável cavaleiro não me havia deixado dormir um só instante e eu julgava estar com sono. Mas, qual nada. Pensando exclusivamente em Danceny, o desejo de tirá-lo da indolência ou de puni-lo por causa dela não me permitiu pregar olho e foi somente depois de reavaliar muito bem meu plano que consegui desfrutar de duas horas de repouso.

Nessa mesma noite, fui até a casa da senhora de Volanges e, seguindo meu plano, lhe confidenciei que tinha certeza de que existia, entre a filha dela e Danceny, uma ligação perigosa. Essa mulher, tão perspicaz com relação a você, estava tão cega, a ponto de me responder, de início, que certamente eu estava enganada, que a filha dela não passava de uma menina, etc. Eu não podia lhe dizer tudo o que sabia, mas mencionei olhares, conversas *que alarmavam minha virtude e minha amizade*. Enfim, falei quase tão bem como o faria uma devota e, para desferir o golpe decisivo, cheguei até mesmo a dizer que julgava ter visto uma carta ser entregue e ser recebida. E acrescentei: "Isso me lembra que um dia ela abriu em minha frente uma gaveta de sua escrivaninha, na qual vi muitos papéis que, sem dúvida, ela guarda. Sabe se ela mantém alguma correspondência frequente?" Nesse ponto, o semblante da senhora de Volanges mudou e vi algumas lágrimas brotar em seus olhos. "Muito obrigada, minha digna amiga", disse-me ela, apertando minha mão, "vou me certificar."

Depois dessa conversa, muito curta para parecer suspeita, me aproximei da moça. Deixei-a logo depois, para pedir à mãe que não me comprometesse aos olhos da filha, o que me prometeu de bom grado, até porque lhe fiz observar como seria bom que a menina pudesse confiar em mim para abrir seu coração e me deixar em condições de lhe dar *meus sábios conselhos*. O que me garante que ela vai manter a promessa é que não tenho dúvidas de que queira mostrar sua perspicácia perante a filha. Com isso, eu me via autorizada a manter meu tom de amizade com a menina, sem parecer falsa aos olhos da senhora de Volanges, que era o que eu queria evitar. Com isso ganhava ainda a possibilidade de estar, na sequência, com a menina por tanto tempo e tão a sós como desejava, sem causar a mínima inquietação na mãe.

Disso me aproveitei naquela mesma noite e, depois de terminar minha partida de cartas, me dirigi com a menina para um canto e a fiz abordar o assunto Danceny, que para ela nunca se esgota. Eu me divertia em lhe encher a cabeça com o prazer que haveria de ter ao vê-lo no dia seguinte; não há tolice que eu não a tenha levado a dizer. Era mais que necessário lhe devolver em expectativa o que eu lhe tirava na realidade; além do mais, tudo isso devia tornar o golpe bem mais sensível para ela; e estou convencida de que, quanto mais ela sofrer, mais se sentirá pressionada a tirar satisfação na primeira oportunidade. É bom, aliás, acostumar aos grandes acontecimentos aqueles que destinamos às grandes aventuras.

Afinal de contas, será que ela não pode pagar com algumas lágrimas o prazer de rever seu Danceny? É louca por ele! Pois bem, prometo que ela vai ter esse prazer, e antes mesmo do que imaginasse tê-lo, sem toda essa tempestade. É uma espécie de pesadelo, mas o despertar será delicioso e, no fim de tudo, parece que ela me deve alguma gratidão. Na verdade, mesmo que eu tenha posto nisso um pouco de malícia, é preciso se divertir: *Os tolos estão neste mundo para nossos pequenos prazeres miúdos*[16].

Finalmente, me retirei, muito contente comigo mesma. Ou Danceny, pensava eu, estimulado pelos obstáculos, vai redobrar o amor, e então vou ajudá-lo com todas as minhas forças, ou se não passar de um tolo, como, às vezes, sou tentada a pensar, vai cair no desespero e se dará por vencido. Ora, nesse caso, pelo menos me sentirei vingada dele até onde puder. Nesse meio tempo, terei aumentado a estima da mãe por mim, a amizade da filha e a confiança das duas. Quanto a Gercourt, objeto primeiro de meu interesse, teria de ser muito infeliz ou muito inábil se, como senhora da mente da mulher dele, como o sou e o serei mais ainda, não encontrasse mil meios de fazê-lo se tornar o que quero que ele seja. Fui me deitar embalada por esses doces pensamentos; por isso dormi bem e acordei bem tarde.

Ao acordar, encontrei dois bilhetes, um da mãe e outro da filha.

---

16   Gresset, Le Méchant, comédia.

Não pude deixar de rir ao encontrar em ambos literalmente a mesma frase: *Somente da senhora é que posso esperar algum consolo.* Não é mesmo engraçado, com efeito, consolar a favor e contra, e ser o único agente de dois interesses diametralmente opostos? Aqui estou como a divindade, acolhendo os desejos opostos dos cegos mortais, sem mudar em nada meus imutáveis decretos. Deixei, no entanto, esse augusto papel para assumir o do anjo consolador e fui, segundo o preceito, visitar meus amigos em sua aflição.

Comecei pela mãe. Encontrei-a numa tristeza que já vinga você em parte pelas contrariedades que ela o fez passar junto de sua bela virtuosa. Tudo saiu maravilhosamente bem. Minha única inquietação era que a senhora de Volanges aproveitasse desse momento para ganhar a confiança da filha, o que teria sido bem fácil, bastando usar com ela a linguagem da doçura e da amizade e dar aos conselhos da razão o ar e o tom da ternura indulgente. Por sorte, ela se armou de severidade e, enfim, se portou tão mal que só me restava aplaudir. É verdade que ela chegou a ameaçar todos os nossos planos, ao tomar a decisão de mandar novamente a filha para o convento; mas aparei esse golpe, sugerindo que só fizesse a ameaça, caso Danceny continuasse em sua perseguição, a fim de obrigar os dois a uma circunspecção que julgo necessária para o bom êxito.

Em seguida, fui ter com a filha. Não imagina como a dor a deixa mais bonita! Por pouco que ela assuma ares de exibida, garanto que vai chorar muitas vezes; por ora, chorava sem malícia... Impressionada com esse novo encanto, que não conhecia e me sentia bem à vontade em observar, de início não lhe dava senão esses consolos desajeitados, que mais aumentam do que aliviam o sofrimento; e, por esse meio, a levava ao ponto de se ver realmente sufocada. Não chorava mais e, por um momento, temi que tivesse convulsões. Aconselhei-a a deitar-se; ela aceitou; fiz-lhe as vezes de camareira; ela não havia feito sua toalete e logo os cabelos soltos caíram sobre seus ombros e seu pescoço inteiramente descobertos. Abracei-a, e ela se abandonou em meus braços, suas lágrimas recomeçaram a rolar sem esforço. Meu Deus! Como estava linda! Ah! se Madalena era assim, deve ter sido mais perigosa como penitente do que como pecadora.

Quando a bela desolada foi se deitar, eu passei a consolá-la de boa-fé. Tranquilizei-a, primeiramente, sobre o temor do convento. Fiz brotar nela a esperança de ver Danceny em segredo e, sentando-me na cama, lhe disse: "Se ele estivesse aqui!" Depois, divagando nesse tema, fui conduzindo-a, de distração em distração, a não se lembrar mais de tudo o que a afligia. Teríamos nos separado uma da outra perfeitamente satisfeitas, se ela não tentasse me encarregar de mandar uma carta a Danceny, o que radicalmente recusei. Minhas razões, que você, sem dúvida, vai aprovar, são as seguintes.

Em primeiro lugar, a de que me comprometeria em relação a Danceny; e, se era essa a única que eu podia alegar para a menina, cá entre nós, havia muitas outras. Não seria pôr em risco o fruto de meu trabalho oferecer tão cedo a nossos jovens um meio tão fácil de amenizar seus sofrimentos? Além disso, não me desagradaria a ideia de obrigá-los a envolver alguns criados nessa aventura, pois, enfim, se tudo correr bem, como espero, essa aventura deverá ser conhecida logo após o casamento; e há poucas maneiras mais seguras de divulgá-la ou se, por milagre, os criados nada dissessem, nós haveríamos de comentar o caso e seria mais fácil pôr a indiscrição na conta deles.

Será preciso, portanto, que você dê ainda hoje essa ideia a Danceny; e como não estou segura quanto à conduta da camareira da pequena Volanges, da qual ela própria parece desconfiar, indique-lhe a minha, minha fiel Vitória. Cuidarei para que o expediente tenha êxito. Essa ideia me agrada especialmente porque essa confidência será útil apenas para nós e não para eles, pois ainda não cheguei ao fim de meu relato.

Enquanto eu recusava a me encarregar da carta da menina, temia que a qualquer momento ela me sugerisse colocá-la no serviço postal interno, o que eu dificilmente poderia negar. Felizmente, seja por estar perturbada, seja por ignorância de sua parte, ou ainda por dar menos importância à carta do que à resposta, que não haveria de obter por esse meio, não me falou dessa possibilidade. Mas, para evitar que lhe ocorresse a ideia ou que, pelo menos, a pusesse em prática, tomei de imediato minha decisão; e, dirigindo-me aos aposentos da mãe, convenci-a a afastar a filha por algum tempo, levando-a para o campo... E para onde? Seu coração não bate de alegria?... Para a casa de sua tia, a velha Rosemonde. Deve contatá-la ainda hoje; assim, você está autorizado a rever sua devota, que não poderá mais lhe objetar o escândalo de estar a sós com você; e, graças a meus cuidados, a própria senhora de Volanges vai reparar o mal que lhe causou.

Mas me escute e não se ocupe com tanta intensidade de seus assuntos, pois vai acabar perdendo esse de vista; lembre-se de que ele me interessa.

Quero que você se torne o correspondente e o conselheiro dos dois jovens. Conte a Danceny sobre essa viagem e ofereça-lhe sua ajuda. Mostre somente certa dificuldade em fazer chegar às mãos da bela sua carta de recomendação e derrube imediatamente esse obstáculo indicando-lhe minha camareira como alternativa. Sem dúvida alguma, ele vai aceitar e em troca de seus esforços terá como prêmio a confiança de um coração inexperiente, o que é sempre interessante. Pobre pequena! Como vai corar ao lhe entregar a primeira carta! Na verdade, esse papel de confidente, contra o qual surgiram tantos preconceitos, me parece um doce relaxamento quando se tem outras preocupações, o que vai ser seu caso.

De seu empenho é que vai depender o desfecho dessa intriga. Pense no momento em que será preciso reunir os atores. O campo oferece mil meios, e Danceny, com certeza, estará pronto a ir para lá a seu primeiro sinal. Uma noite, um disfarce, uma janela... que sei eu? Enfim, se a menina retornar do mesmo jeito como foi, vou cobrar isso de você. Se achar que ela precisa de algum estímulo de minha parte, mande-me dizer. Creio que lhe dei uma lição bastante boa sobre o perigo de manter cartas guardadas para ousar lhe escrever nesse momento e eu continuo sempre com a intenção de fazer dela minha aluna.

Creio ter esquecido de lhe dizer que as suspeitas dela acerca de sua correspondência denunciada tinham recaído de início sobre sua camareira e eu as desviei para seu confessor. Mato assim dois coelhos com uma cajadada só.

Adeus, visconde; faz um bom tempo que estou lhe escrevendo, atrasando até meu almoço. Mas o amor-próprio e a amizade ditavam minha carta, e ambos são tagarelas. De resto, ela vai chegar a sua casa às três horas, e é todo o tempo de que precisa.

Pode se queixar de mim agora, se assim se atrever, e vá rever, se essa for sua vontade, o bosque do conde de B... Você diz que ele o guarda para o prazer de seus amigos! Então esse homem é amigo de todo o mundo? Mas adeus, estou com fome.

De..., 9 de setembro de 17**.

CARTA 64

**DO CAVALEIRO DANCENY
À SENHORA DE VOLANGES**
(*Rascunho anexo à carta 66, do Visconde à Marquesa*)

Sem procurar, senhora, justificar minha conduta e sem me queixar da sua, só posso me afligir com um acontecimento que causa a desgraça de três pessoas, as três merecedoras de uma sorte mais feliz. Mais sensível ainda à dor de tê-la causado do que à de ser sua vítima, quis várias vezes, desde ontem, ter a honra de lhe responder, sem poder encontrar forças para tanto. Tenho, no entanto, muitas coisas a lhe dizer, o que me obriga a fazer um esforço ingente; e, se esta carta estiver desprovida de ordem e de coerência, poderá deduzir como é dolorosa minha situação para me conceder alguma indulgência.

Permita-me, desde logo, discordar da primeira frase de sua carta. Não abusei, ouso dizer, nem de sua confiança nem da inocência da senhorita de Volanges; respeitei uma e outra em minhas ações. Só elas dependiam de mim e, embora a senhora me torne responsável por um sentimento involuntário, não receio afirmar que o sentimento que a senhorita sua filha me inspirou é de tal ordem que pode até lhe desagradar, mas não ofendê-la. Sobre esse ponto, que me toca mais do que poderia dizer, não aceito outro juiz a não ser a senhora e por testemunhas, minhas cartas.

Proíbe que me apresente em sua casa daqui em diante e, sem dúvida, vou me submeter a tudo o que lhe aprouver ordenar a esse respeito. Mas essa súbita e total ausência não haverá de dar tanta margem aos comentários que quer evitar como a ordem que, por essa mesma razão, não quis dar a seu porteiro? Tanto mais vou insistir nesse ponto porquanto é muito mais importante para a senhorita de Volanges do que para mim. Suplico-lhe, portanto, que pese com muita atenção todas as coisas e não permita que sua severidade altere sua prudência. Persuadido de que somente o interesse da senhorita sua filha vai ditar suas resoluções, vou ficar no aguardo de novas ordens de sua parte.

Caso, no entanto, me permita lhe prestar meus respeitos, às vezes, comprometo-me, senhora (e pode contar com minha promessa), a não abusar dessas ocasiões para procurar conversar em particular com a senhorita de Volanges ou para lhe entregar alguma carta. O receio de tudo o que possa comprometer sua reputação me obriga a esse sacrifício e a felicidade de vê-la por vezes me servirá de compensação.

Esse ponto de minha carta é também a única resposta que posso dar ao que me diz sobre o destino que reserva à senhorita de Volanges e quer fazê-lo depender de minha conduta. Prometer mais que isso seria tentar enganá-la. Um vil sedutor pode acomodar seus planos às circunstâncias e fazer seus cálculos de acordo com os acontecimentos, mas o amor que me anima só me permite dois sentimentos: a coragem e a constância.

O quê! Eu consentir em ser esquecido pela senhorita de Volanges, eu mesmo esquecê-la? Não, não, jamais. Vou ser fiel a ela, já o jurei a ela e hoje o renovo. Perdão, senhora, estou fugindo do assunto; preciso voltar a ele.

Tenho ainda outro ponto a tratar com a senhora: o das cartas que a senhora me pede. Lamento sinceramente acrescentar mais uma recusa aos erros que já me atribui. Mas lhe suplico que escute minhas razões e se digne, para apreciá-las, lembrar-se de que meu único consolo ante o infortúnio de ter perdido sua amizade é a esperança de conservar sua estima.

As cartas da senhorita de Volanges, sempre tão preciosas para mim, se tornam muito mais nesse momento. São o único bem que me resta; só elas ainda me recordam um sentimento que constitui todo o encanto de minha vida. Acredite, no entanto, que não vou hesitar nem um instante sequer em sacrificá-las à senhora e o pesar de ser privado delas cederia ao desejo de lhe provar minha respeitosa deferência, mas poderosas considerações me detêm e estou certo de que nem mesmo a senhora poderá recriminá-las.

A senhora tem, é verdade, o segredo da senhorita de Volanges, mas, permita-me dizê-lo, sinto-me autorizado a crer que esse segredo é a resultante de uma surpresa e não de uma confidência. Não pretendo recriminar um expediente que talvez possa ser legitimado pela solicitude materna. Respeito seus direitos, mas esses não chegam ao ponto de me dispensar de meus deveres. O mais sagrado de todos é o de nunca trair a confiança que me é dada. Seria faltar a esse dever expor aos olhos de outrem os segredos de um coração que não quis revelá-los senão aos meus. Se a senhorita sua filha consentir em confiá-los à senhora, poderá fazê-lo; suas cartas são inúteis para a senhora. Se, pelo contrário, ela quiser guardar seu segredo para si, a senhora, sem dúvida, não haverá de esperar que seja eu a revelá-lo.

Quanto ao sigilo em que deseja que seja sepultado esse fato, fique tranquila, senhora; sobre tudo o que diz respeito à senhorita de Volanges, sou capaz de desafiar até mesmo o coração de uma mãe. Para terminar por lhe tirar toda inquietude, já previ tudo. Esse precioso acervo, que até o momento trazia a inscrição *Papéis a queimar*, traz agora *Papéis pertencentes à senhorita de Volanges*. Essa decisão que ora tomo deverá lhe provar também que minha recusa não se deve ao temor de que a senhora encontre nessas cartas um único sentimento que pudesse pessoalmente lamentar.

Esta é, senhora, uma carta bem longa. Não o seria bastante ainda, se lhe deixasse a menor dúvida sobre a honestidade de meus sentimentos, sobre meu sincero pesar por tê-la desagradado e sobre o profundo respeito com que tenho a honra de ser, etc.

De..., 9 de setembro de 17**.

CARTA 65

DO CAVALEIRO DANCENY
A CÉCILE VOLANGES
(Enviada aberta à Marquesa de Merteuil, junto com a carta 66 do Visconde)

Ó minha Cécile, o que vai ser de nós? Qual Deus vai nos salvar dos infortúnios que nos ameaçam? Que o amor nos dê pelo menos coragem para suportá-los! Como posso lhe descrever minha surpresa, meu desespero, quando vi minhas cartas, quando li o bilhete da senhora de Volanges? Quem foi que nos traiu? Sobre quem recaem suas suspeitas? Você teria cometido alguma imprudência? O que está fazendo agora? O que lhe disseram? Gostaria de saber de tudo, e ignoro tudo. Talvez até mesmo você não esteja mais informada que eu.

Envio-lhe o bilhete de sua mãe e a cópia de minha resposta. Espero que aprove o que digo a ela. Preciso muito que você aprove também as atitudes que tomei depois desse episódio fatal; todas elas têm por objetivo ter notícias suas, dar-lhe notícias minhas e, quem sabe?, tornar a vê-la talvez e com mais liberdade que nunca.

Imagine, minha Cécile, o prazer que seria nos encontrarmos, poder jurar de novo um amor eterno e ver em nossos olhos, sentir em nossas almas, que esse juramento não seria falso? Quanta tristeza um momento tão doce não nos faria esquecer! Pois bem, tenho esperança de ver esse momento surgir e o devo a essas mesmas atitudes que suplico de aprovar. Que digo! Devo isso aos cuidados consoladores do mais afetuoso amigo e meu único pedido é que você permita que esse amigo seja também o seu.

Não devia talvez expor seu segredo sem que você consinta? Mas tenho como desculpa a tristeza e a necessidade. Foi o amor que me guiou; é ele que implora sua indulgência, que pede para perdoar uma confidência necessária, sem a qual talvez ficássemos separados para sempre[17]. Você conhece o amigo de quem estou falando; é amigo da mulher de quem você mais gosta. Trata-se do visconde de Valmont.

Meu plano, ao me dirigir a ele, era inicialmente lhe pedir para que solicitasse à senhora de Merteuil de se encarregar de mandar uma carta para você. Ele achou que esse expediente não podia dar certo; mas, se não desse com a patroa, podia dar com a camareira, que lhe deve favores. Será essa camareira que vai lhe entregar essa carta e você pode lhe entregar a resposta.

Esse expediente não vai lhe ser muito útil se, como acredita o senhor de Valmont, você partir para o campo. Nesse caso, ele próprio se dispõe a nos ajudar. A senhora em cuja casa você vai ficar é parenta dele. Ele vai aproveitar desse pretexto para visitá-la nesse mesmo período e será por meio dele que deverá passar nossa mútua corres-

---

17   O senhor Danceny está faltando com a verdade. Já tinha feito confidências ao senhor de Valmont antes desse episódio. Veja a carta 57.

pondência. Ele garante inclusive que, se você concordar, poderá nos fornecer meios de nos vermos sem nenhum risco de comprometê-la.

Nesse ponto, minha Cécile, se você me ama, se lamenta meu infortúnio e se, como espero, compartilha de meu pesar, vai se recusar a confiar num homem que será nosso anjo tutelar? Sem ele, eu estaria reduzido ao desespero de não poder até mesmo amenizar a dor que lhe causo. Essa dor vai passar um dia, espero, mas, minha terna amiga, prometa-me de não se entregar demais a ela, de não se deixar abater. A ideia de sua dor é para mim um tormento insuportável. Daria minha vida para fazê-la feliz! Você bem sabe disso. Que a certeza de ser adorada possa dar algum consolo à sua alma! A minha precisa que você me assegure que perdoa o amor pelos males que a leva a padecer.

Adeus, minha Cécile; adeus, minha terna amiga.

De..., 9 de setembro de 17**.

CARTA 66

**DO VISCONDE DE VALMONT
À MARQUESA DE MERTEUIL**

Poderá ver, minha bela amiga, ao ler as duas cartas anexas, se cumpri bem seu plano. Embora as duas sejam datadas de hoje, foram escritas ontem, em minha casa e em minha presença: a carta para a menina diz tudo aquilo que queríamos. Não há como não se sentir humilhado diante da perspicácia de sua visão, a julgar pelo sucesso de suas iniciativas. Danceny está realmente apaixonado e certamente, numa próxima ocasião, não terá mais recriminações a lhe fazer. Se sua bela ingênua for dócil, tudo estará resolvido pouco depois de sua chegada ao campo; tenho mil meios já à disposição.

Graças a seu empenho, me tornei decididamente *amigo de Danceny*; só lhe falta agora ser *príncipe*.[18]

É ainda bem jovem, esse Danceny! Poderia acreditar que não pude obter que prometesse à mãe renunciar a seu amor? Como se fosse constrangedor prometer quando se está disposto a não cumprir! "Seria mentir", me repetia ele, sem cessar. Esse escrúpulo não é edificante, sobretudo, ao querer seduzir a filha? Assim são os homens! Todos igualmente celerados em suas intenções, mas chamam de probidade à fraqueza que mostram na execução.

Cabe a você impedir que a senhora de Volanges se assuste com os pequenos desatinos que nosso jovem se permitiu na carta; preserve-nos do convento; cuide também de fazê-la desistir de pedir de volta as cartas da menina. Primeiro, porque ele não vai devolvê-las, não quer mesmo e concordo com ele; aqui, o amor e a razão estão de acordo. Li essas cartas, enfrentei seu tédio. Podem vir a ser úteis. Explico-me.

Apesar de nossa prudência no assunto, sempre pode ocorrer um escândalo; acabaria com o casamento, não é verdade, frustrando nossos planos com relação a Gercourt? Mas como, por minha vez, também tenho de me vingar da mãe, reservo-me, nesse caso, o direito de desonrar a filha. Selecionando bem essa correspondência e mostrando apenas parte dela, a pequena Volanges daria a impressão de ter dado os primeiros passos por iniciativa própria e depois se teria jogado de cabeça. Algumas cartas poderiam inclusive comprometer a mãe, responsabilizando-a, pelo menos, de imperdoável negligência. Bem sei que o escrupuloso Danceny ficaria revoltado de início; mas como seria pessoalmente atacado, creio que se poderia dar um jeito. Posso apostar mil contra um que nossa sorte será bem outra, mas é preciso prever tudo.

Adeus, minha bela amiga. Seria muito amável de sua parte ir jantar amanhã na casa da marechala de...; eu não tive como recusar.

---

18   Expressão referente a uma passagem de um poema de Voltaire.

Creio que não precise lhe recomendar sigilo junto da senhora de Volanges sobre meu plano de ir para o campo; ela logo haveria de decidir permanecer na cidade; ao passo que, uma vez chegando lá, não poderá partir novamente no dia seguinte; e se ela nos der somente oito dias, respondo por tudo.

De..., 9 de setembro de 17**.

CARTA 67

**DA PRESIDENTA DE TOURVEL
AO VISCONDE DE VALMONT**

Não queria mais lhe responder, senhor, e talvez o constrangimento que sinto nesse momento seja em si uma prova de que de fato não deveria fazê-lo. Não quero, porém, lhe dar nenhum motivo de queixa contra mim; quero convencê-lo de que fiz pelo senhor tudo o que podia fazer.

Diz que lhe permiti a me escrever? Concordo. Mas ao me recordar dessa permissão, julga que esqueço em que condições lhe foi dada? Se eu tivesse sido tão fiel a essas condições como o senhor tão pouco o foi, teria recebido uma só resposta minha? Aqui está, no entanto, a terceira; e enquanto o senhor faz de tudo para me obrigar a interromper essa correspondência, sou eu que tomo os meios de mantê-la. Há um meio, mas é o único; e se o recusar, estará, não importando o que possa dizer, me dando provas do pouco valor que lhe dá.

Abandone, portanto, uma linguagem que não posso nem quero entender; renuncie a um sentimento que me ofende e me assusta, e ao qual, talvez, o senhor tivesse de se apegar menos, considerando que é o obstáculo que nos separa. Esse sentimento será o único, pois, que é capaz de conhecer e o amor terá então mais essa falha, a meus olhos, de excluir a amizade? O senhor mesmo incidiria no erro de não querer por amiga aquela da qual desejou sentimentos mais ternos? Não quero acreditar nisso; essa ideia humilhante me revoltaria, me afastaria irremediavelmente do senhor.

Ao lhe oferecer minha amizade, senhor, dou-lhe tudo o que é meu, tudo o de que posso dispor. O que mais pode desejar? Para me entregar a esse sentimento tão doce, tão bem feito para meu coração, só espero seu consentimento; e a promessa que exijo do senhor é de que essa amizade haverá de bastar para sua felicidade. Vou esquecer tudo o que andaram me dizendo; e deixarei em suas mãos o cuidado de justificar minha escolha.

Pode bem ver minha franqueza; ela deve lhe provar minha confiança. Só vai depender do senhor aumentá-la mais ainda. Previno-o, porém, de que a primeira palavra de amor a destruirá para sempre e me devolverá todos os meus temores; e será, especialmente para mim, o sinal de um eterno silêncio com relação ao senhor.

Se, como diz, *se arrependeu de seus erros*, não prefere ser objeto da amizade de uma mulher honesta a ser objeto dos remorsos de uma mulher culpada? Adeus, senhor; deverá compreender que, depois de ter falado desse modo, nada mais posso dizer, enquanto não tiver sua resposta.

De..., 9 de setembro de 17**.

CARTA 68

DO VISCONDE DE VALMONT
À PRESIDENTA DE TOURVEL

Como responder, senhora, à sua última carta? Como ousar ser verdadeiro, se minha sinceridade pode me perder a seus olhos? Não importa, é preciso; vou encontrar coragem.

Digo e repito a mim mesmo que vale mais merecê-la do que conquistá-la, e mesmo que a senhora sempre me negasse uma felicidade pela qual haverei de desejar incessantemente, devo pelo menos lhe provar que meu coração é digno dela.

Que pena, como a senhora diz, que *me tenha arrependido de meus erros*! Com que arroubos de alegria eu teria lido essa mesma carta que hoje tremo ao responder! Nela, a senhora me fala em *franqueza*, me expressa *confiança*, me oferece enfim sua *amizade*: quantas coisas boas, senhora, e como lamento não poder desfrutá-las! Por que não sou mais o mesmo?

Se, de fato, ainda o fosse, se não sentisse pela senhora mais que um interesse comum, que esse leve interesse, filho da sedução e do prazer, que hoje chamam de amor, eu me apressaria em tirar vantagem de tudo o que conseguisse obter. Pouco delicado nos meios, desde que me conduzissem ao sucesso, encorajaria sua franqueza pela necessidade de compreendê-la; desejaria sua confiança com a intenção de traí-la; aceitaria sua amizade na esperança de transviá-la... O quê! Senhora, esse quadro a assusta?... Pois bem! seria, no entanto, traçado segundo meu estilo, se lhe dissesse que consinto em ser apenas seu amigo...

Quem, eu! consentiria em dividir com alguém um sentimento emanado de sua alma? Se algum dia eu disser que consinto, não acredite mais em mim. Nesse momento, vou procurar enganá-la; poderei desejá-la ainda, mas certamente não a amarei mais.

Não é que a amável franqueza, a doce confiança, a sensível amizade não tenham valor a meus olhos... Mas o amor! O amor verdadeiro, tal como a senhora o inspira, reunindo todos esses sentimentos, transmitindo-lhes mais energia, não poderia se prestar, como eles, a essa tranquilidade, a essa frieza da alma que permite comparações, que até aceita preferências. Não, senhora, não serei seu amigo, eu a amarei com o amor mais terno e mesmo mais ardente, embora o mais respeitoso. A senhora poderá desesperá-lo, mas não aniquilá-lo.

Com que direito pretende dispor de um coração cuja homenagem recusa? Por que requinte de crueldade pode invejar minha felicidade de amá-la? Esta me pertence, não depende da senhora; saberei defendê-la. Se é a fonte de meus males, é também seu remédio.

Não, mais uma vez, não. Persista em suas recusas cruéis, mas me deixe meu amor. Agrada-lhe tornar-me infeliz? Pois bem, que seja. Tente cansar minha coragem, saberei pelo menos obrigá-la a decidir minha sorte e talvez, um dia, vai me fazer justiça. Não é que eu espere sensibilizá-la algum dia, mas, mesmo sem persuadir-se, deverá se convencer e dizer a si mesma: "Eu o tinha julgado mal."

Melhor dizendo, é com a senhora mesma que está sendo injusta. Conhecê-la sem amá-la, amá-la sem ser fiel, são duas coisas igualmente impossíveis; e, apesar da modéstia que a adorna, deve-lhe ser mais fácil se queixar dos sentimentos que inspira do que se surpreender com eles. Quanto a mim, cujo único mérito é o de ter sabido apreciá-la, não quero perder esse mérito; e, longe de consentir em suas insidiosas propostas, renovo a seus pés o juramento de amá-la sempre.

De..., 10 de setembro de 17**.

CARTA 69

**DE CÉCILE VOLANGES
AO CAVALEIRO DANCENY**
Bilhete escrito a lápis e copiado por Danceny.

Pergunta-me o que estou fazendo: eu o amo e choro. Minha mãe não fala mais comigo; ela me tirou papel, penas e tinta; estou usando um lápis que, por sorte, me restou e escrevo num pedaço de sua carta. Só posso aprovar tudo o que você fez; eu o amo demais para não lançar mão de todos os meios, a fim de ter notícias suas e dar-lhe as minhas. Eu não gostava do senhor de Valmont e não sabia que era tão seu amigo; vou tentar me acostumar com ele e gostar dele por sua causa. Não sei quem nos traiu; só pode ter sido minha camareira ou meu confessor. Estou muito aflita. Vamos partir amanhã para os campos e não sei por quanto tempo. Meu Deus! Não poder mais vê-lo!

Não tenho mais espaço no papel. Adeus, tente ler. Talvez essas palavras traçadas a lápis se apaguem, mas jamais os sentimentos gravados em meu coração.

De..., 10 de setembro de 17**.

CARTA 70

DO VISCONDE DE VALMONT
À MARQUESA DE MERTEUIL

Tenho um aviso importante a lhe dar, minha cara amiga. Jantei ontem, como sabe, em casa da marechala de ***. Falamos de você, de quem eu disse não todo o bem que penso, mas todo aquele que não penso. Todos pareciam concordar com minha opinião e a conversa esmorecia, como sempre acontece ao falarmos bem do próximo, quando surgiu um contraditor: era Prévan.

"Deus não queira", disse ele, levantando-se, "que eu duvide da sensatez da senhora de Merteuil! Mas ousaria acreditar que ela a deve antes à sua agilidade que a seus princípios. Talvez seja mais difícil segui-la do que lhe agradar; e como, ao correr atrás de uma mulher, se encontra outras pelo caminho que, no final das contas, essas outras podem valer tanto ou mais que ela; alguns se deixam distrair por um novo atrativo, outros param de cansaço; e ela talvez seja a mulher de Paris que menos precisou se defender. Quanto a mim", acrescentou ele (encorajado pelo sorriso de algumas mulheres), "só vou acreditar na virtude da senhora de Merteuil depois de matar de cansaço seis cavalos para lhe fazer a corte."

Essa brincadeira de mau gosto foi bem acolhida, como todas as que envolvem maledicência; e durante os risos que provocou, Prévan retomou seu lugar, e a conversa geral mudou de rumo. Mas as duas condessas de B***, junto das quais estava nosso incrédulo, tiveram com ele uma conversa particular, que eu felizmente estava em condições de ouvir.

O desafio de sensibilizá-la foi aceito; a promessa de dizer tudo foi feita e, de todas as que viessem a ser feitas nessa aventura, essa será seguramente a mais religiosamente cumprida. Está, pois, bem avisada e conhece o provérbio.

Resta-me dizer que esse Prévan, que você não conhece, é extremamente amável e, mais ainda, hábil. Se alguma vez me ouviu dizer o contrário, é somente porque não gosto dele, porque me divirto em contrariar seus sucessos e porque não ignoro o peso de minha aprovação junto de umas trinta de nossas mulheres mais na moda.

Com efeito, por esse meio, durante muito tempo o impedi de aparecer no que chamamos de grande teatro; e ele fazia prodígios, sem conseguir aumentar sua reputação. Mas o brilho de sua tripla aventura, ao fixar as atenções sobre ele, lhe deu essa confiança que até então lhe faltava e o tornou realmente temível. Enfim, talvez seja hoje o único homem que eu temeria vê-lo cruzar meu caminho; e, para além de seu próprio interesse, você estaria me prestando um verdadeiro favor se conseguisse, aos poucos, fazê-lo cair no ridículo. Deixo-o em boas mãos e nutro a esperança de que, ao meu retorno, ele será um homem afogado.

Em troca, prometo-lhe levar a bom termo a aventura de sua pupila e lhe dar tanta atenção quanto deverei dar à minha bela virtuosa.

Esta acaba de me enviar um plano de capitulação. Sua carta inteira anuncia o desejo de ser enganada. É impossível lhe oferecer para isso um meio cômodo e também mais usado. Ela quer que eu seja *seu amigo*. Mas eu, que gosto dos métodos novos e difíceis, não pretendo deixá-la bem por um preço tão baixo; e certamente não me dei a tanto trabalho com ela para terminar com uma sedução mais que comum.

Meu plano, ao contrário, é que ela sinta, sinta realmente o valor e a extensão de cada um dos sacrifícios que fizer por mim; é de não conduzi-la tão depressa que o remorso não possa acompanhá-la; é fazer expirar sua virtude numa lenta agonia; é fixá-la sem cessar nesse desolador espetáculo e não lhe conceder a alegria de ter-me em seus braços senão depois de tê-la forçado a não mais dissimular seu desejo. De fato, eu estaria valendo muito pouco se não valesse a pena ser solicitado. E poderia não me vingar de uma mulher altiva, que parece se envergonhar de reconhecer que me adora?

Recusei, portanto, a preciosa amizade e me ative a meu título de namorado. Como não dissimulo que esse título, que à primeira vista parece pura disputa de palavras, é, no entanto, de uma real importância obter, redigi minha carta com todo o cuidado e procurei derramar nela essa desordem que só um sentimento pode expressar. Enfim, coloquei tanta insensatez quanto era possível, pois sem insensatez não existe ternura; e é, creio, por essa razão que as mulheres nos são tão superiores em cartas de amor.

Terminei a minha com um galanteio, que é ainda uma consequência de minhas profundas observações. Depois de ser exercitado durante algum tempo, o coração de uma mulher precisa de repouso; e reparei que um galanteio era, para todas elas, o mais doce travesseiro que se lhes possa oferecer.

Adeus, minha bela amiga. Vou partir amanhã. Se tiver alguma encomenda para a condessa de B***, vou parar na casa dela, ao menos para almoçar. Sinto muito partir sem vê-la. Envie-me suas sublimes instruções e me ajude com seus sábios conselhos nesse momento decisivo.

Acima de tudo, tenha cautela com Prévan; e possa algum dia compensá-la por esse sacrifício! Adeus.

De..., 11 de setembro de 17**.

CARTA 71

**DO VISCONDE DE VALMONT
À MARQUESA DE MERTEUIL**

Não é que meu estouvado criado deixou minha pasta em Paris! As cartas de minha bela, as de Danceny para a pequena Volanges, todas ficaram por lá e preciso de todas. Ele vai partir para consertar sua doidice e, enquanto ele sela o cavalo, vou lhe contar a história da noite passada, pois quero que acredite que não perco meu tempo.

O episódio em si é pouca coisa; não passa de uma intriga com a viscondessa de M... Mas me interessou pelos detalhes. Além disso, realmente me agrada lhe mostrar que, se tenho o talento de levar as mulheres à perdição, não tenho menos, quando quero, o de salvá-las. A decisão mais difícil ou mais alegre é sempre a que tomo e não me arrependo de uma boa ação, desde que me exercite ou me divirta.

Encontrei aqui, portanto, a viscondessa e como ela juntasse suas instâncias aos pedidos que me eram feitos de pernoitar no castelo, eu lhe disse: "Pois bem, aceito, com a condição de passar a noite com a senhora." E ela me respondeu: "Impossível, Vressac está aqui." Até ali, minha intenção era apenas ser gentil, mas a palavra impossível, como de costume, me revoltou. Eu me senti humilhado ao ser preterido a Vressac e resolvi não tolerar isso; portanto, insisti.

As circunstâncias não me eram favoráveis. Esse Vressac fez a bobagem de deixar o visconde desconfiado, de modo que a viscondessa não podia mais recebê-lo em casa; e essa viagem para a casa da bondosa condessa tinha sido combinada entre eles a fim de poderem passar algumas noites juntos. O visconde tinha até mesmo se mostrado aborrecido por encontrar ali Vressac, mas como ele é mais caçador ainda do que ciumento, tudo ficou por isso mesmo. E a condessa, sempre igual como bem a conhece, depois de ter acomodado a mulher num quarto do grande corredor, pôs o marido de um lado e o amante de outro, e deixou que eles se arranjassem. A má sorte dos dois quis que me alojassem no quarto da frente.

Nesse mesmo dia, isto é, ontem, Vressac que, como pode imaginar, anda bajulando o visconde, estava caçando com ele, apesar de seu pouco interesse pela caça, contando se consolar à noite, nos braços da mulher, do aborrecimento que o marido lhe causava de dia. Quanto a mim, julguei que ele precisaria de repouso e me empenhei em convencer sua amante a lhe deixar um tempo para isso.

Consegui e obtive também que ela brigasse com ele por causa dessa caçada, à qual, evidentemente, ele tinha aceitado ir só por ela. Não se podia ter arranjado um pretexto pior, mas nenhuma mulher tem, mais que a viscondessa, esse talento, comum a todas, de colocar o mau humor no lugar da razão; e nunca é mais difícil de acalmar do que quando ela está errada. O momento não era, aliás, oportuno para explicações; e, como eu quisesse apenas uma noite, consenti para que se reconciliassem no dia seguinte.

Vressac foi recebido de mau humor, ao voltar. Ele quis saber o motivo, ela o recriminou. Ele tentou se justificar. O marido, que estava presente, serviu de pretexto para interromper a conversa. Enfim, ele tentou se aproveitar de um momento em que o marido estava ausente para pedir que ela aceitasse ouvi-lo à noite. Foi então que a viscondessa se mostrou sublime. Ela se indignou com a audácia dos homens que, por terem desfrutado dos favores de uma mulher, se julgam no direito de abusar dela ainda, mesmo quando ela tem motivos de se queixar deles. E tendo mudado de assunto com essa manobra, falou tão bem sobre delicadeza e sentimentos que Vressac ficou mudo e confuso; eu mesmo fiquei tentado a acreditar que ela tinha razão, pois poderá imaginar que, como amigo dos dois, tinha de ficar alheio a toda essa conversa.

Finalmente, convicta, ela declarou que não iria somar as fadigas do amor àquelas da caça e que haveria de se recriminar por perturbar tão doces prazeres. O marido retornou. O desolado Vressac, que não tinha mais liberdade para responder, dirigiu-se a mim e, depois de ter me exposto longamente suas razões, que eu conhecia tão bem como ele, pediu-me que falasse com a viscondessa e lhe prometi que o faria. Com efeito, falei com ela, mas foi para agradecer e combinar a hora e os detalhes de nosso encontro.

Ela me disse que, estando seu quarto entre o do marido e o do amante, tinha julgado mais prudente ir ao de Vressac do que recebê-lo em seus aposentos; e, como eu estava alojado no quarto em frente, julgava também mais seguro vir a meu quarto; e assim faria logo que sua camareira a deixasse sozinha; e bastava eu deixar minha porta entreaberta e esperá-la.

Tudo ocorreu de acordo com o combinado e ela entrou em meu quarto em torno de uma hora da madrugada.

... em diminutas vestes
De uma beldade que acaba de ser tirada do sono.[19]

Como não sou vaidoso, não me detenho nos detalhes da noite, mas você me conhece, e fiquei contente comigo mesmo.

Ao raiar do dia, tivemos de nos separar. É aqui que começa a parte interessante. A estouvada acreditava ter deixado a porta de seu quarto entreaberta, mas a encontramos fechada, com a chave do lado de dentro; não pode fazer ideia da expressão de desespero com que a viscondessa logo me disse: "Ah! estou perdida!" Convenhamos que teria sido engraçado deixá-la nessa situação; mas será que eu poderia tolerar que uma mulher se perdesse para mim, sem que fosse por mim? E deveria, como o comum dos homens, me deixar dominar pelas circunstâncias? Era preciso, portanto, encontrar uma solução. O que você teria feito, minha bela amiga? Minha atitude foi a seguinte, e foi bem sucedida.

---

19 Racine, tragédia *Britannicus*.

Logo percebi que a porta em questão podia ser arrombada, desde que nos decidíssemos a fazer muito barulho. Consegui, não sem dificuldade, convencer a viscondessa a lançar gritos agudos e de pavor, como *Ladrão! Assassino!* e outros. Combinamos que, ao primeiro grito, eu arrombaria a porta e ela correria para a cama. Não imagina o tempo que foi preciso para que começasse a gritar, mesmo depois de ter concordado. Mas foi o que teve de fazer e, ao primeiro pontapé, a porta cedeu.

A viscondessa não perdeu tempo, e fez bem, pois, no mesmo instante, o visconde e Vressac apareceram no corredor; a camareira também acorreu ao quarto da patroa.

Eu era o único de sangue-frio e aproveitei para apagar uma lamparina que ainda queimava e derrubá-la no chão, pois imagine como teria sido ridículo fingir todo esse terror com uma luz acesa no quarto. Recriminei em seguida o marido e o amante por causa do sono letárgico deles, afirmando que os gritos a que eu havia acorrido e meus esforços para arrombar a porta haviam durado no mínimo cinco minutos.

A viscondessa que, em sua cama havia recobrado a coragem, confirmou bastante bem e jurou por todos os santos que havia um ladrão em seus aposentos; protestou com toda a sinceridade que nunca tinha sentido tanto medo em sua vida. Procuramos por todos os cantos e não encontramos nada, até que apontei para a lamparina no chão e concluí que, sem dúvida, um rato havia causado o dano e o pavor. Minha opinião foi aceita por todos e, depois de umas velhas brincadeiras sobre ratos, o visconde foi o primeiro a voltar para seu quarto e para sua cama, pedindo à mulher para que tivesse, no futuro, ratos mais tranquilos.

Vressac, ficando a sós conosco, aproximou-se da viscondessa para lhe dizer ternamente que aquela era uma vingança do amor; ao que ela respondeu, olhando para mim: "Estava então bem enfurecido, pois a vingança foi grande; mas estou morta de cansaço e quero dormir."

Eu estava num momento de bondade; em decorrência, antes de nos despedirmos, intercedi em favor de Vressac e promovi a reconciliação. Os dois amantes se abraçaram, e fui, por minha vez, abraçado pelos dois. Não me importavam mais os beijos da viscondessa, mas confesso que o de Vressac me agradou. Saímos juntos e, depois de aceitar seus intermináveis agradecimentos, cada um de nós foi para sua cama.

Se achar essa história engraçada, não vou lhe pedir segredo. Agora que ela já me divertiu, é justo que o público tenha sua vez. Por enquanto, basta essa história; talvez em breve haveremos de falar também da protagonista.

Adeus, faz uma hora que meu criado está esperando; só me concedo um momento para lhe enviar um abraço e para lhe recomendar, principalmente, que tome cuidado com Prévan.

Do castelo de..., 13 de setembro de 17**.

CARTA 72

**DO CAVALEIRO DANCENY
A CÉCILE VOLANGES**
(*Entregue somente no dia 14*)

Oh, minha Cécile! Como invejo a sorte de Valmont! Ele vai vê-la amanhã. É ele que vai lhe entregar esta carta; e eu, definhando longe de você, vou arrastando minha penosa existência entre lamentos e sofrimento. Minha amiga, minha terna amiga, tenha pena de minha dor; de modo particular, tenha pena de mim por sua dor; é diante dela que a coragem me abandona.

Como é terrível para mim ser a causa de sua desgraça! Sem mim, você estaria feliz e tranquila. Você me perdoa? Diga, ah!, diga que me perdoa; diga também que me ama, que sempre vai me amar. Preciso que me repita isso. Não que eu duvide, mas me parece que quanto mais certeza se tem mais doce é ouvi-lo dizer. Você me ama, não é? Sim, me ama de todo o coração. Não esqueço que essas foram as últimas palavras que a ouvi pronunciar. Como as guardei em meu coração! Como se gravaram nele profundamente! E com que enlevo ele respondeu!

Ai de mim! Naquele momento de felicidade, eu estava longe de prever o terrível destino que nos aguardava. Cuidemos, minha Cécile, dos meios de amenizá-lo. Acreditando em meu amigo, bastará, para chegar a isso, que você deposite nele a confiança que ele merece,

Fiquei preocupado, confesso, com a ideia desfavorável que você parece ter dele. Nela reconheci as prevenções de sua mãe; foi por me submeter a elas que negligenciei, de uns tempos para cá, esse homem verdadeiramente amável, que hoje faz tudo por mim, que, enfim, trabalha para nos reunir, ao passo que sua mãe nos separou. Suplico-lhe, minha querida amiga, que o veja com olhar mais favorável. Lembre-se de que é meu amigo, que quer ser seu amigo também, que pode me devolver a alegria de vê-la. Se esses motivos não a convencem, minha Cécile, é que você não me ama como eu a amo, você não me ama mais como me amava. Ah! Se um dia viesse a me amar menos... Mas não, o coração de minha Cécile é meu, e por toda a vida; e se tenho de temer as mágoas de um amor infeliz, sua constância pelo menos vai me salvar dos tormentos de um amor traído.

Adeus, minha encantadora amiga; não se esqueça que estou sofrendo e só depende de você me tornar feliz, perfeitamente feliz. Escute os desejos de meu coração e receba os mais doces beijos do amor.

Paris, 11 de setembro de 17**.

CARTA 73

**DO VISCONDE DE VALMONT
A CÉCILE VOLANGES**
(Anexa à precedente)

O amigo que ora está a seu dispor soube que a senhorita não tinha nada do que precisava para escrever e já o providenciou. Vai encontrar na antecâmara de seus aposentos, debaixo do armário grande, à esquerda, uma provisão de papel, penas e tinta, que ele vai renovar sempre que desejar e que, assim lhe parece, a senhorita poderá deixar nesse mesmo lugar, se não encontrar outro mais seguro.

Ele pede para que não se ofenda, se ele aparenta não lhe dar atenção quando em companhia de outros e de não considerá-la mais que uma menina. Essa atitude lhe parece necessária para inspirar a segurança de que ele precisa e poder trabalhar mais eficazmente em favor da felicidade de seu amigo e da sua. Ele tentará encontrar ocasiões de lhe falar quando tiver alguma coisa a lhe dizer ou a lhe entregar; e espera consegui-lo, se a senhorita se empenhar em ajudá-lo.

Ele também a aconselha a lhe devolver as cartas à medida que as for recebendo, a fim de correr menos riscos de se comprometer.

E termina por lhe assegurar que, se estiver disposta a depositar nele sua confiança, ele fará todo o possível para amenizar a perseguição que uma mãe demasiado cruel leva duas pessoas a ter de suportar; dessas duas pessoas, uma já é seu melhor amigo e a outra lhe parece merecer o mais terno interesse.

Do castelo de..., 14 de setembro de 17**.

CARTA 74

**DA MARQUESA DE MERTEUIL
AO VISCONDE DE VALMONT**

Ora, desde quando, meu amigo, se deixa assustar tão facilmente? Esse Prévan é tão temível assim? Mas veja como sou simples e modesta! Já o encontrei muitas vezes, esse soberbo vencedor, e mal olhei para ele! Nada, além de sua carta, teria me levado a prestar atenção nele. Ontem reparei minha injustiça. Ele estava na Ópera, quase em minha frente, e tratei de observá-lo. Pelo menos é bonito, muito bonito; traços finos e delicados! Deve ganhar em ser visto de perto. E você diz que ele quer me conquistar! Certamente será para mim uma honra e um prazer. Falando sério, a ideia me atrai e ora lhe confesso que já fiz as primeiras investidas. Não sei se vão dar resultado. Aqui vai o fato.

Ele estava a dois passos de mim, à saída da Ópera, e combinei, em voz bem alta, um encontro com a marquesa de... para jantar, na sexta-feira, em casa da marechala. Creio que é a única casa em que posso encontrá-lo. Não tenho dúvida de que ele escutou... E se o ingrato não for? Mas, diga-me, acha que ele vai? Sabe que, se não for, vou ficar de mau humor a noite inteira? Como vê, ele não vai encontrar muita dificuldade em *me seguir*; e o que será para você mais surpreendente, menos difícil é ainda para ele *me agradar*. Diz ele que quer matar de cansaço seis cavalos para me fazer a corte! Oh! bem que eu pouparia a vida desses cavalos. Nunca vou ter paciência para esperar tanto tempo. Sabe que não está em meus princípios esmorecer uma vez que estou decidida, e por ele já estou.

Oh! mais essa; confesse que é um prazer me aconselhar! Seu *aviso importante* não está dando ótimo resultado? Mas fazer o quê? Há tanto tempo que ando vegetando! Há mais de seis semanas que não me tenho permitido uma alegria. Se essa se oferece, por que recusá-

-la? O sujeito não vale a pena? Haverá outro mais agradável, seja qual for o sentido que der a essa palavra?

Você mesmo se vê obrigado a lhe fazer justiça; você faz mais que elogiá-lo, está com ciúmes. Pois bem! Coloco-me entre os dois como juiz; mas antes preciso estar instruída, e é o que quero fazer. Serei juíza imparcial, e os dois serão pesados na mesma balança. Quanto a você, já tenho suas memórias e seu caso está perfeitamente instruído. Não é justo que me ocupe agora de seu adversário? Vamos, submeta-se de bom grado e, para começar, conte-me, por favor, que tríplice aventura é essa de que ele é o herói. Você me fala como se eu a conhecesse muito bem, mas dela não sei uma só palavra. Aparentemente terá acontecido durante minha viagem a Genebra, e seu ciúme o terá impedido de me contá-la. Corrija esse erro quanto antes; considere que *nada do que lhe interessa me é estranho*. Parece-me que ainda se falava quando de meu retorno, mas eu estava ocupada com outra coisa e raramente escuto, em tópicos desse gênero, o que não data do mesmo dia ou da véspera.

Se o que lhe peço o contraria um pouco, não será essa uma retribuição mínima que me deve pelos esforços que andei fazendo por você? Não foram esses esforços que o reaproximaram de sua presidenta depois que suas tolices o haviam afastado dela? E não fui eu que deixei em suas mãos a oportunidade de se vingar do amargo zelo da senhora de Volanges? Você se queixava seguidamente do tempo que perdia em busca de suas aventuras! Agora, as tem ao alcance da mão. O amor, o ódio, só lhe resta escolher, tudo está abrigado sob o mesmo teto; e você pode, desdobrando-se, afagar com uma mão e bater com a outra.

E é ainda a mim que você deve a aventura com a viscondessa. Fico contente com o episódio, mas, como você diz, é preciso falar a respeito ainda, pois, se a ocasião o levou naquele momento, assim como o compreendo, a preferir o segredo ao escândalo, deve concordar, no entanto, que essa mulher não merecia uma atitude tão honesta.

Tenho, aliás, contra ela, motivos de queixa. O cavaleiro de Belleroche a julga mais bonita do que eu gostaria e, por muitas razões, me sentiria muito feliz em ter um pretexto para romper com ela. Ora, não há pretexto mais cômodo do que ter de dizer: "Não se pode mais ver essa mulher."

Adeus, visconde. Lembre-se de que, aí onde se encontra, o tempo é precioso. Vou empregar o meu tratando da felicidade de Prévan.

Paris, 15 de setembro de 17**.

CARTA 75

DE CÉCILE VOLANGES
A SOPHIE CARNAY

Nota: Nessa carta, Cécile Volanges relata, em detalhes, tudo o que se refere a ela nos acontecimentos que o leitor acompanhou nas cartas 61 e seguintes. Julgamos oportuno suprimir essa repetição. Por fim, ela fala do visconde de Valmont e se exprime da seguinte forma:

Asseguro-lhe que é um homem realmente extraordinário. Minha mãe fala muito mal dele, mas o cavaleiro Danceny fala muito bem, e creio que é ele que tem razão. Nunca vi um homem tão hábil. Quando me entregou a carta de Danceny, o fez no meio de todo o mundo e ninguém percebeu nada; é verdade que fiquei com medo, porque não estava preparada, mas agora vou estar prevenida. Já compreendi muito bem o que ele quer que eu faça para lhe entregar minha resposta. É muito fácil se entender com ele, pois tem um olhar que diz tudo o que ele quer. Não sei como é que ele faz; no bilhete de que lhe falei, me dizia que aparentemente não me daria atenção na presença de minha mãe; com efeito, dir-se-ia que nem pensa nisso e, no entanto, todas as vezes que procuro os olhos dele tenho certeza de encontrá-los logo em seguida.

Está aqui uma boa amiga de minha mãe, que eu não conhecia, e que também parece não gostar do senhor de Valmont, embora ele seja muito atencioso com ela. Tenho medo de que ele se aborreça logo com a vida que levamos aqui e acabe voltando para Paris. Seria realmente deplorável. Deve ter um grande coração para ter vindo aqui especialmente para fazer um favor a seu amigo e a mim! Bem que gostaria de lhe expressar minha gratidão, mas não sei como fazer para falar com ele; e se eu tivesse a oportunidade, haveria de estar tão envergonhada que talvez não soubesse o que dizer.

Somente com a senhora de Merteuil posso falar livremente quando falo de meu amor. Talvez até com você, a quem conto tudo, se fosse conversando pessoalmente, eu haveria de me sentir constrangida. Com o próprio Danceny, com frequência senti, contra a vontade, certo receio que me impedia de lhe dizer tudo o que pensava. Hoje me recrimino por isso e daria tudo deste mundo para ter um momento para lhe dizer uma vez, uma só vez, quanto eu o amo. O senhor de Valmont lhe prometeu que, se eu aceitasse seus serviços, nos proporcionaria a ocasião de nos revermos. Não há dúvida de que farei o que ele quiser, mas não posso acreditar que isso seja possível.

Adeus, minha boa amiga, não há mais espaço no papel.[20]

Do castelo de..., 14 de setembro de 17**.

---

20   Visto que a senhorita de Volanges mudou, pouco depois, de confidente, como se verá na sequência dessas cartas, não vai se encontrar mais, nessa coletânea, nenhuma daquelas que continuou escrevendo à sua amiga do convento; não trariam nada de novo ao leitor.

CARTA 76

**DO VISCONDE DE VALMONT
À MARQUESA DE MERTEUIL**

Ou sua carta é de uma ironia que não cheguei a compreender ou você estava, ao escrevê-la, em pleno e perigoso delírio. Se a conhecesse menos, minha bela amiga, ficaria realmente assustado; e, apesar do que pudesse dizer, não estaria me assustando por nada.

Foi em vão que a li e a reli; não consegui entendê-la, pois não há como tomar sua carta no sentido natural que apresenta. O que é que quis dizer, afinal?

Será que era só porque lhe parecia inútil tomar tantos cuidados contra um inimigo tão pouco temível? Mas, nesse caso, poderia estar errada. Prévan é realmente amável, e mais do que possa pensar; tem, antes de mais nada, o talento muito útil de atrair toda a atenção para seu amor, pela habilidade que tem de falar sobre ele em todo o seu entorno e diante de todos, valendo-se da primeira conversa de que participa. Poucas mulheres escapam então da armadilha de lhe responder, porque, tendo todas elas pretensões à sagacidade, nenhuma quer perder a oportunidade de mostrá-la. Ora, você sabe muito bem que a mulher que consente em falar de amor, logo acaba por senti-lo ou, pelo menos, por comportar-se como se o sentisse. A esse método, que realmente aperfeiçoou, ele acrescenta ainda a vantagem de contar com frequência com essas próprias mulheres como testemunhas de suas próprias derrotas. E lhe digo isso por tê-lo visto.

Eu só fiquei sabendo disso por segunda mão, pois nunca tive um relacionamento muito próximo com Prévan; mas, enfim, éramos seis e a condessa de P..., julgando-se muito astuta, e aparentando sê-lo de fato, para manter uma conversa geral em favor de quem não estivesse informado, contou com todos os detalhes como tinha chegado a se aproximar de Prévan e tudo o que se havia passado entre eles. Relatava isso com tamanha segurança que nem sequer se perturbou com o riso que tomou conta de todos os seis ao mesmo tempo; e vou me lembrar sempre de que um nós querendo, para se desculpar, fingir duvidar do que ela dizia, ou melhor, do que ela aparentava dizer, ela respondeu gravemente que, com certeza, nenhum de nós estava tão bem informado como ela; e não hesitou em se dirigir a Prévan para lhe perguntar se acaso se havia enganado numa palavra que fosse.

Pude então julgar como esse homem é perigoso para todo o mundo. Mas para você, marquesa, não bastava que fosse *bonito, muito bonito*, como você mesma diz, que fizesse *uma dessas investidas que você gosta, às vezes, de recompensar, pelo único motivo de achá-las bem feitas*, ou porque teria achado divertido render-se, por uma razão qualquer ou... que sei eu? Posso acaso adivinhar os mil e um caprichos que dominam a cabeça de uma mulher e que unicamente por eles é que ainda se prende a seu sexo? Agora que está alertada do perigo, não tenho dúvida de que vai se salvar facilmente, mas, de qualquer forma, era preciso adverti-la. Retorno, pois, a meu texto; o que é que você quis dizer?

Se não for senão uma ironia com Prévan, além de ser bastante extensa, para mim não tem nenhuma utilidade; é na sociedade que precisa ridicularizá-lo e, nesse sentido, lhe renovo meu pedido.

Ah! Creio ter descoberto a chave do enigma! Sua carta é uma profecia, não do que vai fazer, mas do que ele a julgará pronta a fazer no momento da queda, que você está lhe preparando. Aprovo esse plano; exige, contudo, grande estratégia. Sabe muito bem como eu que, para efeito de opinião pública, ter um homem ou receber suas atenções é exatamente a mesma coisa, a menos que esse homem seja um tolo, o que Prévan não é, bem longe disso. Se ele puder vencer somente na aparência, vai se gabar, e é o que basta. Os tolos vão acreditar, os maldosos vão fingir acreditar; quais as alternativas que você vai ter? Veja bem, estou com medo. Não é que eu duvide de sua habilidade, mas são os bons nadadores que se afogam.

Não me considero mais tolo que qualquer outro; já descobri cem, já descobri mil maneiras de desonrar uma mulher; mas quando parei para pensar como ela poderia se safar, nunca vislumbrei qualquer possibilidade. Mesmo em você, minha bela amiga, cuja conduta é uma obra-prima, cem vezes julguei ver mais sorte que esperteza.

Mas, depois de tudo, talvez eu esteja procurando um motivo onde não há. Fico admirado como, depois de uma hora, continuo tratando seriamente de um assunto que certamente não passa de uma brincadeira de sua parte. Vai zombar de mim! Pois bem, que seja! Mas seja rápida e falemos de outra coisa. Outra coisa! Engano meu, é sempre a mesma; sempre mulheres a conquistar ou a desencaminhar e, muitas vezes, as duas coisas.

Tenho aqui, como muito bem observou, com o que me exercitar nesses dois gêneros, mas não com a mesma facilidade. Estou propenso a prever que vingança caminha mais rápido que o amor. A pequena Volanges está rendida, respondo por isso; só depende da oportunidade, e eu me encarrego de criá-la. Mas o mesmo não acontece com a senhora de Tourvel; essa mulher é desoladora, não a compreendo; deu-me cem provas de seu amor, mas tenho outras mil de sua resistência e, na verdade, receio que me escape.

O primeiro efeito que meu regresso produziu me levava a esperar mais. Pode imaginar que eu queria verificar pessoalmente esse efeito e, para me assegurar de ver as primeiras reações, não me fiz preceder por ninguém e tinha calculado meu trajeto para chegar quando todos estivessem à mesa. De fato, caí das nuvens como uma divindade de ópera que aparece para dar o desfecho.

Tendo feito bastante barulho ao entrar, para atrair os olhares sobre mim, pude observar num mesmo relance de olhos a alegria de minha velha tia, o despeito da senhora de Volanges e o prazer descontrolado de sua filha. Minha bela, por causa do lugar que ela ocupava, voltava as costas para a porta. Ocupada, naquele momento, a cortar qualquer coisa, nem sequer virou a cabeça; mas eu me dirigi à senhora de Rosemonde e, à primeira palavra que pronunciei, tendo reconhecido minha voz, a sensível devota deixou escapar um grito, no qual julguei reconhecer mais amor que surpresa ou susto. Eu então já me havia adiantado bastante para ver seu semblante; o tumulto de sua alma e o embate de suas ideias e de seus sentimentos transpareceram nele de vinte formas diferentes. Sentei-me à mesa ao lado dela, que não sabia exatamente nada do que estava fazendo ou dizendo. Tentou continuar comendo, mas não houve jeito; enfim, menos de um quarto de hora depois, seu constrangimento e seu prazer se tornando mais fortes que ela, não imaginou nada melhor do que pedir licença para se retirar da mesa e foi se salvar no parque, a pretexto de precisar tomar ar. A senhora de Volanges quis acompanhá-la, mas a terna virtuosa não aceitou, feliz, sem dúvida, de encontrar um pretexto para ficar sozinha e se entregar sem constrangimento à doce emoção de seu coração!

Abreviei o almoço quanto me foi possível. Mal tinham servido a sobremesa, que a infernal Volanges, aparentemente movida pela necessidade de me prejudicar, levantou-se para ir ter com a encantadora doente. Mas eu tinha previsto o plano e o embarguei. Fingi, pois, identificar esse movimento particular como um movimento geral e, levantando-me ao mesmo tempo, a menina Volanges e o padre do lugar se deixaram levar por esse duplo exemplo, de modo que a senhora de Rosemonde se viu sozinha à mesa com o velho comendador de T...; e os dois também decidiram deixar a mesa. Então, todos juntos fomos nos juntar à minha bela, que estava no bosque perto do castelo; e como ela precisava de solidão e não de passeio, preferiu retornar conosco a nos fazer ficar ali com ela.

Tão logo me assegurei de que a senhora de Volanges não teria a oportunidade de falar com ela a sós, pensei em executar suas ordens e passei a tratar dos interesses de sua pupila. Logo depois do café, subi a meus aposentos e entrei também nos outros, para reconhecer o terreno; tomei minhas disposições para assegurar a correspondência da menina e, depois desse primeiro favor, escrevi um bilhete para informá-la e solicitar sua confiança; juntei meu bilhete à carta de Danceny. Voltei para a sala. Ali encontrei minha bela acomodada numa espreguiçadeira e em delicioso abandono.

Esse espetáculo, despertando meus desejos, animou meus olhares; senti que deviam ser ternos e prementes e me posicionei de modo a fazer uso deles. Seu primeiro efeito foi fazer com que os grandes e modestos olhos da celestial virtuosa se abaixassem. Contemplei por algum tempo essa angélica figura e, depois, percorrendo todo o seu corpo, me diverti em adivinhar os contornos e as formas através de um vestido leve, mas sempre inoportuno. Depois de ter descido da cabeça aos pés, tornei a subir dos pés à cabeça... Minha bela amiga, o doce olhar estava fixo em mim; imediatamente tornou a se abaixar; mas, querendo estimular seu retorno, desviei os olhos. Então se estabeleceu entre nós esse acordo tácito, primeiro tratado do amor tímido que, para satisfazer a mútua necessidade de se ver, permite aos olhares se sucederem, esperando que se confundam.

Persuadido de que esse novo prazer ocupava minha bela por inteiro, tratei de velar por nossa segurança comum. Mas depois de me assegurar de que uma conversa um tanto animada nos salvaria dos comentários dos demais, tentei obter de seus olhos que falassem sua linguagem com franqueza. Para tanto, inicialmente surpreendi alguns olhares, mas com tanta reserva que sua modéstia não pudesse ficar alarmada; e, para deixar a tímida criatura mais à vontade, eu me mostrava tão constrangido como ela. Aos poucos, acostumados a se encontrar, nossos olhares se fixaram por mais tempo; por fim, não se desviaram mais e percebi nos dela esse doce langor, feliz sinal do amor e do desejo. Mas durou apenas um momento e logo, voltando a si, ela mudou, não sem certa vergonha, de atitude e de olhar.

Não querendo que ela pudesse duvidar que eu tinha percebido seus vários movimentos, levantei-me com vivacidade, perguntando-

-lhe, com ar de susto, se estava se sentindo mal. Logo todos vieram cercá-la. Deixei que todos passassem em minha frente e, como a menina Volanges, que estava trabalhando numa tapeçaria perto de uma janela, precisasse de algum tempo para largar sua tarefa, aproveitei desse momento para lhe entregar a carta de Danceny.

Eu estava um pouco afastado dela e joguei a carta em seu colo. Ela, na verdade, não sabia o que fazer. Você teria rido demais de seu ar de surpresa e de embaraço. Eu, porém, não ria, pois temia que essa trapalhada nos traísse. Mas um rápido olhar e um gesto incisivo lhe fizeram enfim compreender que era para guardar o envelope no bolso.

O restante do dia não teve nada de interessante. O que ocorreu desde então talvez resulte em acontecimentos que a deixem contente, pelo menos no que diz respeito à sua pupila. Mas é mais proveitoso empregar o tempo em executar os planos do que em relatá-los. Aliás, já é a oitava página que escrevo e estou cansado. Adeus, pois.

Você já desconfia, sem que eu o diga, que a menina respondeu a Danceny [21]. Recebi também uma resposta de minha bela, a quem havia escrito um dia depois de minha chegada. Envio-lhe as duas cartas. Poderá lê-las ou não, pois essa perpétua repetição fastidiosa, que já não me diverte tanto, deve ser bem insípida para qualquer pessoa desinteressada.

Mais uma vez, adeus. Continuo amando-a muito; mas peço-lhe, se voltar a me falar de Prévan, que o faça de modo que eu possa entender.

Do castelo de..., 17 de setembro de 17**.

---

21   Essa carta não foi encontrada.

CARTA 77

**DO VISCONDE DE VALMONT
À PRESIDENTA DE TOURVEL**

De onde pode vir, senhora, esse cruel cuidado que tem para fugir de mim? Como é possível que a mais terna solicitude de minha parte só obtenha da sua, atitudes que só se permitiriam para com o homem de quem tivesse muito do que se queixar? O quê! O amor me traz de volta a seus pés e quando um feliz acaso me põe a seu lado, prefere fingir uma indisposição, alarmar seus amigos, a consentir em permanecer perto de mim! Quantas vezes, ontem, não desviou os olhos para me privar do favor de um olhar? E, se por um só instante pude vislumbrar neles menos severidade, esse momento foi tão breve que parece que estivesse almejando menos que eu desfrutasse desse olhar do que me fazer sentir o que estava perdendo ao ser privado dele.

Esse não é, ouso dizer, o tratamento que o amor merece nem aquele que se pode permitir a amizade; e, no entanto, desses dois sentimentos a senhora sabe que um deles me anima, e fui, ao que me parece, autorizado a acreditar que a senhora não recusaria o outro. Essa amizade preciosa, de que, sem dúvida, me julgou digno, uma vez que se predispôs a oferecê-la, que fiz eu, pois, para tê-la perdido? Acaso fui prejudicado por minha confiança, e a senhora estaria punindo minha franqueza? Não tem sequer o receio de estar abusando de uma e de outra? Com efeito, não foi no peito de minha amiga que depositei o segredo de meu coração? Não foi diante dela sozinha, que me senti obrigado a recusar condições que teria bastado aceitar para assim ter a chance de não respeitá-las e quem sabe dela tirar proveito? Desejaria, enfim, por meio de um rigor tão pouco merecido, me forçar a crer que teria bastado enganá-la para obter mais indulgência?

Não me arrependo de uma conduta que eu devia à senhora e me

devia a mim mesmo; mas por que fatalidade cada ato louvável se torna para mim sinal de um novo infortúnio?

Foi depois de ter motivado o único elogio que a senhora se dignou dar à minha conduta que tive, pela primeira vez, de lamentar a infelicidade de tê-la desagradado. Foi depois de eu ter provado minha perfeita submissão, privando-me da felicidade de vê-la, unicamente para afagar sua delicadeza, que decidiu romper toda correspondência comigo, me tirar essa frágil compensação por um sacrifício que havia exigido de mim e me arrancar até o amor, o único que poderia lhe dar esse direito. Foi, enfim, depois de ter lhe falado com uma sinceridade que nem o próprio interesse desse amor pôde enfraquecer, que hoje foge de mim como de um perigoso sedutor, do qual teria reconhecido a perfídia.

Será que nunca vai se cansar de ser injusta? Diga-me, pelo menos, que novos erros meus puderam levá-la a tanta severidade e não se recuse a me ditar as ordens que deseja que eu obedeça; se me comprometo a cumpri-las, é pretender demais saber quais são elas?

De..., 15 de setembro de 17**.

CARTA 78

**DA PRESIDENTA DE TOURVEL
AO VISCONDE DE VALMONT**

Parece surpreso, senhor, por causa de minha atitude e por pouco não me exige explicações, como se tivesse o direito a recriminá-la. Confesso que me julgava mais autorizada que o senhor a me surpreender e a me queixar; mas depois da recusa contida em sua última resposta, tomei a decisão de me encerrar numa indiferença que não dá mais lugar a observações nem a recriminações.

Como, no entanto, me pede esclarecimentos e, graças a Deus, não sinto nada em mim que possa me impedir de dá-los, consinto em me prestar, mais uma vez, a dar explicações para o senhor.

Quem lesse suas cartas julgaria que sou injusta ou estranha. Creio que mereço que ninguém tenha essa ideia de mim; parece-me, sobretudo, que o senhor, menos que ninguém, está em condições de fazê-lo. Sem dúvida, percebeu que, ao requerer minha justificativa, me obrigava a relembrar tudo o que se passou entre nós. Aparentemente, julgou que só teria a ganhar com essa análise; como, de meu lado, não creio que possa ter algo a perder, pelo menos a seus olhos não receio fazê-la. Talvez seja esse, com efeito, o único meio de saber quem de nós dois tem o direito de se queixar do outro.

A contar do dia de sua chegada a esse castelo, senhor, creio que deverá confessar que, pelo menos, sua reputação me autorizava a manter certa reserva para com o senhor e que teria podido, sem temer ser acusada de excesso de hipocrisia, ter me atido às manifestações da mais fria polidez. O senhor mesmo teria me tratado com indulgência e teria julgado muito simples que uma mulher tão pouco experiente não tivesse sequer o mérito necessário para apreciar o seu. Certamente, teria sido essa a decisão mais prudente e teria sido bem menos custosa a seguir, tanto mais que, não vou lhe esconder, quando a senhora de Rosemonde me comunicou sua chegada, precisei lembrar de minha amizade por ela e daquela que ela tem pelo senhor, para não deixar transparecer como essa notícia me contrariava.

Concordo, de bom grado, que de início o senhor se mostrou sob um aspecto mais favorável do que eu tinha imaginado; mas deve concordar, por sua vez, que isso pouco durou e o senhor logo se cansou de um constrangimento, que aparentemente não se julgou suficientemente compensado pela ideia favorável que, por causa dele, eu havia tido a seu respeito.

Foi então que, abusando de minha boa-fé, de meu sossego, não hesitou em me envolver num sentimento, do qual não poderia ter dúvidas de que eu ficasse ofendida; e eu, enquanto o senhor tratava de agravar seus erros, multiplicando-os, eu procurava um motivo para esquecê-los, oferecendo-lhe a oportunidade de repará-los, ao menos em parte. Meu pedido era tão justo que o senhor mesmo não se julgou capaz de recusá-lo, mas, outorgando-se o direito à minha indulgência, se aproveitou para me pedir uma permissão que eu, sem dúvida, não deveria ter concedido que, no entanto, o senhor obteve. Das condições predispostas, o senhor não cumpriu nenhuma e sua correspondência foi de tal sorte que cada uma de suas cartas me impunha o dever de não lhe responder mais. Foi no exato momento em que sua obstinação me forçava a afastá-lo de mim que, por uma condescendência talvez repreensível, tentei o único meio que podia permitir que se reaproximasse. Mas que valor tem, a seus olhos, um sentimento honesto? O senhor menospreza a amizade e, em sua louca embriaguez, fazendo pouco caso da desgraça e da vergonha, só procura prazeres e vítimas.

Tão leviano em suas atitudes como é inconsequente em suas recriminações, esquece as próprias promessas, ou melhor, faz questão de violá-las; e depois de ter consentido em se afastar de mim, volta para cá sem ter sido chamado, sem respeito por minhas súplicas, por minhas razões, sem ter mesmo a gentileza de me avisar; o senhor não hesitou em me expor a uma surpresa cujo efeito, embora certamente bem simples, poderia ter sido interpretado desfavoravelmente pelas pessoas que nos cercavam. Esse momento de constrangimento que o senhor tinha causado, longe de procurar atenuá-lo ou dissipá-lo, pareceu ter todo o cuidado para aumentá-lo mais ainda. À mesa, escolheu justamente o lugar ao lado do meu; uma leve indisposição me obriga a sair antes dos outros e, em vez de respeitar minha solidão, leva todo o mundo a vir perturbá-la. De volta à sala, se dou um passo, encontro-o a meu lado; se digo uma palavra, é sempre o senhor que me responde. O comentário mais comum lhe serve de pretexto para retomar uma conversa que eu não queria ouvir, que poderia até mesmo me comprometer; pois, enfim, senhor, por maior que seja sua habilidade, creio que, aquilo que eu compreendo, os outros também podem compreender.

Forçada desse modo à imobilidade e ao silêncio, nem por isso deixa de me perseguir; não posso erguer os olhos sem encontrar os seus. Sou obrigada a desviar continuamente o olhar e, por uma inconsequência realmente incompreensível, o senhor atrai para mim o de todo o grupo, num momento em que eu gostaria de me furtar até de meu próprio.

E o senhor se queixa de minhas atitudes! E se espanta diante de minha ânsia em evitá-lo! Ah! recrimine antes minha indulgência, espante-se pelo fato de eu não ter ido embora no momento de sua chegada. Talvez fosse o caso de tê-lo feito e o senhor vai me forçar a tomar essa decisão violenta, mas necessária, se não cessar com essas perseguições ofensivas. Não, não esqueço, nunca vou esquecer o que devo a mim, o que devo aos laços que criei, que respeito e estimo; e peço-lhe acreditar que, se algum dia me visse reduzida a essa infeliz escolha, entre sacrificá-los ou sacrificar a mim mesma, não hesitaria um instante sequer. Adeus, senhor.

De..., 16 de setembro de 17**.

CARTA 79

**DO VISCONDE DE VALMONT
À MARQUESA DE MERTEUIL**

Contava ir à caça essa manhã, mas faz um tempo detestável. Tenho, por única leitura, um novo romance que aborreceria até mesmo uma colegial. Não vamos almoçar senão daqui a aproximadamente duas horas; assim, apesar de minha longa carta de ontem, vou conversar com você de novo. Tenho certeza de que não vou aborrecê-la, pois vou lhe falar do *muito bonito Prévan*. Como é que não veio a saber de sua famosa aventura, aquela que separou as *inseparáveis*? Aposto que vai se lembrar com a primeira palavra. Mas aqui vai, contudo, uma vez que a deseja.

Deve se lembrar que Paris inteira se espantava que três mulheres, todas bonitas, todas elas com os mesmos talentos e podendo ter as mesmas pretensões, permanecessem intimamente ligadas entre si desde que haviam estreado na sociedade. De início, julgou-se encontrar a razão disso em sua extrema timidez; mas logo, cercadas por numerosa corte, cujos galanteios compartilhavam, e cientes de seu valor pelas atenções e pelos cuidados de que eram objeto, sua união se tornou ainda mais forte, e se diria que o prestígio de uma sempre era também o das duas outras. Esperava-se, pelo menos, que o momento do amor acarretasse alguma rivalidade. Nossos galãs disputavam entre si a honra de ser o pomo da discórdia; eu mesmo teria entrado na fila, se o grande prestígio da condessa de... por essa mesma época não me tivesse impedido de ser-lhe infiel antes de ter obtido os favores que eu pedia.

As três beldades, no entanto, no mesmo carnaval, fizeram, como que de comum acordo, sua escolha que, longe de suscitar as tempestades que se esperava, só fez tornar mais interessante sua amizade graças ao encanto das confidências.

A multidão dos pretendentes preteridos se juntou então à das mulheres invejosas e a escandalosa constância foi submetida à censura pública. Alguns afirmavam que, nessa sociedade *das inseparáveis* (como foi então denominada), a lei fundamental era a comunhão de bens e o próprio amor a ela se submetia; outros asseguravam que os três amantes, isentos de rivais homens, não o eram de rivais mulheres; houve até mesmo quem dissesse que tinham sido aceitos apenas por decência e só tinham obtido um título sem função.

Esses rumores, verdadeiros ou falsos, não tiveram o efeito esperado. Os três casais, pelo contrário, sentiram que estariam perdidos caso se separassem nesse momento; e resolveram enfrentar a tormenta. O público, que se cansa de tudo, logo se cansou da sátira infrutífera. Levado por sua leviandade natural, passou a se interessar por outros assuntos; depois, retornando a esse com sua inconsequência habitual, transformou a crítica em elogio. Como aqui tudo depende de moda, o entusiasmo cresceu; estava se tornando um verdadeiro delírio quando Prévan resolveu verificar esses prodígios e atrair para eles a opinião pública e a sua própria.

Procurou então esses modelos de perfeição. Acolhido com facilidade em seu convívio, viu nisso um sinal favorável. Sabia muito bem que as pessoas felizes não são de tão fácil acesso. Com efeito, logo percebeu que essa felicidade tão alardeada era, como a dos reis, mais invejada que desejável. Observou que, entre esses supostos inseparáveis, se começava a procurar prazeres de fora, mesmo que fosse por simples distração; e concluiu que os laços de amor ou de amizade já se tinham afrouxado ou rompido, que só os do amor-próprio e do hábito ainda conservavam alguma força.

As mulheres, no entanto, unidas pela necessidade, mantinham entre si a aparência da mesma intimidade; mas os homens, mais livres em suas atitudes, reencontravam deveres a cumprir ou negócios a acompanhar; eles ainda se queixavam, mas não os dispensavam e raramente compareciam todos às reuniões sociais.

Esse tipo de conduta da parte deles se tornou proveitosa para o assíduo Prévan que, naturalmente colocado perto da negligenciada do dia, podia oferecer, alternadamente e de acordo com as circunstâncias, o mesmo galanteio as três amigas. Percebeu com facilidade que optar por uma delas seria se perder; que a falsa vergonha de se ver com a primeira infiel haveria de assustar a preferida; que a vaidade ferida das duas outras haveria de transformá-las em inimigas do novo amante e elas não haveriam de deixar de despejar contra ele a severidade dos grandes princípios; que, enfim, o ciúme certamente haveria de reavivar as atenções de um rival que ainda podia ser temido. Tudo teria se tornado obstáculo, mas tudo se tornava fácil com seu tríplice plano: cada mulher era indulgente, porque estava interessada; cada homem, porque julgava não estar.

Prévan, que só tinha então uma mulher a sacrificar, teve a sorte de ela adquirir celebridade. Sua condição de estrangeira e os galanteios de um ilustre príncipe, habilmente rejeitados, haviam chamado sobre ela as atenções da corte e da cidade; seu amante compartilhava dessa honra e se aproveitou dela junto de suas novas amantes. A única dificuldade era administrar ao mesmo tempo essas três intrigas, cujo ritmo devia necessariamente ser regulado pela mais lenta; com efeito, soube por um de seus confidentes que sua maior dificuldade foi conter uma delas, que estava prestes a desabrochar quase quinze dias antes das outras duas.

Chegou, enfim, o grande dia; Prévan, que tinha obtido os três consentimentos, já se julgava dono da situação e dispôs tudo como você vai ver. Dos três maridos, um estava ausente; o outro partiria ao raiar do dia seguinte; o terceiro se encontrava na cidade. As inseparáveis amigas deviam jantar na casa da futura viúva, mas o novo senhor não havia permitido que os antigos servos fossem convidados. Na manhã desse dia, fez três pacotes das cartas de sua dama; acrescentou ao primeiro o retrato que havia recebido dela; ao segundo, um monograma amoroso que ela mesma havia pintado e, ao terceiro, uma mecha de seus cabelos; cada uma delas recebeu, achando que fosse inteiro, um terço desse sacrifício e aceitou, em troca, enviar ao amante caído em desgraça uma indignada carta de ruptura.

Era muito, mas não era o suficiente. Aquela cujo marido se encontrava na cidade só poderia estar disponível durante o dia; ficou combinado que uma simulada indisposição a dispensaria de ir jantar na casa da amiga e o final da tarde estaria reservado só para Prévan. A noite foi concedida por aquela cujo marido estava ausente; e o amanhecer, hora em que deveria partir o terceiro marido, foi escolhido pela terceira como a hora do amante.

Prévan, que nada negligencia, corre em seguida à casa da bela estrangeira, levando e provocando o mau humor de que precisava e só sai depois de causar uma discussão que lhe garante 24 horas de liberdade. Tomadas essas disposições, ele voltou para casa, contando poder repousar um pouco, mas outros assuntos o aguardavam.

As cartas de ruptura tinham sido como um clarão de luz para os amantes caídos em desgraça; nenhum deles podia duvidar de que havia sido trocado por Prévan e o despeito por ter sido ludibriado, juntando-se à irritação que quase sempre a pequena humilhação de ser abandonado causa, os três, sem se comunicar, mas como se fosse de comum acordo, tinham resolvido tirar satisfação e pedir retratação ao afortunado rival.

Este encontrou em casa as três cartas de desafio; aceitou-as lealmente, mas, não querendo perder os prazeres nem o brilho dessa aventura, marcou os duelos para a manhã seguinte, os três na mesma hora e no mesmo local, uma das entradas do Bois de Boulogne.

Ao cair da tarde, cumpriu sua tríplice promessa com igual sucesso; ou, pelo menos, se vangloriou mais tarde de que cada uma de suas novas amantes tinha recebido três vezes o penhor e as juras de seu amor. Nesse ponto, como pode imaginar, faltam provas para toda essa história; tudo o que pode tornar o narrador imparcial é fazer observar ao leitor incrédulo que a vaidade e a imaginação exaltadas podem gerar prodígios; além disso, a manhã que devia se seguir a uma noite tão brilhante parecia dispensar qualquer cuidado para com o futuro. Seja como for, os fatos seguintes são revestidos de mais certeza.

Prévan se apresentou pontualmente ao local do encontro que havia indicado; e lá estavam seus três rivais, um tanto surpresos por se encontrarem e cada um deles já parcialmente consolado ao ver seus companheiros de infortúnio. Ele os abordou com ar afável e cavalheiresco e fez esse breve discurso, que me foi fielmente relatado:

"Senhores, ao se encontrarem reunidos aqui, sem dúvida, adivinharam que os três tinham o mesmo motivo de queixa contra mim.

Estou pronto a lhes dar satisfação. Que a sorte decida, entre os senhores, quem vai ser o primeiro a tentar uma vingança a que os três têm igual direito. Não trouxe comigo nem padrinho nem testemunha. Não precisei deles para a ofensa, não pretendo precisar deles para a reparação." Então, cedendo a seu temperamento de jogador, acrescentou: "Bem sei que raramente se ganha no lance decisivo do sete, no jogo de cartas, mas, qualquer que seja a sorte que me espera, já viveu bastante quem teve tempo para conquistar o amor das mulheres e a estima dos homens."

Enquanto seus adversários, surpresos, se olhavam em silêncio e enquanto sua delicadeza calculava talvez que esse tríplice combate seria um tanto desigual, Prévan retomou a palavra e continuou: "Não lhes escondo que a noite que acabo de passar me cansou cruelmente. Seria deveras generoso da parte dos senhores se me permitissem recobrar minhas forças. Dei ordens para que nos fosse servido aqui um bom café da manhã; deem-me a honra de aceitá-lo. Vamos tomar uma refeição juntos e, sobretudo, com alegria. Podemos até nos bater em duelo por semelhantes bagatelas, mas elas não devem, creio, alterar nosso humor."

O café foi aceito. Dizem que Prévan nunca esteve tão amável. Teve a habilidade de não humilhar nenhum de seus rivais, de persuadi-los de que todos teriam obtido facilmente os mesmos sucessos e, acima de tudo, de fazê-los concordar que eles tampouco teriam deixado escapar, como ele, essa oportunidade. Uma vez reconhecidos esses fatos, tudo se ajeitou por si. Por isso, antes de terminado o café, já havia sido repetido dez vezes que mulheres desse tipo não mereciam que homens de bem se batessem em duelo por elas. Essa ideia trouxe a cordialidade; o vinho a fortaleceu; e assim, poucos momentos depois, não só não sentiam nenhum rancor como juravam entre si uma amizade sem reservas.

Prévan, que, sem dúvida, preferia muito mais esse desfecho que o outro, nem por isso queria perder o mínimo que fosse de sua fama. Por conseguinte, adequando com destreza seus planos às circunstâncias, disse aos três ofendidos: "Com efeito, não é de mim, mas de suas infiéis amantes que devem se vingar. Estou lhes dando essa oportunidade. Já pressinto, como os senhores, uma injúria que logo vou compartilhar, pois, se nenhum dos senhores conseguiu conquistar uma delas, como posso esperar conquistar as três? Sua briga com elas se torna minha também. Queiram aceitar, para essa noite, um jantar em minha pequena casa; e espero não adiar por mais tempo sua vingança". Quiseram que se explicasse, mas ele, com esse tom de superioridade que a circunstância lhe permitia ter, respondeu: "Senhores, creio lhes ter provado que tenho certo espírito de iniciativa; confiem em mim". Todos concordaram e, depois de abraçarem o novo amigo, se separaram até a noite, esperando o resultado de suas promessas.

Prévan, sem perder tempo, retorna a Paris e vai, segundo o costume, visitar suas novas conquistas. Obteve das três que iriam naquela mesma noite jantar em sua pequena casa. Duas delas chegaram a criar alguma dificuldade, mas o que é que se pode recusar no dia seguinte? Marcou os encontros a uma hora de distância um do outro, tempo necessário para levar a cabo seus planos. Depois desses preparativos, retirou-se, mandou avisar os três outros conjurados e os quatro foram alegremente esperar suas vítimas.

Ouvem chegar a primeira. Prévan se apresenta sozinho, recebe-a com toda a gentileza, leva-a até o santuário do qual ela se julgava a divindade; então, desaparecendo sob um pretexto qualquer, logo é substituído pelo amante ultrajado.

Pode imaginar como a confusão de uma mulher ainda não habituada a aventuras tornava fácil, nesse momento, o triunfo; toda recriminação deixada de fazer foi recebida como um favor e a escrava fugitiva, entregue novamente a seu antigo senhor, deu-se por muito feliz em poder esperar por seu perdão ao retomar suas antigas correntes. O tratado de paz foi ratificado num local mais solitário; e o palco, ao ficar vazio, foi alternadamente ocupado pelos outros atores, mais ou menos da mesma forma e, sobretudo, com o mesmo desfecho.

Cada uma das mulheres, no entanto, ainda julgava ser a única em jogo. Sua surpresa e seu constrangimento aumentaram quando, na hora do jantar, os três casais se reuniram; mas o auge da confusão ocorreu quando Prévan, reaparecendo no meio deles, teve a crueldade de apresentar, às três infiéis, desculpas que, ao revelar seu segredo, lhes mostravam cabalmente até que ponto elas haviam sido enganadas.

Mas se puseram à mesa e, pouco depois, recobraram a compostura; os homens desabafaram, as mulheres se submeteram. Estavam todos com ódio no coração; mas as palavras nem por isso eram menos ternas; a alegria despertou o desejo que, por sua vez, lhe emprestou novos encantos. Essa surpreendente orgia durou até o amanhecer; quando se despediram, as mulheres certamente se julgavam perdoadas; mas os homens, que guardavam ressentimento, no dia seguinte decidiram por um rompimento total e sem retorno; e não satisfeitos de abandonar suas levianas amantes, concluíram sua vingança tornando pública sua aventura. Desde essa época, uma delas está refugiada no convento, e as outras duas vivem aborrecidas, exiladas em suas propriedades.

Aí está a história de Prévan. Cabe a você saber se quer aumentar sua glória e se atrelar à sua carruagem de triunfo. Sua carta, na verdade, me trouxe inquietação e espero com impaciência uma resposta mais sensata e mais clara à última que lhe escrevi.

Adeus, minha bela amiga. Desconfie das ideias divertidas ou bizarras que sempre a seduzem com demasiada facilidade. Lembre-se de que, no caminho que está percorrendo, a inteligência não é suficiente; uma única imprudência pode se tornar um mal sem remédio. Aceite, enfim, que a prudente amizade pode ser, às vezes, o guia de seus prazeres.

Adeus. De qualquer modo, gosto de você como se você fosse realmente razoável.

De..., 18 de setembro de 17**.

CARTA 80

DO CAVALEIRO DANCENY
A CÉCILE VOLANGES

Cécile, minha querida Cécile, quando virá o dia de nos revermos? Quem vai me ensinar a viver longe de você? Quem vai me dar força e coragem para tanto? Nunca, nunca vou poder suportar essa fatal ausência. Cada dia aumenta minha tristeza e não vejo seu fim! Valmont, que me havia prometido ajuda, consolo, Valmont me abandona e talvez acabe me esquecendo. Está junto daquela que ama; não sabe mais o que se sofre quando se está longe. Ao me fazer chegar sua última carta, ele não me escreveu. É ele, no entanto, que deve me informar quando poderei vê-la e por que meio. Será que ele não tem nada para me dizer? Você mesma não me fala nada; seria porque não sente mais o desejo? Ah! Cécile, Cécile, estou imensamente infeliz. Amo-a mais do que nunca, mas esse amor, que é o encanto de minha vida, está se tornando um tormento.

Não, não posso mais viver assim, preciso vê-la, preciso, mesmo que fosse por um só momento. De manhã, ao me levantar, digo a mim mesmo: "Não a verei." Vou me deitar, dizendo: "Não a vi." Os dias, tão longos, não têm um momento de felicidade. Tudo é privação, tudo é pesar, tudo é desespero; e todos esses males me vêm de onde esperava todos os meus prazeres. Acrescente a essas dores mortais minha inquietude com as suas, e terá uma ideia de minha situação. Penso em você sem cessar e nunca o penso sem tormento. Se a imagino aflita, infeliz, sofro com todas as suas mágoas; se a imagino tranquila e consolada, são minhas mágoas que redobram. Por toda parte, encontro a tristeza.

Ah! Não era assim quando você habitava nos mesmos lugares que eu! Tudo então era prazer. A certeza de vê-la embelezava até mesmo os momentos de ausência; o tempo que era preciso passar longe de você me aproximava de você ao se escoar. O uso que dele fazia nunca lhe era desconhecido. Quando cumpria minhas obrigações, elas me tornavam mais digno de você; quando cultivava algum talento, esperava agradá-la mais. Mesmo quando as distrações do mundo me levavam para longe de você, não me sentia separado. No teatro, tentava adivinhar o que teria lhe agradado; um concerto me lembrava seus talentos e nossas tão doces ocupações. No grupo, como nos passeios, procurava a mais leve semelhança. Eu a comparava a tudo; em tudo você levava vantagem. Cada momento do dia era marcado por uma nova homenagem e cada noite eu depositava esse tributo a seus pés.

Agora, o que me resta? Dolorosos desgostos, eternas privações e uma leve esperança de que o silêncio de Valmont diminua, que o seu se transforme em inquietação. Dez léguas somente nos separam e esse espaço, tão fácil de transpor, se torna só para mim um obstáculo intransponível! E quando, para me ajudar a vencê-lo, imploro a meu amigo, à minha namorada, ambos permanecem frios e tranquilos! Longe de me socorrer, nem sequer me respondem.

O que é feito, pois, da ativa amizade de Valmont? O que é feito, sobretudo, de seus sentimentos tão ternos, que a tornavam tão engenhosa para encontrar os meios de nos vermos todos os dias? Às vezes, me lembro, sem deixar de ter o desejo, de que me via obrigado a sacrificá-lo a considerações e deveres; o que você me dizia então? Com quantos pretextos combatia minhas razões! E lembre-se bem, minha Cécile, minhas razões sempre cediam a seus desejos. Não que eu veja nisso um mérito; não tinha sequer aquele do sacrifício. O que você desejava obter, eu ardia em vontade de concedê-lo. Mas, enfim, é minha vez de pedir; e qual é esse pedido? O de vê-la por um momento, de lhe renovar e receber o juramento de um amor eterno. Então sua felicidade não é mais igual à minha? Repudio essa ideia desesperadora, que viria a ser o cúmulo de meus males. Você me ama, vai me amar sempre; creio nisso e disso tenho certeza, não quero jamais duvidar; mas minha situação é terrível e não posso suportá-la por mais tempo. Adeus, Cécile.

Paris, 18 de setembro de 17**.

CARTA 81

**DA MARQUESA DE MERTEUIL
AO VISCONDE DE VALMONT**

Como seus temores me causam pena! Como provam minha superioridade sobre você e ainda quer me ensinar, me guiar! Ah, meu pobre Valmont, que distância permeia ainda de você para mim! Não, todo o orgulho de seu sexo não bastaria para preencher o espaço que nos separa. Porque não haveria de conseguir executar meus planos, julga-os impossíveis! Criatura orgulhosa e fraca, ainda pretende avaliar minha capacidade e julgar meus recursos! Na verdade, visconde, seus conselhos me irritaram, e não posso escondê-lo.

Que, para mascarar sua incrível inabilidade com a presidenta, exiba como um triunfo o fato de ter momentaneamente desconcertado essa mulher tímida que o ama, admito; que dela tenha obtido um olhar, um olhar apenas, sorrio e deixo por isso. Que sentindo, malgrado seu, o pouco valor de sua conduta, espere furtá-la à minha atenção, louvando o sublime esforço de aproximar duas crianças que, ambas, ardem de desejo de se verem , dito de passagem, devem apenas a mim o ardor desse desejo, isso eu ainda tolero. Que, enfim, você se valha dessas ações de certo brilho para me dizer, em tom doutoral, que *mais vale empregar o tempo em executar planos do que em relatá-los*, é uma vaidade que não me atinge e a perdoo. Mas que possa crer que eu preciso de sua prudência, que me perderia ao não acatar seus conselhos, que por eles devo sacrificar um prazer, um capricho, na verdade, visconde, é orgulhar-se demais da confiança que quero realmente depositar em você.

O que você já fez, afinal, que eu não tenha feito mil vezes melhor? Seduziu, até mesmo levou à perdição muitas mulheres; mas que dificuldades teve de vencer? Que obstáculos teve de superar? Onde está o mérito, que seja verdadeiramente seu? Uma bela aparência, pura obra do acaso; encantos, que as boas maneiras quase sempre garantem; inteligência, é verdade, mas que um palavreado adequado supriria em caso de necessidade; um despudor bastante elogiável, mas que talvez só se deva à facilidade de seus primeiros sucessos; se não me engano, esses são todos os seus meios, pois, para a notoriedade que conseguiu adquirir, não vai exigir, creio, que eu dê muito valor à arte de provocar ou de tirar proveito de um escândalo.

Quanto à prudência, à perspicácia, não falo de mim; mas que mulher não as teria mais que você? Ora, sua presidenta o manobra como uma criança.

Acredite, visconde, raramente adquirimos as qualidades que não nos sejam indispensáveis. Combatendo sem riscos, você deve agir sem precaução. Para vocês, homens, as derrotas não passam de sucessos a menos. Nesse jogo tão desigual, nossa sorte está em não perder e o azar de vocês está em não ganhar. Ainda que reconhecesse em vocês outros tantos talentos quantos existem em nós, quanto ainda não teríamos de superá-los, pela necessidade em que estamos de fazer deles uso contínuo!

Vamos supor, e consinto nisso, que vocês usem a mesma habilidade, para nos vencer, que nós usamos para nos defender ou ceder; deve concordar, pelo menos, que essa habilidade se torna inútil para vocês, depois do sucesso. Interessado unicamente em seu novo capricho, você se entrega sem temor, sem reserva; para você, pouco importa sua duração.

Com efeito, esses laços reciprocamente dados e recebidos, para falar a gíria do amor, só vocês podem, a bel-prazer, estreitá-los ou rompê-los; felizes de nós ainda se, em sua leviandade, preferindo o segredo ao alarde, vocês se contentam com um abandono humilhante, sem transformar a idolatrada da véspera na vítima do dia seguinte!

Mas se uma desafortunada mulher for a primeira a sentir o peso das correntes, que riscos não vai correr se tentar subtrair-se delas, se ousar somente afrouxá-las? Só tremendo de medo é que ela procura

afastar o homem que seu coração repele com força. Se ele se obstina em ficar, o que ela concedia ao amor terá de ceder ao temor:
Seus braços ainda se abrem quando seu coração já está fechado.
Sua prudência terá de desfazer com destreza esses mesmos laços que vocês, homens, teriam rompido. À mercê de seu inimigo, ela se vê sem recursos se esse inimigo não tiver generosidade; e como esperar generosidade da parte dele, se, às vezes, é elogiado por tê-la, mas jamais é recriminado por não tê-la?

Sem dúvida, você não haveria de negar essas verdades, que sua obviedade as tornaram triviais. Se, no entanto, você me tivesse visto dispondo dos fatos e das opiniões, fazer desses homens tão temíveis o joguete de meus caprichos ou de minhas fantasias; tirar de uns a vontade e de outros a capacidade de me prejudicar, se eu soube atrair um por um e ao sabor de meus gostos mutáveis para meu séquito ou rechaçar para longe de mim,

Esses tiranos destronados que se tornaram meus escravos [22]; se, no meio dessas revoluções frequentes, minha reputação se conservou pura, você não teve de concluir que, nascida para vingar meu sexo e dominar o seu, eu tinha sabido criar meios desconhecidos até de mim mesma?

Ah! guarde seus conselhos e seus temores para essas mulheres delirantes, que se dizem mulheres de *sentimentos*, cuja imaginação exaltada levaria a crer que a natureza lhes pôs os sentidos na cabeça; que, nunca tendo refletido, confundem sem cessar o amor com o amante; que, em sua louca ilusão, acreditam que somente aquele com quem procuraram o prazer é seu único depositário; e, autênticas supersticiosas, têm pelo padre o respeito e a fé que só são devidos à divindade.

---

22   Não se sabe se esse verso, assim como o citado antes (Seus braços ainda se abrem quando seu coração já está fechado.) são citações de obras pouco conhecidas ou se fazem parte da prosa da senhora de Merteuil. O que levaria a crer na segunda hipótese é a multidão de erros desse gênero que se encontra em todas as cartas dessa correspondência. Aquelas do cavalheiro Danceny são as únicas que estão isentas; pode ser que, como ele se ocupava algumas vezes de poesia, seu ouvido mais apurado o levava a evitar mais facilmente esse tipo de erro.

Receie também aquelas que, mais vazias que prudentes, não sabem, se necessário, consentir em serem deixadas.

Trema, acima de tudo, com essas mulheres ativas em sua ociosidade, que vocês denominam *sensíveis* e de quem o amor se apodera com tanta facilidade e com tanta força que sentem necessidade de continuar envolvidas com ele, mesmo quando não o desfrutam e que, abandonando-se sem reservas à fermentação de suas ideias, geram com elas cartas tão doces, mas tão perigosas de escrever, e não temem em confiar essas provas de sua fraqueza àquele que as causa: imprudentes que, em seu amante atual, não sabem ver seu futuro inimigo.

Mas eu, o que tenho em comum com essas mulheres temerárias? Quando foi que me viu me afastar das regras que me prescrevi e faltar a meus princípios? Digo meus princípios, e o digo de propósito, pois não são, como os das outras mulheres, nascidos ao acaso, aceitos sem análise e seguidos por hábito; são fruto de minhas profundas reflexões; eu os criei, e posso dizer que sigo minha obra.

Tendo ingressado na sociedade numa época em que, moça ainda, estava fadada por meu estado ao silêncio e à inação, soube aproveitar disso para observar e refletir. Enquanto me julgavam estouvada ou distraída, pouco atenta, é verdade, os discursos que insistiam em me fazer, colhia com cuidado aqueles que procuravam me esconder.

Essa curiosidade útil, enquanto servia para me instruir, me ensinou também a dissimular; obrigada com frequência a ocultar os objetos de minha atenção aos olhos daqueles que me cercavam, tentava dirigir os meus próprios como bem me apetecia; aprendi desde então a adotar, quando for o caso, esse olhar distraído que você tantas vezes elogiou. Estimulada por esse primeiro êxito, tratei de controlar da mesma forma os diversos movimentos de minha fisionomia. Se sentia alguma tristeza, eu me esforçava para assumir um ar de serenidade, até mesmo de alegria; levei o zelo a ponto de me causar dores voluntárias para procurar nesse momento a expressão do prazer. Fui me exercitando com o mesmo cuidado e com mais esforço para reprimir os sintomas de uma alegria inesperada. Foi assim que aprendi a mostrar, em minha fisionomia, esse domínio com que o vi, às vezes, tão surpreso.

Era ainda muito jovem e quase sem interesse algum, mas só tinha meu pensamento como algo meu e me indignava que pudessem me roubá-lo ou me surpreender contra minha vontade. Munida dessas primeiras armas, experimentei usá-las; não satisfeita de não deixar mais que penetrassem em minha mente, eu me divertia em me mostrar sob diferentes formas; segura de meus gestos, observava minhas palavras; coordenava uns e outras segundo as circunstâncias ou mesmo seguindo apenas minhas fantasias; a partir desse momento, meu modo de pensar só pertencia a mim e só deixava transparecer aquilo que me convinha deixar perceber.

Esse trabalho comigo mesma me levou a fixar minha atenção na expressão dos semblantes e nas características das fisionomias; com isso adquiri esse olhar penetrante, no qual a experiência, no entanto, me ensinou a não confiar inteiramente, mas que, em geral, raramente me enganou.

Não tinha ainda quinze anos e já possuía os talentos a que a maioria de nossos políticos deve sua reputação e não me encontrava ainda senão nos primeiros elementos da ciência que eu queria adquirir.

Pode muito bem imaginar que, como todas as moças, eu procurava desvendar o amor e seus prazeres, mas como nunca tinha estado no convento, como não tinha uma amiga íntima e como era vigiada por uma mãe atenta, eu não tinha senão ideias vagas, que não conseguia definir; a própria natureza, à qual mais tarde só teria a agradecer, não me dava ainda nenhum indício. Dir-se-ia que trabalhava em silêncio para aperfeiçoar sua obra. Só minha cabeça fervia; eu não desejava desfrutar, só queria saber; o desejo de me instruir me sugeriu os meios.

Senti que o único homem com o qual poderia falar sobre esse assunto sem me comprometer era meu confessor. Tomei logo minha decisão; dominei minha vergonha e, gabando-me de uma falta que não havia cometido, me acusei de ter feito *tudo o que as mulheres fazem*. Foi a expressão que usei, mas, ao falar assim, na verdade não sabia que ideia expressava. Minha expectativa não foi nem totalmente frustrada nem inteiramente correspondida; o medo de me trair me impedia de tentar me explicar. O bom padre, porém, me pintou um mal tão grande que concluí que o prazer devia ser extremo e, ao desejo de conhecê-lo, seguiu-se o de prová-lo.

Não sei até onde esse desejo haveria de me levar; e, desprovida então de experiência, uma única oportunidade talvez me tivesse perdido. Felizmente para mim, minha mãe me comunicou poucos dias depois que eu iria me casar; imediatamente, a certeza de saber extinguiu minha curiosidade e cheguei virgem aos braços do senhor de Merteuil.

Eu aguardava com serenidade o momento em que deveria me instruir e precisei refletir para mostrar constrangimento e receio. A primeira noite, de que em geral se faz uma ideia tão cruel ou tão doce, só apresentava para mim uma ocasião de experiência; dor e prazer, observei tudo atentamente e só via, nessas diversas sensações, fatos para registrar e meditar.

Esse tipo de estudo logo acabou por me agradar; mas, fiel a meus princípios, e sentindo, talvez por instinto, que ninguém devia estar mais distante de minha confiança que meu marido, decidi, exatamente por ser sensível, me mostrar impassível a seus olhos. Essa aparente frieza foi, na sequência, o inabalável fundamento de sua cega confiança; a ela somei, depois de pensar melhor, um ar de desatino que minha idade autorizava, e ele nunca me julgou mais infantil do que nos momentos em que eu o ludibriava com mais audácia.

Confesso, no entanto, que de início me deixei arrastar pelo turbilhão da vida social e me entreguei inteiramente a suas fúteis distrações. Mas, passados alguns meses, tendo o senhor de Merteuil me levado para sua triste propriedade rural, o medo do tédio me devolveu o gosto pelo estudo; e estando ali, cercada somente por gente, cuja distância que a separava de mim me deixava ao abrigo de qualquer suspeita, aproveitei para ampliar o campo de minhas experiências. Foi ali, principalmente, que me certifiquei de que o amor, que é cantado como a fonte de nossos prazeres, não passa, quando muito, de seu pretexto.

A enfermidade do senhor de Merteuil veio interromper tão doces ocupações; tive de acompanhá-lo à cidade onde foi procurar tratamento. Ele morreu, como sabe, pouco tempo depois e, embora, no fim das contas, não tivesse do que me queixar dele, não deixei de sentir menos intensamente o valor da liberdade que minha viuvez me dava e me prometi a mim mesma aproveitá-la.

Minha mãe esperava que eu entrasse num convento ou então voltasse a morar com ela. Recusei as duas alternativas e tudo o que eu concedi à decência foi retornar para a mesma propriedade rural, onde me restavam ainda algumas observações a fazer.

Aprofundei-as com leituras, mas não pense que fossem todas do tipo que você pode imaginar. Estudei nossos costumes nos romances; nossas opiniões nos filósofos; procurei até mesmo saber, em nossos mais severos moralistas, o que exigiam de nós e me certifiquei assim daquilo que se podia fazer, daquilo que se devia pensar e daquilo que era preciso aparentar. Uma vez definidos esses três objetivos, somente o último apresentava algumas dificuldades de execução; esperava superá-las e refleti sobre os meios de fazê-lo.

Comecei a me aborrecer com meus rústicos prazeres, muito pouco variados para minha mente ativa; sentia necessidade de aparecer nos ambientes sociais, o que me reconciliaria com o amor, não para senti-lo, na verdade, mas para inspirá-lo e fingi-lo. Em vão me haviam dito, e eu havia lido, que não se podia fingir esse sentimento; eu percebia, no entanto, que para isso bastava juntar à inteligência de um autor o talento de um comediante. Exercitei-me nesses dois gêneros e talvez até com certo sucesso, mas, em vez de procurar os vãos aplausos do teatro, resolvi usar para minha felicidade o que tantas pessoas sacrificam à vaidade.

Um ano transcorreu nessas diferentes ocupações. Como meu luto me permitia então de reaparecer, voltei à cidade com meus grandes planos; não contava com o primeiro obstáculo com que me deparei.

Essa longa solidão, esse austero retiro haviam jogado sobre mim um verniz de recato que assustava nossos jovens mais galantes; eles se mantinham a distância e me deixavam entregue a uma multidão de enfadonhos, todos pretendentes à minha mão. O constrangimento não consistia em recusá-los, mas várias dessas recusas desagradavam a minha família e eu perdia com esses pequenos problemas o tempo que me havia prometido empregar de forma mais fascinante. Fui, portanto, obrigada, para atrair uns e afastar outros, a dar mostras de algumas inconsequências e usar, para afetar minha reputação, o cuidado que contava ter para conservá-la. Consegui isso com facilidade, como pode imaginar. Mas, não estando envolvida em nenhuma paixão, só fiz o que julguei necessário e medi com prudência as doses de minha leviandade.

Logo que alcancei o objetivo que queria atingir, retrocedi e confessei meu arrependimento a algumas dessas mulheres que, na impossibilidade de ter pretensões a encantar, se refugiam naquelas do mérito e da virtude. Essa manobra me rendeu mais do que teria esperado. Essas gratas matronas se arvoraram em minhas apologistas e seu zelo cego por aquilo que chamavam de obra sua chegou ao ponto em que, ao menor comentário que se permitiam a meu respeito, todo o grupo das virtuosas se insurgia contra o escândalo e a injúria. A mesma estratégia me rendeu ainda o sufrágio das mulheres com pretensões que, persuadidas de que eu renunciava a seguir o mesmo caminho delas, me escolheram como objeto de seus elogios todas as vezes que queriam provar que não falavam mal de todo mundo.

Minha conduta anterior, no entanto, me havia granjeado alguns pretendentes e, para me mover entre eles e minhas infiéis protetoras, me mostrava como uma mulher sensível, mas difícil, cujo excesso de delicadeza fornecia armas contra o amor.

Comecei então a exibir no grande teatro os talentos que havia criado para mim mesma. Meu primeiro cuidado foi o de adquirir o renome de invencível. Para tanto, os homens que não me agradavam sempre foram os únicos de quem fingi aceitar os galanteios. Usava--os para conquistar as honras da resistência, enquanto me entregava sem temor ao pretendente predileto. Mas a este, minha falsa timidez nunca permitiu que me acompanhasse na sociedade e, desse modo, os olhos de todos sempre se fixaram no infeliz pretendente.

Você sabe como me decido rapidamente; é por ter observado que são quase sempre as primeiras atenções que denunciam o segredo das mulheres. O que quer que se possa fazer, o tom nunca é o mesmo, antes ou depois do sucesso. Essa diferença não escapa ao observador atento, e julguei ser menos perigoso me enganar em minha escolha do que deixar que ela seja percebida. Com isso, consigo ainda manter as aparências, única coisa pela qual podem nos julgar.

Essas precauções e também a de nunca escrever, de nunca oferecer qualquer prova de minha derrota, podiam parecer excessivas, mas nunca me pareceram suficientes. Mergulhando em meu próprio coração, nele estudei o dos outros. Percebi que não há ninguém que não guarde nele um segredo que não quer que seja desvendado; uma verdade que a Antiguidade parece ter entendido melhor que nós e a história de Sansão poderia ser apenas um engenhoso símbolo. Nova Dalila, como ela, sempre empreguei minha energia em desvelar esse importante segredo. Oh! de quantos de nossos modernos Sansões não mantenho a cabeleira sob minha tesoura? A esses, deixei de temer; são os únicos que, às vezes, me permiti humilhar. Mais flexível com os outros, a arte de torná-los infiéis para evitar lhes parecer volúvel, uma amizade fingida, uma confiança aparente, alguns gestos generosos, a ideia lisonjeira que cada um deles tem de ter sido meu único amante, me garantem a discrição deles. Enfim, quando esses meios falharam, eu soube, prevendo meus rompimentos, sufocar de antemão, com o sarcasmo ou com a calúnia, a credibilidade que esses homens perigosos teriam podido obter.

O que estou lhe dizendo, você me vê praticá-lo sem cessar; e ainda duvida de minha prudência! Pois bem! Lembre-se do tempo em que me deu suas primeiras atenções; nunca um galanteio me lisonjeou tanto; eu o desejava antes de tê-lo visto.

Seduzida por sua reputação, me parecia que você faltava à minha glória; ansiava por combatê-lo corpo a corpo. Foi o único de meus caprichos que em algum momento me dominou. Se você, no entanto, tivesse a intenção de me perder, de que meios teria lançado mão? Palavras vazias que não deixam rastro atrás de si, que sua própria reputação teria contribuído para tornar suspeitas e uma sequência de fatos inverossímeis, cujo relato sincero teria a aparência de um romance mal tramado.

Na verdade, depois fui lhe revelando todos os meus segredos, mas você sabe quais interesses nos unem e se, de nós dois, é a mim que se deve taxar de imprudente.[23]

Uma vez que estou lhe dando explicações, quero fazê-lo com exatidão. Posso ouvi-lo daqui me dizer que estou, no mínimo, à mercê de minha camareira; com efeito, se ela não conhece o segredo de meus sentimentos, conhece o de meus atos. Quando, no passado, você me falava disso, respondi somente que confiava nela e a prova, de que essa resposta foi suficiente na época para tranquilizá-lo, é que depois você lhe confiou, por sua própria conta, segredos bastante perigosos. Mas agora que Prévan lhe faz sombra e sua cabeça anda girando, desconfio que você não acredita mais em minha palavra. Preciso, pois, lhe dar alguma explicação.

Em primeiro lugar, essa moça é minha irmã de leite, e esse vínculo, que para nós não chega a ser importante, não deixa de ter força

---

23   Saber-se-á na sequência, pela carta 152, não propriamente o segredo do senhor Valmont, mas de que tipo mais ou menos era; e o leitor vai entender que não podemos esclarecê-lo melhor a respeito.

para pessoas dessa condição; além disso, conheço o segredo dela, e mais ainda: vítima de uma loucura amorosa, estaria perdida se eu não a salvasse. Seus pais, muito exigentes em questões de honra, queriam nada menos do que mandar prendê-la. Vieram falar comigo. Percebi num relance como sua ira podia me ser útil. Decidi ajudar e solicitei o mandato, que obtive. Depois, adotando repentinamente a postura de clemência, convenci os pais a fazerem o mesmo e, aproveitando de meu prestígio com o velho ministro, consegui fazer com que consentissem em que eu fosse depositária desse mandato e livre para sustá-lo ou exigir sua execução, segundo a avaliação que fizesse do comportamento futuro da moça. Ela sabe, portanto, que sua sorte está em minhas mãos e, se porventura esses meios incisivos não a detivessem, não é evidente que sua conduta passada desvendada e sua legítima punição aplicada logo suas palavras perderiam totalmente a credibilidade?

A essas precauções, que chamo de fundamentais, vêm somar-se mil outras, locais ou ocasionais, que a reflexão e o hábito levam a eventualmente descobrir; sua enumeração seria enfadonha, mas são importantes na prática, e você deve se dar ao trabalho de observar no conjunto de minha conduta, se quiser chegar a conhecê-las.

Mas pretender que me tenha empenhado tanto para não colher frutos, que depois de ter me alçado tanto acima das outras mulheres por meio de meus penosos trabalhos, eu consinta em rastejar como elas em meu caminho, entre a imprudência e a timidez e que, sobretudo, eu pudesse temer um homem a ponto de ver na fuga minha única salvação? Não, visconde; jamais! É preciso vencer ou morrer. Quanto a Prévan, quero tê-lo e o terei; ele quer contá-lo e não o contará; aí está, em duas palavras, nosso romance. Adeus.

De..., 20 de setembro de 17**.

CARTA 82

**DE CÉCILE VOLANGES
AO CAVALEIRO DANCENY**

Meu Deus, como sua carta me deixou triste! E eu que estava mais que impaciente em recebê-la! Esperava encontrar nela algum consolo e agora estou mais aflita que antes de recebê-la. Ao lê-la, chorei. Não é isso que lhe recrimino; já chorei tantas vezes por sua causa, sem que isso me magoasse. Mas dessa vez, não é a mesma coisa.

O que quer me dizer, pois, ao afirmar que seu amor se torna um tormento, que não pode mais viver assim nem suportar por mais tempo sua situação? Será que vai deixar de me amar, por que não é mais tão agradável como antes? Parece-me que não estou mais feliz que você, muito pelo contrário; e, no entanto, só o amo mais ainda. Se o senhor de Valmont não lhe escreveu, a culpa não é minha; não pude lhe pedir que o fizesse, porque não estive a sós com ele e combinamos que nunca haveríamos de nos falar na frente dos outros; e isso também é por nós, a fim de que ele possa fazer o quanto antes o que você deseja. Não digo que não o deseje também e disso deve ter absoluta certeza. Mas o que quer que eu faça? Se acha que é tão fácil, descubra então um meio, é tudo o que eu mais quero.

Acha que é agradável para mim ser recriminada todos os dias por minha mãe, ela que antes nunca me chamava a atenção, bem pelo contrário? Agora, é pior do que se eu estivesse no convento. Eu me consolava, contudo, pensando que era por sua causa; havia até mesmo momentos em que isso me dava certa satisfação; mas quando vejo que você também está aborrecido e sem que nada disso seja por minha culpa, fico mais magoada ainda do que tudo o que vem me acontecendo até aqui.

Só receber suas cartas já é uma dificuldade e, se o senhor de Valmont não fosse tão prestativo e tão hábil, eu não saberia como fazer; e para lhe escrever é ainda mais difícil. De manhã cedo não me atrevo, porque minha mãe fica sempre por perto e aparece a todo momento em meu quarto. Às vezes, posso fazê-lo à tarde, a pretexto de cantar ou de tocar harpa; ainda assim, tenho de interromper a todo instante para que ouçam que estou treinando. Felizmente, minha camareira, às vezes, sente sono logo à noite e eu lhe digo que posso me deitar sozinha para que vá embora e deixe a vela comigo. Além disso, tenho de me esconder atrás da cortina para que ninguém perceba a luz e ficar atenta ao menor ruído para ter tempo de esconder tudo em minha cama, se alguém entrar. Gostaria que estivesse aqui para ver! Veria então que é preciso amar realmente, para fazer isso. Enfim, é verdade que faço tudo o que posso e gostaria de poder fazer mais

Certamente não me recuso em dizer que o amo e que vou amá-lo para sempre; nunca o disse com tanta paixão e você está magoado! Você, no entanto, me havia assegurado, antes que eu o tivesse dito, que isso bastava para torná-lo feliz. Não pode negá-lo, está em suas cartas. Embora não as tenha mais, lembro-me tão bem delas como nos momentos em que as lia e relia. E agora que estamos separados, você não pensa mais assim! Mas essa separação vai durar, talvez, para sempre! Meu Deus, como sou infeliz; e é realmente você que é a causa!...

A propósito de suas cartas, espero que tenha guardado as que minha mãe me tirou e as remeteu a você. Vai chegar um dia em que não vou estar controlada como agora, e você poderá me devolver todas elas. Como vou ser feliz quando puder guardá-las comigo para sempre, sem que ninguém tenha nada a ver com isso! Por ora, entrego-as ao senhor de Valmont, porque seria muito arriscado de outro modo; apesar disso, nunca lhe dou uma carta sem que isso me cause muita tristeza.

Adeus, meu caro amigo. Eu o amo de todo o meu coração. E vou amá-lo por toda a minha vida. Espero que agora não esteja mais magoado; e se eu tiver certeza disso, tampouco estaria. Escreva-me o mais breve possível, pois sinto que até lá vou estar sempre triste.

Do castelo de..., 21 de setembro de 17**.

CARTA 83

**DO VISCONDE DE VALMONT
À PRESIDENTA DE TOURVEL**

Imploro, senhora, reatemos essa conversa tão infelizmente interrompida! Que eu possa terminar de lhe provar como sou diferente do odioso retrato que lhe pintaram de mim; que eu possa, acima de tudo, desfrutar ainda dessa amável confiança de que começava a me mostrar! Quantos encantos sabe a senhora emprestar à virtude! Como embeleza e faz apreciar todos os sentimentos honestos! Ah! é essa sua sedução; é a mais poderosa; é a única que, a um só tempo, seja poderosa e respeitável.

Sem dúvida, basta vê-la para desejar agradá-la; basta ouvi-la em nosso círculo para que esse desejo aumente. Mas quem tem a felicidade de conhecê-la melhor, quem, às vezes, pode ler em sua alma, logo cede a um entusiasmo mais nobre e, repleto de veneração como de amor, adora na senhora a imagem de todas as virtudes. Mais afeito que outro, talvez, para amá-las e segui-las, levado por alguns erros que delas me haviam afastado, foi a senhora que tornou a aproximá-las, que me fez tornar a sentir todo o encanto. Será que iria me condenar por esse novo amor? Vai criticar sua própria obra? Vai se recriminar a si mesma pelo interesse que poderia lhe despertar? Que mal se pode temer de um sentimento tão puro, e quanta doçura não haveria em degustá-lo?

Meu amor a assusta? Julga-o violento, desenfreado? Tempere-o com um amor mais suave; não recuse o domínio que lhe ofereço, ao qual juro nunca me subtrair e, ouso acreditar, não vai estar inteiramente perdido para a virtude. Que sacrifício poderia me parecer penoso, se tivesse a certeza de que seu coração o guardasse como penhor? Que homem, portanto, seria tão infeliz para não saber desfrutar das privações que se impõe a si mesmo, para não preferir uma palavra, um olhar concedidos a todos os prazeres que poderia arrebatar ou surpreender? E a senhora acreditou que eu fosse esse homem e teve medo! Ah! Por que não depende de mim sua felicidade? Como eu me vingaria da senhora, fazendo-a feliz! Mas esse doce domínio não é produzido pela estéril amizade, mas somente pelo amor.

Essa palavra a intimida? E por quê? Uma afeição mais terna, uma união mais forte, um único pensamento, a mesma felicidade e as mesmas tristezas, o que haverá, pois, de estranho nisso à sua alma? Assim é, no entanto, o amor! Assim é, pelo menos, aquele que a senhora me inspira e eu sinto. É ele, sobretudo, que, calculando de modo desinteressado, sabe apreciar os ações por seu mérito e não por seu valor; tesouro inesgotável das almas sensíveis, tudo se torna precioso, feito por ele ou para ele.

Essas verdades, tão fáceis de entender, tão doces de praticar, o que têm elas de assustador? Que temores poderá, por isso, lhe causar um homem sensível, a quem o amor não permite outra felicidade que não a sua? É esse, hoje, o único voto que expresso: sacrificarei tudo para concretizá-lo, exceto o sentimento que o inspira; e consinta compartilhar esse próprio sentimento e regulá-lo a seu bel-prazer. Mas não aceitemos mais que ele nos separe, quando deveria nos unir. Se a amizade que me ofereceu não é uma palavra vã, se esse, como me dizia ontem, é o sentimento mais doce que sua alma conhece, que seja ela a nos orientar, não vou contestá-la. Mas, juiz do amor, que ela consinta em ouvi-lo; a recusa em escutá-lo se tornaria uma injustiça e a amizade não é injusta.

Uma segunda conversa não terá mais inconvenientes que a primeira; o acaso pode ainda criar a oportunidade; a senhora mesma poderia indicar o momento. Quero crer que estou errado; não haveria de preferir me converter a me combater, e duvida de minha docilidade? Se aquele importuno não nos tivesse interrompido, talvez eu já tivesse concordado inteiramente com sua opinião; quem sabe até onde pode chegar seu poder?

Deveria dizê-lo? Chego, às vezes, a temer esse poder invencível a que me entrego sem me atrever a medi-lo, esse encanto irresistível que a torna soberana de meus pensamentos bem como de meus atos. Ai de mim! Essa conversa que lhe peço, cabe a mim temê-la? Depois, talvez, acorrentado por minhas promessas, me veja reduzido a arder de um amor que, sinto muito bem, não poderá se extinguir, sem sequer ousar implorar seu auxílio! Ah, senhora, imploro, não abuse de seu poder! Mas o quê! Se com isso tivesse de se sentir mais feliz, se com isso devo parecer mais digno da senhora, que sofrimentos não vão ser amenizados com essas ideias consoladoras! Sim, pressinto que voltar a falar é lhe dar armas mais contundentes contra mim, é me submeter mais inteiramente à sua vontade. É mais fácil me defender de suas cartas; trazem suas próprias e mesmas palavras, mas a senhora não está presente para lhes emprestar força. O prazer de ouvi-la, no entanto, me leva a enfrentar o perigo; pelo menos, vou ter essa satisfação de ter feito tudo para a senhora, mesmo que contra mim, e meus sacrifícios se tornarão uma homenagem. Feliz demais em lhe provar de mil maneiras, como o sinto de mil formas, que a senhora é, sem me excetuar a mim mesmo, e será sempre o objeto mais caro a meu coração.

Do castelo de..., 23 de setembro de 17**.

CARTA 84

**DO VISCONDE DE VALMONT
A CÉCILE VOLANGES**

A senhorita viu como fomos contrariados ontem. Durante o dia inteiro, não pude entregar a carta que tinha para lhe dar; ignoro se hoje vou ter mais facilidade. Temo comprometê-

-la, se empregar mais zelo que habilidade, e não me perdoaria uma imprudência que pudesse lhe ser fatal e causasse o desespero de meu amigo, tornando-a para sempre infeliz. Conheço, no entanto, as impaciências do amor; sinto como deve ser penoso, em sua situação, sofrer algum atraso no único consolo de que possa desfrutar nesse momento. De tanto pensar nos meios de afastar os obstáculos, encontrei um que será de fácil execução, se houver algum cuidado de sua parte.

Creio ter observado que a chave da porta de seu quarto, que dá para o corredor, está sempre sobre a lareira dos aposentos de sua mãe. Tudo ficaria mais fácil com essa chave, como deve perceber; mas na falta dela, vou lhe conseguir uma cópia, que deverá substituí-la. Para tanto, bastaria que eu pudesse dispor da outra por uma hora ou duas. Deverá encontrar facilmente a oportunidade de apanhá-la e, para que ninguém dê pela falta dela, envio-lhe aqui uma chave minha, bastante parecida, para que não se note a diferença, a menos que se tente usá-la; o que, acho, ninguém vai tentar. A senhorita só precisaria ter o cuidado de atar nela uma fita, azul e desbotada, como aquela que está amarrada em sua própria chave.

Seria preciso tentar obter essa chave até amanhã ou depois de amanhã, na hora do café, porque então seria mais fácil de me entregá-la e poderia ser recolocada no lugar até o final da tarde, momento em que sua mãe poderia redobrar sua atenção. Eu poderia lhe devolvê-la na hora do almoço, se estivermos bem combinados.

Sabe que, ao passar da sala grande para a sala de jantar, é sempre a senhora de Rosemonde que vem por último. Eu lhe darei a mão. A senhorita terá apenas de deixar seu trabalho de tapeçaria lentamente ou então deixar cair qualquer coisa, de modo a ficar para trás; poderá então apanhar a chave, que vou ter o cuidado de segurar atrás de mim. Não poderá se esquecer, logo que a tiver apanhado, de achegar-se à minha velha tia e lhe fazer algumas carícias. Se, por acaso, deixar cair essa chave, não se apavore; eu vou fingir que fui eu e respondo por tudo.

A pouca confiança que sua mãe lhe dá e suas atitudes tão duras para com a senhorita autorizam, de resto, essa pequena trapaça. Além do mais, é o único meio de continuar recebendo as cartas de Danceny e de lhe repassar as suas; todos os outros meios são realmente perigosos demais e poderiam perder vocês dois sem apelação; por isso minha prudente amizade se recriminaria por voltar a empregá-los.

Uma vez donos da chave, teremos ainda algumas precauções a tomar em relação ao ruído da porta e da fechadura; mas são bem fáceis. Sob o mesmo armário, onde eu havia colocado o papel, vai encontrar óleo e uma pena. A senhorita, às vezes, vai a seus aposentos a qualquer hora e fica sozinha; é preciso aproveitar desses momentos para lubrificar a fechadura e as dobradiças da porta. O único cuidado a ter é prestar atenção a eventuais manchas que deporiam contra a senhorita. Deverá esperar também que a noite chegue, porque se isso for feito com a inteligência de que é capaz, não se perceberá mais nada na manhã seguinte.

Se, no entanto, alguém perceber, não hesite em dizer que foi o encarregado da limpeza do castelo. Nesse caso, precisará especificar a hora e até as palavras que lhe tiver dito, por exemplo, que ele toma esse cuidado contra a ferrugem em todas as fechaduras não muito utilizadas, pois deve perceber que seria pouco provável que a senhorita tivesse presenciado esse problema sem perguntar o motivo. São esses detalhes que criam a verossimilhança e a verossimilhança torna as mentiras inconsequentes, excluindo o desejo de verificá-las.

Depois de ler essa carta, peço-lhe que a releia e mesmo que reflita sobre seu conteúdo; primeiro, porque é importante saber bem aquilo que se quer fazer bem; em segundo lugar, para assegurá-la de que não omiti nada. Pouco inclinado a recorrer à esperteza em proveito próprio, não faço grande uso dela; foi preciso nada menos que minha viva amizade por Danceny e o interesse que a senhorita me inspira para me determinar a lançar mão desses meios, por mais inocentes que sejam. Detesto tudo o que tem aspecto de logro, esse é meu caráter. Mas seus sofrimentos me tocaram a tal ponto que vou tentar de tudo para amenizá-los.

Pode muito bem imaginar que, uma vez estabelecida essa comunicação entre nós, será bem mais fácil para mim proporcionar a Danceny o encontro que ele deseja. Mas não lhe fale ainda de tudo isso, pois só iria aumentar sua impaciência e o momento de satisfazê-la ainda não chegou. Cabe-lhe, creio eu, acalmá-la em vez de exasperá-la.

Confio, quanto a isso, em sua delicadeza. Adeus, minha bela pupila, pois a senhorita é minha pupila. Goste um pouco de seu tutor e, sobretudo, tenha para com ele docilidade e vai se sentir bem. Estou cuidando de sua felicidade e esteja certa de que com ela encontrarei a minha.

De..., 24 de setembro de 17**.

CARTA 85

**DA MARQUESA DE MERTEUIL
AO VISCONDE DE VALMONT**

Enfim, pode ficar tranquilo e, principalmente, vai me fazer justiça. Escute e não me confunda mais com as outras mulheres. Dei um fim à minha aventura com Prévan: *um fim*! Entende bem o que isso quer dizer? E agora poderá julgar quem de nós dois, ele ou eu, poderá se gabar. O relato não será tão agradável como foi a ação; por isso não seria justo que você, enquanto só tem feito comentar bem ou mal sobre esse caso, tivesse o mesmo prazer que eu, que a ele dediquei meu tempo e meu esforço.

Se, no entanto, você tiver algum grande golpe em vista, se tiver algo a empreender onde esse perigoso rival lhe pareça temível, vá em frente. Ele lhe deixa o campo livre, pelo menos por algum tempo; talvez ele não se refaça nunca mais do golpe que lhe apliquei.

Que sorte a sua ter-me como amiga! Sou para você uma fada benfazeja. Você está definhando longe da beldade com quem está comprometido; a uma palavra minha, e já está junto dela. Quer se vingar de uma mulher que o prejudica; indico o ponto onde deve atingi-la e a entrego à sua discrição. Enfim, para afastar da liça um concorrente temível, é novamente a mim que recorre e eu o atendo. Na verdade, se não passar a vida a me agradecer, é porque você é um ingrato. Volto à minha aventura e a retomo desde o início.

O encontro, marcado em voz alta, à saída da Ópera[24], foi ouvido, como eu esperava. Prévan compareceu e quando a marechala lhe disse gentilmente que se alegrava por vê-lo duas vezes seguidas em seus dias de recepção, ele teve o cuidado de responder que, desde terça-feira à noite, tinha desmarcado mil compromissos para poder, desse modo, dispor dessa noite. *A bom entendedor, meia palavra basta*! Como eu quisesse, contudo, saber com mais certeza se eu era ou não o verdadeiro objeto desse lisonjeiro interesse, quis obrigar o novo pretendente a escolher entre mim e seu gosto predileto. Declarei que não iria jogar; com efeito, ele por sua vez encontrou mil pretextos para não jogar e minha primeira vitória foi sobre o lansquenê.

Eu me aproximei do bispo de... para conversar; eu o escolhi por causa de sua ligação com o herói do dia, a quem queria oferecer todas as facilidades para me abordar. Agradava-me também ter uma testemunha respeitável que pudesse, se necessário, depor sobre minha conduta e sobre minhas palavras. Essa combinação deu certo.

Depois das frases vagas e costumeiras, Prévan, tornando-se logo senhor da conversa, adotou alternadamente diferentes tons, procurando aquele que poderia me agradar. Recusei o do sentimento, como quem não acredita nele; contive, com minha seriedade, sua alegria, que me pareceu demasiado leviana para um começo; ele então recorreu à delicada amizade e foi sob essa bandeira banal que começamos nosso ataque recíproco.

---

24   Ver carta 74.

Na hora do jantar, o bispo não desceu; Prévan me ofereceu então a mão e viu-se naturalmente sentado a meu lado à mesa. É preciso ser justa: ele sustentou com muita habilidade nossa conversa particular, parecendo se ocupar somente da conversa geral, que tentava de todos os modos dominar. Na hora da sobremesa, falou-se sobre uma nova peça que deveria ser representada na segunda-feira seguinte no Français. Expressei algum pesar por não possuir um camarote; ele me ofereceu o seu, que num primeiro momento recusei, como é de praxe, ao que ele respondeu com bastante gentileza que não entendia, que certamente não cederia seu camarote a alguém que não conhecesse, mas que só me alertava que senhora marechala disporia dele. Ela se prestou a essa brincadeira e eu aceitei.

Voltando à sala, ele pediu, como pode imaginar, um lugar nesse camarote; e como a marechala, que o trata com muita bondade, o prometeu *se ele se comportasse*, ele aproveitou a oportunidade de uma dessas conversas de duplo sentido, para as quais você tanto elogiou seu talento. Com efeito, ajoelhando-se diante dela, como um menino submisso, dizia ele, a pretexto de lhe pedir sua opinião e implorar seu conselho, proferiu várias coisas lisonjeiras e bastante ternas, que eu podia facilmente atribuir a mim mesma. Como diversas pessoas não tivessem retomado o jogo de cartas após o jantar, a conversa correu mais genérica e menos interessante; mas nossos olhos falaram muito. Digo nossos olhos, mas deveria dizer os dele, pois os meus tinham apenas uma linguagem, a da surpresa. Ele deve ter pensado que eu estava espantada e excessivamente ocupada com o prodigioso efeito que ele me causava. Creio que o deixei bem satisfeito; eu mesma não me sentia menos contente.

Na segunda-feira seguinte, fui ao Français como havíamos combinado. Apesar de sua curiosidade literária, nada posso lhe dizer sobre o espetáculo, a não ser que Prévan tem um talento maravilhoso para a adulação e a peça foi um fracasso; aí está o que percebi nele. Era com pesar que via terminar essa noite que realmente me agradava muito e, para prolongá-la, convidei a marechala a jantar em minha casa, o que me deu o pretexto de propor o mesmo ao amável adulador, que só me pediu um tempo para correr à casa das condessas de P...[25] para desmarcar com elas. Esse nome me deixou enfurecida; vi claramente que ele ia começar suas confidências; lembrei-me de seus sábios conselhos e me prometi a mim mesma... prosseguir na aventura, certa de que eu o haveria de curar dessa perigosa indiscrição.

Estranho em meu círculo, que naquela noite era pouco numeroso, ele me devia as atenções de praxe; por isso quando fomos jantar, ele me ofereceu a mão. Tive a malícia, ao aceitá-la, de pôr na minha um leve estremecimento e de manter, ao andar, os olhos baixos e a respiração alta. Aparentava pressentir minha derrota e temer meu vencedor. Ele o notou perfeitamente; por isso o traidor alterou de imediato o tom e a postura. Antes galante, agora se fez terno. Não é que suas palavras não fossem mais ou menos as mesmas; as circunstâncias o forçavam a isso, mas seu olhar, menos vivo, era mais carinhoso; a inflexão da voz, mais doce, o sorriso não era mais aquele da fineza, mas do contentamento. Enfim, em suas palavras, apagando aos poucos o fogo das tiradas espirituosas, a perspicácia deu lugar à delicadeza. Pergunto-lhe, o que você teria feito de melhor?

De minha parte, fiquei como que sonhando, a tal ponto que os demais foram obrigados a reparar; e quando me recriminaram por isso, tive a destreza de me defender desajeitadamente e de lançar a Prévan um olhar rápido, mas tímido e desconcertado, e próprio a levá-lo a acreditar que meu único temor era que ele não adivinhasse a causa de minha perturbação.

Depois do jantar, aproveitei do momento em que a boa marechala contava uma dessas histórias que sempre conta, para me acomodar em meu sofá, nesse abandono que um terno devaneio suscita. Não me incomodava que Prévan me visse assim; ele me honrou, com efei-

---

25 Ver carta 70.

to, com uma atenção toda especial. Você pode imaginar que meus tímidos olhares não ousavam procurar os olhos de meu vencedor; mas voltados para ele de maneira mais humilde, logo me confirmaram que eu obtinha o efeito que queria produzir. Precisava ainda persuadi-lo de que compartilhava com ele; por isso, quando a marechala anunciou que ia se retirar, exclamei com voz tênue e terna: "Ah, meu Deus! Eu estava tão bem aqui!". Levantei-me, no entanto, mas, antes de me despedir dela, lhe perguntei quais eram seus planos, para ter um pretexto de falar dos meus e informar que ficaria em casa nos dias seguintes. Nisso, todos se despediram.

Então fiquei refletindo. Não tinha dúvida de que Prévan iria se aproveitar da espécie de encontro que eu acabava de marcar com ele, de que viria bastante cedo para me encontrar a sós e de que a investida seria ardente; mas estava também certa de que, graças à minha reputação, não haveria de me tratar com essa leviandade que os homens, por pouco experientes que sejam, só empregam com mulheres galantes ou com aquelas sem nenhuma experiência; e já via como certo meu sucesso, se ele pronunciasse a palavra amor e, sobretudo, se tivesse a pretensão de ouvi-la de mim.

Como é cômodo lidar com vocês, *homens de princípios*! Por vezes, um arremedo de namorado os desconcerta por sua timidez ou os deixa embaraçados com seus fogosos arroubos; é uma febre que, como a outra, tem seus tremores e seu ardor e que, às vezes, varia em seus sintomas. Mas seus passos marcados podem ser adivinhados facilmente! A chegada, a postura, o tom, as palavras, eu já sabia de tudo desde a véspera. Não vou relatar, portanto, nossa conversa, que você pode facilmente imaginar. Observe apenas que, em minha fingida defesa, eu o ajudava de todos os modos que podia: embaraço, para lhe dar tempo de falar; maus argumentos, para ser combatida; receio e desconfiança, para suscitar protestos; e esse perpétuo refrão da parte dele: *peço-lhe uma palavra apenas*; e esse silêncio de minha parte, que parece deixá-lo esperando só para fazê-lo desejar mais; no meio de tudo isso, uma mão cem vezes tomada que sempre se retira e nunca se recusa. Poderíamos passar assim o dia inteiro; passamos uma hora mortal: talvez ainda estivéssemos nisso, se não escutássemos uma carruagem entrando em meu pátio. Esse feliz contratempo tornou, como deveria, suas instâncias mais vivas e eu, vendo chegado o momento em que estaria a salvo de toda surpresa, depois de ter me preparado com um longo suspiro, concedi a preciosa palavra. Anunciaram os recém-chegados e pouco depois tinha em torno de mim um círculo bastante numeroso.

Prévan me perguntou se poderia vir na manhã seguinte, e eu consenti; mas, cuidadosa em me defender, ordenei à minha camareira que permanecesse todo o tempo dessa visita em meu quarto, de onde, você sabe, se vê tudo o que se passa em meu toucador, e foi lá que o recebi. Livres para conversar e sentindo ambos o mesmo desejo, logo entramos em sintonia; mas era preciso se livrar da importuna espectadora; era aí que eu ia apanhá-lo.

Descrevendo então, a meu modo, o quadro de minha vida em casa, persuadi-o facilmente de que nunca teríamos um momento de liberdade e tínhamos de considerar como uma espécie de milagre essa liberdade que havíamos desfrutado no dia anterior, o que ainda assim poderia me expor a grandes perigos, uma vez que alguém podia entrar a todo momento em minha sala. Não deixei de acrescentar que todos esses hábitos estavam bem estabelecidos, porque, até esse dia, nunca tinham falhado; ao mesmo tempo, insistia na impossibilidade de alterá-los sem me comprometer aos olhos de meus criados. Ele tentou mostrar-se triste, ficar aborrecido, me dizer que meu amor era diminuto e pode imaginar como isso me comovia! Mas, querendo desferir o golpe decisivo, apelei para as lágrimas. Foi exatamente o *Zaíra, está chorando*.[26] Esse domínio que ele julgou ter sobre mim e a esperança que nutriu de me perder a seu bel-prazer, cumpriram nele a função de todo o amor de Orosmane.

---

26   Alusão a uma fala de Orosmane, na tragédia Zaira, de Voltaire (Nota do tradutor).

Passado esse jogo de cena, voltamos a nossos arranjos. Na falta do dia, tratamos da noite; mas meu porteiro se tornava então um obstáculo intransponível, e eu não permitia que se tentasse suborná-lo. Ele sugeriu o pequeno portão do jardim; mas eu o havia previsto e inventei que ali ficava um cão que, tranquilo e silencioso durante o dia, era um verdadeiro demônio à noite. A facilidade com que entrei em todos esses detalhes era mais que apropriada para encorajá-lo; por isso acabou me propondo o mais ridículo dos expedientes e foi aquele que aceitei.

Em primeiro lugar, o criado dele era tão confiável como ele próprio; nisso, ele não mentia, um era igual ao outro. Eu ofereceria um grande jantar em minha casa; ele estaria presente e se demoraria tempo suficiente para ir embora sozinho. O hábil confidente mandaria vir a carruagem, abriria a porta e ele, Prévan, em vez de subir, se esquivaria com habilidade. O cocheiro não poderia perceber de jeito nenhum; assim, tendo saído aos olhos de todos, estaria, no entanto, ainda em minha casa; tratava-se então de saber se teria como chegar a meus aposentos. Confesso que, de início, minha dificuldade foi a de achar, contra esse plano, objeções suficientes para que ele pudesse derrubá-las; ele respondeu com exemplos. Segundo ele, não havia meio mais corriqueiro que esse; ele próprio já havia recorrido a ele várias vezes; era até mesmo aquele que mais utilizava, por ser o menos perigoso.

Subjugada por esses argumentos irrefutáveis, confirmei, com candura, que havia de fato uma escada secreta que levava para muito perto de meu toucador; eu poderia deixar ali a chave e lhe seria muito fácil se encerrar ali dentro e esperar, sem grandes riscos, que minhas criadas se recolhessem e então, para dar maior verossimilhança a meu consentimento, instantes depois eu não queria mais e só voltaria a consentir sob a condição de uma perfeita submissão, de uma sensatez... Ah! que sensatez! Enfim, eu queria realmente lhe provar meu amor, mas não satisfazer o seu.

A saída, de que me esquecia de lhe falar, devia se fazer pelo pequeno portão do jardim; bastaria esperar o raiar do dia, quando o cérbero não se manifestaria. Não passa viva alma por ali a essa hora e os criados estão no mais profundo sono. Se você se surpreende com esse amontoado de estranhos raciocínios, é porque se esquece de nossa mútua situação. Acaso precisávamos de arrazoados melhores? Tudo o que ele queria era que todos soubessem do caso e eu, por minha vez, tinha certeza de que ninguém viria a saber. Marcamos o jantar para dali a dois dias.

Observe que esse é um caso arranjado e ninguém ainda viu Prévan em minha companhia. Eu o encontro durante um jantar em casa de uma de minhas amigas; ele lhe oferece seu camarote para assistir a uma nova peça e no qual aceito um lugar. Convido essa mulher para jantar, durante o espetáculo e na presença de Prévan, quando me é quase impossível não sugerir que ele também se faça presente. Ele aceita e, dois dias depois, me faz uma visita como a conveniência exige. Na verdade, ele veio me ver no dia seguinte, pela manhã; mas, além de as visitas pela manhã não contarem, cabe apenas a mim julgá-la demasiado rápida; com efeito, o relego à categoria das pessoas menos ligadas a mim com um convite por escrito, para um jantar de cerimônia. Posso muito bem dizer, como Annette: *Mas, de qualquer modo, é tudo!*

Chegado o dia fatídico, o dia em que eu deveria perder minha virtude e minha reputação, dei instruções à minha fiel Victoire, que as executou como logo há de ver.

Mas anoiteceu. Já havia muitos convidados em minha casa quando anunciaram Prévan. Recebi-o com ostensiva polidez, que evidenciava minha pouca intimidade com ele e o acomodei ao lado da marechala para jogar, como se tivesse sido por meio dela que nos tínhamos conhecido. A noite não rendeu nada mais que um minúsculo bilhete, que o discreto namorado deu um jeito de me entregar e que queimei, segundo meu costume. Nele, me anunciava que eu podia contar com ele e essa palavra essencial vinha cercada de todas as palavras parasitas de amor, de felicidade, etc., que nunca deixam de estar presentes em semelhante festa.

À meia-noite, terminadas as partidas de jogo, propus uma breve macedônia.[27] Tinha o duplo objetivo de facilitar a evasão de Prévan e, ao mesmo tempo, fazer com que fosse notada, o que não podia deixar de acontecer, dada sua reputação de jogador. E me convinha também que pudessem se lembrar mais tarde, se necessário, que eu não me havia mostrado ansiosa em ficar sozinha.

O jogo durou mais do que eu havia pensado. O diabo me tentava, e sucumbi ao desejo de ir consolar o impaciente prisioneiro. Eu me encaminhava assim para minha perdição, quando refleti que, uma vez totalmente entregue, não teria mais sobre ele o poder de mantê-lo nos trajes de decência, necessários para meus planos. Tive a força de resistir. Recuei e voltei, não sem certa irritação, a assumir meu lugar naquele jogo sem fim. Terminou, no entanto, e todos foram embora. Quanto a mim, chamei minhas criadas, me despi bem depressa e as dispensei do mesmo modo.

Pode me imaginar, visconde, em trajes diminutos, andando a passos tímidos e circunspectos e, com mão trêmula, abrindo a porta a meu vencedor? Ele me viu; um raio não é mais rápido. O que lhe direi? Fui vencida, totalmente vencida, antes de ter podido dizer uma palavra para detê-lo ou para me defender. Em seguida, ele quis ficar mais à vontade e mais conveniente com as circunstâncias. Amaldiçoava seus trajes que, dizia ele, o afastavam de mim; queria me combater com armas iguais, mas minha extrema timidez se opôs a esse plano, e minhas ternas carícias não lhe deixaram tempo para tanto. Passou a tratar de outra coisa.

Seus direitos se intensificaram e suas pretensões ressurgiram. Mas

---

27   Algumas pessoas ignoram talvez que a macedônia é um conjunto de vários jogos de azar, entre os quais, cada cortador do baralho tem o direito de escolher quando lhe cabe a mão. É uma das invenções do século.

então eu lhe disse: "Escute, deverá ter, até aqui, uma história bastante agradável para contar às duas condessas de P*** e a mil outras pessoas; mas estou curiosa por saber como vai contar o final desta aventura." Enquanto dizia essas palavras, toquei com toda a força a campainha. Então foi minha vez e minha ação foi mais rápida que sua fala. Mal tinha ele balbuciado alguma coisa quando escutei Victoire acorrer e chamar os criados que ela tinha mantido em seus aposentos, como eu lhe havia ordenado. Então, adotando meu tom de rainha e elevando a voz, continuei: "Saia, senhor, e nunca mais apareça em minha frente." Nisso, a multidão de meus criados entrou.

O pobre Prévan perdeu a cabeça e, julgando ver uma emboscada naquilo que, no fundo, não passava de uma brincadeira, correu para sua espada. Mal conseguiu apanhá-la, pois meu criado de quarto, bravo e vigoroso, o agarrou e o imobilizou. Confesso que senti um pavor mortal. Gritei para que parasse e ordenei que o deixassem retirar-se, certificando-se apenas que saísse de minha casa. Os criados me obedeceram, mas o tumulto era grande entre eles; indignavam-se de que alguém tivesse ousado atentar contra *sua virtuosa patroa*. Todos acompanharam o infeliz cavalheiro, com ruído e escândalo, como eu queria. Somente Victoire permaneceu e tratamos, depois disso, de arrumar a desordem de minha cama.

Meus criados voltaram, ainda tumultuados, e eu, *ainda muito chocada*, lhes perguntei por que feliz acaso estavam ainda acordados; e Victoire me contou que havia convidado para jantar duas amigas que haviam feito serão em seus aposentos e, enfim, tudo o que havíamos combinado. Agradeci a todos e pedi para que se retirassem, ordenando, no entanto, a um deles que fosse imediatamente buscar um médico. Pareceu-me legítimo temer os efeitos de *minha mortal comoção*; e era um meio seguro de dar vazão e notoriedade a esse episódio.

O médico veio, lamentou muito o fato e me prescreveu somente repouso. Quanto a mim, ordenei a Victoire que, além disso, fosse bem cedo pela manhã falar a respeito pela vizinhança.

Tudo deu tão certo que, antes do meio-dia, e assim que o dia começou para mim, minha devota vizinha já estava à cabeceira de minha cama para saber da verdade e dos detalhes dessa terrível aventura. Fui obrigada a ficar desolada junto com ela, durante uma hora, lamentando a corrupção de nosso século. Um momento depois, recebi da marechala o bilhete que anexo a esta carta. Enfim, antes das cinco horas, vi chegar, para meu grande espanto, o senhor...[28] Estava ali, disse ele, para apresentar suas desculpas por um oficial de seu regimento ter me faltado ao respeito até esse ponto. Só tinha chegado a saber do fato na hora do almoço em casa da marechala e imediatamente deu ordem a Prévan para que se apresentasse na prisão. Pedi que o perdoasse, e ele recusou. Pensei então que, como cúmplice, precisava fazer minha parte e guardar, pelo menos, uma severa reclusão. Mandei fechar as portas de minha casa e dizer que eu estava indisposta.

É à minha solidão que você deve essa longa carta. Vou escrever outra à senhora de Volanges, da qual certamente fará leitura pública e na qual você verá essa história como deve ser contada.

Já ia me esquecendo de lhe dizer que Belleroche está indignado e quer, de qualquer jeito, bater-se com Prévan. Pobre rapaz! Felizmente, vou ter tempo para esfriar sua cabeça. Por ora, vou descansar a minha, que está cansada de escrever. Adeus, visconde.

Do castelo de..., 25 de setembro de 17**, à noite.

---

28   O comandante do regimento no qual o senhor Prévan servia.

CARTA 86

**DA MARECHALA DE...
À MARQUESA DE MERTEUIL**
(Bilhete incluído na carta anterior)

Meu Deus! O que acabo, pois, de saber, minha cara senhora? Será possível que esse Prévan cometa semelhantes abominações e ainda por cima com a senhora? A que não estamos expostas! Não estaremos mais em segurança, portanto, nem em nossa própria casa! Na verdade, esses fatos me consolam por ser velha. Mas se há algo de que nunca vou me consolar é de ter sido, em parte, responsável por ter recebido esse monstro em sua casa. Prometo-lhe que, se é verdade o que disseram, ele não tornará a pôr os pés em minha casa; é a atitude que todas as pessoas de bem deverão tomar com relação a ele, se fizerem o que devem.

Disseram-me que a senhora passou muito mal e estou preocupada com sua saúde. Dê-me, por favor, notícias suas ou mande uma mensagem por uma de suas criadas, se não puder dá-las pessoalmente. Peço-lhe apenas uma palavra para me tranquilizar. Teria acorrido à sua casa essa manhã, se não fossem os banhos que meu médico não permite que eu interrompa; e hoje à tarde preciso ir a Versalhes, sempre para tratar do assunto de meu sobrinho.

Adeus, minha cara senhora; conte sempre com minha sincera amizade.

Paris, 25 de setembro de 17**.

CARTA 87

**DA MARQUESA DE MERTEUIL
À SENHORA DE VOLANGES**

Escrevo-lhe de minha cama, minha querida e boa amiga. Um incidente bem desagradável e o mais impossível de prever, me deixou doente de comoção e de desgosto. Não que eu tenha, certamente, algo a me recriminar, mas é sempre tão penoso para uma mulher honesta e que guarda o recato que convém a seu sexo, atrair sobre si a atenção do público, que eu daria tudo nesse mundo para ter podido evitar essa infeliz aventura; e não sei ainda se não tomo a decisão de ir ao campo para esperar que ela seja esquecida. Eis do que se trata.

Em casa da marechala de..., encontrei certo senhor de Prévan, que a senhora certamente conhece de nome e eu também não conhecia de outro modo. Mas ao encontrá-lo nessa casa, estava autorizada, assim me parece, a julgá-lo uma boa companhia. É um homem bem apessoado e me pareceu que não lhe faltava inteligência. O acaso e o tédio do jogo me deixaram como única mulher entre ele e o bispo de..., enquanto todos os outros se entretinham com o jogo de lansquenê. Nós três conversamos até a hora do jantar. À mesa, uma novidade de que se falava lhe deu a oportunidade de oferecer seu camarote à marechala, que aceitou; e ficou combinado que nele haveria um lugar reservado para mim. Era para segunda-feira passada, no Français. Como a marechala viesse jantar em minha casa depois do espetáculo, convidei esse senhor para acompanhá-la, e assim ele o fez. Dois dias depois, fez-me uma visita que transcorreu de acordo com a praxe, sem que houvesse nada de especial. No dia seguinte, veio me visitar pela manhã, o que me pareceu um pouco estranho.

Mas julguei que, em vez de lhe dar a entender por minha forma de recebê-lo, seria melhor adverti-lo polidamente de que ainda não tínhamos tanta intimidade como ele parecia acreditar. Por isso lhe enviei, naquele mesmo dia, um convite bem seco e cerimonioso para um jantar que ofereci anteontem em minha casa. Nessa noite, não lhe dirigi a palavra mais de quatro vezes; e ele, por seu lado, retirou-se tão logo terminou sua partida no jogo. A senhora deverá concordar que até então nada parecia conduzir a uma aventura; depois das partidas, jogamos uma macedônia que se estendeu até quase duas horas da madrugada; finalmente, fui para a cama.

    Fazia, pelo menos, uma meia hora mortal que minhas criadas se haviam retirado quando escutei um ruído em meus aposentos. Abri meu cortinado com muito medo e vi um homem entrando pela porta que conduz a meu toucador. Lancei um grito agudo e reconheci, à luz da lamparina, esse senhor de Prévan que, com inconcebível descaramento, me disse para não me assustar, que ia me esclarecer o mistério de sua conduta e me suplicava para não fazer barulho algum. Ao falar desse modo, acendeu uma vela; fiquei tão chocada que não conseguia falar. Seu ar sereno e tranquilo me petrificava, creio que até mais que isso. Mal proferiu duas palavras, porém, percebi qual era esse suposto mistério e minha única resposta foi, como pode imaginar, me agarrar à campainha.

    Por uma sorte incrível, todos os criados tinham feito serão no quarto de uma de minhas criadas e ainda não estavam deitados. Minha camareira, vindo a meus aposentos, me ouviu falar com veemência, se assustou e chamou todo o mundo. Pode imaginar o escândalo! Meus criados estavam furiosos; vi o momento em que meu criado de quarto estava para matar Prévan. Confesso que, nesse instante, senti um alívio por me ver bem protegida. Hoje, pensando nisso, preferiria que só tivesse acorrido minha camareira; teria sido suficiente e teria talvez evitado esse escândalo que me aflige.

Em vez disso, o tumulto acordou os vizinhos, os criados comentaram e desde ontem virou notícia em toda a Paris. O senhor de Prévan está na prisão por ordem do comandante de seu regimento, que teve a decência de passar em minha casa para, segundo ele, me apresentar suas desculpas. Essa prisão só vai aumentar os rumores, mas não havia o que fazer para que não fosse assim. A cidade e a corte se fizeram presentes à porta de minha casa, mas a mantive fechada para todos. As poucas pessoas que recebi me disseram que todos me apoiavam. e a indignação pública estava no auge contra o senhor de Prévan. Com certeza, ele o merece, mas isso não tira o dissabor dessa aventura.

Além do mais, esse homem certamente deve ter amigos e seus amigos devem ser maus. Quem sabe, quem poderá saber o que vão inventar para me prejudicar? Meu Deus, como sofre uma mulher jovem! Não lhe basta pôr-se ao abrigo da maledicência; precisa ainda se impor perante a calúnia.

Diga-me, por favor, o que teria feito, o que faria em meu lugar, enfim, o que pensa de tudo isso. Foi sempre da senhora que recebi os mais doces consolos e os conselhos mais sábios; é da senhora também que mais gosto de recebê-los.

Adeus, minha querida e boa amiga. Conhece os sentimentos que me unem à senhora para sempre. Abraço sua amável filha.

Paris, 26 de setembro de 17**.

parte 3

CARTA 88

**DE CÉCILE VOLANGES
AO VISCONDE DE VALMONT**

Apesar de todo o prazer que sinto, senhor, em receber as cartas do senhor cavaleiro Danceny e embora deseje tanto quanto ele que possamos voltar a nos ver, sem que nos impeçam, não ousei fazer, no entanto, o que me sugeriu. Primeiramente, porque é muito perigoso; essa chave que o senhor quer que eu ponha no lugar da outra, na verdade se parece bastante com ela; não deixa, porém, de haver diferença entre as duas e minha mãe observa tudo e percebe tudo. Além disso, embora ainda não tenha sido usada desde que estamos aqui, basta um pequeno azar e, se alguém percebesse, eu estaria perdida para sempre. E mais, parece-me que seria algo bem errado; fazer a cópia de uma chave é ir longe demais! É verdade que é o senhor que teria a gentileza de se encarregar, mas, apesar disso, se viessem a saber, eu não deixaria de levar toda a culpa e a reprovação, visto que seria para mim que a teria feito. Enfim, por duas vezes quis tentar apanhá-la, o que certamente teria sido fácil, se fosse qualquer outra coisa; mas não sei por quê, ao olhar para o local, comecei a tremer e não tive coragem. Acho, portanto, que é melhor deixar tudo como está.

Se o senhor tiver ainda a bondade de ser tão prestativo como tem sido até aqui, sempre vai acabar encontrando um meio de me entregar uma carta. Mesmo no caso dessa última, sem o azar que fez com que o senhor se virasse depressa demais em certo momento, teria sido bem fácil. Percebo que o senhor não pode, como eu, pensar somente nisso; mas prefiro ter mais paciência e não me arriscar tanto. Tenho certeza de que o senhor Danceny diria o mesmo, pois todas as vezes que queria alguma coisa que me custasse muito, sempre consentia em que eu não o fizesse.

Remeto-lhe, senhor, junto com esta carta, a sua, a do senhor Danceny e a chave. Não lhe sou menos reconhecida por todas as suas gentilezas e lhe imploro de prosseguir com elas. É bem verdade que me sinto muito infeliz que, sem o senhor, me sentiria muito mais infeliz ainda. Mas, afinal de contas, é minha mãe; preciso realmente ter paciência. Contanto que o senhor Danceny continue me amando sempre e o senhor não me abandone, talvez ainda venham tempos mais felizes.

Tenho a honra de ser, senhor, com muita gratidão, sua humilde e obediente serva.

De..., 26 de setembro de 17**.

CARTA 89

**DO VISCONDE DE VALMONT
AO CAVALEIRO DANCENY**

Se os assuntos que lhe dizem respeito nem sempre avançam tão rapidamente como gostaria, meu amigo, não é de modo algum a mim que deve culpar. Tenho aqui mais de um obstáculo a vencer. E não são apenas a vigilância e a severidade da senhora de Volanges; sua jovem amiga também me coloca alguns. Seja por frieza ou timidez, ela nem sempre faz o que lhe aconselho; creio, no entanto, saber melhor do que ela o que se deve fazer.

Eu havia encontrado um meio simples, cômodo e seguro de lhe entregar suas cartas e mesmo de facilitar, mais adiante, os encontros que tanto deseja, mas não consegui convencê-la a utilizá-lo. Isso tanto mais me aflige, porque não vejo outro meio de tentar aproximá-los; e receio continuamente que, até mesmo por meio de sua correspondência, vamos acabar nós três por nos comprometer. Ora, pode imaginar que não quero nem correr esse risco nem expor a ele vocês dois.

Seria verdadeiramente uma pena, no entanto, que a pouca confiança de sua amiga me impedisse de lhe ser útil; talvez fosse interessante que você lhe escrevesse. Veja o que quer fazer, cabe apenas a você decidir, pois não basta ajudar os amigos, é preciso também ajudá-los como melhor lhes convém. Essa poderia ser também mais uma forma de se certificar dos sentimentos dela para com você, pois uma mulher que se agarra à própria vontade não ama tanto como diz.

Não que eu suspeite de inconstância da parte de sua namorada, mas ela é muito jovem, tem muito medo da mãe que, como sabe, só pensa em prejudicá-los; e talvez fosse perigoso deixá-la muito tempo sem se preocupar com você. Não vá, contudo, se inquietar demais com o que lhe digo. Não tenho, no fundo, nenhum motivo para desconfiança; é unicamente a solicitude da amizade.

Não lhe escrevo mais longamente porque tenho também assuntos meus a tratar. Não estou tão adiantado como o cavaleiro, mas amo da mesma forma; isso me consola e mesmo que pessoalmente não venha a ter êxito, se puder lhe ser útil, vou pensar que empreguei bem meu tempo.

Do castelo de..., 26 de setembro de 17**.

CARTA 90

**DA PRESIDENTA DE TOURVEL
AO VISCONDE DE VALMONT**

Desejo muito, senhor, que esta carta não lhe cause nenhuma mágoa ou, se tiver de lhe causar alguma, que pelo menos possa ser amenizada por esta que sinto ao lhe escrever. O senhor já deve me conhecer bastante agora para ficar bem seguro de que minha vontade não é afligi-lo; mas, sem dúvida, não haveria de querer tampouco me mergulhar num desespero eterno. Suplico-lhe, portanto, em nome da terna amizade que lhe prometi, em nome até mesmo desses sentimentos, talvez mais intensos, mas certamente não menos sinceros, que nutre por mim, suplico-lhe para que não voltemos a nos ver nunca mais; parta daqui e, até lá, vamos fugir, sobretudo, dessas conversas particulares e por demais perigosas em que, por uma inconcebível força, sem nunca conseguir lhe dizer o que quero, passo meu tempo escutando o que não deveria ouvir.

Ainda ontem, quando veio se encontrar comigo no parque, eu tinha como única intenção lhe dizer o que lhe escrevo hoje; mas o que fiz, a não ser cuidar de seu amor... de seu amor, ao qual jamais deverei corresponder! Ah! por favor, afaste-se de mim.

Não receie que minha ausência venha a alterar algum dia meus sentimentos pelo senhor; como chegaria a vencê-los, se não tenho mais a coragem de combatê-los? Como vê, eu lhe digo tudo; tenho menos medo de confessar minha fraqueza do que sucumbir a ela. Mas esse controle que perdi sobre meus sentimentos, eu o conservarei sobre minhas ações; sim, vou mantê-lo, estou decidida a isso, mesmo que fosse à custa de minha própria vida.

Ai de mim! não vai longe o tempo em que me julgava bem certa de não ter nunca mais semelhantes combates a travar. Congratulava-me por isso; talvez me vangloriasse demais. O céu puniu, puniu cruelmente esse orgulho, mas, cheio de misericórdia no próprio momento em que nos castiga, ele ainda me adverte antes da queda; e eu seria duplamente culpada, se persistisse a faltar de prudência, mesmo já alertada de que me não tenho mais forças.

O senhor disse centenas de vezes que não queria uma felicidade a custo de minhas lágrimas. Ah! não falemos mais em felicidade, mas me deixe recuperar alguma tranquilidade.

Atendendo a meu pedido, não vai adquirir novos direitos sobre meu coração? E desses, alicerçados na virtude, não terei por que me defender. Como me sentiria feliz em meu reconhecimento! Fico devendo ao senhor a doçura de provar sem remorso um delicioso sentimento. Nesse momento, pelo contrário, amedrontada com meus sentimentos, com meus pensamentos, temo igualmente me ocupar do senhor como de mim; sua própria lembrança me apavora; quando não posso evitá-la, luto contra ela; não a afasto, mas a repudio.

Não seria melhor para os dois acabar com esse estado de perturbação e de ansiedade? Oh! senhor, cuja alma sempre sensível, mesmo no meio de seus próprios erros, se manteve amiga da virtude, o senhor saberá respeitar minha dolorosa situação, não vai rejeitar minha súplica! Um interesse mais doce, mas não menos terno, se seguirá a essas violentas agitações; então, respirando graças a seus benefícios, vou prezar minha existência e, na alegria de meu coração, vou dizer: "Essa calma que sinto, eu a devo a meu amigo."

Submetendo-se a algumas leves privações, que não lhe imponho, mas que lhe peço, o senhor vai julgar, pois, estar pagando caro demais pelo fim de meus tormentos? Ah! se para torná-lo feliz bastasse consentir em ser infeliz, pode crer, eu não hesitaria nem um instante sequer... Mas tornar-me culpada!... Não, meu amigo, não, antes, mil vezes morrer.

Já acometida de vergonha, à beira do remorso, temo tanto os outros como a mim mesma; coro no círculo de amigos e estremeço em minha solidão; nada mais me resta da vida, a não ser dor; só vou ter tranquilidade mediante seu consentimento. Minhas mais louváveis resoluções não são suficientes para me tranquilizar; tomei esta ainda ontem e, no entanto, passei a noite em lágrimas.

Veja sua amiga, a que o senhor ama, confusa e suplicante, pedindo-lhe repouso e inocência. Oh, Deus! se não fosse o senhor, será que ela algum dia teria sido reduzida a esse humilhante pedido? Não o recrimino em nada; sinto demais em mim mesma como é difícil resistir a um sentimento imperioso. Uma queixa não é um murmúrio. Faça por generosidade aquilo que eu faço por dever; e a todos os sentimentos que o senhor me inspirou vou somar o de uma eterna gratidão. Adeus, adeus, senhor.

De..., 27 de setembro de 17**.

CARTA 91

DO VISCONDE DE VALMONT
À PRESIDENTA DE TOURVEL

Consternado com sua carta, ainda ignoro, senhora, como vou poder responder. Sem dúvida, se é preciso escolher entre sua infelicidade e a minha, cabe a mim me sacrificar, sem hesitar; mas me parece que interesses tão grandes merecem ser, antes de mais nada, discutidos e esclarecidos; e como chegar a isso, se não devemos mais nos falar nem nos ver?

O quê! Enquanto os sentimentos mais doces nos unem, um vão terror bastaria para nos separar, talvez sem retorno! Em vão a terna amizade, o ardente amor vão reclamar seus direitos; suas vozes não vão ser ouvidas, e por quê? Que perigo premente é esse que nos ameaça? Ah! acredite, semelhantes temores e tão levianamente concebidos já são, a meu ver, motivos bastante fortes de segurança.

Permita-me dizê-lo, percebo aqui o vestígio das impressões desfavoráveis que lhe deram de mim. Ninguém treme ao lado do homem que estima; ninguém afasta, sobretudo, aquele que julgou digno de alguma amizade; é o homem perigoso que se teme e só dele se foge.

Quem foi, no entanto, mais respeitoso e mais submisso algum dia do que eu? Já poderá perceber, eu me controlo em minha linguagem; não me permito mais essas palavras tão doces, tão caras a meu coração e que ele não deixa de lhe dirigir em segredo. Não sou mais o namorado infeliz e fiel, que recebe consolo e conselhos de uma terna e sensível amiga, e sim o acusado diante de seu juiz, o escravo diante de seu dono. Esses novos títulos impõem, sem dúvida, novos deveres; eu me comprometo a cumpri-los todos. Escute! Se me condenar, acato a condenação e vou embora. Prometo mais: prefere esse despotismo que julga sem ouvir? Sente em si a coragem de ser injusta? Ordene e obedeço de novo.

Mas esse julgamento ou essa ordem, quero ouvi-los de sua boca. E por quê? – poderá me perguntar por sua vez. Ah! se fizer essa pergunta, é que conhece pouco o amor e meu coração! Pois então não seria nada vê-la mais uma vez? Sim, se levar o desespero à minha alma, talvez um olhar consolador a impedirá que nele sucumba. Enfim, se for preciso que eu renuncie ao amor, à amizade, únicas razões de minha existência, pelo menos a senhora vai ver sua obra e levarei comigo sua compaixão; esse mero favor, mesmo que não o mereça, me submeto, me parece, a pagá-lo bastante caro para ter a esperança de obtê-lo.

O quê! Vai me afastar da senhora! Consente então em que nos tornemos estranhos um ao outro? Que digo? A senhora o deseja e, enquanto me assegura que minha ausência não vai alterar seus sentimentos, só apressa minha partida para trabalhar mais facilmente em destruí-los.

A senhora já me fala em substituí-los por gratidão. Assim, o sentimento que um desconhecido obteria da senhora, em troca de um simples serviço, ou mesmo seu inimigo por deixar de prejudicá-la, é tudo o que tem a me oferecer! E quer que meu coração se contente com isso! Consulte então o seu; se seu amante, se seu amigo viessem um dia lhe falar em gratidão, acaso não lhes diria com indignação: "Retirem-se, vocês são uns ingratos"?

Detenho-me e clamo por sua indulgência. Perdoe-me a expressão de uma dor que a senhora mesma faz nascer; ela não vai prejudicar minha perfeita submissão. Mas lhe imploro, por minha vez, em nome desses sentimentos tão doces, que a senhora mesma admite, não se recuse a me ouvir; e, pelo menos por compaixão pelo mortal tormento em que me jogou, não retarde esse momento. Adeus, senhora.

De..., 27 de setembro de 17**, à noite.

CARTA 92
DO CAVALEIRO DANCENY
AO VISCONDE DE VALMONT

Oh! meu amigo, sua carta me gelou de pavor! Cécile... Oh! meu Deus! Será possível? Cécile não me ama mais. Sim, vejo essa terrível verdade através do véu com que sua amizade a envolve. O senhor quis me preparar para receber esse golpe mortal; agradeço-lhe o cuidado, mas será possível forçar o amor? Ele corre ao encontro daquilo que o interessa; não descobre sua sorte, a adivinha. Não duvido mais da minha. Fale-me sem rodeios; pode fazê-lo, eu lhe peço. Diga-me tudo; o que originou suas suspeitas, o que as confirmou. Todos os detalhes são preciosos. Tente, sobretudo, lembrar as exatas palavras dela. Uma palavra pela outra pode mudar toda uma frase; a mesma tem, às vezes, dois sentidos... O senhor pode ter se enganado. Ai de mim! ainda tento me iludir. O que é que ela lhe disse? Recriminou-me por alguma coisa? Pelo menos ela não se defende de seus erros? Eu deveria ter previsto essa mudança pelas dificuldades que, de uns tempos para cá, ela encontra em tudo. O amor não conhece obstáculos.

Que decisão devo tomar? O que me aconselha? Se eu tentasse vê-la? Isso é mesmo impossível? A ausência é tão cruel, tão funesta... e ela recusou um meio de me ver! Você não me diz que meio era esse. Se era de fato muito perigoso, ela bem sabe que não quero que se arrisque demais. Mas também conheço sua prudência, visconde, e para infelicidade minha, não posso acreditar.

O que é que vou fazer agora? Como lhe escrever? Se deixar transparecer minhas suspeitas, talvez ela se entristeça; e se forem injustas essas suspeitas, poderei me perdoar por tê-la afligido? Se as oculto, seria enganá-la; e com ela não sei fingir.

Oh! se ela soubesse como estou sofrendo, minha dor haveria de comovê-la. Sei que ela é sensível; tem um excelente coração e tenho mil provas de seu amor. Timidez demais, alguma indecisão, ela é tão jovem! E a mãe a trata com tanta severidade! Vou escrever a ela e vou me conter; só vou lhe pedir que confie inteiramente no senhor. Ainda que recuse, pelo menos não poderá se zangar com meu pedido, e talvez ela consinta.

Meu amigo, peço-lhe mil desculpas, por ela e por mim. Asseguro-lhe que ela valoriza seus cuidados, que lhe é reconhecida. Não se trata de desconfiança, é timidez. Seja indulgente; esse é o aspecto mais belo da amizade. A sua me é muito preciosa e não sei como agradecer tudo o que faz por mim. Adeus, vou escrever imediatamente.

Sinto todos os meus temores voltando; quem diria que um dia me custaria tanto a lhe escrever? Ai de mim! ainda ontem era meu mais doce prazer!

Adeus, meu amigo; mantenha suas atenções e tenha realmente pena de mim.

Paris, 27 de setembro de 17**.

CARTA 93

**DO CAVALEIRO DANCENY
A CÉCILE VOLANGES**

(*Anexa à precedente*)

Não posso esconder como fiquei aflito ao saber de Valmont a pouca confiança que você continua a ter nele. Não sabe que ele é meu amigo, que é a única pessoa capaz de nos aproximar um do outro? Acreditava que esses títulos fossem suficientes para você; vejo, com tristeza, que me enganei. Posso pelo menos esperar que me explique seus motivos? Não vai encontrar ainda outras dificuldades que a impeçam de fazê-lo? Não posso, no entanto, desvendar, sem você, o mistério de sua atitude. Não ouso desconfiar de seu amor como também, sem dúvida, você ousaria trair o meu. Ah! Cécile!...

É verdade, mesmo, que recusou um meio de me ver? Um meio *simples, cômodo e seguro*?[29] E é assim que me ama! Uma ausência tão curta já mudou muito seus sentimentos. Mas por que me en-

---

29   Danceny não sabe qual era esse meio; repete somente a expressão de Valmont.

ganar? Por que dizer que ainda me ama, que me ama ainda mais? Sua mãe, ao destruir seu amor, destruiu também sua candura? Se ela, pelo menos, lhe deixou alguma compaixão, você não saberá sem tristeza os terríveis tormentos que me causa. Ah! eu sofreria menos morrendo.

Diga-me, então, seu coração se fechou para mim sem volta? Já me esqueceu totalmente? Graças à sua recusa, não sei quando vai ouvir minhas queixas nem quando vai responder a elas. A amizade de Valmont assegurava nossa correspondência; mas você não quis; achava-a difícil, preferiu que fosse rara. Não, não vou mais acreditar no amor, na boa-fé. Sim! em quem acreditar, se Cécile me enganou?

Responda-me, então: é verdade que não me ama mais? Não, não é possível; está se iludindo, está caluniando seu próprio coração. Um temor passageiro, um momento de desânimo, mas que o amor não tarda a fazer desaparecer, não é verdade, minha Cécile? Ah! sem dúvida, e é erro meu acusá-la. Como vou ficar feliz, se estiver errado! Como gostaria de lhe pedir ternas desculpas, de reparar esse momento de injustiça com uma eternidade de amor!

Cécile, Cécile, tenha pena de mim! Consinta em me ver, aceite todos os meios para isso! Veja o que a ausência produz: temores, suspeitas, frieza talvez! Um único olhar, uma só palavra, e seremos felizes. Mas como! posso ainda falar de felicidade?

Talvez esta esteja perdida para mim, perdida para sempre. Atormentado pelo medo, cruelmente pressionado entre as injustas suspeitas e a verdade mais cruel, não consigo me deter em nenhum pensamento; só conservo minha existência para sofrer e para amá-la. Ah, Cécile! só você tem o direito de torná-la preciosa para mim e espero, da primeira palavra que pronunciar, o retorno da felicidade ou a certeza de um eterno desespero.

Paris, 27 de setembro de 17**.

CARTA 94

DE CÉCILE VOLANGES
AO CAVALEIRO DANCENY

Não compreendo nada de sua carta, a não ser a tristeza que me causa. O que é que o senhor de Valmont lhe disse, pois, e o que pode tê-lo levado a acreditar que eu não o amava mais? Talvez fosse bem melhor para mim, pois certamente me sentiria menos atormentada; e é muito duro, amando-o como amo, ver que você sempre julga que estou errada e, em vez de me consolar, é de você que sempre vêm as mágoas que mais me entristecem. Você acha que o engano e lhe digo algo que não é! Que bela ideia faz de mim! Se eu fosse mentirosa, como me acusa de sê-lo, que interesse eu teria nisso? Com toda a certeza, se não o amasse mais, bastaria dizê-lo e todos haveriam de me elogiar. Mas infelizmente, é mais forte que eu e tinha de ser para alguém que não sabe mesmo reconhecê-lo!

O que fiz, afinal, para aborrecê-lo tanto assim? Não me atrevi a apanhar uma chave, porque temia que minha mãe percebesse e isso me causasse ainda mais desgosto e também a você por minha causa; e também porque não me parece correto. Mas foi só o senhor de Valmont que me falou disso, e eu não tinha como saber se você concordava ou não, visto que não tinha conhecimento disso. Agora que sei que assim o deseja, acaso vou recusar de apanhar essa chave? Amanhã mesmo vou apanhá-la e então veremos o que você terá ainda a dizer.

O senhor de Valmont pode até ser seu amigo; creio que o amo no mínimo tanto quanto ele pode gostar de você e, no entanto, é sempre ele que tem razão e sempre eu que estou errada. Garanto-lhe que estou bem zangada. Isso pouco deve lhe importar, pois sabe que me acalmo em seguida; mas agora que vou ter a chave, poderei vê-lo quando quiser; e garanto que não vou querer, se continuar agindo desse modo. Prefiro uma tristeza que venha de mim mesma do que de você; veja bem o que quer fazer.

Se você quisesse, nos amaríamos tanto! E pelo menos não teríamos sofrimentos, a não ser aqueles que outros nos causam! Garanto-lhe que, se eu fosse senhora de mim mesma, você nunca teria motivos para se queixar de mim; mas, se não acredita em mim, seremos sempre infelizes, e não será por culpa minha. Espero que logo possamos nos ver e então não tenhamos mais ocasiões de nos magoar mutuamente como agora.

Se eu tivesse previsto isso tudo, teria apanhado imediatamente essa chave; mas, na verdade, pensava que estava agindo direito. Não me queira mal por isso, por favor. Não fique mais triste e me ame sempre tanto quanto eu o amo; então serei realmente feliz. Adeus, meu caro amigo.

Do castelo de..., 28 de setembro de 17**.

CARTA 95

DE CÉCILE VOLANGES
AO VISCONDE DE VALMONT

Peço-lhe, senhor, que tenha a bondade de me entregar a chave que me havia dado para colocar no lugar da outra; uma vez que todos querem, não me resta senão concordar também.

Não sei por que foi dizer ao senhor Danceny que eu não o amava mais; não creio que lhe tenha dado alguma vez motivo para pensar assim; e isso lhe causou muita mágoa e a mim também. Sei muito bem que é amigo dele, mas esse não é motivo para desgostá-lo, e tampouco a mim. Agradeceria muito se o senhor lhe dissesse o contrário, da próxima vez que lhe escrever, e que tem certeza disso, pois é no senhor que ele mais confia; e eu, quando digo uma coisa e não acreditam, não sei mais o que fazer.

Quanto à chave, pode ficar tranquilo; recordo muito bem tudo o que me recomendou em sua carta. Se ainda a tiver, no entanto, e puder me entregá-la ao mesmo tempo, prometo que vou prestar a máxima atenção. Se puder ser amanhã, na hora do jantar, vou lhe entregar a outra chave depois de amanhã, na hora do café, e o senhor poderá devolvê-la do mesmo jeito que a primeira. Gostaria que não demorasse mais que isso, porque haveria menos tempo para que minha mãe pudesse perceber.

E então, quando estiver de posse dessa chave, poderá fazer a gentileza de usá-la também para apanhar minhas cartas; assim, o senhor Danceny terá notícias minhas com mais frequência. É verdade que será bem mais cômodo do que agora; mas, de início, isso me deixou com muito medo. Peço-lhe que me desculpe e espero que nem por isso deixará de continuar sendo tão gentil como era antes. E eu lhe serei sempre muito reconhecida por isso.

Tenho a honra de ser, senhor, sua humilde e obediente serva.

De..., 28 de setembro de 17**.

CARTA 96

DO VISCONDE DE VALMONT
À MARQUESA DE MERTEUIL

Apotos que, desde sua aventura, esperava a cada dia meus cumprimentos e meus elogios. Não duvido mesmo que esteja um pouco irritada por causa de meu longo silêncio, mas fazer o quê? Sempre pensei que, ao não haver mais nada a não ser elogios a dar a uma mulher, poderíamos deixá-los por sua conta e tratar de outros assuntos. Agradeço-lhe, no entanto, pelo que me toca e felicito-a pelo que lhe diz respeito. Quero até mesmo, para deixá-la perfeitamente feliz, reconhecer que dessa vez superou minhas expectativas. Depois disso, vejamos se, de minha parte, terei preenchido as suas, pelo menos em parte.

Não é da senhora de Tourvel que quero lhe falar; seu ritmo demasiado lento não lhe agrada. Você só gosta das coisas liquidadas. As cenas vagarosas a aborrecem e eu nunca senti o prazer que venho experimentando nessas supostas lentidões.

Sim, gosto de ver, de observar essa mulher prudente, que tomou, sem perceber, um caminho sem volta e cujo declive íngreme e perigoso a arrasta contra a vontade e a força a me seguir. Nesse ponto, assustada diante do perigo que corre, gostaria de parar e não consegue. Seu cuidado e sua habilidade podem até diminuir seus passos, mas é inevitável que continuem seguindo. Às vezes, não ousando fitar o perigo, ela fecha os olhos e, deixando-se levar, se abandona a meus cuidados. Com mais frequência, um novo temor reanima seus esforços; em seu pavor mortal, quer tentar ainda voltar para trás; esgota suas forças para galgar penosamente um pequeno trecho e logo um mágico poder a recoloca mais perto desse perigo, do qual tinha tentado em vão fugir. Então, tendo apenas a mim como guia e apoio, sem pensar em me recriminar mais por uma queda inevitável, ela me implora para que a retarde. As fervorosas preces, as humildes súplicas, tudo o que os mortais em seu temor oferecem à divindade, sou eu que recebo dela; e você quer que, surdo a seus pedidos, destruindo eu mesmo o culto que ela me rende, eu use para precipitá-la o poder que ela invoca para sustentá-la! Ah! deixe-me pelo menos o tempo de observar esses tocantes embates entre o amor e a virtude.

O quê! Julga que esse mesmo espetáculo, que a faz correr ao teatro a toda pressa, que o aplaude com furor, é menos comovente na realidade? Esses sentimentos de uma alma pura e terna, que teme a felicidade que deseja e não cessa de se defender, mesmo quando deixa de resistir, você os acompanha com entusiasmo; seriam sem valor somente para quem os desperta? São esses, no entanto, os deliciosos gozos que essa celestial mulher me oferece a cada dia e você me recrimina porque saboreio suas doçuras! Ah! cedo demais virá o dia em que, degradada por sua queda, ela não será mais para mim que uma mulher qualquer.

Mas eu me esqueço, ao falar dela, que era do que não queria falar. Não sei que força me prende a ela, me traz sem cessar de volta para ela, mesmo quando a ultrajo. Afastemos sua perigosa imagem; que eu volte a ser eu mesmo para tratar de um assunto mais alegre. Trata-se de sua pupila, que agora se tornou minha, e espero que aqui você me reconheça.

Há alguns dias, mais bem tratado por minha terna devota e, por conseguinte, menos ocupado com ela, tinha reparado que a pequena Volanges é, de fato, muito bonita; e se havia certa tolice em amá-la como a ama Danceny, talvez houvesse não menos tolice, de minha parte, em não procurar junto dela uma distração que minha solidão tornava necessária. Pareceu-me justo também me ressarcir dos esforços que andava fazendo por ela; lembrava-me, além disso, que você a havia oferecido a mim antes que Danceny mostrasse maior interesse por ela. E me julguei autorizado a cobrar alguns direitos sobre um bem que ele só possuía por causa de minha recusa e de minha desistência. O rosto bonito da menina, sua boca tão fresca, seu ar infantil, sua própria falta de jeito fortaleciam essas sábias reflexões; em decorrência, resolvi agir e o sucesso coroou a investida.

Você já deve se perguntar por qual meio suplantei o querido namorado; que tipo de sedução se adéqua a essa idade, a essa inexperiência. Poupe-se tanto esforço, não lancei mão de nenhum. Enquanto você, manejando com destreza as armas de seu sexo, triunfa pela delicadeza, eu, devolvendo ao homem direitos imprescritíveis, subjugava pela autoridade. Certo de agarrar minha presa, se conseguisse alcançá-la, só precisava de astúcia para me aproximar dela e até mesmo a que utilizei não merece esse nome.

Aproveitei da primeira carta que recebi de Danceny para sua bela e, depois de tê-la avisado mediante o sinal combinado entre nós, em vez de usar de minha habilidade para entregá-la, usei-a para não encontrar meio para isso; fingia compartilhar dessa impaciência que eu causava e, depois de ter provocado o mal, indiquei o remédio.

    A jovem ocupa um quarto que tem uma porta que dá para o corredor; mas, naturalmente, a mãe dela tinha levado a chave. Trata-se somente de apoderar-se dela. Nada mais fácil de executar; pedi apenas para dispor dessa chave por duas horas, garantindo obter uma cópia dela. Então, correspondência, conversas, encontros noturnos, tudo se tornava cômodo e seguro. Mas pode acreditar? A menina tímida ficou com medo e se recusou. Outro, em meu lugar, ficaria desolado; eu, porém, vi nisso a oportunidade de um prazer mais picante. Escrevi a Danceny, me queixando dessa recusa, e me saí tão bem que nosso avoado não sossegou enquanto não obteve, exigiu até de sua temerosa namorada que atendesse a meu pedido e entregasse à minha inteira discrição.

    Fiquei muito satisfeito, confesso, por ter assim mudado os papéis e com o fato de o jovem fazer por mim o que contava que eu fizesse por ele. Essa ideia dobrava, a meus olhos, o valor da aventura. Por isso, a partir do momento em que tive em mãos a preciosa chave, me apressei em fazer uso dela. Isso foi na noite passada.

    Depois de me certificar de que tudo estava tranquilo no castelo, munido de minha lanterna, com os trajes apropriados ao horário e exigidos pelas circunstâncias, fiz minha primeira visita à sua pupila. Tinha mandado preparar tudo (e isso por ela mesma), para poder entrar sem ruído. Ela estava no primeiro sono e no sono de sua idade, de modo que cheguei até a cama sem que ela despertasse. De início, estive tentado a ir adiante, tentando me fazer passar por um sonho; mas, temendo o efeito da surpresa e o barulho que ela acarreta, preferi despertar com cuidado a bela adormecida e assim consegui evitar, de fato, o grito que temia.

    Depois de ter acalmado seus primeiros temores, como não tivesse ido até lá para conversar, arrisquei algumas liberdades. Sem dúvida, não lhe haviam ensinado muito bem no convento a quantos variados perigos está exposta a tímida inocência e tudo o que precisa observar para não ser surpreendida, pois concentrando toda a sua atenção, todas as suas forças em se defender de um beijo, que não passava de um falso ataque, todo o resto permanecia indefeso; como não aproveitar! Mudei então de tática e imediatamente tomei posição. Nesse ponto, ambos julgamos estar perdidos: a menina, totalmente apavorada, tentou gritar a plenos pulmões; por sorte, sua voz se extinguiu em seus prantos. Ela havia pulado para o cordão da campainha, mas minha destreza reteve seu braço em tempo.

"O que quer fazer (perguntei-lhe então), perder-se para sempre? Se alguém aparecer, que me importa? A quem vai persuadir que não estou aqui com seu consentimento? Quem mais poderia ter me fornecido o meio para entrar? E essa chave, que você mesma me deu, que só por meio de você poderia ter conseguido, vai assumir a responsabilidade para explicar o uso?" Essa breve argumentação não acalmou sua dor nem sua raiva, mas trouxe a submissão. Não sei se eu tinha usado o tom da eloquência, a verdade é que, pelo menos, não tinha o estro para isso. Com uma mão ocupada pela força, a outra pelo amor, que orador poderia pretender à elegância em semelhante situação? Se puder imaginá-la, haverá de concordar que, pelo menos, era favorável ao ataque; mas eu não entendo nada de nada e, como você diz, a mulher mais simplória, uma colegial, me manobra como se eu fosse um menino.

Esta, totalmente desolada, sentia que precisava tomar uma decisão e tentar um acordo. Como as súplicas me deixavam inexorável, precisou passar às ofertas. Você deve pensar que vendi bem caro essa importante posição; não, prometi tudo em troca de um beijo. É verdade que, roubado o beijo, não cumpri minha promessa; mas tinha boas razões. Havíamos combinado que o beijo seria roubado ou dado? À força de negociar, concordamos com um segundo e esse foi estatuído que seria recebido. Tendo então guiado seus braços tímidos em torno de meu corpo e estreitando-a com um dos meus mais amorosamente, o doce beijo foi de fato recebido; mas tão bem, tão perfeitamente recebido, de tal modo que o próprio amor não poderia ter feito melhor.

Tanta boa-fé merecia uma recompensa; por isso atendi imediatamente ao pedido. A mão se retirou; mas não sei por qual acaso me encontrei a mim mesmo em seu lugar. Você deve me imaginar muito apressado, muito ativo, não é verdade? Nada disso. Tomei gosto pela lentidão, devo lhe dizer. Uma vez certo de chegar, para que apressar a viagem?

Falando sério, eu estava bem satisfeito em poder observar, por uma vez, a força da circunstância e essa que encontrei aqui era desprovida de qualquer auxílio externo.

Ela, no entanto, tinha de combater pelo amor, um amor sustentado pelo pudor ou pela vergonha, e fortalecido, acima de tudo, pela ojeriza que eu havia provocado. A oportunidade estava sozinha, mas estava ali, oferecida, presente, e o amor estava ausente.

Para assegurar minhas observações, tive a malícia de só empregar uma força que podia ser combatida. Somente quando minha encantadora inimiga, abusando de minhas facilidades, estava prestes a me escapar, eu a continha com esse mesmo temor cujos efeitos positivos eu já havia provado. Pois bem! Sem outro cuidado, a terna enamorada, esquecendo seus juramentos, primeiro cedeu e depois acabou consentindo; não que depois desse primeiro momento as recriminações e as lágrimas não retornassem em uníssono; não sei se eram verdadeiras ou fingidas, mas, como sempre acontece, cessaram tão logo tratei de lhes dar um novo motivo. Enfim, de fraqueza em recriminação e de recriminação em fraqueza, só nos separamos quando satisfeitos um do outro e igualmente de acordo para o encontro dessa noite.

Só me retirei a meus aposentos ao raiar do dia, extenuado de fadiga e de sono. Sacrifiquei, contudo, um e outro ao desejo de estar presente no café da manhã; amo de paixão as aparências do dia seguinte. Você não faz ideia dessa. Era um embaraço na postura! Uma dificuldade no andar! Olhos sempre baixos e tão inchados, tão abatidos! Esse rosto tão redondo se havia sensivelmente alongado! Nada mais divertido. E pela primeira vez, a mãe dela, alarmada por essa mudança extrema, demonstrava por ela um interesse bastante terno; e a presidenta também se acercava dela, cheia de atenções! Oh! essas atenções todas são apenas emprestadas; dia virá em que lhe serão devolvidas; e esse dia não está longe. Adeus, minha bela amiga.

Do castelo de..., 1º. de outubro de 17**.

CARTA 97

**DE CÉCILE VOLANGES
À MARQUESA DE MERTEUIL**

Ah! meu Deus, senhora, como estou infeliz! Quem vai me consolar em minha dor? Quem vai me aconselhar no embaraço em que me encontro? Esse senhor de Valmont... e Danceny! Não, só de pensar em Danceny me mergulha no desespero... Como lhe contar? Como lhe dizer?... Não sei como fazer. Meu coração, no entanto, está pesado... Preciso falar com alguém, e a senhora é a única em quem posso, em quem ouso confiar. A senhora tem tanta bondade para comigo! Mas não a tenha nesse momento; não sou digna dela. O que é que vou lhe dizer? Nem sequer desejo dizê-lo. Hoje, todos aqui foram atenciosos comigo... só aumentaram minha dor. Eu sentia tanto que não merecia essas atenções! Pelo contrário, ralhe comigo, ralhe o mais que puder, pois sou culpada. Mas depois, salve-me; se não tiver a bondade de me aconselhar, morrerei de desgosto.

Saiba então... minha mão, como vê, está tremendo, quase não consigo escrever, sinto meu rosto totalmente em brasas... Ah! é mesmo o rubor da vergonha. Pois bem! Vou suportá-la; será a primeira punição por meu erro. Sim, vou lhe contar tudo.

Vai saber, pois, que o senhor de Valmont, que até agora me entregava as cartas do senhor Danceny, de repente, achou que era muito difícil fazê-lo; ele quis uma chave de meu quarto. Posso realmente lhe garantir que eu não queria, mas ele escreveu a Danceny e Danceny também quis que fosse assim; e para mim, me dói tanto quando lhe recuso alguma coisa, principalmente desde minha ausência que o deixa tão infeliz, que acabei consentindo. Eu não previa a desgraça que iria decorrer disso.

Ontem, o senhor de Valmont usou essa chave para entrar em meu quarto enquanto eu dormia; eu esperava tão pouco por isso, que fiquei tomada pelo medo quando ele me acordou; mas como ele falou comigo logo em seguida, eu o reconheci e não gritei; então me veio inicialmente a ideia de que ele me trazia uma carta de Danceny. Bem longe disso. Um momento depois, ele quis me abraçar; e enquanto eu me defendia, como é natural, ele se ajeitou tão bem como por nada deste mundo teria desejado... mas antes, ele queria um beijo. Tive de ceder, o que é que podia fazer? Mesmo porque já havia tentado tocar a campainha; mas, além de não ter conseguido, ele me explicou muito bem que, se aparecesse alguém, poderia muito bem jogar toda a culpa em mim; o que de fato seria muito fácil, por causa dessa chave. Mas nem por isso ele se afastou. Quis mais um beijo; e esse, eu não sabia realmente por que motivo, mas ele me deixou totalmente perturbada; e depois então foi ainda pior que antes. Oh, para dizer pouco, isso é péssimo! Enfim, depois... a senhora vai me eximir de contar o resto; mas estou tão infeliz quanto se possa estar.

O que mais me recrimino e, no entanto, é preciso que lhe fale, é que tenho medo de não ter me defendido tanto quanto podia. Não sei como isso pôde acontecer; com toda a certeza eu não gosto do senhor de Valmont, muito pelo contrário; mas havia momentos em que me sentia como se o amasse... Pode imaginar que isso não me impedia continuar a lhe dizer sempre não; mas eu percebia muito bem que eu não agia de acordo com o que dizia; e isso era como que contra minha vontade; além disso, eu estava totalmente perturbada! Se é sempre assim tão difícil defender-se, é preciso estar bem acostumada! É verdade que o senhor de Valmont tem maneiras de falar que não se sabe como fazer para lhe responder. Enfim, poderia acreditar que, quando ele saiu, embora estivesse como que aborrecida, tive a fraqueza de consentir em que ele voltasse esta noite: isso me deixa mais desolada ainda que todo o resto.

Oh! apesar disso, eu lhe prometo firmemente que vou impedi-lo de vir. Mal ele saiu, percebi que havia sido um grave erro lhe prometer. Por isso chorei o resto todo da noite. Era, sobretudo, Danceny que me dava pena! Todas as vezes que pensava nele, minhas lágrimas redobravam a ponto de me sufocar, e pensava nele sempre... e ainda agora, pode ver o efeito no papel todo umedecido. Não, nunca vou me consolar, se não fosse por causa dele... Enfim, eu não aguentava mais e, no entanto, não pude dormir um minuto. E essa manhã, ao me levantar, quando me olhei no espelho, dava medo de tanto que estava mudada.

Minha mãe percebeu assim que me viu e me perguntou o que eu tinha. Imediatamente comecei a chorar. Achava que ela fosse ralhar comigo, o que talvez me causasse menos tristeza, mas, pelo contrário, me falou com doçura. Eu não merecia. Disse-me para não ficar aflita desse modo. Ela não sabia o motivo de minha aflição. Disse também que eu ia acabar adoecendo! Há momentos em que gostaria de estar morta. Não pude mais aguentar. Joguei-me nos braços dela soluçando e dizendo-lhe: "Ah! minha mãe, sua filha está muito infeliz!" Minha mãe não pôde deixar de chorar um pouco e tudo isso só fez aumentar meu desgosto. Por sorte, ela não me perguntou por que eu estava tão infeliz, pois não teria sabido o que lhe dizer.

Suplico-lhe, senhora, que me escreva o mais rápido possível, dizendo-me o que devo fazer, pois não tenho coragem para pensar em nada e só fico me afligindo. Peço-lhe que me encaminhe sua carta pelo senhor de Valmont; mas, por favor, se lhe escrever nesse mesmo período, não lhe fale sobre o que eu lhe disse.

Tenho a honra de ser, senhora, sempre com muita amizade, sua humilde e obediente serva...

Não ouso assinar esta carta.

Do castelo de..., 1º. de outubro de 17**.

CARTA 98

DA SENHORA DE VOLANGES
À MARQUESA DE MERTEUIL

Há bem poucos dias, minha estimada amiga, a senhora é que me pedia consolo e conselhos; hoje, é minha vez; e lhe faço o mesmo pedido que então me fazia. Estou realmente aflita e receio não ter tomado os melhores meios para evitar o desgosto que sinto.

É minha filha que me causa inquietação. Desde minha partida, sempre a via triste e abatida, mas já esperava por isso e tinha armado meu coração com uma severidade que julgava necessária. Esperava que a ausência, as distrações haveriam de logo destruir um amor que eu considerava antes como um erro de criança do que uma verdadeira paixão. Longe, no entanto, de ter melhorado desde que cheguei aqui, percebo que essa menina se entrega cada vez mais a uma perigosa melancolia e temo realmente que sua saúde seja afetada. De modo particular, de uns dias para cá, mudou a olhos vistos. Ontem, especialmente, me deixou impressionada e todos aqui ficaram verdadeiramente alarmados.

O que me comprova ainda como ela está profundamente abalada é que a vejo prestes a vencer a timidez que sempre teve comigo. Ontem de manhã, à simples pergunta que lhe fiz, se estaria doente, ela se jogou em meus braços dizendo que estava muito infeliz; e começou a soluçar e chorar. Não posso lhe expressar a dor que isso me causou; meus olhos se encheram imediatamente de lágrimas e mal tive tempo de me virar para evitar que ela percebesse. Felizmente, tive o cuidado de não fazer nenhuma pergunta, e ela não se atreveu a me dizer mais nada; mas não é menos claro que é essa infeliz paixão que a atormenta.

Que atitude tomar, contudo, se isso perdurar? Acaso farei a infelicidade de minha filha? Voltarei contra ela as mais preciosas qualidades da alma, a sensibilidade e a constância? Será para isso que sou mãe dela? E mesmo que sufocasse esse sentimento tão natural que nos leva a querer a felicidade de nossos filhos, mesmo que considerasse como fraqueza este que acredito ser, pelo contrário, o primeiro, o mais sagrado de nossos deveres; se eu forçar sua escolha, não terei de responder pelas funestas consequências que poderão sobrevir? Que forma de usar a autoridade materna seria colocar a própria filha entre o crime e a desgraça!

Minha amiga, não vou imitar o que tantas vezes recriminei. Sem dúvida, posso ter tentado fazer uma escolha para minha filha; com isso não fazia mais que ajudá-la com minha experiência, não era um direito que eu exercia, mas cumpria um dever. Pelo contrário, estaria traindo um dever, ao dispor dela em detrimento de uma inclinação que eu soube impedir de nascer e da qual nem eu nem ela podemos conhecer a extensão nem a duração. Não, não vou permitir que ela se case com este, amando aquele; prefiro comprometer minha autoridade que a virtude dela.

Acho, portanto, que vou tomar a atitude mais sensata, ou seja, retirar a palavra que dei ao senhor de Gercourt. Você acaba de saber os motivos; parece que são mais fortes que minhas promessas. Digo mais: na situação em que estão as coisas, cumprir com meu compromisso seria, na verdade, violá-lo. Pois, enfim, se devo à minha filha o direito de não revelar seu segredo ao senhor de Gercourt, devo a este, pelo menos, o de não abusar da ignorância em que o deixo, e devo ainda fazer por ele tudo o que acredito que ele próprio faria, se estivesse informado. Acaso iria, pelo contrário, traí-lo indignamente, quando ele confia em mim e, enquanto me confere a honra de me escolher para segunda mãe, enganá-lo na escolha que ele quer fazer da mãe de seus filhos? Essas reflexões, tão verdadeiras e às quais não posso me furtar, me assustam mais do que poderia lhe dizer.

Às desgraças que elas me levam a temer, comparo minha filha, feliz com o esposo que seu coração escolheu, só aceitando seus deveres pela doçura que encontra em cumpri-los; meu genro igualmente satisfeito e congratulando-se todos os dias por sua escolha; cada um deles só encontrando felicidade na felicidade do outro e a felicidade de ambos se unindo para aumentar a minha. A esperança de um futuro tão doce deve ser sacrificada a vãs considerações? E quais são as considerações que me prendem? Unicamente as do puro interesse. Que vantagem, pois, teria minha filha em ter nascido rica, se nem por isso deixasse de ser escrava da fortuna?

Concordo que o senhor de Gercourt é um partido melhor, talvez, do que eu poderia esperar para minha filha; confesso até mesmo que me senti extremamente honrada por ele tê-la escolhido. Mas, enfim, Danceny é de uma família tão boa quanto a dele; não lhe fica devendo nada em qualidades pessoais e tem, em relação ao senhor de Gercourt, a vantagem de amar e ser amado. Na verdade, não é rico, mas minha filha não o é bastante para os dois? Ah! por que lhe tirar a satisfação tão doce de enriquecer aquele que ama?

Esses casamentos que calculamos em vez de harmonizá-los, casamentos que chamamos de conveniência, e nos quais tudo convém de fato, exceto os gostos e o caráter, não são a fonte mais fecunda desses fatos escandalosos que se têm tornado cada dia mais frequentes? Prefiro adiar; pelo menos vou ter tempo para observar minha filha, que não conheço. Sinto em mim coragem para lhe causar um desgosto passageiro, se com isso ela puder colher uma felicidade mais sólida; mas arriscar entregá-la a um desespero eterno é algo que vai contra os anseios de meu coração.

São esses, minha cara amiga, os pensamentos que me atormentam e sobre os quais lhe peço conselhos. Esses assuntos sérios contrastam em muito com sua amável alegria e não parecem se coadunar com sua idade; mas sua razão está tão acima dela! Sua amizade, aliás, virá em auxílio de sua prudência; e não receio que uma e outra se recusem à solicitude maternal que as implora.

Adeus, minha prezada amiga; jamais duvide da sinceridade de meus sentimentos.

Do castelo de..., 2 de outubro de 17**.

CARTA 99

**DO VISCONDE DE VALMONT
À MARQUESA DE MERTEUIL**

Mais alguns pequenos acontecimentos, minha bela amiga; mas apenas cenas, nada de ação. Assim, arme-se de paciência, de muita paciência, pois, enquanto minha presidenta avança a passos tão pequenos, sua pupila recua, o que é muito pior. Pois bem, tenho o bom senso de me divertir com essas misérias. Na verdade, estou me acostumando muito bem com minha estada aqui e posso dizer que, no triste castelo de minha velha tia, não tenho tido nenhum momento de tédio. De fato, não tenho nele alegrias, privações, expectativas, incertezas? O que mais se tem a mais num grande teatro? Espectadores? Ora, deixe disso, esses não vão faltar. Se não me veem no trabalho, vou lhes mostrar minha obra pronta e nada mais vai lhes restar senão admirar e aplaudir. Sim, vão aplaudir, pois posso finalmente prever, com certeza, o momento da queda de minha austera devota. Essa noite assisti à agonia da virtude. A doce fraqueza vai reinar em seu lugar. E não vou fixá-la para muito depois de nossa primeira conversa, mas já posso ouvi-la me acusando de orgulho. Cantar vitória, gabar-se de antemão! Ora, ora, acalme-se! Para lhe provar minha modéstia, vou começar pela história de minha derrota.

Na verdade, sua pupila é uma mocinha bem ridícula! É mesmo uma criança, que deveria ser tratada como tal, e a quem faríamos um favor colocando-a de castigo! Poderia acreditar que, depois do que houve anteontem entre mim e ela, depois da forma amigável como nos deixamos ontem de manhã, quando quis voltar ao quarto dela à noite, como combinado, dei com a porta trancada por dentro? O que me diz? Essas criancices, às vezes, acontecem na véspera, mas no dia seguinte? Não é engraçado?

Não achei graça nenhuma, no entanto, de início. Nunca havia sentido com tanta força o ardor de meu temperamento. Seguramente, ia a esse encontro sem prazer, apenas por deferência. Minha cama, de que tinha grande necessidade, me parecia, naquele momento, preferível a qualquer outra, e dela só me havia afastado a contragosto. Bastou, no entanto, me deparar com um obstáculo, que fiquei louco por ultrapassá-lo; eu me sentia humilhado, sobretudo, por ter sido ludibriado por uma criança. Retirei-me, portanto, muito irritado e, com a intenção de não me envolver mais com essa criança tola, nem com seus assuntos, escrevi imediatamente um bilhete que pretendia lhe entregar hoje, no qual a avaliava como ela merece. Mas, como se diz, a noite é boa conselheira. De manhã, passei a considerar que, sem muitas opções de entretenimento por aqui, o melhor era conservar essa; suprimi, portanto, o severo bilhete. Depois de refletir bem, não entendo como pude ter a ideia de acabar com uma aventura antes de ter em mãos o necessário para causar a perdição de sua heroína.

Até onde nos leva, contudo, um primeiro impulso! Feliz, minha bela amiga, aquele que soube, como você, a nunca se acostumar a ceder a um impulso! Enfim, adiei minha vingança; fiz esse sacrifício pensando em seus planos com relação a Gercourt.

Agora que não estou mais com raiva, não vejo mais que o aspecto ridículo da conduta de sua pupila. Com efeito, gostaria realmente de saber o que ela espera ganhar com isso! De minha parte, não entendo mais nada. Se é somente para se defender, deve-se convir que é um pouco tarde. Vai chegar o dia em que ela ainda vai me explicar esse enigma! Tenho uma grande vontade de saber. Será que ela se sentia, talvez, somente cansada? Francamente, é bem possível, pois, sem dúvida, ela ainda ignora que as flechas do amor, como a lança de Aquiles, trazem com elas o remédio para as feridas que causam. Mas não, pela careta que mostrou o dia inteiro, apostaria que há nisso arrependimento... alguma coisa... como virtude... Virtude!... logo a ela conviria tê-la? Ah! Que deixe a virtude para a mulher verdadeiramente nascida para ela, a única que sabe embelezá-la, que a faria apreciar!... Perdão, minha bela amiga, mas foi nessa mesma noite que ocorreu, entre a senhora de Tourvel e eu, a cena que devo lhe contar e da qual ainda guardo certa emoção. Preciso me violentar para me distrair da impressão que me causou; é mesmo para que me ajude que me pus a lhe escrever. Deverá perdoar alguma coisa nesse primeiro momento.

Já faz alguns dias que estamos de acordo, a senhora de Tourvel e eu, sobre nossos sentimentos; divergimos somente quanto às palavras. Na verdade, era sempre *sua amizade* que respondia a *meu amor*; mas essa linguagem convencional não mudava a essência das coisas; se tivéssemos continuado assim, eu talvez tivesse ido menos depressa, mas não menos seguro. Já nem mesmo era questão de me afastar, como ela queria de início; e quanto às conversas que mantemos diariamente, se faço todo esforço para criar a ocasião, ela faz o dela para agarrá-la.

Como é geralmente durante o passeio que acontecem nossos pequenos encontros, o tempo horroroso que fez hoje não me permitia esperar nada. Eu estava mesmo realmente contrariado; não previa como deveria sair ganhando com esse contratempo.

Não podendo passear, nos pusemos a jogar, ao levantar da mesa; como jogo pouco e não precisavam de mim, aproveitei esse tempo para subir a meus aposentos, sem outro plano que de esperar ali mais ou menos o final da partida.

Voltava para me juntar ao grupo quando encontrei a encantadora mulher, que entrava em seus aposentos e, por imprudência ou por fraqueza, me disse com sua voz suave: "Aonde vai? Não há mais ninguém na sala." Não foi preciso mais nada, como pode imaginar, para tentar entrar em seu quarto; ali encontrei menos resistência do que esperava. É verdade que tinha tido a precaução de começar a conversa à porta e iniciá-la de modo indiferente; mas assim que nos acomodamos, mencionei o que de fato importava, e falei de *meu amor à minha amiga*. Sua primeira resposta, embora simples, me pareceu bastante sugestiva: "Ora, vamos", disse ela, "não falemos disso, aqui." E ela tremia. Pobre mulher! Sente-se morrendo.

Ela estava equivocada, no entanto, ao temer. De uns tempos para cá, seguro do sucesso, mais dia menos dia, e ao vê-la usar tanta energia em combates inúteis, eu havia resolvido poupar a minha própria e aguardar, sem esforço, que ela se rendesse pelo cansaço. Você deve compreender muito bem que, nesse caso, é preciso um triunfo completo e não quero dever nada às circunstâncias. Foi seguindo esse plano traçado e para poder ser insistente, sem avançar demais, que voltei à palavra amor, tão obstinadamente recusada; certo de que me julgava bastante ardoroso, tentei um tom mais terno. A recusa não me aborrecia mais, me afligia. Minha sensível amiga não me devia algum consolo?

Enquanto me consolava, uma das mãos permanecia na minha; o belo corpo estava apoiado em meu braço e estávamos extremamente próximos. Você certamente observou como, nessa situação, à medida que a defesa esmorece, os pedidos e as recusas se dão mais de perto; como a cabeça se vira e os olhares se abaixam, enquanto as palavras, sempre ditas em voz baixa, se tornam raras e entrecortadas. Esses preciosos sintomas anunciam, de maneira inequívoca, o consentimento da alma; mas este raramente já passou para os sentidos. Creio até mesmo que é sempre perigoso tentar então alguma investida mais marcante, porque esse estado de abandono nunca ocorrendo sem um prazer muito doce, não se poderia forçar para sair dele sem causar uma irritação que penderia infalivelmente em favor da defesa.

Mas, no presente caso, a prudência me era tão mais necessária que eu tinha de temer, sobretudo, o pavor que esse esquecimento de si própria não deixaria de causar em minha doce sonhadora. Por isso essa confissão, que eu pedia, nem sequer exigia que fosse pronunciada; um olhar poderia bastar; um só olhar e eu estaria feliz.

Minha bela amiga, os belos olhos com efeito se ergueram para mim, a boca celestial chegou mesmo a pronunciar: "Pois bem! sim, eu..." Mas, de repente, o olhar se extinguiu, a voz faltou, e essa adorável mulher caiu em meus braços. Mal tinha tido tempo de acolhê-la que, desvencilhando-se com uma força convulsiva, de olhos arregalados e mãos erguidas para o céu... "Deus... ó meu Deus, salve-me!", exclamou ela; e imediatamente, mais rápida que um raio, caiu de joelhos a dez passos de mim. Eu a ouvia prestes a sufocar. Adiantei-me para socorrê-la, mas ela, tomando minhas mãos e banhando-as de lágrimas, por vezes até abraçando meus joelhos:, dizia: "Sim, será o senhor, será o senhor que vai me salvar! Não deseja minha morte, deixe-me; salve-me, deixe-me; em nome de Deus, deixe-me!" E essas palavras sem nexo mal escapavam por entre soluços redobrados. Ela me segurava, no entanto, com uma força que não permitia que me afastasse; então, reunindo as minhas, tomei-a em meus braços. No mesmo instante, os prantos cessaram; ela não falava mais; seus membros se enrijeceram e violentas convulsões se sucederam a essa tempestade.

Eu estava, confesso, profundamente emocionado e creio que teria consentido em seu pedido mesmo que as circunstâncias não me obrigassem a tanto. O que há de verdade é que, depois de lhe prestar algum socorro, deixei-a, como ela me implorava, e me congratulo por isso. Já recebi quase minha recompensa.

Esperava que, assim como no dia de minha primeira declaração, ela não aparecesse durante a noite. Mas, em torno das oito horas, ela desceu à sala e apenas comunicou aos presentes que se havia sentido bem indisposta. Seu semblante estava abatido, sua voz, fraca, e seu porte, composto; mas seu olhar era doce e se fixou com frequência em mim. Sua recusa em jogar, obrigando-me inclusive a tomar seu lugar, ela veio sentar-se a meu lado. Durante o jantar, permaneceu sozinha na sala. Quando retornamos, julguei perceber que havia chorado; para me certificar, disse-lhe que parecia que ela ainda estava ressentida com sua indisposição, ao que ela educadamente respondeu: "Esse mal não se vai tão depressa quanto vem!" Por fim, quando nos retiramos, lhe ofereci a mão e, à porta de seus aposentos, ela a apertou com força. É verdade que esse gesto me pareceu ter algo de involuntário, mas tanto melhor; é mais uma prova de minha ascendência.

Apostaria que agora ela está encantada por ter chegado a esse ponto: o mais difícil já passou, agora só resta desfrutar. Quem sabe, enquanto lhe escrevo, ela já esteja acalentando essa doce ideia! E mesmo que esteja se ocupando, pelo contrário, de um novo plano de defesa, não sabemos bem demais o que se tornam todos esses planos? Pergunto-lhe, será que isso pode durar até depois de nosso próximo encontro? Na realidade, espero, por exemplo, que possa haver algumas formas de concedê-lo; mas enfim! Uma vez dado o primeiro passo, essas virtuosas austeras sabem acaso se deter? O amor delas é uma verdadeira explosão; a resistência lhe confere mais força. Minha selvagem devota correria atrás de mim, se eu parasse de correr atrás dela.

Enfim, minha bela amiga, muito em breve estarei em sua casa, para lhe cobrar a palavra dada. Não se esqueceu, sem dúvida, do que me prometeu depois do sucesso; essa infidelidade a seu cavaleiro? Está preparada? De minha parte, desejo-o como se nunca nos tivéssemos conhecido. De resto, conhecê-la é talvez uma razão para desejá-lo mais ainda: *Sou justo e não, galanteador.*[30]

Por isso será a primeira infidelidade que vou cometer contra minha séria conquista; e lhe prometo aproveitar do primeiro pretexto para me ausentar 24 horas de perto dela. Será a punição que lhe darei por ter me afastado de você por tanto tempo. Sabe que há mais de dois meses que essa aventura vem me ocupando? Sim, dois meses e três dias. É verdade que já conto o dia de amanhã, pois só então estará verdadeiramente consumada. Isso me lembra que a senhorita de B*** resistiu por três meses completos. Fico contente ao constatar que a franca galanteria tem mais defesa do que a austera virtude.

Adeus, minha bela amiga; preciso deixá-la, porque é muito tarde. Essa carta me levou mais longe do que esperava; mas, como devo enviar correspondência para Paris amanhã de manhã, quis aproveitar para fazer com que compartilhasse um dia antes a alegria de seu amigo.

Do castelo de..., 2 de outubro de 17**, à noite.

CARTA 100

**DO VISCONDE DE VALMONT
À MARQUESA DE MERTEUIL**

Minha amiga, fui logrado, traído, estou perdido; estou desesperado: a senhora de Tourvel partiu. Foi embora sem que eu soubesse! E eu não estava presente para me opor à sua partida, para recriminar sua indigna traição! Ah, não pense que eu a teria deixado partir; ela teria ficado; sim, teria ficado, mesmo que para isso eu tivesse de recorrer à violência. Mas o quê! Em minha

---

30   Voltaire, comédia Nanine.

crédula certeza, eu dormia tranquilamente; dormia e o raio caiu em minha cabeça. Não, não compreendo essa sua partida; devo desistir de tentar conhecer as mulheres.

Quando me lembro do dia de ontem! Que digo? A noite de ontem! Esse olhar tão doce, essa voz tão terna! E essa mão apertada! E enquanto isso, ela planejava fugir de mim! Ó mulheres, mulheres! E ainda se queixam quando as traímos! Sim, toda a perfídia que empregamos a roubamos de vocês.

Que prazer vou ter em me vingar! Vou encontrar de novo essa pérfida mulher e vou retomar meu poder sobre ela. Se o amor foi suficiente para eu encontrar os meios, o que não vai ser, ajudado pela vingança? Ainda vou vê-la a meus pés, trêmula e banhada em lágrimas, gritando por perdão, com sua voz enganosa; e eu não vou ter piedade.

O que é que ela está fazendo agora? Em que está pensando? Talvez esteja se congratulando por ter me enganado e, fiel ao gosto de seu sexo, esse prazer lhe parece o mais doce de todos. O que não obteve pela virtude, tão decantada, o espírito de astúcia o conseguiu sem esforço. Insensato que sou! Temia seu pudor quando era sua má fé que devia temer.

E ser obrigado a engolir meu ressentimento! Não ousar mostrar mais que uma terna dor quando tenho o coração cheio de raiva! Ver-me reduzido a suplicar ainda a uma mulher rebelde que se subtraiu a meu poder! Acaso precisava ser humilhado até esse ponto? E por quem? Por uma mulher tímida que nunca se predispôs a combater. De que me adianta estar sediado em seu coração, tê-la abrasado com todo o fogo do amor, ter levado até o delírio a perturbação de seus sentidos, se, tranquila em seu refúgio, ela pode hoje se orgulhar de sua fuga mais do que eu de minhas vitórias? E poderei aceitá-lo? Minha amiga, não pense nisso; você não tem de mim essa humilhante ideia!

Mas que fatalidade me prende a essa mulher? Não há outras mil que desejam minhas atenções? Não haveriam de corresponder com presteza? Mesmo que nenhuma delas tivesse o valor que essa tem, o atrativo da variedade, o encanto das novas conquistas, o prestígio de seu número já não oferecem prazeres bastante doces? Por que correr atrás de quem nos foge e negligenciar quem se apresenta? Ah, por quê?... Não sei, mas é algo que sinto intensamente.

Não há mais felicidade para mim, não há sossego a não ser pela posse dessa mulher que odeio e amo com igual furor. Só vou suportar minha sorte quando puder dispor da sua. Então, tranquilo e satisfeito, vou vê-la, por sua vez, entregue às tormentas que enfrento nesse momento, e ainda vou suscitar outras mil. A esperança e o temor, a desconfiança e a segurança, todos os males inventados pelo ódio, todos os bens concedidos pelo amor, quero que encham seu coração, que nele se alternem segundo minha vontade. Esse tempo há de vir... Mas quanto trabalho, ainda! Eu ontem estava tão próximo! E hoje me vejo tão distante! Como me aproximar? Não ouso tomar nenhuma iniciativa. Sinto que, para tomar uma decisão, precisaria estar mais calmo, e meu sangue ferve em minhas veias.

O que duplica meu tormento é o sangue-frio com que todos aqui respondem a minhas perguntas sobre esse incidente, sobre sua causa, sobre tudo o que apresenta de extraordinário... Ninguém sabe nada, ninguém deseja saber nada; mal teriam falado no assunto, se eu tivesse consentido que se falasse de outra coisa. A senhora de Rosemonde, para cujos aposentos corri pela manhã quando soube dessa notícia, me respondeu, com a frieza de sua idade, que era consequência natural da indisposição que a senhora de Tourvel havia tido ontem; que esta teme uma doença e que havia preferido ficar em sua própria casa. Achava isso bem natural, ela teria feito o mesmo, me disse, como se pudesse haver qualquer coisa de comum entre as duas! Entre ela, a quem só falta morrer, e a outra, que é o encanto e o tormento de minha vida!

A senhora de Volanges, que de início suspeitei ser cúmplice, parece não se importar por não ter sido consultada sobre essa decisão. Fico contente, confesso, ao saber que ela não teve o prazer de me prejudicar. Isso me prova ainda que ela não tem, tanto quanto eu temia, a confiança dessa mulher; é sempre uma inimiga a menos. Como ela haveria de se alegrar, se soubesse que foi de mim que a outra fugiu! Como se haveria enchido de orgulho, se tivesse sido graças a seus conselhos! Como teria redobrado sua vaidade! Meu Deus! Como a odeio! Oh, vou reatar com sua filha, quero trabalhá-la segundo meus caprichos. Por isso mesmo creio que vou permanecer por aqui mais algum tempo; pelo menos, o pouco que pude refletir me leva a essa decisão.

Você não acha, com efeito, que, depois de uma atitude tão marcante, minha ingrata deve recear minha presença? Se, pois, lhe ocorreu a ideia de que eu poderia segui-la, não deixará de me fechar as portas de sua casa; e não quero acostumá-la a esse expediente nem ter de sofrer tal humilhação. Prefiro, pelo contrário, lhe comunicar que vou permanecer aqui; chegaria até mesmo a instar com ela para que retorne e quando ela estiver bem segura de minha ausência, irei à casa dela: vamos ver como é que ela vai reagir a esse fato. Mas preciso adiá-lo para aumentar seu efeito e ainda não sei se vou ter paciência para tanto. Mais de vinte vezes, durante o dia, estive a ponto de pedir meus cavalos. Mas vou me controlar; comprometo-me a aguardar aqui por sua resposta; só lhe peço, minha bela amiga, que não me faça esperar.

O que mais me haveria de contrariar seria não saber o que está acontecendo; mas meu criado, que está em Paris, tem algum acesso à camareira e ele poderá me ser útil. Estou enviando a ele instruções e dinheiro. Peço-lhe permissão para anexar essas duas coisas a essa carta e também peço o favor de enviá-las por meio de um de seus criados, com ordem de que entregue tudo em mãos. Tomo essa precaução porque o velhaco tem o hábito de dizer que nunca recebeu as cartas que lhe escrevo quando contêm alguma coisa que o incomoda; e, nesse momento, não me parece tão apaixonado por sua conquista como eu queria que estivesse.

Adeus, minha bela amiga. Se lhe ocorrer alguma boa ideia, algum meio de apressar o andamento de meu caso, comunique-me. Já constatei mais de uma vez como sua amizade pode me ser útil; e o constato nesse momento ainda, pois me sinto mais calmo depois que lhe escrevo; pelo menos, falo com alguém que me entende e não com os autômatos junto dos quais vegeto desde hoje de manhã. Na verdade, quanto mais vou avançando, mais sou tentado a crer que, neste mundo, só você e eu ainda valemos alguma coisa.

Do castelo de..., 3 de outubro de 17**.

CARTA 101

**DO VISCONDE DE VALMONT
A AZOLAN, SEU CRIADO**

(*Anexa à precedente*)

Você deve ser mesmo muito imbecil, por ter saído daqui essa manhã e não ter percebido que a senhora de Tourvel também partia; ou, se o tivesse percebido, não lhe passou pela cabeça de me avisar. De que adianta, pois, você andar gastando meu dinheiro para se embriagar com os criados? Passar o tempo, que deveria empregar para me servir, correndo atrás das camareiras, se com isso não sou informado do que anda acontecendo? Aí estão, no entanto, algumas de suas negligências! Previno-o, porém, de que se cometer apenas mais uma nesse caso, será a última que vai cometer a meu serviço.

Preciso que me informe de tudo o que acontece em casa da senhora de Tourvel: da saúde dela, se dorme bem, se está triste ou alegre, se sai com frequência e na casa de quem vai, como passa o tempo, se fica irritada com as criadas, especialmente com aquela que tinha trazido para cá, o que faz quando está sozinha, se, quando lê, o faz tranquilamente ou se interrompe a leitura para se entregar a devaneios; e se o mesmo ocorre quando escreve. Pense também em tornar-se amigo de quem leva as cartas dela ao correio. Ofereça-se com frequência a realizar essa tarefa em lugar dele; e quando o aceitar, despache somente aquelas que lhe parecerem indiferentes e me envie as outras, sobretudo aquelas endereçadas à senhora de Volanges, se houver.

Dê um jeito de continuar por algum tempo sendo o feliz amante de sua Julie. Se ela tiver outro, como você chegou a acreditar, faça com que ela consinta em se dividir e não vá se magoar com ridículos melindres: estará na mesma situação de muitos outros que valem bem mais que você. Se, no entanto, seu colega se tornar muito importuno, se perceber, por exemplo, que ele mantém Julie demasiado ocupada durante o dia e que ela passa menos tempo com sua patroa, procure afastá-lo por algum meio ou entre em atrito com ele; não receie as consequências, eu vou apoiá-lo. De modo particular, não saia dessa casa. É pela assiduidade que se vê tudo e se vê bem. Se por acaso algum criado for despedido, apresente-se para ocupar seu lugar, como se não trabalhasse mais para mim. Nesse caso, diga que me deixou para encontrar uma casa mais tranquila e mais regrada. Trate, enfim, de ser aceito. Não vou deixar de mantê-lo a meu serviço durante esse tempo; será como no caso da duquesa de*** e, mais tarde, a senhora de Tourvel vai recompensá-lo também.

Se tiver bastante habilidade e zelo, essa instrução deveria ser suficiente; mas, para compensar a provável falta de uma ou de outro, envio-lhe dinheiro. O bilhete anexo o autoriza, como verá, a receber 25 luíses de meu administrador, pois não duvido de que esteja sem um tostão. Dessa soma, deverá empregar o que for necessário para convencer Julie a estabelecer uma correspondência comigo. O restante deve servir para oferecer bebida aos criados. Tenha cuidado, dentro do possível, para que isso ocorra nos aposentos do porteiro, a fim de que passe a gostar de vê-lo chegar. Mas não se esqueça de que não são seus prazeres que estou pagando, mas seus serviços.

Acostume Julie a observar tudo e tudo relatar, mesmo o que lhe parecesse insignificante. É preferível que ela escreva dez frases inúteis do que omitir uma interessante; e, com frequência, o que parece indiferente, não o é. Como é preciso que eu seja informado imediatamente, se acontecer alguma coisa que lhe pareça digna de atenção, tão logo receba essa carta mande Philippe, no cavalo de serviço, estabelecer-se em***;[31] deve ficar ali até segunda ordem; será um local de contato, em caso de necessidade. Para a correspondência normal, o correio será suficiente.

Tome cuidado para não perder essa carta. Releia-a todos os dias, tanto para se assegurar de não estar esquecendo nada como para se garantir de que ainda está com ela. Faça, enfim, tudo o que é preciso fazer quando se é honrado com minha confiança. Sabe que, se eu estiver satisfeito com você, você também estará comigo.

Do castelo de..., 3 de outubro de 17**.

CARTA 102

**DA PRESIDENTA DE TOURVEL
À SENHORA DE ROSEMONDE**

Vai ficar bastante surpresa, senhora, ao saber que deixo sua casa de forma tão precipitada. Essa atitude poderá lhe parecer extraordinária, mas sua surpresa será maior ainda quando souber os motivos! Talvez possa julgar que, ao referi-los, não esteja respeitando a tranquilidade necessária à sua idade, que inclusive esteja me afastando dos sentimentos de veneração que lhe são devidos por tantas razões. Ah! senhora, perdoe-me, mas meu coração está apertado, precisa desabafar

---

31 Aldeia a meio caminho entre Paris e o castelo da senhora de Rosemonde.

sua dor no colo de uma amiga igualmente doce e sensata: que outra, além da senhora, poderia escolher? Considere-me como sua filha. Tenha por mim, imploro, cuidados maternais. Talvez eu tenha algum direito a eles pelos sentimentos que nutro pela senhora.

Aonde vai o tempo em que, inteiramente entregue a esses sentimentos louváveis, eu não conhecia aqueles que, trazendo à alma o mortal tormento que sinto, tiram a força de combatê-los, ao mesmo tempo que nos impõem o dever de fazê-lo? Ah! essa viagem fatal foi minha perdição...

O que vou lhe dizer, enfim? Amo, sim, amo perdidamente. Ai de mim! Essa palavra, que escrevo pela primeira vez, essa palavra tantas vezes pedida sem ser obtida, eu daria a vida pela doçura de poder, uma única vez, fazer com que fosse ouvida por aquele que a inspira e, no entanto, devo sem cessar negá-la! Ele vai duvidar de meus sentimentos; vai acreditar ter razões para se queixar. Como sou infeliz! Quem dera lhe fosse tão fácil ler em meu coração como nele reinar! Sim, eu sofreria menos, se ele soubesse como sofro. Mas a senhora mesma, a quem o estou dizendo, ainda não faz disso mais que uma pálida ideia.

Dentro de poucos momentos, vou fugir dele e afligi-lo. Enquanto ele ainda julgar estar perto de mim, já estarei longe dele. À hora em que costumava vê-lo todos os dias, vou estar em lugares onde ele nunca esteve, para onde não devo permitir que ele vá. Já fiz todos os meus preparativos, está tudo ali, diante de meus olhos; não posso pousá-los em nada que não me anuncie a cruel partida. Tudo está pronto, menos eu!... e quanto mais meu coração resiste, mais me prova a necessidade de me submeter a isso.

E, sem dúvida, vou me submeter; é preferível morrer do que viver na culpa. Sinto já que sou culpada, e mais que culpada; só salvei meu bom senso, a virtude se desvaneceu. Devo confessá-lo, o que me resta ainda, eu o devo à generosidade dele.

Inebriada pelo prazer de vê-lo, de ouvi-lo, da doçura de senti-lo a meu lado, da felicidade maior de poder fazer a felicidade dele, estava sem energia e sem forças; mal me restavam para combater, não tinha mais nenhuma para resistir; estremecia diante do perigo, sem conseguir fugir dele. Pois bem, ele viu minha dor e teve pena de mim. Como não haveria de lhe querer bem? Devo-lhe muito mais que a vida.

Ah! se ao ficar perto dele só tivesse que temer por minha vida, acredite que jamais consentiria em me afastar. Que vale minha vida sem ele, não estaria feliz demais em perdê-la? Condenada a causar eternamente a desgraça dele e a minha, a não ousar me queixar nem consolá-lo, a me defender dele e de mim todos os dias, a me empenhar em causar sua dor quando gostaria de consagrá-los todos à sua felicidade, viver assim não é morrer mil vezes? Esse vai ser, contudo, meu destino. Vou suportá-lo, no entanto, terei a coragem para isso. Oh! senhora, que escolhi por mãe, receba isso como juramento!

Receba também este que lhe faço de não lhe omitir nenhum de meus atos; receba-o, lhe suplico; eu o peço como um socorro de que preciso; assim, comprometida a lhe dizer tudo, vou me habituando a me sentir sempre em sua presença. Sua virtude vai substituir a minha. Jamais, sem dúvida, vou consentir em corar diante de seus olhos e, contida por esse freio poderoso, enquanto eu apreciar na senhora a amiga indulgente, confidente de minha fraqueza, vou honrar ainda o anjo tutelar que vai me salvar da vergonha.

É deveras o que sinto ao ter de fazer esse pedido. Fatal efeito de uma presunçosa confiança! Por que não temi mais cedo essa inclinação que sentia nascer em mim? Por que tive a ilusão de poder, a bel-prazer, dominá-la e vencê-la? Insensata que fui! Como sabia pouco do amor! Ah! se o tivesse combatido com mais cuidado, talvez se tivesse apoderado menos de mim! Talvez então essa partida não tivesse sido necessária ou até, sujeitando-me a essa dolorosa decisão, tivesse podido não romper inteiramente essa relação que teria bastado tornar menos frequente! Mas perder tudo de uma vez! E para sempre! Oh! minha amiga!... Mas o quê! Até mesmo lhe escrevendo, me perco em desejos criminosos? Ah! devo partir, devo partir, e que pelo menos esses erros involuntários sejam expiados por meus sacrifícios.

Adeus, minha respeitável amiga; ame-me como sua filha, adote-me como tal e esteja certa de que, apesar de minha fraqueza, preferiria morrer do que me tornar indigna de sua amizade.

De..., 3 de outubro de 17**, à uma hora da madrugada.

CARTA 103

DA SENHORA DE ROSEMONDE
À PRESIDENTA DE TOURVEL

Fiquei, minha querida amiga, mais aflita com sua partida do que surpresa com sua causa; uma longa experiência e o interesse que você me inspira já tinham bastado para me esclarecer sobre o estado de seu coração. E se é preciso dizer tudo, você não me revelou nada ou quase nada com sua carta. Se só por ela tivesse sido informada, ainda não saberia quem é aquele que você ama, pois, falando *dele* o tempo todo, não escreveu seu nome nem uma vez sequer. Nem precisava; sei muito bem quem é. Mas faço essa observação porque me lembrei de que é sempre esse o estilo do amor. Vejo que ainda é como era no passado.

Não imaginava que algum dia ainda fosse reviver lembranças tão distantes de mim e tão estranhas à minha idade. Desde ontem, no entanto, tenho realmente me debruçado sobre elas, pelo desejo de nelas poder encontrar algo que pudesse lhe ser útil. Mas o que posso fazer, além de admirá-la e de me compadecer? Elogio a sensata decisão que tomou, mas ela me assusta, porque chego a concluir que você a julgou necessária e, quando se chega a esse ponto, é muito difícil se manter afastada daquele que nosso coração nos aproxima sem cessar.

Não desanime, contudo. Nada deve ser impossível à sua bela alma; e se um dia tiver a infelicidade de sucumbir (que Deus não o permita!), acredite, minha estimada amiga, reserve-se pelo menos o consolo de ter lutado com todas as suas forças. E depois o que a sabedoria humana não consegue, a graça divina o opera quando lhe aprouver. Talvez você esteja à véspera de receber esse socorro e sua virtude, temperada nesses terríveis combates, deles deverá sair mais pura e mais brilhante. A força que lhe falta hoje, confie que vai recebê-la amanhã. Não conte com ela para lhe trazer sossego, mas para animá-la a usar todas as que você possui.

Deixando à Providência o cuidado de socorrê-la num perigo contra o qual nada posso, reservo-me o de apoiá-la e consolá-la no que estiver a meu alcance. Não vou aliviar suas mágoas, mas vou compartilhá-las.

É a esse título que vou receber de bom grado suas confidências. Sinto que seu coração deve estar precisando desabafar. Abro-lhe o meu; a idade ainda não o esfriou a ponto de deixá-lo insensível à amizade. Vai encontrá-lo sempre pronto a recebê-la. Esse vai ser um débil alívio para suas dores, mas pelo menos você não vai chorar sozinha. E quando esse amor infeliz a dominar em demasia, obrigando-a a falar a respeito, melhor que seja comigo do que com *ele*. Veja só que estou falando como você e creio que nenhuma de nós duas chegará a citá-lo; de resto, nós nos compreendemos.

Não sei se faço bem em lhe dizer que ele me pareceu profundamente abalado com sua partida; talvez fosse mais sensato não lhe falar disso, mas não gosto dessa sensatez que aflige os amigos. Sou, contudo, forçada a não falar por mais tempo. Minha vista fraca e minha mão trêmula não me permitem longas cartas quando eu mesma devo escrevê-las.

Adeus, pois, minha prezada amiga, adeus, minha amável filha; sim, eu a adoto de bom grado como filha, e você tem tudo o que é preciso para dar orgulho e prazer a uma mãe.

Do castelo de..., 3 de outubro de 17**.

CARTA 104

DA MARQUESA DE MERTEUIL
À SENHORA DE VOLANGES

Na verdade, minha cara e boa amiga, mal pude conter um ímpeto de orgulho ao ler sua carta. O quê! Honra-me com sua inteira confiança! Chega até mesmo a me pedir conselhos! Ah! feliz de mim, se mereço essa opinião favorável de sua parte, se não a devo somente à influência da amizade. De resto, qualquer que seja o motivo, não é menos preciosa a meu coração e tê-la conquistado não é a meus olhos senão uma razão a mais para trabalhar mais, a fim de merecê-la. Vou então (mas sem pretender dar um conselho) lhe dizer francamente qual é minha forma de pensar. Desconfio dela, pois difere da sua. Mas depois de lhe expor minhas razões, poderá julgar e, se as condenar, subscrevo de antemão seu julgamento. Terei pelo menos essa sensatez de não me achar mais sábia que a senhora.

Se, no entanto, e só por essa vez, minha opinião fosse preferível, seria necessário procurar a causa nas ilusões do amor materno. Uma vez que esse sentimento é louvável, a senhora deve trazê-lo em si, pois que, com efeito, se reconhece na decisão que está tentada a tomar! Assim é que, se alguma vez lhe acontecer de errar, é sempre somente na escolha das virtudes.

A prudência é, ao que me parece, aquela que se deve preferir quando se dispõe do destino dos outros, sobretudo quando se trata de fixá-lo por um laço indissolúvel e sagrado como o do matrimônio. É então que uma mãe, igualmente sensata e terna, deve, como a senhora mesma diz tão bem, *ajudar a filha com sua experiência*. Ora, pergunto-lhe, o que deve fazer para chegar a tanto, senão distinguir, para ela, entre o que agrada e o que convém?

Não seria, pois, aviltar a autoridade materna, não seria aniquilá-

-la ao subordiná-la a um capricho frívolo, cujo poder de ilusão só se faz sentir àqueles que o temem e desaparece tão logo é desprezado? Quanto a mim, confesso, nunca acreditei nessas paixões arrebatadoras e irresistíveis, que aparentemente se tornaram a desculpa geral de todos os nossos desregramentos. Não posso compreender como uma atração, que num momento se vê nascer e no seguinte se vê morrer, possa ter mais força que os princípios inalteráveis do pudor, da honestidade e da modéstia; e não chego a entender tampouco que uma mulher que os trai possa ser justificada pela suposta paixão mais do que um ladrão pela paixão do dinheiro ou um assassino por aquela da vingança.

Ora, quem poderá dizer que nunca teve de combater? Sempre procurei me persuadir, porém, de que para resistir bastava querer; e até o momento, pelo menos, minha experiência confirmou minha opinião. O que seria a virtude sem os deveres que ela impõe? Seu culto está em nossos sacrifícios, sua recompensa, em nossos corações. Essas verdades só podem ser negadas por aqueles a quem interessa desconhecê-las e que, já depravados, esperam ter um momento de ilusão, tentando justificar sua má conduta com más razões.

Mas será que se poderia temer isso de uma criança simples e tímida, de uma filha sua e cuja educação recatada e pura só poderá ter fortalecido a boa índole natural? É a esse temor, no entanto, que ouso chamar de humilhante para sua filha, que a senhora quer sacrificar o vantajoso casamento que sua prudência havia arranjado para ela! Gosto muito de Danceny e há muito tempo, como sabe, só raramente vejo o senhor de Gercourt. Mas minha amizade por um e minha indiferença pelo outro não me impedem de perceber a enorme diferença que existe entre esses dois partidos.

Suas origens familiares são iguais, concordo; mas um é desprovido de fortuna e a do outro é tal que, mesmo sem berço, seria suficiente para lhe abrir todas as possibilidades. Confesso que o dinheiro não faz a felicidade, mas é preciso reconhecer também que a facilita em muito. A senhorita de Volanges é, como a senhora diz, bastante rica para os dois. Mas sessenta mil libras de renda, da qual irá desfrutar, não é tanto assim quando se carrega o sobrenome Danceny, sendo que será preciso montar e sustentar uma casa que lhe faça jus. Não vivemos nos tempos da senhora de Sévigné. O luxo absorve tudo; nós o criticamos, mas é preciso imitá-lo, e o supérfluo acaba por nos privar do necessário.

Quanto às qualidades pessoais que a senhora tanto preza, e com toda a razão, o senhor de Gercourt seguramente é irrepreensível nesse aspecto e disso já deu provas suficientes. Quero crer, e creio, de fato, que o senhor Danceny em nada lhe fica devendo, mas temos certeza disso? É verdade que até agora se mostrou isento dos defeitos de sua idade e que, apesar das tendências atuais, mostra uma preferência pelas pessoas de bem, o que o leva a angariar nossa estima. Mas quem sabe se essa aparente sensatez não se deve à mediocridade de sua fortuna? Por menos que se tema ser velhaco ou crápula, é preciso ter dinheiro para ser jogador e libertino, e sempre se pode gostar dos defeitos cujos excessos se receia. Enfim, ele não seria o primeiro a frequentar pessoas de bem por simples falta de melhor opção.

Não estou dizendo (Deus me livre!) que penso isso tudo a respeito dele, mas seria sempre um risco a correr; e quantas recriminações a senhora não teria a se fazer, se o desfecho não fosse feliz! O que iria responder para sua filha, que podia lhe dizer: "Minha mãe, eu era jovem e sem experiência; estava seduzida por um erro perdoável em minha idade. Mas o céu, que havia previsto minha fraqueza, me havia dado uma mãe sábia para remediá-la e me proteger. Por que então, esquecendo-se de sua prudência, consentiu em minha desgraça? Acaso cabia a mim escolher um esposo, se eu nada sabia sobre o estado matrimonial? Mesmo que eu o quisesse, não cabia à senhora se opor? Mas eu nunca tive essa vontade louca. Decidida a lhe obedecer, esperei por sua escolha com respeitosa resignação; nunca me afastei da submissão que lhe devia e, no entanto, hoje carrego a dor que só é devida aos filhos rebeldes. Ah! Sua fraqueza foi minha perdição..." Talvez o respeito que ela tem pela senhora sufocasse essas queixas, mas o amor materno as adivinharia; e as lágrimas de sua filha, por serem disfarçadas, não deixariam de escorrer em seu coração de mãe. Aonde iria, pois, procurar consolo? Nesse amor louco, contra o qual deveria tê-la armado e pelo qual, ao contrário, a senhora se deixou seduzir?

Não sei, minha prezada amiga, se tenho uma prevenção excessiva contra essa paixão; mas a julgo temível, mesmo dentro do casamento. Não que eu desaprove que um sentimento honesto e doce venha embelezar os laços conjugais e suavizar, de certa forma, os deveres que ele impõe, mas não cabe a ele formar esses laços, não cabe à ilusão de um momento definir a escolha de nossa vida. Com efeito, para escolher é preciso comparar; e como poder comparar quando um único objeto nos ocupa, quando esse mesmo objeto não se pode conhecê-lo, mergulhado como se está na embriaguez e na cegueira?

Já encontrei, como pode imaginar, diversas mulheres acometidas desse perigoso mal; recebi as confidências de algumas delas. A ouvi-las, não há nenhuma cujo amado não seja uma criatura perfeita; mas essas perfeições quiméricas só existem na imaginação delas. A cabeça exaltada sonha somente com encantos e virtudes, com que revestem à vontade o predileto: é a roupagem de um deus, vestida com frequência por um modelo abjeto, mas quem quer que seja ele, apenas o revestiram, iludidas por sua própria obra, se prosternam para adorá-lo.

Ou sua filha não ama Danceny ou vive essa mesma ilusão, que é comum aos dois, se o amor deles é recíproco. Assim, sua razão para uni-los para sempre se reduz à certeza de que eles não se conhecem, mas podem vir a se conhecer. Mas, dirá a senhora, o senhor de Gercourt e minha filha acaso se conhecem mais? Não, sem dúvida, mas pelo menos não se iludem, apenas se desconhecem. O que acontece, nesse caso, entre dois esposos, que suponho que sejam honestos? É que cada um estuda o outro, se observa a si mesmo diante do outro, procura e logo reconhece o que deve ceder de seus próprios gostos e vontades em favor da tranquilidade comum. Esses leves sacrifícios são feitos sem esforço, porque são recíprocos e foram previstos. Logo farão surgir uma benevolência mútua e o hábito, que fortalece todas as inclinações que não destrói, vai trazendo aos poucos essa dupla amizade, essa terna confiança que, unidas à estima, formam, assim me parece, a verdadeira, a sólida felicidade dos casamentos.

As ilusões do amor podem ser mais doces, mas quem não sabe também que são menos duradouras? E que perigos não traz consigo o momento que as destrói? É então que os mínimos defeitos parecem chocantes e insuportáveis, pelo contraste que criam com a ideia de perfeição que nos havia seduzido. Cada um dos esposos acredita, no entanto, que só o outro mudou, e ele próprio vale ainda o que um momento de erro o havia feito apreciar. Surpreende-se por não despertar mais o encanto que ele próprio não sente mais e isso o deixa humilhado; a vaidade ferida amargura os espíritos, aumenta os erros, produz mau humor, gera o ódio; e frívolos prazeres são pagos, enfim, com longos infortúnios.

Aí está, minha cara amiga, minha maneira de pensar sobre o assunto que nos ocupa; não a defendo, só a exponho; cabe à senhora decidir. Se persistir, porém, em sua opinião, peço-lhe que me informe das razões que sejam contrárias às minhas; ficarei verdadeiramente contente se me esclarecer e, sobretudo, me tranquilizar a respeito do destino de sua amável filha, cuja felicidade desejo ardentemente, tanto pela amizade que tenho por ela quanto por esta que me une à senhora por toda a vida.

Paris, 4 de outubro de 17**.

CARTA 105

DA MARQUESA DE MERTEUIL
A CÉCILE VOLANGES

Pois bem! menina, aí está você muito aborrecida, muito envergonhada, e esse senhor de Valmont é mesmo um homem mau, não é? Como! Ousa tratá-la como a mulher que ele mais ama! Ensina-lhe o que você morria de vontade de saber! Na verdade, essas atitudes são imperdoáveis. E você, por sua vez, quer guardar sua castidade para seu namorado (que dela não abusa); você não aprecia do amor senão as dores, e não os prazeres! Nada melhor, e você figuraria maravilhosamente bem num romance. Paixão, infortúnio, virtude acima de tudo, quantas belas coisas! No meio desse brilhante cortejo, às vezes, nos aborrecemos, é verdade, mas aborrece também os outros.

Vejam, portanto, essa pobre menina, tão digna de pena! No dia seguinte, estava com os olhos inchados! E o que vai dizer então, quando forem os de seu amado? Vamos, meu belo anjo, você não terá os olhos sempre assim; nem todos os homens são uns Valmont. E mais, não ousar mais erguer esses olhos? Oh! não resta dúvida, você tinha razão, todos teriam percebido neles sua aventura. Acredite, contudo, se fosse assim, nossas mulheres e mesmo nossas donzelas teriam o olhar mais discreto.

Apesar dos elogios que, como vê, sou obrigada a lhe dar, temos de concordar, no entanto, que você deixou de realizar sua obra-prima, ou seja, contar tudo à sua mãe. Você tinha começado tão bem! Jogou-se nos braços dela, soluçando, e ela também chorava. Que cena patética! E que pena não lhe ter dado um grande final! Sua terna mãe, inteiramente arrebatada de contentamento, para ajudar sua virtude a teria encerrado num convento por toda a vida; e ali você teria amado Danceny tanto quanto quisesses, sem rivais e sem pecado; teria se lamentado à vontade, e Valmont certamente não teria perturbado sua dor com prazeres importunos.

Falando sério, será possível, aos quinze anos já completos, ser ainda tão criança como você é? Tem razão ao dizer que não merece minha bondade. Gostaria de ser, no entanto, sua amiga; você talvez precise de uma, com a mãe que tem e com o marido que ela quer lhe dar! Mas se não amadurecer, que quer que se faça com você? O que se pode esperar se quem deveria incutir agudez de espírito às moças, em você parece que veio tirá-la?

Se você conseguisse fazer o esforço de raciocinar um instante, logo descobriria que deve se felicitar em vez de se queixar. Mas está envergonhada, e isso a constrange! Ora, tranquilize-se; a vergonha que o amor causa é como a dor: só se sente uma vez. E depois, ainda se pode fingi-la, mas não se sente mais. O prazer, contudo, permanece, o que já é alguma coisa. Creio até mesmo ter inferido de sua tagarelice, que ele pode ter muito valor para você. Ora, vamos, um pouco de boa-fé. Essa perturbação que a impedia de *agir conforme dizia*, que fazia com que achasse *tão difícil defender-se*, que a deixava *como que aborrecida* quando Valmont se retirou, era realmente a vergonha que a causava? Ou era o prazer? E *as maneiras de ele falar, a que não se sabe como responder* não estariam relacionadas às *maneiras de agir dele*? Ah! menina, você está mentindo e mente à sua amiga! Isso não se faz. Mas paremos por aí.

O que para todo o mundo seria um prazer, e poderia não ser mais que isso, em sua situação se torna uma verdadeira felicidade. Com efeito, entre uma mãe pela qual quer ser amada e um namorado por quem deseja sê-lo para sempre, como pode não perceber que o único meio de obter esses sucessos opostos é o de se interessar por um terceiro? Distraída por essa nova aventura, enquanto que aos olhos de sua mãe parecerá sacrificar à sua submissão a ela uma inclinação que a ela desagrada, em relação a seu namorado, você adquire a honra de uma bela defesa. Assegurando-lhe sem cessar seu amor, você não lhe dará as provas derradeiras. E essas recusas, tão pouco penosas na situação em que você se encontra, ele não deixará de atribuí-las à sua virtude; talvez ele vá se queixar, mas vai amá-la ainda mais; e por ter o duplo mérito, o de sacrificar o amor aos olhos de uma e, aos olhos do outro, o de resistir a esse amor, não lhe custará nada além de experimentar seus prazeres. Oh! quantas mulheres perderam sua reputação, que a teriam conservado com cuidado, se tivessem podido mantê-la por semelhantes meios!

Essa solução que lhe proponho não lhe parece mais razoável, além de mais suave? Sabe o que ganhou com a atitude que tomou? Foi que sua mãe atribuiu sua redobrada tristeza a um amor redobrado, que com isso ela está indignada e, para puni-la, só espera ter mais certeza. Acaba de me escrever a respeito; vai tentar de tudo para arrancar essa confissão de você mesma. Talvez chegue até mesmo, diz ela, a lhe propor Danceny por marido, e isso para obrigá-la a falar. E se, deixando-se seduzir por essa ternura enganosa, você responder segundo seu coração, logo mais vai estar trancafiada por muito tempo, talvez para sempre, e poderá chorar à vontade sobre sua cega credulidade.

Esse estratagema que ela quer usar contra você tem de ser combatido com outro. Comece, portanto, por lhe mostrar menos tristeza, leve-a crer que tem pensado menos em Danceny. Ela se deixará persuadir tão mais facilmente que é o efeito usual da ausência e lhe será tanto mais grata que vai ver aí uma oportunidade de se congratular por sua própria perspicácia, que lhe sugeriu esse meio. Mas se, estando em dúvida, ela persistir em testá-la e venha a lhe falar em casamento, limite-se, como moça bem-nascida, a uma perfeita submissão. De fato, o que está arriscando? Pelo tanto que nos convém um marido, tanto faz um como outro; e por mais incômodo que seja, é sempre menos aborrecido que uma mãe.

Uma vez mais satisfeita com você, sua mãe vai enfim casá-la; e então, mais livre em suas atitudes, você poderá a bel-prazer deixar Valmont por Danceny, ou mesmo ficar com os dois, pois, tome cuidado, seu Danceny é gentil, mas é um desses homens que se tem quando se quer e enquanto se quer; pode-se, portanto, ficar sossegada em relação a ele. O mesmo não se dá com Valmont: é difícil segurá-lo e é perigoso deixá-lo. É necessário ter muita habilidade com ele e, na falta dessa, muita docilidade. Mas por isso, se conseguisse mantê-lo como amigo, seria realmente uma sorte! Ele a levaria imediatamente para os primeiros lugares entre as mulheres da moda. É assim que se adquire destaque na sociedade e não corando e chorando como no tempo em que as freiras do convento a obrigavam a almoçar de joelhos.

 Deverá tratar, portanto, se for sensata, de se reconciliar com Valmont, que deve estar muito zangado com você; e, como deve saber, reparar suas tolices; não receie em deixar transparecer alguns gestos de aproximação; de qualquer modo, logo vai aprender que, se os homens querem nos dar o papel de primeiras, nós somos quase sempre obrigadas a representar o de segundas. Nesse caso, você terá um pretexto, pois você não deverá conservar essa carta e exijo que a entregue a Valmont tão logo a tiver lido. Não se esqueça, contudo, de lacrá-la novamente antes. Primeiro, porque é preciso deixar a você o mérito dessa atitude que vai tomar em relação a ele e esta não pareça ter sido aconselhada; e depois, porque você é, neste mundo, a única pessoa de quem sou tão amiga a ponto de lhe falar desse jeito.

 Adeus, meu anjo, siga meus conselhos e depois me conte se você se sente bem.

 P. S. – A propósito, estava me esquecendo... só mais uma palavra. Procure, pois, cuidar mais de seu estilo. Você continua escrevendo como uma criança. Vejo bem a causa disso; é que você diz tudo o que pensa e não diz nada do que não pensa. Isso pode ocorrer entre mim e você, que não temos nada a esconder uma da outra, mas com todo mundo, com seu namorado principalmente, você haveria de parecer sempre uma tolinha. Pense bem que, ao escrever a alguém, é para esse alguém que escreve e não para você. Deve, portanto, procurar lhe dizer menos o que você pensa do que aquilo que agrada a ele.

Adeus, minha querida; dou-lhe um abraço em vez de repreendê-la, na esperança de que se torne mais razoável.

Paris, 4 de outubro de 17**.

CARTA 106

DA MARQUESA DE MERTEUIL
AO VISCONDE DE VALMONT

Que maravilha, visconde, e, pelo bote, amo-o tresloucadamente! De resto, depois de sua primeira carta, era de se esperar pela segunda; por isso ela não me surpreendeu; e enquanto todo orgulhoso pelos sucessos futuros, você solicitava sua recompensa e me perguntava se eu estava pronta; eu percebia que não tinha tanta necessidade de me apressar. Sim, palavra de honra, ao ler o belo relato dessa cena tão terna que o tinha *emocionado tão profundamente*; ao ver seu comedimento, digno dos mais belos tempos de nossa cavalaria, pensei vinte vezes: aí está um caso que não vai dar certo!

Mas é que isso não poderia ser de outra forma. O que quer que faça uma pobre mulher que se rende e que ninguém toma? Na verdade, em tal caso é preciso pelo menos salvar a honra e foi o que fez sua presidenta. Sei muito bem que, para mim, percebendo que a atitude que ela tomou não deixa realmente de ter algum efeito, eu me proponho a utilizá-la por minha conta na primeira oportunidade um pouco séria que se apresentar; mas prometo que, se aquele por quem eu fizer isso não aproveitar a lição melhor do que você, poderá seguramente desistir de mim para sempre.

Aí está você, portanto, absolutamente reduzido a nada; e isso entre duas mulheres, uma das quais já estava em seu dia seguinte e a segunda que não pedia outra coisa. Pois bem! Vai pensar que estou me gabando e dizer que é fácil profetizar depois dos fatos, mas posso jurar que já esperava por isso. É que você realmente não tem talento para seu papel; sabe sobre ele somente o que aprendeu e não sabe inventar nada. Por isso, quando as circunstâncias não se prestam mais a suas fórmulas convencionais e você precisa sair da rota usual, se vê perdido como um colegial. Enfim, uma infantilidade de um lado; de outro, uma recaída na dissimulação, porque não é todo dia que ocorrem, o que é suficiente para desconcertá-lo e você não sabe preveni-las nem remediá-las. Ah! visconde, visconde! Está me ensinando a não julgar os homens por seus sucessos e logo teremos de dizer de você: ele um dia foi bravo. E depois de cometer tolice sobre tolice, você recorre a mim! Parece até que não tenho outra coisa a fazer senão consertá-las. É verdade que isso já daria um bom trabalho.

Seja como for, dessas duas aventuras, uma aconteceu contra minha vontade, e nessa não me meto; quanto à outra, como a revestiu de certa complacência para comigo, dela me aproprio. A carta anexa que lhe envio, que primeiro vai ler e depois vai entregar à pequena Volanges, é mais que suficiente para trazê-la de volta a você. Peço-lhe, porém, que preste alguns cuidados a essa menina e, de comum acordo, vamos fazer dela o desespero da mãe e de Gercourt. Não precisa ter medo de forçar as doses. Vejo claramente que a criaturinha não vai se assustar e, uma vez cumpridos com ela nossos objetivos, ela vai se tornar aquilo de que for capaz.

Sinto-me totalmente desinteressada por ela. Tinha certa vontade de fazer dela pelo menos uma intrigante subalterna e tomá-la como minha ajudante, mas vejo que não tem queda para isso; tem uma tola ingenuidade que não cedeu até mesmo ao medicamento específico que você empregou, o qual, no entanto, não costuma falhar; e é esta, a meu ver, a doença mais perigosa que uma mulher possa ter. Ela denota, sobretudo, uma fraqueza de caráter quase sempre incurável que se opõe a tudo; de modo que, enquanto nos ocuparmos de preparar essa menina para a intriga, só a estaríamos transformando numa mulher fácil. Ora, não conheço nada mais insosso que essa facilidade besta que se rende sem saber como nem por quê, unicamente porque é atacada e não sabe resistir. Mulheres desse tipo não são, em absoluto, senão máquinas de prazer.

Você poderá me dizer que nada mais há que fazer senão isso e já é bastante para nossos planos. Muito bem! Mas não podemos esquecer que, dessas máquinas, todo o mundo logo chega a conhecer as molas e os motores, de maneira que, para nos servirmos dessa sem perigo, precisamos ser rápidos, parar no momento certo e quebrá-la em seguida. Na verdade, não nos faltarão os meios para nos desfazermos dela, e Gercourt haverá de mandar trancá-la quando quisermos. De fato, quando ele não puder mais duvidar de sua desgraça, quando esta for pública e notória, que nos importa que ele se vingue, contanto que não encontre consolo? O que digo do marido, você pensa, sem dúvida, da mãe; assim, isso vai dar certo.

Essa opção, que julgo a melhor, e na qual me detive, me decidiu a conduzir a menina um tanto rapidamente, como verá por minha carta; isso faz também com que seja muito importante não deixar nada com ela que possa nos comprometer, e peço que fique atento nesse ponto. Uma vez tomada essa precaução, eu me encarrego do moral; o resto é com você. Se mais adiante, no entanto, observarmos que a ingenuidade está se corrigindo, sempre estaremos em tempo de mudar nosso projeto. Não haverá de ser menos necessário, mais dia menos dia, nos ocuparmos do que vamos fazer: nossos esforços não serão, de modo algum, desperdiçados.

Sabe que os meus correram o risco de sê-lo e a estrela de Gercourt quase levou a melhor sobre minha prudência? Não é que a senhora de Volanges teve um momento de fraqueza materna? Não é que queria dar sua filha a Danceny? Era isso que preanunciava esse interesse mais terno que você observou *no dia seguinte*. Novamente você é que teria sido a causa dessa bela obra-prima! Por sorte, a terna mãe me escreveu a respeito e espero que minha resposta vá dissuadi-la. Na carta falo tanto em virtude e sobretudo a adulo tanto que ela deverá achar que tenho razão.

Lamento não ter tido tempo de fazer uma cópia de minha carta, para que pudesse apreciar a austeridade de minha moral. Haveria de ver como desprezo as mulheres depravadas, que chegam a ter um amante! É tão cômodo mostrar-se rigorista nos discursos! É algo que só prejudica aos outros e a nós não incomoda de modo algum... Além disso, não ignoro que a boa senhora teve, como qualquer outra, suas pequenas fraquezas na juventude e não me senti contristada em humilhá-la pelo menos em sua consciência; isso me consolava um pouco dos elogios que lhe dirigia, em descordo com a minha. É assim que, na mesma carta, a ideia de prejudicar a Gercourt me deu coragem para falar bem dele.

Adeus, visconde; aprovo totalmente a decisão que tomou de permanecer aí mais algum tempo. Não tenho meios para apressar seus passos, mas o convido a se desentediar com nossa pupila comum. No que me diz respeito, apesar de sua polida citação, poderá ver que será preciso esperar ainda e deverá convir, sem dúvida, que não é culpa minha.

Paris, 4 de outubro de 17**.

CARTA 107

DE AZOLAN
AO VISCONDE DE VALMONT

Senhor,
Conforme suas ordens, logo que recebi sua carta, fui à casa do senhor Bertrand, que me entregou os 25 luíses, como o senhor lhe havia ordenado. Eu lhe pedi mais dois luíses para Philippe, a

quem eu havia mandado partir imediatamente, como o senhor ordenou, que não tinha dinheiro; mas seu administrador não quis, dizendo que não tinha ordens suas para isso. Então fui obrigado a dar do meu e espero que o senhor tenha a bondade de levá-lo em conta.

Philippe partiu ontem à noite. Recomendei que não saísse da taberna, a fim de que pudéssemos ter certeza de encontrá-lo, se fosse necessário.

Logo depois fui à casa da senhora presidenta para ver a senhorita Julie, mas ela tinha saído, e só falei com La Fleur, de quem nada pude saber, porque desde que chegou só esteve na mansão no horário das refeições. Foi o ajudante que fez todo o serviço e, como sabe, eu não conhecia o ajudante. Mas comecei hoje.

Voltei essa manhã para ver a senhorita Julie e ela pareceu bem feliz de me ver. Perguntei-lhe sobre o motivo da volta de sua patroa, mas me disse que não sabia de nada e acho que falou a verdade. Reclamei por não ter me avisado da partida da patroa e ela me garantiu que só tinha ficado sabendo naquela mesma noite, ao ir ajudar a madame a se deitar, tanto que ela teve de passar a noite inteira arrumando as coisas e não chegou a dormir duas horas. Nessa noite, só saiu do quarto da patroa à uma hora passada da madrugada e, quando a deixou, esta se pôs a escrever.

Pela manhã, a senhora de Tourvel entregou, ao partir, uma carta ao porteiro do castelo. A senhorita Julie não sabe para quem era; diz que talvez fosse para o senhor, mas o senhor não me fala a respeito.

Durante toda a viagem, a madame usou um grande capuz na cabeça, de forma que não dava para vê-la; mas a senhorita Julie acredita ter certeza de que ela chorou muitas vezes. Não disse uma palavra durante o trajeto e não quis fazer uma parada em ***[32], como tinha feito na ida; isso não agradou muito à senhorita Julie, que não tinha tomado o café da manhã. Mas como eu disse a ela, os patrões são patrões.

Ao chegar, a madame foi deitar-se, mas permaneceu na cama só

---

32   Ainda a mesma aldeia, a meio caminho entre Paris e o castelo da senhora de Rosemonde.

duas horas. Ao levantar, mandou chamar o porteiro e lhe deu ordens para que não deixasse ninguém entrar. Não trocou de roupa, sentou-se à mesa para almoçar, mas só tomou um pouco de sopa e saiu logo em seguida. Levaram café ao quarto dela, e a senhorita Julie aproveitou para entrar. Encontrou a patroa arrumando uns papéis na escrivaninha e viu que eram cartas. Apostaria até que eram as do senhor e, das três que lhe chegaram durante a tarde, havia uma que ela conservava ainda diante de si à noite! Tenho certeza de que era novamente uma do senhor. Mas por que é que ela foi embora desse jeito? Isso realmente me surpreende! De resto, certamente o senhor deve saber? Bem, isso não é de minha conta.

À tarde, a senhora presidenta foi à biblioteca e apanhou dois livros que levou para sua saleta particular. Mas a senhorita Julie garante que não leu esses livros nem por quinze minutos durante o dia todo e passou o tempo todo lendo essa carta, sonhando e apoiando a cabeça na mão. Como imaginei que o senhor gostaria de saber que livros eram esses, e a senhorita Julie não sabia, hoje pedi para que me levassem à biblioteca, a pretexto de vê-la. Só havia espaço vazio para dois livros: um é o segundo volume do *Pensamentos cristãos* e o outro, o primeiro de um que tem o título de *Clarissa*. Escrevo bem como li: o senhor deverá saber talvez do que se trata.

Ontem à noite, a madame não jantou; tomou apenas um chá.

De manhã, tocou a campainha bem cedo, pediu que aprontassem os cavalos em seguida e saiu antes das nove para Feuillants, onde assistiu à missa. Quis se confessar, mas seu confessor estava ausente e não deve voltar antes de oito ou dez dias. Achei que era bom contar isso ao senhor.

Ela voltou para casa em seguida, tomou o café da manhã e depois se pôs a escrever; e assim ficou até perto de uma hora. Logo encontrei uma oportunidade para fazer o que o senhor mais desejava, pois fui eu que levei as cartas ao correio. Não havia nenhuma para a senhora de Volanges; mas estou enviando ao senhor uma que era para o senhor presidente; achei que essa deveria ser a mais interessante. Havia também uma para a senhora de Rosemonde, mas imaginei que o senhor poderia vê-la pessoalmente quando quisesse e deixei-a partir. De resto, o senhor vai saber de tudo, porquanto a senhora presidenta também lhe escreveu. Daqui em diante, vou poder apanhar todas aquelas que quiser, pois é quase sempre a senhorita Julie que as entrega aos criados e ela me garantiu que, por amizade por mim e também pelo senhor, vai fazer de boa vontade o que eu quiser.

Ela nem quis o dinheiro que lhe ofereci, mas penso que o senhor vai querer lhe dar algum pequeno presente e, se for de sua vontade e se quiser que me encarregue disso, será bem fácil para mim saber do que ela gosta.

Espero que o senhor não ache que fui negligente ao servi-lo e faço questão de me justificar pelas recriminações que me faz. Se não soube da partida da senhora presidenta foi, pelo contrário, por causa de meu zelo pelo serviço que lhe presto, visto que foi o que me fez partir às três horas da madrugada, de maneira que não pude ver a senhorita Julie na noite da véspera, como de costume, pois fui dormir no Tournebride para não acordar ninguém no castelo.

Quanto ao que o senhor me recrimina por estar com frequência sem dinheiro, primeiro é porque gosto de me manter asseado, como o senhor pode reparar, e depois, é preciso honrar a libré que se usa; sei que eu talvez tivesse de poupar um pouco para o futuro; mas confio inteiramente na generosidade do senhor, que é tão bom patrão.

No tocante ao caso de entrar para o serviço da senhora de Tourvel, continuando no do senhor, espero que não exija isso de mim. Era bem diferente em casa da senhora duquesa, mas seguramente não irei usar uma libré, muito menos uma libré de casa de magistrado, depois de ter tido a honra de ser criado do senhor. Com relação a todo o resto, o senhor pode dispor deste que tem a honra de ser, com tanto respeito quanto afeição, seu humilde servidor.

Roux Azolan, criado.

Paris, 5 de outubro de 17**, às onze horas da noite.

CARTA 108

**DA PRESIDENTA DE TOURVEL
À SENHORA DE ROSEMONDE**

Ó minha indulgente mãe! Quantas graças tenho de lhe render e como precisava de sua carta! Li e a reli sem parar; não conseguia largá-la. A ela devo os únicos momentos menos penosos que passei desde minha partida. Como a senhora é bondosa! A sabedoria, a virtude sabem, pois, se compadecer da fraqueza! A senhora se compadece de meus males! Ah, se os conhecesse!... São terríveis. Eu acreditava ter provado as dores do amor, mas o tormento inexprimível, aquele que é preciso ter sentido para dele ter uma ideia, é o de se separar de quem se ama, separar-se dele para sempre!... Sim, a dor que hoje me oprime deverá voltar amanhã, depois de amanhã, minha vida toda! Meu Deus, como ainda sou jovem, quanto tempo me resta para sofrer!

Ser o artesão da própria desgraça, rasgar o coração com as próprias mãos e, enquanto se sofre essas dores insuportáveis, sentir a cada instante que se pode fazê-las cessar com uma única palavra, mas que essa palavra seja um crime! Ah! minha amiga!...

Quando tomei essa decisão tão penosa de me afastar dele, esperava que a ausência aumentasse minha coragem e minhas forças. Como me enganei! Parece, ao contrário, que terminou de destruí-las. Eu tinha mais a combater, é verdade, mas, mesmo resistindo, nem tudo era privação; pelo menos podia vê-lo, às vezes; até mesmo muitas vezes, sem ousar dirigir meu olhar para ele, mas sentia o dele fixo em mim; sim minha amiga, eu o sentia; parecia que reaquecia minha alma e, sem passar por meus olhos, ainda assim chegava a meu coração. Agora, em minha dolorosa solidão, isolada de tudo o que me é caro, frente a frente com meu infortúnio, todos os momentos de minha triste existência são marcados por minhas lágrimas e nada suaviza a amargura, nenhum consolo se mescla a meus sacrifícios e todos os que fiz até o momento só serviram para tornar mais dolorosos aqueles que ainda me resta fazer.

Ainda ontem senti isso intensamente. Nas cartas que me entregaram, havia uma dele; eu a reconheci no meio das outras quando o portador ainda estava a dois passos de distância. Levantei-me instintivamente, tremia, tinha dificuldade em esconder minha emoção; e nesse estado, não deixava de sentir prazer. Ficando sozinha no momento seguinte, essa enganosa doçura se havia esvanecido e só me deixou um sacrifício a mais a fazer. Com efeito, será que eu podia abrir aquela carta, mesmo ardendo de vontade de lê-la? Por causa dessa fatalidade que me persegue, os consolos que aparentemente se apresentam a mim só vêm me impor, ao contrário, novas privações e estas se tornam ainda mais cruéis quando penso que são compartilhadas pelo senhor de Valmont.

Aí está, enfim, esse nome que me ocupa sem cessar e tanto me custou a escrevê-lo; o tipo de recriminação que a senhora me fez me deixou verdadeiramente alarmada. Acredite, lhe suplico, que uma falsa vergonha não alterou a confiança na senhora; e por que deveria ter medo de dizer o nome dele? Ah! Envergonho-me de meus sentimentos e não do objeto que os causa. Que outro, além dele, é mais digno de inspirá-los? Não sei por quê, no entanto, esse nome não se apresenta naturalmente à minha pena e, mesmo dessa vez, precisei pensar antes de escrevê-lo. Mas volto a ele.

A senhora me diz que ele lhe pareceu *profundamente abalado com minha partida*. Mas o que é que ele fez então? O que disse? Falou em retornar a Paris? Peço-lhe, por favor, que faça o possível para demovê-lo dessa ideia. Se ele soube me entender, não terá levado a mal essa atitude de minha parte, mas deve sentir também que é uma decisão sem volta. Um de meus maiores tormentos é não saber o que ele pensa. Ainda tenho comigo sua carta..., mas a senhora certamente há de concordar comigo que não devo abri-la.

Somente por meio da senhora, minha indulgente amiga, é que posso não estar inteiramente separada dele. Não quero abusar de sua bondade; percebo perfeitamente que suas cartas não podem ser muito longas; mas não haverá de recusar duas palavras à sua filha: uma para sustentar a coragem e a outra para consolá-la. Adeus, minha respeitável amiga.

Paris, 5 de outubro de 17**.

CARTA 109

**DE CÉCILE VOLANGES
À MARQUESA DE MERTEUIL**

Somente hoje, senhora, entreguei ao senhor de Valmont a carta que me deu a honra de escrever. Guardei-a por quatro dias, apesar do medo que eu tinha muitas vezes de que a encontrassem, mas eu a escondia com muito cuidado; e quando voltava a me sentir magoada, me trancava para lê-la de novo.

Percebo que, aquilo que eu julgava ser uma grande desgraça, quase não o é; e devo confessar que há nisso muito prazer, de modo que quase não me aflijo mais. Só a lembrança de Danceny é que ainda me atormenta às vezes. Mas já são muitos os momentos em que nem penso mais nele! Além do mais, o senhor de Valmont é tão gentil!

Há dois dias que fiz as pazes com ele; foi muito fácil, pois nem lhe havia dito ainda duas palavras e ele logo me falou que, se eu tinha algo a lhe dizer, iria à noite até meu quarto; e só tive de responder que aceitava. E depois, quando ele foi, não pareceu mais aborrecido do que se eu não lhe tivesse feito nada. Só depois é que ele ralhou comigo e, ainda assim, de maneira bem meiga e de um jeito... Bem como a senhora, o que me provou que também ele tem amizade por mim.

Não poderia lhe dizer quantas coisas engraçadas ele me contou, coisas que nunca teria imaginado, particularmente sobre minha mãe. A senhora me faria um grande favor em me confirmar se tudo isso é verdade. O certo é que eu não podia deixar de rir e tanto que, uma vez, ri às gargalhadas, o que nos causou bastante medo, pois minha mãe podia ter escutado; e, se tivesse vindo ver o que estava acontecendo, o que teria sido de mim? Com toda a certeza, teria me mandado imediatamente de volta para o convento!

Como é preciso ser prudente e como, o próprio senhor de Valmont me disse, por nada neste mundo gostaria de me comprometer, combinamos que doravante ele viria somente abrir a porta de meu quarto e, em seguida, iríamos para o dele, onde não há nada a temer. Já estive lá ontem e agora, enquanto lhe escrevo, estou no aguardo de que ele venha novamente. Espero que agora a senhora não ralhe mais comigo.

Há uma coisa, porém, que me surpreendeu muito em sua carta; é o que me diz sobre quando eu for casada, a respeito de Danceny e do senhor de Valmont. Parece-me que um dia, na Ópera, a senhora me disse, pelo contrário, que uma vez casada eu poderia amar somente meu marido e teria até mesmo de esquecer Danceny. Pode bem ser, contudo, que eu tenha entendido mal e prefiro mesmo que seja de outro modo, porque agora não terei mais tanto medo na hora de me casar. É mesmo o que mais desejo, porque vou ter mais liberdade; espero que então vou poder dar um jeito de só pensar em Danceny. Sinto realmente que só com ele serei verdadeiramente feliz, pois agora sua lembrança me atormenta continuamente e só tenho sossego quando consigo não pensar nele, o que é muito difícil; e assim que penso nele, torno a ficar triste em seguida.

O que me consola um pouco é que a senhora me garante que Danceny vai me amar mais ainda. Mas tem realmente certeza disso?... Oh! sim, a senhora não iria me enganar. É engraçado, no entanto, que eu ame Danceny e o senhor de Valmont... Mas, como diz a senhora, talvez seja uma sorte!... Enfim, veremos.

Não entendi muito bem o que me diz a respeito de minha maneira de escrever. Parece-me que Danceny gosta de minhas cartas como são. Entendo, contudo, que não devo lhe dizer nada do que se passa com o senhor de Valmont; assim, a senhora não precisa temer nada.

Minha mãe ainda não me falou sobre meu casamento. Mas deixe estar; quando ela me falar, como sei que é para me apanhar, prometo que vou saber mentir.

Adeus, minha boa amiga; agradeço-lhe muito e prometo que nunca vou esquecer sua extrema bondade para comigo. Preciso terminar, pois já é quase uma hora; o senhor de Valmont não deve tardar.

Do castelo de..., 10 de outubro de 17**.

CARTA 110

**DO VISCONDE DE VALMONT
À MARQUESA DE MERTEUIL**

Forças *do céu, eu tinha uma alma para a dor; deem-me uma para a felicidade!* [33] Creio que é o terno Saint-Preux que se exprime assim. Mais privilegiado que ele, possuo simultaneamente as duas existências. Sim, minha amiga, sou, ao mesmo tempo, muito feliz e muito infeliz; e, uma vez que você tem minha inteira confiança, eu lhe devo o duplo relato de meus desgostos e de meus prazeres.

Saiba, portanto, que minha ingrata devota se mantém irredutível. Chego à quarta carta que me foi devolvida. Talvez esteja errado ao dizer a quarta, pois, tendo adivinhado, desde a primeira devolução, que seria seguida de muitas outras, e não querendo perder assim meu tempo, tomei a decisão de expressar minhas mágoas com lugares-co-

---
33 La Nouvelle Héloïse, de Jean-Jacques Rousseau.

muns e de não colocar nenhuma data; e, a partir da segunda remessa, é sempre a mesma carta que vai e vem; nada mais faço do que trocar de envelope. Se minha bela terminar como terminam geralmente as belas e se enternecer um dia, pelo menos de cansaço, deverá guardar enfim a missiva e então será o momento de me atualizar. Como vê, com essa nova modalidade de correspondência, não me é possível estar perfeitamente informado.

Descobri, no entanto, que a leviana criatura mudou de confidente; pelo menos me certifiquei que, desde sua partida do castelo, não chegou nenhuma carta dela para a senhora de Volanges, ao passo que chegaram duas para a velha Rosemonde; e como esta não nos disse nada, uma vez que não abre mais a boca sobre *sua bela querida*, da qual antes falava sem cessar, concluí que era ela a confidente. Presumo que a necessidade de falar de mim, de um lado e, de outro, a vergonha de se desdizer diante da senhora de Volanges sobre um sentimento que por tanto tempo negou, produziram essa grande mudança. Receio ainda ter perdido na troca, pois quanto mais as mulheres envelhecem mais azedas e severas elas se tornam. A primeira até teria lhe falado mais mal de mim, mas esta lhe falará mais do amor; e a sensível virtuosa tem muito mais medo do sentimento do que da pessoa.

O único meio de me inteirar é, como vê, interceptar a correspondência clandestina. Já dei ordens a meu criado e aguardo sua execução dia após dia. Até lá, nada posso fazer senão ao acaso; por isso, faz oito dias que repasso inutilmente todos os meios conhecidos, todos esses que estão nos romances e em minhas memórias secretas; não encontro nenhum adequado, nem às circunstâncias da aventura nem ao caráter da heroína. A dificuldade não estaria em me introduzir em sua casa, mesmo à noite, ou até em adormecê-la e fazer dela uma nova Clarissa; mas, depois de dois meses de atenções e de fadigas, recorrer a meios que me são estranhos, arrastar-me servilmente pelas pegadas dos outros e triunfar sem glória?... Não, ela não terá *os prazeres do vício e as honras da virtude*.⁽³⁴⁾ Não basta para mim possuí-la, quero que ela se entregue. Ora, para isso preciso não só chegar até ela, mas chegar com seu consentimento; encontrá-la sozinha e disposta a me ouvir e, principalmente, fechar os olhos para o perigo, pois, se ela o perceber, poderá vencê-lo ou morrer. Quanto mais sei, porém, o que é preciso fazer, mais difícil acho a execução; e pensando que ainda vai se rir de mim, devo confessar que meu problema só aumenta à medida que mais me concentro nele.

Creio que já estaria com a cabeça a mil sem as belas distrações que nossa pupila comum me proporciona; devo a ela poder fazer ainda alguma coisa além de elegias.

Poderia acreditar que a menina estava tão assustada que se passaram três longos dias antes que sua carta produzisse o efeito almejado? Aí está como uma única ideia falsa pode estragar a mais bela índole natural!

Enfim, foi somente no sábado que andou se aproximando de mim e me balbuciou algumas palavras, mas proferidas em voz tão baixa e de tal modo sufocadas pela vergonha que era impossível ouvi-las. Mas o rubor que causaram me levou a adivinhar seu sentido. Até então, eu me havia mantido altivo; mas sensibilizado por tão agradável arrependimento, me dignei prometer que iria procurar naquela mesma noite a linda penitente; e esse meu gesto foi recebido com todo o reconhecimento que tamanho favor merecia.

Como nunca perco de vista nem seus planos nem os meus, resolvi aproveitar dessa ocasião para conhecer o justo valor dessa menina e também para acelerar sua educação. Mas para seguir esse trabalho com mais liberdade, precisava mudar o local de nossos encontros, pois uma simples saleta que separa o quarto de sua pupila dos aposentos da mãe não poderia lhe inspirar bastante segurança para se manifestar à vontade. Eu tinha arquitetado, portanto, fazer *inocen-*

---

34   La Nouvelle Heloïse.

temente algum ruído que lhe causasse bastante receio para persuadi-la a tomar, no futuro, um refúgio mais seguro; mas ela me poupou também esse cuidado.

A pequena criatura é risonha e, para estimular sua alegria, me ocorreu contar-lhe, em nossos intervalos, todos as aventuras escandalosas que me passavam pela cabeça; e para torná-las mais picantes e prender ainda mais sua atenção, as atribuía todas à mãe dela, que me divertia a enfeitar assim de vícios e de ridículos.

Não foi sem motivo que tinha feito essa escolha; ela encorajava mais que qualquer outra minha tímida aluna, e eu lhe inspirava, ao mesmo tempo, o mais profundo desprezo pela mãe dela. Reparei, há muito tempo que, se nem sempre esse meio é necessário para seduzir uma moça, é indispensável e até mesmo, com frequência, o mais eficaz, quando se quer depravá-la, pois aquela que não respeita a mãe não vai se respeitar a si mesma: verdade moral que, acredito, é tão útil que fico satisfeito em fornecer um exemplo para ilustrar o preceito.

Sua pupila, no entanto, que não pensava em moral, se sufocava de tanto rir a todo instante, até que, uma vez, pensou que ia explodir. Não tive muita dificuldade em convencê-la de que havia feito *um barulho infernal*. Simulei o maior susto, que ela facilmente compartilhou. Para que se lembrasse melhor do ocorrido, não permiti mais que o prazer continuasse e a deixei três horas mais cedo que de costume. Por isso combinamos, ao nos separarmos, que a partir do dia seguinte seria em meu quarto que haveríamos de nos encontrar.

Já a recebi duas vezes e, nesse breve intervalo de tempo, a colegial se tornou quase tão sabida quanto o mestre. Sim, na verdade, lhe ensinei tudo, até as complacências! Só excetuei as precauções.

Assim, ocupado a noite inteira, tenho a vantagem de dormir grande parte do dia; e como a companhia atual do castelo não tem nada que me atraia, mal apareço uma hora na sala durante o dia todo. Hoje, inclusive, tomei a decisão de fazer as refeições em meu quarto e só pretendo deixá-lo para breves passeios. Essas esquisitices são atribuídas à minha saúde. Declarei que estava bastante atordoado, disse também que estava com um pouco de febre. Só me exige falar com voz lenta e apagada. Quanto à mudança de minha fisionomia, confie em sua pupila. *O amor proverá*.[35]

Ocupo meu tempo livre cogitando os meios de retomar de minha ingrata as vantagens que perdi e também de compor uma espécie de catecismo da devassidão para o uso de minha colegial. Nele me divirto em nada citar senão com os termos técnicos apropriados e rio de antemão com a interessante conversa que isso deverá suscitar entre ela e Gercourt na primeira noite de seu casamento. Nada é mais engraçado do que a ingenuidade com que ela já emprega o pouco que sabe dessa língua! Ela não imagina que se possa falar de outra maneira. Essa menina é realmente sedutora! Esse contraste entre a ingênua candura e a linguagem do atrevimento não deixa de causar efeito e, não sei por quê, atualmente só as coisas bizarras me agradam.

Talvez esteja me entregando demasiadamente a esta, pois comprometo meu tempo e minha saúde; mas espero que minha doença fingida, além de me poupar o tédio da sala, possa ainda ser de alguma utilidade junto da austera devota, cuja tigrina virtude se alia, contudo, à doce sensibilidade! Não duvido de que já esteja informada desse grande acontecimento e tenho muita vontade de saber o que pensa a respeito; tanto mais que apostaria que não vai deixar de se atribuir a glória. Vou regular meu estado de saúde de acordo com a impressão que ele vai lhe causar.

Pois bem, minha bela amiga, agora está a par de meus assuntos tanto quanto eu mesmo. Desejo ter em breve notícias mais interessantes para lhe contar; e lhe peço acreditar que, no prazer de que ainda vou desfrutar, tenho em conta, e muito, a recompensa que espero de você.

Do castelo de..., 11 de outubro de 17**.

---

35   Folies amoureuses (Loucuras de amor), de Regnard.

CARTA III

**DO CONDE DE GERCOURT
À SENHORA DE VOLANGES**

Tudo parece estar tranquilo nesse país, senhora, e aguardamos, de um dia para outro, a permissão para retornar à França. Espero que não duvide de que sinto sempre a mesma pressa em voltar e firmar os laços que deverão me unir à senhora e à senhorita de Volanges. O senhor duque de..., meu primo, a quem a senhora sabe que devo tantas obrigações, acaba, no entanto, de me comunicar sua convocação para Nápoles. Ele me diz que pretende passar por Roma e visitar, no caminho, a parte da Itália que ainda lhe resta conhecer. Pede-me para acompanhá-lo nessa viagem, que deverá durar cerca de seis semanas ou dois meses. Não lhe escondo que gostaria de aproveitar dessa oportunidade, sabendo que, uma vez casado, dificilmente terei tempo para outras ausências além daquelas que meu serviço exigir. Talvez fosse também mais conveniente esperar o inverno para realizar esse casamento, visto que só então deverão estar em Paris todos os meus parentes e notadamente o senhor marquês de..., a quem devo a esperança de passar a pertencer à sua família. Apesar dessas considerações, meus planos a esse respeito estarão integralmente subordinados aos seus e, caso prefira ater-se ao combinado inicialmente, estou pronto a renunciar aos meus. Rogo-lhe tão somente de me comunicar quanto antes suas intenções a respeito. Aguardarei sua resposta aqui e só ela vai regular minha conduta.

Sou, senhora, com respeito e com todos os sentimentos que cabem a um filho, seu humilde, etc.

Conde de Gercourt.

Bastia, 10 de outubro de 17**.

CARTA 112

**DA SENHORA DE ROSEMONDE
À PRESIDENTA DE TOURVEL**
(*Somente ditada*)

Só nesse instante é que recebo, minha querida, sua carta do dia 11[36] e as meigas recriminações que ela contém. Deverá concordar que teria realmente vontade de me fazer outras mais e, se não tivesse se lembrado de que era *minha filha*, teria de verdade ralhado comigo. Teria sido, no entanto, muito injusta! Foram o desejo e a esperança de poder eu mesma lhe responder que me levaram a adiar dia após dia a resposta e, como vê, ainda hoje sou obrigada a me valer da mão de minha camareira. Meu indesejado reumatismo voltou; aninhou-se, dessa vez, no braço direito e estou completamente maneta. É nisso que dá, jovem e viçosa como você é, ter uma amiga tão velha! Acaba sofrendo com seus incômodos.

Assim que minhas dores me derem um momento de trégua, pretendo conversar longamente com você. Enquanto isso, saiba somente que recebi suas duas cartas, que teriam duplicado, se fosse possível, minha terna amizade por você que nunca deixarei de compartilhar intensamente de tudo o que interessa a você.

Meu sobrinho também se encontra um pouco indisposto, mas sem nenhum perigo e sem que haja motivos para maior inquietude; é uma leve indisposição que, ao que me parece, afeta mais seu humor que sua saúde. Quase não o vemos mais.

O isolamento dele e sua partida não contribuem para tornar mais alegre nosso pequeno círculo. A pequena Volanges, sobretudo, sente imensamente sua falta e boceja tanto o dia inteiro que por pouco

---

36   Essa carta não foi encontrada.

não engole seus punhos. De uns dias para cá, de modo particular, tem nos dado a honra de adormecer profundamente todos os dias após o almoço.

Adeus, minha querida; sou para sempre sua boa amiga, sua mãe, e até sua irmã, se minha idade avançada me permitisse esse título. Enfim, sinto-me ligada a você pelos mais ternos sentimentos.

Assinada: Adelaide, pela senhora de Rosemonde.

Do castelo de..., 14 de outubro de 17**.

CARTA 113

DA MARQUESA DE MERTEUIL
AO VISCONDE DE VALMONT

Creio ter de preveni-lo, visconde, de que começam a falar de você em Paris, que comentam sua ausência e já adivinham a causa. Estive ontem num jantar muito concorrido e correu a voz afirmando que você estava retido na aldeia por um amor romântico e infeliz. Logo a alegria se manifestou no semblante de todos os que invejam seu sucesso e de todas as mulheres que você desprezou. Se confia em mim, não deixe que esses perigosos boatos tomem consistência e volte imediatamente para destruí-los com sua presença.

Considere que se, uma só vez que seja, permitir que se desfaça a ideia de que você é irresistível, vai perceber logo mais que, com efeito, já lhe resistem com mais facilidade, que seus rivais também vão perder o respeito por você e ousam combatê-lo, pois qual deles não se julga mais forte que a virtude? Considere sobretudo que na multidão de mulheres que você já exibiu, todas aquelas que você não possuiu vão tentar desmentir a opinião pública, ao passo que as outras vão se empenhar em iludi-la. Enfim, deve estar preparado para ser apreciado talvez tão abaixo de seu valor quanto o era acima, até o momento presente.

Volte, portanto, visconde, e não sacrifique sua reputação por um capricho pueril. Já fez tudo o que queríamos com a pequena Volanges e, para sua presidenta, não será aparentemente ficando a dez léguas de distância que você vai superar essa fantasia. Acaso está pensando que ela vai procurá-lo? Talvez nem pense mais em você ou só o faz ainda para se felicitar por tê-lo humilhado. Aqui, pelo menos, vai encontrar uma oportunidade de reaparecer com brilho e disso você está precisando; e mesmo que persista em sua ridícula aventura, não vejo em que seu retorno possa prejudicá-lo... ao contrário.

Com efeito, se sua presidenta *o adora*, como você tanto me disse e tão pouco provou, seu único consolo, seu único prazer devem ser atualmente falar de você, saber o que anda fazendo, o que anda dizendo, o que anda pensando, até as mínimas coisas a seu respeito. Essas misérias adquirem valor em razão das privações que se experimenta. São as migalhas de pão caindo da mesa do rico; ele as desdenha, mas o pobre as recolhe avidamente e delas se alimenta. Ora, a pobre presidenta recebe agora todas essas migalhas e quanto mais tiver delas, menos pressa terá em se entregar ao apetite pelo resto.

Além do mais, desde que você sabe quem é a confidente dela, não duvide de que cada carta dela contém pelo menos um pequeno sermão e tudo o mais que ela creia apropriado para *corroborar sua sabedoria e fortalecer sua virtude*.[37] Por que, então, dar a uma recursos para se defender, e à outra, para prejudicá-lo?

Não que eu concorde totalmente com você sobre a perda que julga ter sofrido com a mudança de confidente. Em primeiro lugar, a senhora de Volanges o odeia, e o ódio é sempre mais perspicaz e mais engenhoso que a amizade. A virtude toda de sua velha tia não vai induzi-la um só instante a falar mal de seu caro sobrinho, pois a

---

37   On ne s'avise jamais de tout (Nunca se pensa em tudo) – comédia.

virtude também tem suas fraquezas. Em segundo lugar, seus receios se baseiam numa observação inteiramente falsa.

Não é verdade que *quanto mais as mulheres envelhecem mais azedas e severas se tornam*. É dos 40 aos 50 anos que o desespero de ver sua aparência fenecer, a raiva de se sentir obrigadas a renunciar a pretensões e prazeres que ainda lhes são caros, tornam as mulheres pudicas e rabugentas. Precisam desse longo intervalo para fazer inteiramente esse grande sacrifício, mas logo que estiver consumado, todas elas se dividem em duas categorias.

A mais numerosa, aquela das mulheres que tiveram a seu favor somente a aparência e a juventude, cai numa apatia imbecil e não sai dela a não ser pelo jogo e por algumas práticas de devoção; essas mulheres são sempre aborrecidas, muitas vezes ranzinzas, de vez em quando um tanto importunas, mas raramente maldosas. Tampouco se pode dizer que essas mulheres sejam ou não, severas; sem ideias e sem existência, elas repetem sem entender e indiscriminadamente tudo o que ouvem dizer e permanecem por elas próprias totalmente inúteis.

A outra categoria, muito mais rara, mas verdadeiramente preciosa, é aquela das mulheres que, tendo caráter e não tendo negligenciado em nutrir sua razão, sabem criar para si mesmas uma existência, quando a da natureza lhes faz falta e decidem enriquecer seu espírito com os adornos que antes usavam para sua aparência. Essas possuem em geral um juízo sadio e um espírito a um tempo sólido, alegre e gracioso. Substituem os encantos da sedução pelo atrativo da bondade e ainda pela jovialidade cujo encanto aumenta proporcionalmente com a idade; é assim que elas chegam, de certa maneira, a se reaproximar da juventude, fazendo-se amar. Mas então, longe de ser, como você diz, *azedas e severas*, o hábito da indulgência, as longas reflexões sobre a fraqueza humana e, sobretudo, as lembranças de sua juventude, pelas quais ainda se prendem à vida, as deixariam antes, talvez até perto demais, da amenidade.

O que posso lhe dizer, enfim, é que tendo sempre procurado o contato com mulheres idosas, de cujos sufrágios percebi desde cedo a utilidade, conheci várias delas de quem me aproximava tanto por inclinação como por interesse. Vou parando por aqui, pois agora você se inflama tão rápida e tão moralmente que chego a ter medo de que se apaixone subitamente por sua velha tia e se enterre com ela no túmulo em que já vive há tanto tempo. Volto, portanto, ao assunto atual.

Apesar do encanto em que sua pequena colegial o envolve, ao que me parece, não posso crer que ela tenha alguma coisa a ver com seus planos. Você a apanhou, finalmente! Mas isso não pode ser uma inclinação. A bem dizer, não chega a ser nem mesmo uma fruição completa; você só possui totalmente a pessoa dela! Não falo de seu coração, do qual desconfio até que nem lhe interessa. Mas você não ocupa nem sequer sua cabeça. Não sei se percebeu, mas disso tive a prova na última carta que ela me escreveu;[38] envio-a anexa para que possa julgar. Veja que, ao falar de você, sempre escreve *senhor de Valmont*; veja que todos os seus pensamentos, mesmo aqueles suscitados por você, sempre acabam somente em Danceny; e a ele não o chama de senhor, mas sempre de *Danceny* apenas. Desse modo, o distingue de todos os outros e, mesmo se entregando a você, ela só se familiariza com ele. Se semelhante conquista lhe parece *sedutora*, se os prazeres que ela dá *o cativam*, certamente você é modesto e pouco exigente! Que você queira mantê-la, consinto; isso faz parte de meus planos. Mas me parece que não vale a pena se incomodar com isso nem um quarto de hora; seria necessário também ter sobre ela algum controle, não permitindo, por exemplo, que se reaproxime de Danceny, a não ser depois de tê-la levado a esquecê-lo um pouco mais.

Antes de deixar de me ocupar de você para chegar a mim, quero lhe dizer ainda que essa desculpa de doença, a que você, como

---

38   Ver carta 109.

me informa, quer recorrer, é bem conhecida e muito usada. Na verdade, visconde, você não é criativo! Eu também me repito, às vezes, como poderá ver, mas procuro me salvar pelos detalhes e o sucesso, no fim, me justifica. Estou para tentar obter mais um e viver uma nova aventura. Concordo que não vai ter o mérito da dificuldade, mas pelo menos vai ser uma distração, uma vez que ando me aborrecendo terrivelmente.

Não sei por quê, desde o caso com Prévan, Belleroche se tornou insuportável para mim. Ele redobrou de tal modo suas atenções, seu carinho, sua *veneração*, que não estou mais aguentando. Sua ira, num primeiro momento, me pareceu engraçada; mas foi preciso aplacá-la, pois poderia, do contrário, ter me comprometido; e não havia jeito de fazê-lo entender o motivo. Decidi então lhe mostrar mais amor para convencê-lo com mais facilidade, mas ele levou isso a sério e, desde então, vem me exasperando com seu eterno encantamento. Observo sobretudo a insultante confiança que toma comigo e a segurança com a qual me vê como sendo sua para sempre, o que me deixa verdadeiramente humilhada. Deve, portanto, me prezar bem pouco, se julga ter valor suficiente para me prender. Não é que chegou a dizer recentemente que eu nunca teria amado outro além dele? Oh! tive de recorrer, na hora, a toda a minha prudência para não desiludi-lo imediatamente, dizendo-lhe o que de fato se passava. Vamos lá, certamente não deixa de ser um senhor engraçado para pretender um direito exclusivo! Admito que é esbelto e de semblante bastante bonito, mas, no geral, não passa de um operário do amor. Enfim, é chegado o momento, precisamos nos separar.

Faz quinze dias que venho tentando e empreguei sucessivamente a frieza, o capricho, o mau humor, as brigas; mas nem assim o tenaz personagem larga a presa. Preciso, portanto, tomar uma atitude mais enérgica, de modo que o estou levando para o campo e vamos partir depois de amanhã. Só teremos como companhia umas poucas pessoas desinteressadas e pouco perspicazes e teremos por lá quase a mesma liberdade como se estivéssemos sozinhos. Vou recobri-lo a tal ponto de amor e de carícias, viveremos de tal modo unicamente um para o outro, que aposto que ele vai desejar, mais que a mim, o fim dessa viagem, que aguarda com imensa alegria; e se não voltar mais aborrecido comigo do que eu estou com ele, concordo que diga que eu não sei muito mais do que você.

O pretexto para essa espécie de retiro é o de tratar seriamente de meu grande processo que, com efeito, será enfim julgado no começo do inverno. Estou muito contente, pois é verdadeiramente desagradável ter assim toda a própria fortuna insegura. Não que me sinta inquieta com esse evento. Primeiro, porque tenho razão, e todos os meus advogados me asseguram disso; e se não a tivesse, teria de ser muito desajeitada para não ganhar uma causa em que por adversários só tenho menores de idade e seu velho tutor! Como, no entanto, não se deve negligenciar nada num assunto tão importante, terei efetivamente comigo dois advogados. Não lhe parece alegre essa viagem? Mas, se ganhar esse processo e derrotar Belleroche, não haverei de lamentar o tempo perdido.

Agora, visconde, adivinhe quem é o sucessor; dou-lhe cem chances. Ora, será que não sei que você nunca adivinha nada? Pois bem, é Danceny! Está surpreso, não é? Pois, enfim, ainda não estou reduzida à educação de meninos! Mas esse merece ser uma exceção; da juventude, ele só possui os encantos e não a frivolidade. Sua grande discrição no grupo é realmente apropriada para afastar todas as suspeitas e se torna ainda mais amável quando enfrenta uma situação frente a frente. Não que já tenha vivido uma pessoalmente com ele; não passo ainda de uma simples confidente dele, mas sob esse véu da amizade, creio perceber nele uma forte atração por mim e sinto que venho nutrindo muita por ele. Seria mesmo uma pena que tanta inteligência e delicadeza fossem desperdiçadas e embrutecidas com essa pequena imbecil que é a pequena Volanges! Espero que ele se engane ao julgar que a ama; ela está tão longe de merecê-lo! Não que eu a inveje; isso seria um assassinato e quero salvar Danceny. Peço-lhe, portanto, visconde, que cuide para que ele não se aproxime de *sua Cécile* (como ele ainda tem o mau hábito de chamá-la). Uma primeira atração tem sempre mais força do que se imagina e nada poderia me deixar segura, se ele tornasse a vê-la agora, sobretudo durante minha ausência. Ao regressar, me encarrego de tudo e respondo por isso.

Cheguei a pensar em levar o jovem comigo, mas sacrifiquei esse plano à minha prudência habitual; além do mais, tenho medo de que ele perceba alguma coisa entre Belleroche e eu, e ficaria no desespero, se ele tivesse a mínima ideia do que se passa. Quero pelo menos me oferecer à sua imaginação pura e sem mácula, como, enfim, precisaria para ser verdadeiramente digna dele.

Paris, 15 de outubro de 17**.

CARTA 114

**DA PRESIDENTA DE TOURVEL
À SENHORA DE ROSEMONDE**

Minha prezada amiga, cedo à minha imensa inquietação e, sem saber se estará em condições de me responder, não posso me impedir de interrogá-la. O estado de saúde do senhor de Valmont, que a senhora me diz ser *sem perigo*, não me deixa com tanta segurança como a senhora parece ter. Não é raro que a melancolia e o desgosto sejam sintomas precursores de alguma doença grave; os sofrimentos do corpo, assim como os do espírito, levam ao desejo de solidão; e muitas vezes recriminamos o mau humor de quem deveríamos somente lastimar os males.

Parece-me que ele deveria consultar alguém, pelo menos. Como pode ser que, estando a senhora mesma doente, não tenha um médico a seu lado? O meu, que vi essa manhã, não vou lhe esconder, consultei indiretamente, é do parecer que, nas pessoas naturalmente ativas, essa espécie de apatia súbita nunca deve ser subestimada; e, como me dizia ainda, as doenças não cedem mais ao tratamento, quando não foram descobertas a tempo. Por que deixar correr esse risco alguém que lhe é tão caro?

O que redobra minha inquietação é que, há quatro dias, não tenho notícias dele. Meu Deus! Não estará me enganando sobre o estado dele? Por que ele teria deixado de me escrever de repente? Se fosse apenas o efeito de minha obstinação em lhe devolver suas cartas, creio que teria tomado essa decisão mais cedo. Enfim, embora não acredite em pressentimentos, há alguns dias sinto uma tristeza que me assusta. Ah! talvez eu esteja às vésperas da maior das desgraças!

Não poderia acreditar e tenho vergonha de dizer como me sinto magoada por não receber mais essas mesmas cartas que, no entanto, ainda me recusaria a ler. Pelo menos me davam a certeza de que ele pensava em mim! E podia ver alguma coisa que vinha dele. Não abria essas cartas, mas eu chorava ao contemplá-las; minhas lágrimas eram mais suaves e mais fáceis; e só essas cartas dissipavam em parte a constante opressão que venho sentindo desde meu retorno. Eu imploro, minha indulgente amiga, escreva-me pessoalmente tão logo possa fazê-lo e, enquanto isso, mande todos os dias notícias suas e dele.

Percebo que mal lhe dirigi uma palavra de modo pessoal, mas conhece meus sentimentos, minha afeição sem reservas, minha terna gratidão por sua sensível amizade; vai perdoar a perturbação em que me encontro, minha mortal tristeza, o terrível tormento de ter de recear males de que eu talvez seja a causa. Meu Deus! Essa ideia desesperadora me persegue e dilacera meu coração; faltava-me essa desgraça e sinto que nasci para prová-las todas.

Adeus, minha estimada amiga, não deixe de me querer bem, tenha pena de mim. Será que vou receber uma carta sua hoje?

Paris, 16 de outubro de 17**.

CARTA 115

DO VISCONDE DE VALMONT
À MARQUESA DE MERTEUI

É inconcebível, minha bela amiga, como deixamos facilmente de nos entender tão logo nos afastamos. Enquanto estava perto de você, tínhamos sempre um mesmo sentimento, uma única maneira de ver; e porque há três meses que não a vejo, não concordamos mais em nada. Quem de nós dois está errado? Certamente você não hesitaria na resposta, mas eu, mais sábio ou mais educado, não digo nada. Só vou responder à sua carta e continuar lhe expondo o que andei fazendo.

Em primeiro lugar, quero lhe agradecer pelo conselho que me dá acerca dos rumores que correm a meu respeito; mas isso não me preocupa ainda; tenho certeza de que posso fazê-los cessar em breve. Fique tranquila, só vou reaparecer na sociedade mais célebre que nunca e sempre mais digno de você.

Espero inclusive que me seja atribuído algum mérito na aventura da pequena Volanges, de que você parece fazer tão pouco caso, como se nada fosse roubar, numa só noite, uma moça a seu amado namorado, em seguida usá-la à vontade como uma coisa sua e, sem maiores problemas, obter dela o que não se ousa até mesmo exigir das profissionais do ramo; e isso sem deturpar em nada seu terno amor, sem torná-la inconstante e mesmo infiel, pois, com efeito, não ocupnem sequer sua cabeça, de modo que, uma vez passado meu capricho, poderei, por assim dizer, devolvê-la aos braços de seu amado. sem que ela se dê conta de nada. Esse é, portanto, um feito tão comum assim? Além do mais, acredite, uma vez livre de minhas mãos, os princípios que lhe ensino não vão deixar de se desenvolver; e posso prever que a tímida colegial logo vai alçar um voo próprio, digno de seu mestre.

Se, no entanto, preferirem o gênero heroico, vou mostrar à presidenta, esse modelo citado de todas as virtudes, respeitada até mesmo pelos mais libertinos, a tal ponto, enfim, que já se havia perdido até mesmo a ideia de atacá-la; eu vou mostrá-la, digo, esquecida de seus deveres e de suas virtudes, sacrificando sua reputação e dois anos de recato, para correr atrás do prazer de me agradar, para se embriagar no prazer de me amar, julgando-se suficientemente recompensada de tantos sacrifícios por uma palavra, por um olhar que, aliás, nem sempre vai obter. Vou fazer mais que isso, vou abandoná-la; e não vou ter sucessor ou não conheço essa mulher. Ela vai resistir à necessidade de consolo, ao hábito do prazer, ao próprio desejo de vingança. Enfim, terá vivido só para mim e curta ou longa que seja sua carreira, terei sido o único a lhe abrir e fechar a barreira. Uma vez alcançado esse triunfo, vou dizer a meus rivais: "Vejam minha obra e procurem, nesse século, outro exemplo igual!"

Vai me perguntar hoje de onde vem esse excesso de confiança? É que faz oito dias que compartilho as confidências de minha bela; ela não me conta seus segredos, mas eu os surpreendo. Duas cartas dela à senhora de Rosemonde me deram informações suficientes e só vou ler as outras por curiosidade. Só preciso me aproximar dela para ter êxito e já disponho dos meios para tanto. A qualquer momento, devo colocá-los em prática.

Está curiosa, creio?... Mas não, para puni-la por não acreditar em minhas intenções, não vai saber. Falando sério, mereceria que eu retirasse minha confiança, ao menos nesse caso; com efeito, sem o doce prêmio que a vincula a esse sucesso, eu não falaria mais a respeito. Como vê, estou aborrecido. Na esperança, porém, de que se corrija, vou me ater realmente a essa leve punição e, recobrando a indulgência, esqueço por um momento meus grandes planos para raciocinar com você sobre os seus.

Pois não é que está no campo, aborrecida como o sentimento e triste como a fidelidade! E esse pobre Belleroche! Não se contenta em fazê-lo beber a água do esquecimento, ainda o tortura! Como é que ele está? Suporta bem as náuseas do amor? Gostaria muito de que ele se apegasse ainda mais a você; estou curioso para ver que remédio mais eficaz você chegaria a empregar. Na verdade, tenho pena de você por ter sido obrigada a recorrer a esse. Uma vez apenas, em minha vida, fiz amor por estratégia. Tinha certamente um forte motivo, visto que se tratava da condessa de... e, vinte vezes em seus braços, fui tentado a lhe dizer: "Senhora, renuncio ao lugar que solicito e permita-me abandonar aquele que ocupo." Por isso, de todas as mulheres que tive, é a única de quem sinto verdadeiro prazer em falar mal.

Quanto a seu motivo, julgo-o, para dizer a verdade, de um ridículo raro; e estava certa ao pensar que eu não me tornaria o sucessor. O quê! É por Danceny que faz todo esse esforço? Ora, minha cara amiga, deixe-o adorar *sua virtuosa Cécile* e não se envolva nessas brincadeiras de criança. Deixe que os colegiais se eduquem com as *criadas* ou se entreguem com outras colegiais a *joguinhos inocentes*. Como vai se encarregar de um novato que não saberá envolvê-la nem largá-la, e com quem terá de fazer tudo? Digo-lhe com toda a seriedade, desaprovo essa escolha que, mesmo mantida em segredo, haveria de humilhá-la a meus olhos e perante sua consciência.

Você diz que tem grande atração por ele; ora veja, você certamente se engana e creio até ter encontrado a causa de seu erro. Esse belo desgosto por Belleroche surgiu num momento de carestia e, como Paris não lhe oferecia escolha, seus pensamentos sempre tão vivos, se voltaram para o primeiro objeto que você encontrou. Considere, porém, que, ao voltar, poderá escolher entre mil possibilidades e se, enfim, teme a inação em que está arriscada a cair ao adiar, ofereço-me para animar suas horas ociosas.

Daqui até seu regresso, meus grandes negócios estarão concluídos, de uma maneira ou de outra; e certamente nem a menina Volanges nem a própria presidenta haverão de me ocupar bastante então, para que eu não possa me dedicar a você durante todo o tempo que desejar. Talvez até então já tenha devolvido a menina nas mãos de seu discreto namorado. Sem concordar, por mais que você diga, que não seja este um prazer *cativante*, uma vez que pretendo que ela guarde de mim, por toda a vida, uma imagem superior à de todos os outros homens, adotei com ela um ritmo que não poderia sustentar por muito tempo sem prejudicar minha saúde; e, a partir desse momento, só me prendo a ela pelos cuidados que se deve aos assuntos de família...

Não me compreende?... É que estou aguardando um segundo período para confirmar minha expectativa, e me certificar de que tive pleno sucesso em meus planos. Sim, minha bela amiga, já tenho um primeiro indício de que o marido de minha colegial não haverá de correr o risco de morrer sem posteridade, e o chefe da casa de Gercourt não vai passar, no futuro, de um caçula da casa de Valmont. Mas me deixe terminar, segundo meus caprichos, essa aventura que só empreendi a pedido seu. Pense que, se você tornar Danceny inconstante, vai tirar toda a graça dessa história. Considere, enfim, que, ao me oferecer para representá-lo junto de você, tenho, assim me parece, algum direito à preferência.

Conto tanto com isso que não receei contrariar suas intenções, contribuindo eu mesmo para aumentar a terna paixão do discreto namorado pelo primeiro e digno objeto de sua escolha. Tendo, pois, encontrado ontem sua pupila ocupada a lhe escrever e tendo-a distraído, de início, dessa doce ocupação com outra ainda mais doce, lhe pedi depois para ver sua carta; e como a achei fria e constrangida, lhe fiz ver que não era assim que haveria de consolar seu namorado e a convenci a escrever outra, ditada por mim, na qual, imitando o melhor que pude sua insossa tagarelice, tratei de alimentar o amor do jovem com uma expectativa mais precisa. A pequena criatura estava encantada, me dizia ela, de perceber que escrevia tão bem; e doravante eu estaria encarregado da correspondência. O que não tenho feito por Danceny? Terei sido, a um só tempo, seu amigo, seu confidente, seu rival e sua amante! Nesse momento ainda, lhe faço o favor de salvá-lo de seus perigosos laços. Sim, sem dúvida, perigosos, pois possuí-la e perdê-la equivale a comprar um momento de felicidade por uma eternidade de arrependimentos.

Adeus, minha bela amiga; tenha a coragem de despachar Belleroche quanto antes. Deixe de lado Danceny e se prepare para redescobrir e para me retribuir os deliciosos prazeres de nossa primeira relação.

P. S. – Faço questão de cumprimentá-la pelo julgamento próximo de seu grande processo. Ficarei muito contente se esse feliz acontecimento ocorrer durante meu reinado.

Do castelo de..., 19 de outubro de 17**.

CARTA 116

DO CAVALEIRO DANCENY A CÉCILE VOLANGES

A senhora de Merteuil partiu essa manhã para o campo; assim, minha encantadora Cécile, aqui estou privado do único prazer que me restava em sua ausência, o de falar sobre você à sua e minha amiga. Faz algum tempo que ela permitiu que eu lhe atribuísse esse título e concordei com tanta presteza que me parecia, dessa maneira, me aproximar mais de você. Meu Deus! Como é amável essa mulher! E que lisonjeiro encanto sabe conferir à amizade! Parece-me que, nela, esse doce sentimento se embeleza e se fortalece com tudo aquilo que ela recusa ao amor. Se soubesse como ela gosta de você, como se apraz ao me ouvir falar de você!... Sem dúvida, é isso que me leva a me afeiçoar tanto a ela. Que felicidade poder viver unicamente para vocês duas, passar constantemente das delícias do amor para as doçuras da amizade, consagrar a isso toda a minha existência, ser, de certa maneira, o ponto de união de seu afeto recíproco e de sentir sempre que, cuidando da felicidade de uma, estarei me empenhando igualmente pela da outra! Ame, ame muito, minha encantadora amiga, essa adorável mulher. À afeição que tenho por ela, dê ainda mais valor compartilhando-a. Depois que provei o encanto da amizade, desejo que você o experimente por sua vez. Tenho a impressão de só desfrutar pela metade os prazeres que não compartilho com você. Sim, minha Cécile, gostaria de cercar seu coração com todos os mais doces sentimentos; gostaria que cada uma de suas emoções a fizesse experimentar uma sensação de felicidade e ainda assim julgaria não estar retribuindo mais que uma parte da felicidade que deveria a você.

Por que é preciso que esses planos encantadores não passem de uma quimera de minha imaginação e a realidade, pelo contrário, não me ofereça mais que dolorosas e infinitas privações? Percebo muito bem que devo renunciar à esperança que você me havia dado de poder vê-la aí no campo. Não tenho mais consolo algum, além daquele de me persuadir que, com efeito, isso não lhe é possível. E você evita me dizer isso e não se aflige comigo! Já duas vezes minhas queixas sobre o assunto ficaram sem resposta. Ah! Cécile, Cécile! acredito que você me ama com todas as faculdades de sua alma, mas sua alma não é ardente como a minha! Quem dera dependesse de mim derrubar os obstáculos! Por que não são meus interesses que devo preservar e não os seus? Logo poderia lhe provar que nada é impossível para o amor.

Você também não me diz quando deverá terminar essa cruel ausência; aqui, pelo menos, talvez eu possa vê-la. Seus encantadores olhares reanimariam minha alma abatida; sua tocante expressão reanimaria também meu coração que, às vezes, precisa disso. Perdão, minha Cécile, esse temor não é uma suspeita. Acredito em seu amor, em sua constância. Ah! seria demasiado infeliz se desconfiasse. Mas tantos obstáculos! E sempre renovados! Minha amiga, estou triste, muito triste. Parece que essa partida da senhora de Merteuil tenha renovado em mim o sentimento de todas as minhas desgraças.

Adeus, minha Cécile; adeus, minha bem-amada. Lembre-se de que seu namorado se aflige e somente você pode lhe devolver a felicidade.

Paris, 17 de outubro de 17**.

CARTA 117

**DE CÉCILE VOLANGES
AO CAVALEIRO DANCENY**

(*Ditada por Valmont*)

Acredita mesmo, meu bom amigo, que eu tenha de ser censurada por estar triste, quando sei que você se aflige? E duvida de que eu sofra tanto quanto você com todas as suas agruras? Compartilho até mesmo aquelas que lhe causo involuntariamente e tenho, a mais você, a de ver que você não é justo comigo. Oh! isso não está certo. Percebo muito bem o que o aborrece: é que nas duas últimas vezes em que me pediu para vir até aqui, eu não lhe respondi; mas julga que essa resposta é tão fácil de dar? Julga que eu não sei que o que você quer é algo errado? E, no entanto, se já é tão difícil lhe recusar algo de longe, como seria, pois, se estivesse aqui? E depois, por ter desejado consolá-lo por um momento, eu ficaria aflita por toda a minha vida.

Veja bem, nada tenho a lhe esconder; minhas razões são as que se seguem, julgue por si. Talvez eu tivesse feito o que você quer, se não fosse o que lhe contei, que esse senhor de Gercourt, causador de toda a nossa tristeza, não vai chegar tão cedo; e como, de algum tempo para cá, minha mãe vem me demonstrando muito mais afeto, como eu, por meu lado, a tenho tratado com o maior carinho, quem sabe o que não poderei obter dela? E se pudéssemos ser felizes sem que eu tivesse nada a me recriminar, será que isso não seria muito melhor? Se devo crer no que muitas vezes me disseram, os próprios homens não amam mais tanto suas mulheres quando elas os amaram demais antes de serem amadas. Esse temor é que ainda me detém, mais do que todo o resto. Meu amigo, você não está seguro quanto a meu coração e não haverá sempre tempo para tudo?

Escute, prometo que, se não puder evitar a desgraça de me casar com o senhor de Gercourt, que já odeio tanto antes de conhecê-lo, nada mais vai me impedir de ser sua o quanto puder e mesmo acima de tudo. Como só por você me interessa ser amada e você deverá ver que, se faço algo errado, não é por culpa minha, o resto pouco vai me importar; contanto que me prometa me amar sempre como me ama agora. Mas, meu amigo, até lá, deixe-me continuar assim e não me peça mais uma coisa que tenho bons motivos para não fazer e que, no entanto, me incomoda ter de recusá-la a você.

Gostaria também de que o senhor de Valmont não se empenhasse tanto por você; isso só serve para me deixar ainda mais desgostosa. Oh! Você tem nele um ótimo amigo, posso lhe garantir! Ele faz tudo como você mesmo faria. Mas, adeus, meu caro amigo; comecei a escrever bem tarde e nisso passei boa parte da noite. Vou me deitar e recuperar o tempo perdido. Um beijo, mas não ralhe mais comigo.

Do castelo de..., 18 de outubro de 17**.

CARTA 118

DO CAVALEIRO DANCENY
À MARQUESA DE MERTEUIL

Se eu crer em meu almanaque, minha adorável amiga, não faz mais de dois dias que se ausentou; mas se eu crer em meu coração, faz dois séculos. Ora, é da senhora mesma que aprendi, é sempre no coração que se deve acreditar; já é hora, portanto, de que regresse e todos os seus assuntos devem estar mais do que concluídos. Como quer que me interesse por seu processo se, ganhando ou perdendo, devo igualmente pagar o preço do tédio por sua ausência? Oh! que vontade tenho de discutir! E como é triste, com um motivo tão bom para estar de mau humor, não ter o direito de mostrá-lo!

Não é, contudo, uma verdadeira infidelidade, uma negra traição, deixar seu amigo longe da senhora, depois de tê-lo acostumado a não prescindir mais de sua presença? Por mais que consulte advogados, eles não vão encontrar justificativa para esse mau procedimento; além disso, essa gente só sabe apresentar razões, e razões não bastam para responder aos sentimentos.

Para mim, de tanto a senhora me dizer que era a razão que lhe ditava essa viagem, acabou me indispondo com ela. Não quero mais ouvi-la, de modo algum, nem mesmo quando me diz para esquecê-la. Essa razão, no entanto, é bem sensata; e, de fato, isso não seria tão difícil como pode crer. Bastaria somente eu perder o hábito de pensar sempre na senhora e nada aqui, posso lhe assegurar, haveria de me trazer sua lembrança.

Nossas mais lindas mulheres, aquelas que se diz serem as mais amáveis, estão ainda tão longe da senhora que não poderiam dar uma pálida ideia. Creio até mesmo que, com um olhar experiente, quanto mais se julga de início que lhe sejam parecidas, mais se percebe depois que são diferentes: por mais que façam, por mais que coloquem tudo o que sabem, sempre lhes falta ser a senhora e é positivamente nisso que está o encanto. Infelizmente, quando os dias são tão longos e estamos desocupados, sonhamos, construímos castelos de areia, criamos nossa quimera; aos poucos, a imaginação passa a se exaltar: queremos embelezar nossa obra, reunimos tudo o que pode agradar, alcançamos enfim a perfeição e, desde que chegamos a isso, o retrato nos remete ao modelo; e então fico totalmente espantado ao ver que nada mais fiz do que pensar na senhora.

Nesse exato momento, estou sendo ainda vítima de um erro bastante similar. Julga talvez que era para me ocupar da senhora que me pus a lhe escrever? Nada disso; era para me distrair. Tinha mil coisas a lhe dizer, de que a senhora não era o objeto e que, como sabe, me interessam vivamente; e com essas coisas, no entanto, é que me deixei distrair. E desde quando o encanto da amizade nos distrai daquele do amor? Ah! se olhasse isso bem de perto, talvez tivesse uma pequena recriminação a me fazer! Mas psiu! Vamos esquecer essa leve falta, de medo de nela recair, e, minha amiga, ela própria, a ignore.

Por isso, por que não está aqui para me responder, para me orientar quando me extravio, para me falar de minha Cécile, para aumentar, se possível, a felicidade que tenho em amá-la, pela ideia tão doce de que é sua amiga que amo? Sim, confesso, o amor que ela me inspira se tornou mais precioso ainda desde que a senhora se dispôs a receber minhas confidências. Gosto tanto de lhe abrir meu coração, de ocupar o seu com meus sentimentos, de depositá-los nele sem reserva! Parece-me que os prezo mais à medida que se digna acolhê-los; além disso, olho para a senhora e me digo: é nela que está guardada toda a minha felicidade.

Nada tenho de novo a lhe contar sobre minha situação. A última carta que recebi *dela* aumenta e assegura minha expectativa, mas a adia uma vez mais. Seus motivos, no entanto, são tão ternos e tão sinceros que não posso culpá-la nem me queixar. Talvez não entenda muito bem o que estou dizendo, mas por que não está aqui? Embora se diga tudo a uma amiga, não se ousa escrever tudo. Os segredos do amor, especialmente, são tão delicados, que não se pode deixá-los sair assim de qualquer jeito. Se, às vezes, os deixamos escapar, não podemos perdê-los de vista; é preciso, de certa forma, vê-los entrar em seu novo refúgio. Ah! Volte, pois, minha adorável amiga; bem vê que seu regresso é necessário. Esqueça, enfim, as *mil razões* que a retêm aí onde está ou então me ensine a viver onde a senhora não está.

Tenho a honra de ser, etc.

Paris, 19 de outubro de 17**.

CARTA 119

**DA SENHORA DE ROSEMONDE
À PRESIDENTA DE TOURVEL**

Embora ainda esteja sofrendo muito, minha querida amiga, tento eu mesma lhe escrever, a fim de poder falar sobre aquilo que lhe interessa. Meu sobrinho continua sempre em sua misantropia. Manda regularmente pedir notícias minhas todos os dias; mas não veio nem uma vez sequer informar-se pessoalmente, embora eu o tenha mandado chamar, de modo que não o vejo mais do que se estivesse em Paris. Encontrei-o, contudo, essa manhã, onde não o teria esperado. Foi em minha capela, onde desci pela primeira vez desde minha dolorosa indisposição. Soube hoje que há quatro dias tem ido ali regularmente para assistir à missa. Deus queira que isso dure!

Quando entrei, veio ter comigo e me felicitou muito afetuosamente por meu estado de saúde bem melhor. Como a missa estivesse começando, abreviei a conversa, que eu pretendia retomar em seguida; mas ele desapareceu antes que pudesse alcançá-lo. Não vou lhe esconder que o achei um pouco mudado. Mas, minha bela, não deixe que inquietações muito intensas me levem a me arrepender da confiança que tenho em sua razão; e, sobretudo, esteja certa de que eu ainda preferiria afligi-la do que enganá-la.

Se meu sobrinho continuar a me tratar friamente, logo que estiver melhor, vou tomar posição, vou procurá-lo em seu quarto e vou tratar de desvendar a causa dessa singular mania que, acredito, se deve em parte a você. Vou lhe referir tudo o que tiver descoberto. Despeço-me, pois não consigo mais mover os dedos. Além do mais, se Adelaide soubesse que andei escrevendo, iria me repreender durante a noite toda. Adeus, minha bela.

Do castelo de..., 20 de outubro de 17**.

CARTA 120

**DO VISCONDE DE VALMONT
AO PADRE ANSELMO**
(*Religioso do convento da rua Saint-Honoré*)

Não tenho a honra de ser conhecido pelo senhor, mas sei da inteira confiança que no senhor tem a senhora presidenta de Tourvel e sei, além disso, como essa confiança é dignamente posta. Creio, portanto, poder, sem indiscrição, dirigir-me ao senhor para obter um serviço realmente essencial, verdadeiramente digno de seu santo ministério, e no qual o interesse da senhora de Tourvel se encontra unido ao meu.

Tenho em mãos documentos importantes que dizem respeito a ela, que não podem ser confiados a ninguém e não devo nem quero entregar senão em suas mãos. Não disponho de nenhum meio para informá-la, porque razões, que o senhor talvez conheça por ela, mas que não me julgo no direito de lhe referir, a levaram a tomar a decisão de recusar qualquer correspondência comigo, decisão essa que hoje reconheço de bom grado não poder recriminar, porquanto ela não podia prever acontecimentos que eu mesmo estava bem longe de esperar e não eram possíveis senão pelo poder mais que humano que somos obrigados a reconhecer neles.

Suplico-lhe, portanto, senhor, que se digne informá-la sobre minhas novas resoluções e pedir-lhe, em meu nome, um encontro privado em que eu possa, pelo menos em parte, reparar meus erros com minhas desculpas; e, como último sacrifício, apagar de seus olhos os únicos vestígios existentes de um erro ou de uma falta de que me tivesse tornado culpado para com ela.

Será somente, depois dessa expiação preliminar, que vou ousar depositar a seus pés, senhor, a humilhante confissão de meus longos desvios e implorar sua mediação para uma reconciliação muito mais importante ainda, e infelizmente mais difícil. Posso esperar, senhor, que não haverá de me negar cuidados tão necessários e tão preciosos? E que haverá de se dignar amparar minha fraqueza e guiar meus passos por um caminho novo, que desejo ardentemente seguir, mas que, confesso, enrubescendo, ainda não conheço?

Aguardo sua resposta com a impaciência do arrependimento que deseja a reparação e peço-lhe que me considere, com tanta gratidão como veneração, seu humilde, etc.

P. S. – Autorizo-o, senhor, caso o julgue conveniente, a transmitir essa carta, na íntegra, à senhora de Tourvel, a quem me considero no dever de respeitar por toda a minha vida e em quem jamais deixarei de honrar aquela de que o céu se serviu para reconduzir minha alma à virtude, por meio do tocante exemplo dela.

Do castelo de..., 22 de outubro de 17**.

CARTA 121

DA MARQUESA DE MERTEUIL
AO CAVALEIRO DANCENY

Recebi sua carta, meu tão jovem amigo; mas antes de lhe agradecer, devo repreendê-lo e o previno de que, se não se corrigir, não vai ter mais nenhuma resposta minha. Deixe de lado, portanto, se acreditar em mim, esse tom de adulação, que nada mais é que jargão quando não é expressão do amor. Seria esse o estilo da amizade? Não, meu amigo, cada sentimento tem a linguagem que lhe convém e recorrer a outra é mascarar o pensamento que expressamos. Sei muito bem que nossas pequenas mulheres não entendem nada do que se lhes diz, se não for traduzido, de certa forma, nesse jargão costumeiro; mas eu julgava merecer, confesso, que o senhor me distinguisse delas. Estou verdadeiramente aborrecida e, talvez até mais do que deveria, por ter me julgado tão mal.

Só vai encontrar em minha carta, portanto, o que falta na sua: franqueza e simplicidade. Vou lhe dizer, por exemplo, que teria grande prazer em revê-lo e estou muito contrariada de só ter a meu redor pessoas que me aborrecem, em vez de pessoas que me agradam; mas você haveria de traduzir assim essa mesma frase: *Ensine-me a viver onde a senhora não está*; de modo que, suponho, quando estiver com sua amada, não saberia viver sem que eu esteja presente. Que pena! E essas mulheres, *a quem sempre falta serem eu*, parece que acha também que o mesmo talvez falte à sua Cécile! Aí está, no entanto, para onde conduz uma linguagem que, pelo abuso que dela se faz hoje, ainda está abaixo do jargão dos elogios e não passa de simples protocolo no qual não se acredita mais do que no "muito humilde criado"!

Meu amigo, quando me escrever, que seja para me dizer sua maneira de pensar e de sentir e não para me enviar frases que posso encontrar, sem você, mais ou menos no primeiro romance da moda. Espero que não se aborreça com o que lhe digo, mesmo que veja nisso um pouco de mau humor, pois não nego estar sentindo algum. Mas, para evitar até a sombra do defeito que lhe recrimino, não vou lhe dizer que esse mau humor talvez seja algo que aumenta por causa da distância em que me encontro de você. Parece-me que, no fim das contas, você vale mais que um processo e dois advogados, e talvez até mais que o *atencioso* Belleroche.

Percebe que, em vez de ficar desolado por minha ausência, deveria congratular-se, pois eu nunca lhe havia feito um elogio tão belo. Acho que estou sendo influenciada pelo exemplo e também quero bajulá-lo; mas não, prefiro me ater à minha franqueza; é só ela, portanto, que lhe assegura minha terna amizade e o interesse que ela me inspira. É muito doce ter um jovem amigo, cujo coração está ocupado em outro lugar. Esse não é o sistema de todas as mulheres, mas é o meu. Parece-me que nos entregamos com mais prazer a um sentimento do qual nada temos a temer. Por isso foi que assumi, talvez um tanto cedo, o papel de sua confidente. Mas você escolhe suas namoradas tão jovens que, pela primeira vez, me fez perceber que começo a envelhecer! Faz muito bem em se preparar dessa forma para uma longa carreira de constância e lhe desejo de todo coração que ela seja recíproca.

Tem razão em se render aos *motivos ternos e sinceros* que, segundo me diz, *adiam sua felicidade*. A longa defesa é o único mérito que resta àquelas que não resistem para sempre; e o que eu acharia imperdoável, em qualquer pessoa que não numa criança como a pequena Volanges, seria não saber fugir de um perigo, do qual ela foi suficientemente alertada pela confissão que faz de seu amor. Vocês, homens, não têm ideia do que seja a virtude e do quanto custa sacrificá-la! Mas por pouco que uma mulher raciocine, deverá saber que, independentemente da falta que cometa, uma fraqueza é para ela a maior das desgraças; e não imagino que alguma possa cair nessa armadilha, se puder dispor de um momento para refletir.

Não vá combater essa ideia, pois é ela que me liga principalmente a você. Será você que vai me salvar dos perigos do amor e, embora tenha sabido, sem você, me defender deles até o momento, consinto em lhe ser reconhecida por isso e vou amá-lo mais e melhor.

Com isso, meu caro cavaleiro, rogo a Deus que o tenha em sua santa e digna guarda.

Do castelo de..., 22 de outubro de 17**.

CARTA 122

**DA SENHORA DE ROSEMONDE
À PRESIDENTA DE TOURVEL**

Esperava, minha amável filha, poder enfim acalmar suas inquietações e vejo que, ao contrário, com desgosto, que vou aumentá-las mais ainda. Acalme-se, porém; meu sobrinho não está em perigo; não se pode nem sequer dizer que esteja realmente doente. Mas é certo que se passa com ele algo de extraordinário. Não entendo nada, mas saí do quarto dele com um sentimento de tristeza, talvez até mesmo de medo, que me recrimino por fazê-la compartilhar, mas que não posso deixar de comentar com você. Aqui vai o relato do que aconteceu; você pode estar segura de que é fiel, pois nem que eu vivesse mais 80 anos poderia esquecer a impressão que me causou essa triste cena.

Estive, pois, esta manhã, nos aposentos de meu sobrinho; encontrei-o escrevendo e cercado de diferentes pilhas de papéis que pareciam ser o objeto de seu trabalho. Este o absorvia tanto que eu já estava no meio do quarto, e ele nem tinha ainda virado a cabeça para ver quem estava entrando. Assim que me viu, reparei muito bem que, ao se levantar, se esforçava para compor seu semblante e talvez isso foi justamente o que me fez prestar mais atenção. Na verdade, ele não estava arrumado, mas o achei pálido e abatido e, sobretudo, com a fisionomia alterada. Seu olhar, antes tão vivo e alegre, estava triste e abatido; enfim, cá entre nós, não gostaria que o visse desse jeito, pois tinha um ar comovente e próprio, segundo julgo, a inspirar essa terna piedade que é uma das mais perigosas armadilhas do amor.

Embora impressionada com o que observava, comecei, no entanto, a conversa como se nada tivesse percebido. De início, lhe falei sobre sua saúde e ele, sem afirmar que fosse boa, tampouco deu a entender que fosse má. Eu me queixei então de seu isolamento, que tinha certo ar de mania, e procurava mesclar um pouco de alegria à minha pequena reprimenda; mas ele só me respondeu, com um tom compenetrado: "É mais um erro meu, confesso, mas que será reparado com os outros." Seu jeito, mais ainda que suas palavras, perturbou um pouco minha jovialidade e me apressei em dizer que estava dando demasiada importância a uma simples recriminação de uma amiga.

 Então nos pusemos a conversar tranquilamente. Ele me disse, pouco depois, que talvez um assunto, *o mais importante assunto de sua vida*, o chamasse em breve de volta a Paris. Mas como eu tivesse medo de adivinhar qual era, minha bela, que esse início me levasse a uma confidência que eu não desejava, não fiz nenhuma pergunta e me contentei em responder que mais distrações seriam muito úteis para sua saúde. Acrescentei que, por essa vez, não iria insistir, por gostar de meus amigos como são; foi a essa frase tão simples que, apertando minhas mãos e falando com uma veemência que não sei expressar, me disse: "Sim, minha tia, ame, ame muito a um sobrinho que a respeita e lhe quer bem; e, como diz, ame-o como ele é. Não se aflija com sua felicidade e não perturbe, com qualquer pesar, a eterna tranquilidade que ele espera desfrutar em breve. Repita que me ama, que me perdoa; sim, vai me perdoar, pois conheço sua bondade; mas como esperar a mesma indulgência daqueles que tanto ofendi?" Então ele se inclinou para mim, para esconder, creio, sinais de dor que o tom de sua voz me denunciava.

 Mais comovida do que poderia dizer, levantei-me precipitadamente e, sem dúvida, ele notou meu pavor, pois recompondo-se imediatamente, continuou: "Perdão, senhora, perdão; sinto que estou divagando, sem querer. Peço-lhe que esqueça minhas palavras e se lembre somente de meu profundo respeito." E acrescentou: "Não deixarei de ir lhe prestar meus respeitos antes de partir." Pareceu-me que essa última frase me convidava a encerrar minha visita e, com efeito, fui embora.

 Mas quanto mais reflito a respeito, menos entrevejo o que ele quis dizer. Que assunto será esse, *o maior de sua vida*? Por que motivo me pede perdão? De onde vinha esse involuntário enternecimento ao me falar? Já me fiz essas perguntas mil vezes, sem lograr responder. Tampouco vejo nisso algo que se relacione com a senhora. Como, no entanto, os olhos do amor são mais clarividentes que os da amizade, não quis deixá-la sem saber de nada do que se passou entre mim e meu sobrinho..

Para escrever essa longa carta, retomei-a quatro vezes; seria ainda mais longa, se não fosse o cansaço que sinto. Adeus, minha bela.

Do castelo de..., 25 de outubro de 17**.

CARTA 123

DO PADRE ANSELMO
AO VISCONDE DE VALMONT

Recebi, senhor visconde, a carta com que me honrou; e ontem mesmo me dirigi, segundo seu desejo, à casa da pessoa em questão. Expus-lhe o objeto e os motivos da diligência que me pedia que fizesse junto dela. Embora a encontrasse, de início, apegada à sábia decisão que havia tomado, ao lhe demonstrar que ela podia talvez, com sua recusa, pôr obstáculos a seu sincero arrependimento e se opor assim, de certa forma, aos misericordiosos desígnios da Providência, consentiu em receber sua visita, sob a condição, contudo, de que seja a última, e me encarregou de lhe comunicar que estará em casa na próxima quinta-feira, dia 28. Se essa data não pudesse lhe convir, queira informá-la e indicar outra. Sua carta será recebida.

Mas, senhor visconde, permita-me convidá-lo a não adiar, sem fortes motivos para tanto, a fim de poder se entregar mais cedo e mais inteiramente às louváveis disposições que me declarou. Lembre-se de que quem tarda a aproveitar o momento da graça se expõe a que esta lhe seja retirada; que, embora a bondade divina seja infinita, ela é, no entanto, regulada pela justiça; e pode chegar um momento em que o Deus de misericórdia se transforme em Deus de vingança.

Se continuar a me honrar com sua confiança, peço-lhe acreditar que todo o meu empenho estará a seu dispor assim que o desejar; por maiores que sejam minhas ocupações, minha tarefa mais importante será sempre cumprir com os deveres do santo ministério a que particularmente me dediquei; e o momento mais belo de minha vida será aquele em que poderei ver meus esforços prosperar pela bênção do Todo-poderoso. Fracos pecadores que somos, nada podemos por nós mesmos! Mas o Deus que o chama de volta tudo pode e deveremos igualmente à bondade dele, o senhor o desejo constante de se unir ele, e eu, os meios para conduzi-lo. É com o auxílio dele que espero convencê-lo em breve de que somente a santa religião pode oferecer, mesmo neste mundo, a felicidade sólida e duradoura que em vão procuramos no meio da cegueira das paixões humanas.

Tenho a honra de ser, com respeitosa consideração, etc.

Paris, 25 de outubro de 17**.

CARTA 124

DA PRESIDENTA DE TOURVEL
À SENHORA DE ROSEMONDE

No meio da surpresa em que me deixou, senhora, a notícia que recebi ontem, não esqueço a satisfação que deve lhe causar e me apresso em comunicá-la. O senhor de Valmont não se preocupa mais comigo nem de seu amor e nada mais quer senão reparar, por uma vida mais edificante, as faltas, ou melhor, os erros de sua juventude. Fui informada desse grande acontecimento pelo padre Anselmo, a quem ele se dirigiu para que o guiasse doravante e também para que mediasse um encontro comigo, cujo principal objetivo creio que seja o de me devolver minhas cartas, que ele guardou até agora, apesar do pedido em contrário que eu lhe havia feito.

Não posso senão aplaudir, sem dúvida, essa benfazeja mudança e me congratular se, como ele diz, para isso pude contribuir de alguma forma. Mas por que é que tinha de ser eu o instrumento e isso me custasse o sossego de minha vida? A felicidade do senhor de Valmont não podia chegar senão por meu infortúnio? Oh! minha indulgente amiga, perdoe essa queixa. Sei que não cabe a mim sondar os desígnios de Deus, mas enquanto eu lhe peço sem cessar, e sempre em vão, a força para vencer meu infeliz amor, ele a dispensa àquele que nada lhe pedia e me deixa sem socorro, inteiramente entregue à minha fraqueza.

Mas abafemos esse murmúrio culpável. Por acaso não sei que o filho pródigo, ao voltar, obteve mais graças do pai que o filho que nunca se havia ausentado? O que podemos cobrar daquele que nada nos deve? E se fosse possível que tivéssemos alguns direitos junto dele, quais poderiam ser os meus? Posso me vangloriar de uma sensatez que desde já devo somente a Valmont? Ele me salvou, e eu ousaria me queixar ao sofrer por ele? Não; meus sofrimentos me serão caros, se forem o preço da felicidade dele. Sem dúvida, era preciso que ele por sua vez retornasse ao Pai comum. O Deus que o criou devia amar ternamente sua obra. Não teria criado esse ser encantador para fazer dele um condenado. Cabe a mim carregar a dor de minha audaciosa imprudência; não deveria saber que, sendo proibido amá-lo, não devia me permitir de vê-lo?

Meu erro ou minha desgraça foi ter refutado tempo demais essa verdade. Minha cara e digna amiga é testemunha de que me submeti a esse sacrifício logo que reconheci que era necessário; mas para que fosse completo, faltava que o senhor de Valmont não o compartilhasse. Ousarei lhe confessar que essa ideia é, no momento, o que mais me atormenta? Insuportável orgulho que suaviza os males que sofremos por aqueles que fazemos sofrer! Ah! vou vencer esse coração rebelde, vou acostumá-lo às humilhações.

Foi especialmente para chegar a isso que enfim consenti em receber, quinta-feira próxima, a penosa visita do senhor de Valmont. Então, vou ouvir ele próprio me dizer que não sou mais nada para ele, que a fraca e passageira impressão que lhe havia causado está inteiramente apagada! Vou ver seus olhos pousar em mim sem emoção, enquanto o temor de denunciar a minha me fará baixar os meus. Vou receber de sua indiferença essas mesmas cartas que por tanto tempo ele recusou a meus reiterados pedidos; vai devolvê-las como objetos inúteis que não lhe interessam mais; e minhas mãos trêmulas, ao receber esse vergonhoso acervo, vão sentir que este lhes é entregue por uma mão firme e tranquila! Enfim, vou vê-lo se afastar... se afastar para sempre e meus olhos, que vão segui-lo, não verão os seus se voltar para mim!

E estava destinada a tamanha humilhação! Ah! que pelo menos eu saiba torná-la útil, deixando que por ela penetre em mim o sentimento de minha fraqueza... Sim, essas cartas, que ele não se interessa mais em guardar, vou conservá-las preciosamente. Vou me impor a vergonha de relê-las a cada dia, até que minhas lágrimas apaguem seus últimos vestígios e vou queimar as dele como se estivessem infectadas pelo perigoso veneno que corrompeu minha alma. Oh! O que é, pois, o amor, se nos faz lamentar até os perigos a que nos expõe? Se, principalmente, devemos temer de senti-lo ainda, mesmo depois de não inspirá-lo mais? Fujamos dessa paixão funesta que não nos deixa escolha senão entre a vergonha e a desgraça e, muitas vezes, até reúne as duas; que, pelo menos, a prudência tome o lugar da virtude.

Como está longe ainda essa quinta-feira! Quem dera pudesse consumar agora mesmo esse doloroso sacrifício e esquecer, de uma vez, tanto a causa como o objeto! Essa visita me importuna; arrependo-me de tê-la prometido. Ora, por que ele precisa me rever ainda? O que somos, no momento, um para o outro? Se ele me ofendeu, eu o perdoo. E até o felicito por querer reparar seus erros; louvo-o por isso. Vou fazer mais, vou imitá-lo; e, seduzida pelos mesmos erros, seu exemplo deverá me orientar. Mas se o plano dele é fugir de mim, por que começar por me procurar? O mais premente para cada um de nós, não é o de esquecer o outro? Ah! sem dúvida, e será esse doravante meu único cuidado.

Se me permitir, minha amável amiga, será junto da senhora que vou tratar dessa difícil tarefa. Se precisar de ajuda, talvez até mesmo de consolo, só da senhora quero recebê-los. É a única que sabe me compreender e falar a meu coração. Sua preciosa amizade preencherá toda a minha existência. Nada me parecerá difícil para completar os cuidados que terá a bondade de me dispensar. À senhora vou ficar devendo minha tranquilidade, minha felicidade, minha virtude; e o fruto de suas atenções por mim será finalmente o de tornar-me digna delas.

Creio que andei me dispersando muito nessa carta; pelo menos é o que presumo pela perturbação que não deixei de sentir ao escrevê-la. Se encontrar nela alguns sentimentos de que eu tivesse de enrubescer, cubra-os com sua indulgente amizade. A ela me entrego inteiramente. Não é da senhora que quero ocultar alguma das emoções de meu coração.

Adeus, minha respeitável amiga. Espero, dentro de poucos dias, lhe comunicar o de minha chegada.

Paris, 25 de outubro de 17**.

parte 4

CARTA 125

**DO VISCONDE DE VALMONT
À MARQUESA DE MERTEUIL**

Aí está, pois, vencida essa mulher soberba que havia ousado acreditar que poderia me resistir! Sim, minha amiga, ela é minha, inteiramente minha e, desde ontem, ela não tem mais nada a me conceder.

Estou ainda cumulado demais de felicidade para poder apreciá-la, mas me surpreende o desconhecido encanto que senti. Será então verdade que a virtude aumenta o valor de uma mulher até no próprio momento de sua fraqueza? Mas releguemos essa ideia pueril para os contos de fada. Não se encontra, quase em toda parte, uma resistência mais ou menos bem fingida quando do primeiro triunfo? E por acaso não encontrei em parte alguma esse encanto de que falo? Não é tampouco, no entanto, do encanto do amor; pois, enfim, se tive, às vezes, ao lado dessa mulher surpreendente, momentos de fraqueza que se assemelhavam a essa pusilânime paixão, sempre soube superá-los e voltar a meus princípios. Ainda que a cena de ontem me tivesse levado, como acredito, um pouco mais longe do que esperava; ainda que eu tivesse compartilhado, por um momento, a perturbação e a embriaguez que eu despertava, essa ilusão passageira estaria agora dissipada; e, no entanto, o mesmo encanto subsiste. Sentiria até mesmo, confesso, um prazer bastante doce entregando-me a ele, se não me causasse certa inquietação. Estaria eu, portanto, em minha idade, dominado como um colegial por um sentimento involuntário e desconhecido? Não, preciso, antes de tudo, combatê-lo e analisá-lo.

Talvez, de resto, já tenha vislumbrado o motivo! Essa ideia, pelo menos, me agrada e gostaria que ela fosse verdadeira.

Entre a multidão de mulheres junto das quais cumpri até o momento o papel e as funções de amante, nunca havia encontrado uma que não tivesse, pelo menos, tanta vontade de se render quanto eu tinha de induzi-la a tanto; até me havia acostumado a chamar de *virtuosas* aquelas que só percorriam a metade do caminho, em oposição a tantas outras cuja provocante defesa só imperfeitamente disfarça as primeiras investidas que andaram fazendo.

Nesse caso, ao contrário, me deparei com uma prevenção inicial desfavorável e baseada depois nos conselhos e nos relatos de uma mulher rancorosa mas perspicaz; com uma timidez natural e extrema, que fortalecia um pudor esclarecido; com um apego à virtude, sob a tutela da religião, que já contava dois anos de triunfo; enfim, com atitudes brilhantes, inspiradas por esses diferentes motivos, e todas elas não tinham outro objetivo senão o de se subtrair a minhas investidas.

Não é o mesmo, portanto, como em minhas outras aventuras, uma simples capitulação mais ou menos vantajosa, de que é mais fácil aproveitar-se do que orgulhar-se; é uma vitória completa, obtida por meio de uma penosa campanha e decidida por sábias manobras. Não é surpreendente, portanto, que esse sucesso, devido só a mim, se torne mais precioso, e o prazer maior que senti em meu triunfo e ainda sinto não é senão a doce impressão do sentimento da glória. Aprecio essa forma de ver, que me evita a humilhação de pensar que eu possa depender, de alguma maneira, da própria escrava que sujeitei; que não tenha só em mim a plenitude de minha felicidade; que a capacidade de poder desfrutá-la em toda a sua energia seja reservada a essa ou àquela mulher, excluindo todas as outras.

Essas sensatas reflexões vão regular minha conduta nessa importante ocasião e pode estar certa de que não vou me deixar acorrentar a ponto de não ser capaz de romper esses novos laços com facilidade e a meu bel-prazer. Mas estou lhe falando de minha ruptura, e você não sabe ainda por quais meios adquiri o direito a ela; leia, portanto, e veja a que se expõe a sensatez quando tenta socorrer a loucura. Analisei tão atentamente minhas palavras e as respostas que obtinha que espero lhe relatar umas e outras com uma exatidão que vai deixá-la contente.

Poderá ver, pela cópia das cartas anexas,[39] que mediador havia escolhido para me reaproximar de minha bela e com que zelo o santo personagem se empenhou para nos reunir. O que devo lhe contar ainda que soube por uma carta, interceptada como de costume, é que o temor e a pequena humilhação de ser abandonada haviam abalado um pouco a prudência da austera devota e tinham enchido seu coração e sua cabeça de sentimentos e ideias que, por serem destituídos de bom senso, nem por isso deixavam de ser interessantes. Foi depois dessas preliminares, que é necessário conhecer, que ontem, quinta-feira, dia 28, data marcada e indicada pela ingrata, eu me apresentei em sua casa como um tímido e arrependido escravo, para sair de lá como vencedor coroado.

Eram seis da tarde quando cheguei à casa da bela reclusa, pois, desde seu regresso, manteve suas portas fechadas a todos. Ela tentou

---

39   Cartas 70 e 122.

se levantar quando me anunciaram, mas seus joelhos trêmulos não permitiram que ficasse nessa posição; tornou a sentar-se imediatamente. Como o criado que me havia introduzido teve de fazer algum serviço no aposento, ela pareceu impaciente. Preenchemos esse intervalo com os cumprimentos de praxe. Mas para não perder nada de um tempo de que todos os momentos eram preciosos, examinei cuidadosamente o local e, desde logo, vislumbrei o palco de minha vitória. Poderia ter escolhido outro mais cômodo, pois, nessa mesma sala havia uma poltrona. Mas reparei que, diante desta, estava um retrato do marido e, confesso, tive medo de que, com uma mulher tão singular, um só olhar que o acaso dirigisse nessa direção poderia destruir num instante a obra de tantos cuidados. Enfim, ficamos a sós e entrei no assunto.

Depois de ter exposto em poucas palavras que o padre Anselmo devia tê-la informado dos motivos de minha visita, eu me queixei do rigoroso tratamento que havia recebido e insisti particularmente no *desprezo* que ela me havia demonstrado. Ela se defendeu como eu esperava e como você também esperava, fundamentei a prova na desconfiança e no pavor que eu lhe havia inspirado, na escandalosa fuga que se havia seguido, na recusa em responder minhas cartas ou na de recebê-las, etc. Como ela começasse a apresentar uma justificativa que teria sido bem fácil, julguei dever interrompê-la e, para que me perdoasse essa maneira brusca, cobri-a logo com algumas bajulações, dizendo: "Se tantos encantos causaram em meu coração uma impressão tão profunda, tantas virtudes não causaram menor impressão em minha alma. Seduzido, sem dúvida, pelo desejo de me aproximar, ousei me julgar digno de fazê-lo. Não a recrimino por não ter julgado de outro modo, mas me puno por meu erro." Como ela guardasse o silêncio do constrangimento, continuei: "Desejei, senhora, me justificar a seus olhos ou obter o perdão pelos erros que me atribui, a fim de poder, pelo menos, terminar com alguma tranquilidade uma vida à qual não dou mais valor desde que se recusou a embelezá-la."

Nesse ponto, ela tentou, no entanto, responder. "Meu dever não me permitia..." E a dificuldade de concluir a mentira que o dever exigia não permitiu que concluísse a frase. Retomei, pois, a palavra, em tom mais terno:

– É verdade, portanto, que foi de mim que fugiu?
– Essa partida era necessária.
– E afastar-se de mim também?
– É preciso.
– E para sempre?
– Devo fazê-lo.

Não é preciso lhe dizer que, durante esse breve diálogo, a voz da terna virtuosa estava sufocada e seus olhos não se erguiam para mim.

Julguei ter de animar um pouco aquela cena monótona; assim, levantando-me com ar de despeito, disse: "Sua firmeza me devolve inteiramente a minha. Pois bem! sim, senhora, vamos ficar separados, separados até mesmo mais do que pensa e poderá se congratular à vontade com sua obra."

Um pouco surpresa por esse tom de repreensão, ela procurou responder e disse: "A decisão que tomou..."

Mas eu retruquei, exaltado: "É apenas efeito de meu desespero. A senhora quis que eu fosse infeliz; vou provar que o conseguiu além até do que desejava."

"Desejo sua felicidade", replicou ela.

E o tom de sua voz começava a denunciar uma emoção bastante forte. Por isso, precipitando-me a seus pés e com o tom dramático que você conhece, exclamei: "Ah! cruel, pode existir para mim uma felicidade que a senhora não compartilha? Onde encontrá-la longe da senhora? Ah! Nunca, nunca!"

Confesso que, ao me expor a esse ponto, havia contado muito com o efeito das lágrimas; mas seja por má disposição, seja talvez somente por efeito da penosa e contínua atenção que punha em tudo, foi-me impossível chorar.

Por sorte, acabei me lembrando que, para subjugar uma mulher, todos os meios são igualmente bons, que bastava surpreendê-la com um grande gesto para lhe causar uma impressão profunda e favorável. Supri, portanto, com o terror a sensibilidade que me faltava e, para isso, mudando apenas a inflexão de minha voz e conservando a mesma postura: "Sim", continuei, "juro a seus pés, possuí-la ou morrer."

Ao pronunciar essas últimas palavras, nossos olhares se encontraram. Não sei o que a tímida pessoa viu ou julgou ver nos meus, mas levantou-se com ar assustado e se soltou de meus braços que a envolviam. É verdade que nada fiz para retê-la, pois havia notado, diversas vezes, que as cenas de desespero demasiado intensas caíam no ridículo quando se tornavam longas, ou só deixavam recursos realmente trágicos, que eu estava bem longe de querer adotar. Mas enquanto ela se esquivava de mim, acrescentei em tom baixo e sinistro, mas de forma que ela pudesse ouvir: "Pois bem! A morte!"

Então me levantei e, guardando silêncio por um momento, lancei a ela, como ao acaso, olhares ferozes que, embora parecessem desvairados, não deixavam de ser menos perspicazes e observadores. O porte inseguro, a respiração alta, a contração de todos os músculos, os braços trêmulos e erguidos pela metade, tudo me provava bastante bem que o efeito era aquele que eu tinha pretendido produzir; mas como no amor nada termina senão bem perto, e então estávamos bastante longe um do outro, antes de mais nada, era precisome aproximar. Foi para chegar a isso que assumi o mais rapidamente possível uma aparente tranquilidade, própria para acalmar os efeitos desse estado violento sem enfraquecer a impressão causada.

Minha transição foi: "Sou muito infeliz. Quis viver para sua felicidade e a perturbei. Devoto-me para sua tranquilidade e mais uma vez a perturbo". E então, com ar composto, mas constrangido, acrescentei: "Perdão, senhora; pouco acostumado às tormentas da paixão, mal sei reprimir seus impulsos. Se errei ao me entregar a eles, saiba pelo menos que foi pela última vez. Ah! acalme-se, acalme-se, eu lhe suplico". E, durante esse longo discurso, me aproximava imperceptivelmente.

"Se quer que eu me acalme", respondeu a bela assustada, "esteja o senhor mesmo mais tranquilo."

"Pois bem, sim, prometo", disse eu e acrescentei em voz mais fraca: "Se é grande o esforço, pelo menos não deve ser longo. Mas", retomei logo, com ar perdido, "vim aqui para lhe devolver suas cartas, não é mesmo? Por favor, digne-se retomá-las. Resta-me fazer esse doloroso sacrifício: não deixe comigo nada que possa enfraquecer minha coragem". E, tirando do bolso a preciosa coletânea, disse: "Aqui está esse enganoso depósito de suas garantias de amizade! Ele me prendia à vida, tome-o de volta. Dê assim, a senhora mesma, o sinal que deve me separar da senhora para sempre".

Nesse ponto, a temerosa amante cedeu inteiramente à sua terna inquietação. "Mas, senhor de Valmont, o que tem e o que quer dizer com isso? A atitude que toma hoje não é voluntária? Não é fruto de suas próprias reflexões? E não foram elas que o levaram a aceitar, por sua vez, a decisão necessária que tomei por dever?"

"Pois bem", retruquei, "essa decisão determinou a minha."

"E qual é?"

"A única que pode, ao me separar da senhora, pôr um termo a meu sofrimento."

"Mas me responda, qual é?"

Nesse momento a estreitei em meus braços sem que ela de modo algum se defendesse; e julgando, por esse esquecimento da boa educação, como era forte e poderosa a emoção, disse-lhe, arriscando o entusiasmo: "Mulher adorável, não faz ideia do amor que inspira; jamais haverá de saber até que ponto foi adorada e como esse sentimento me era mais caro que minha própria existência! Possam ser todos os seus dias afortunados e tranquilos! Possam se embelezar de toda a felicidade de que me privou! Retribua pelo menos esse desejo sincero com um lamento, com uma lágrima e creia que o último de meus sacrifícios não será o mais penoso para meu coração. Adeus."

Enquanto eu assim falava, sentia seu coração palpitar com violência, observava a alteração de seu semblante, via especialmente as lágrimas sufocando-a, embora só escorressem a custo e raras. Foi somente então que decidi fingir que me afastava; por isso, retendo-me com força, disse vivamente: "Não, escute-me."

"Deixe-me", respondi.

"Vai me escutar, eu o quero."

"Preciso fugir da senhora, preciso!"

"Não!...", exclamou ela.

Com essa palavra, ela se jogou, ou melhor, caiu desmaiada em meus braços. Como eu ainda duvidasse de tão feliz desfecho, fingi um grande susto, mas mesmo assustado, eu a conduzia ou a carregava para o local previamente definido como campo de minha glória; e, com efeito, ela só voltou a si já submissa e entregue a seu feliz vencedor.

Até então, minha bela amiga, terá percebido em mim, creio, uma pureza de método que lhe dará prazer e verá que em nada me afastei dos verdadeiros princípios dessa guerra que muitas vezes observamos ser tão parecida com a outra. Julgue-me, portanto, como Turenne ou Frederico. Obriguei o inimigo a combater, pois só queria temporizar; por meio de sábias manobras me atribuí a escolha do terreno e das disposições; soube inspirar segurança ao inimigo para atingi-lo mais facilmente em seu reduto; soube criar o terror antes de passar ao combate; nada deixei ao acaso, a não ser a constatação de uma grande vantagem em caso de sucesso e a certeza de recursos em caso de derrota; enfim, só desencadeei a ação depois de garantir uma retirada, por onde pudesse cobrir e conservar tudo o que havia conquistado anteriormente. Creio que fiz tudo o que se pode fazer; mas agora receio ter amolecido como Aníbal entre as delícias de Cápua. Segue-se agora o que aconteceu depois.

Eu esperava realmente que um acontecimento tão grande não

ocorresse sem as lágrimas e o desespero de praxe; e se observei, de início, um pouco mais de confusão e uma espécie de retraimento, atribuí uma e outro à condição de virtuosa; por isso, sem me preocupar com essas leves diferenças, que julgava ser puramente pessoais, seguia simplesmente a grande via das consolações, persuadido de que, como geralmente acontece, as sensações haveriam de ajudar o sentimento, e uma única ação haveria de fazer mais que todos os discursos, os quais, no entanto, não negligenciava. Mas me deparei com uma resistência verdadeiramente assustadora, menos por seu excesso do que pela forma sob a qual se manifestava.

Imagine uma mulher sentada, imóvel em sua rigidez e com um semblante invariável, parecendo não pensar nem ouvir nem entender e cujos olhos fixos deixam escapar lágrimas contínuas, mas que escorrem sem esforço. Assim estava a senhora de Tourvel enquanto eu falava; mas se tentasse atrair sua atenção por meio de uma carícia, ou mesmo por meio do gesto mais inocente, a essa aparente apatia logo se sucediam o terror, a sufocação, as convulsões, os soluços e alguns gritos espaçados, mas sem nenhuma palavra articulada. Essas crises se repetiram várias vezes e sempre mais fortes; a última foi tão violenta que fiquei inteiramente desanimado e cheguei a temer, por um momento, ter obtido uma vitória inútil. Lancei mão dos lugares-comuns de praxe, entre os quais apelei para este: "Está desesperada porque fez minha felicidade?"

A essas palavras, a adorável mulher se voltou para mim e seu semblante, embora ainda um pouco perturbado, já havia recobrado sua celestial expressão e disse: "Sua felicidade!" Pode adivinhar minha resposta. "Então o senhor é feliz?" Redobrei meus protestos. "E feliz graças a mim!"

Acrescentei os elogios e as ternas palavras. Enquanto eu falava, todos os seus membros se entorpeceram; recaiu totalmente enfraquecida em sua poltrona e, abandonando-me a mão que eu tinha ousado tomar, disse: "Sinto que essa ideia me consola e me alivia."

Acredita que, trazido assim de volta para o caminho, não a deixei mais; era realmente o caminho certo e talvez o único. Por isso, quando quis tentar um segundo sucesso, senti de início alguma resistência e o que havia ocorrido anteriormente me tornava circunspecto. Tendo, porém, apelado em meu socorro para essa mesma ideia de minha felicidade, logo senti seus efeitos favoráveis: "Tem razão", me disse a doce criatura, "não posso mais suportar minha existência, a menos que sirva para torná-lo feliz. A isso me consagro inteiramente; a partir desse momento, me entrego e não vai provar de minha parte nem recusas nem arrependimentos."

Foi com essa candura, ingênua ou sublime, que ela me entregou sua pessoa e seus encantos, e aumentou minha felicidade ao compartilhá-la. A embriaguez foi completa e recíproca; e, pela primeira vez, a minha sobreviveu ao prazer. Só saí de seus braços para cair a seus pés, para lhe jurar amor eterno; e, é preciso confessar tudo, eu era sincero no que dizia. Enfim, mesmo depois de nos termos separado, sua imagem não me abandonava e tive de fazer um esforço para me distrair. Ah! por que você não está aqui para, pelo menos, equilibrar o encanto da ação com aquele da recompensa? Mas não perco por esperar, não é verdade? E espero poder considerar como combinado entre nós o feliz acordo que lhe propus em minha última carta. Pode ver que me empenho realmente e, como prometi, meus assuntos vão estar bem adiantados para que eu possa lhe dar uma parte de meu tempo. Trate, portanto, de se livrar de seu pesado Belleroche e deixe para lá o meloso Danceny, para cuidar somente de mim. Mas o que anda fazendo, pois, todo esse tempo no campo que nem sequer me responde? Sabe que poderia facilmente ralhar com você? Mas a felicidade leva à indulgência. Além do mais, não esqueço que, ao me recolocar entre seus pretendentes, devo me submeter novamente a seus pequenos caprichos. Lembre-se, contudo, de que o novo amante nada quer perder de seus antigos direitos de amigo.

Adeus, como outrora... Sim, *adeus, meu anjo! Mando-lhe todos os beijos do amor.*

P. S. – Sabe que Prévan, no fim de seu mês na prisão, foi obrigado a deixar seu regimento? Essa é hoje a novidade de toda a Paris. Na verdade, aí está ele cruelmente punido por um erro que não cometeu, e você teve um sucesso absoluto!

Paris, 29 de outubro de 17**.

CARTA 126

**DA SENHORA DE ROSEMONDE
À PRESIDENTA DE TOURVEL**

Eu lhe teria respondido antes, minha amável menina, se a fadiga de minha última carta não me tivesse trazido de volta minhas dores, o que me privou, uma vez mais, todos esses dias, do uso de meu braço. Tinha muita pressa em lhe agradecer as boas notícias que me deu de meu sobrinho e não menor pressa tinha em lhe dar, por causa disso, sinceras felicitações. Somos verdadeiramente obrigadas a reconhecer nisso um gesto da Providência que, ao tocar um, salvou também o outro. Sim, minha bela, Deus, que só queria nos provar, a socorreu no momento em que suas forças estavam esgotadas; e, apesar de seu pequeno lamento, creio que tenha algumas ações de graças a lhe render. Não é que eu não perceba muito bem que teria sido mais agradável que essa resolução tivesse vindo primeiro de você e a de Valmont não fosse senão sua consequência; parece até, humanamente falando, que os direitos de nosso sexo teriam sido mais bem preservados, e não queremos perder nenhum deles! Mas o que são essas leves considerações diante dos importantes objetivos que foram alcançados? Já se viu alguém que se salva de um naufrágio se queixar por não ter podido escolher os meios?

Logo vai perceber, minha querida filha, que os sofrimentos que teme vão se aliviar por si mesmos; e se tivessem de subsistir sempre e por inteiro, ainda assim haveria de sentir que seriam mais fáceis de suportar que os remorsos do pecado e o desprezo de si mesma. Em vão lhe teria falado antes com essa aparente severidade. O amor é um sentimento independente, que a prudência pode ajudar a evitar, mas não poderia vencer; que, uma vez nascido, só morre de morte natural ou de absoluta falta de esperança. É esse último caso, no qual você está, que me devolve a coragem e o direito de lhe transmitir livremente meu parecer. É cruel assustar um doente desenganado, que é suscetível somente de consolos e de paliativos; mas é sábio esclarecer um convalescente sobre os perigos que correu, para lhe inspirar a prudência de que necessita e a submissão aos conselhos de que ainda pode precisar.

Visto que me escolheu como sua médica, é como tal que lhe falo e lhe digo que os pequenos incômodos que ora sente, que talvez exijam alguns remédios, não são nada, porém, em comparação com uma assustadora doença cuja cura já está assegurada. Em seguida, como sua amiga, como amiga de uma mulher sensata e virtuosa, eu me permitiria acrescentar que essa paixão que tinha subjugado, já malfadada em si, se tornava mais ainda por causa de seu objeto. Se tivesse de acreditar no que me dizem, meu sobrinho, que confesso amar talvez com certa fraqueza e de fato une muitas qualidades a muitos atrativos, não é isento de perigo em relação às mulheres nem isento de erros em relação às mesmas, e parece que se empenha tanto em seduzi-las como em perdê-las. Acredito que você poderia tê-lo convertido. Jamais pessoa alguma, sem dúvida, foi mais digna disso; mas tantas outras se gabaram de consegui-lo, e se iludiram, que prefiro não vê-la reduzida a lançar mão desse recurso.

Considere agora, minha bela, que, em vez de tantos perigos que teria tido de correr, terá, além da paz de sua consciência e sua própria tranquilidade, a satisfação de ter sido a principal causa do feliz retorno de Valmont. Para mim, não duvido de que seja essa, em grande parte, obra de sua corajosa resistência e um momento de fraqueza de sua parte talvez tivesse deixado meu sobrinho num eterno desregramento. Gosto de pensar assim e desejo vê-la pensar da mesma forma; poderá encontrar nisso suas primeiras consolações e eu, novos motivos para amá-la mais ainda.

Aguardo-a aqui dentro de poucos dias, minha amável filha, conforme me comunicou. Venha reencontrar a calma e a felicidade nos mesmos lugares em que as perdeu; venha sobretudo alegrar-se com sua terna mãe por ter tão fielmente mantido a palavra que lhe tinha dado de nada fazer que não fosse digno dela e de você!

Do castelo de..., 30 de outubro de 17**.

CARTA 127

**DA MARQUESA DE MERTEUIL
AO VISCONDE DE VALMONT**

Se não respondi, visconde, à sua carta do dia 19, não foi por falta de tempo; foi simplesmente porque ela me causou irritação e porque não encontrei nela bom senso. Julguei então não ter nada de melhor a fazer do que deixá-la no esquecimento; mas visto que volta a ela, que parece apegado às ideias nela contidas e toma meu silêncio como consentimento, cumpre-me dizer-lhe claramente minha opinião.

Pude, às vezes, ter tido a pretensão de, sozinha, substituir um serralho inteiro; mas nunca achei conveniente fazer parte de algum. Julguei que soubesse disso. Pelo menos agora, que não pode mais ignorá-lo, vai perceber facilmente como sua proposta me pareceu ridícula. Quem, eu? Haveria de sacrificar uma atração e, mais ainda, uma atração nova, para me ocupar de você? E me ocupar como? Esperando minha vez, como escrava submissa, de receber os sublimes favores de *Vossa Alteza*. Quando quiser, por exemplo, distrair-se um momento do *desconhecido encanto* que somente a *adorável*, a *celestial* senhora de Tourvel lhe fez experimentar, ou quando tiver medo de comprometer, junto da *cativante Cécile*, a imagem superior que deseja tanto que ela conserve a seu respeito; então, descendo até mim, viria procurar prazeres menos intensos, é verdade, mas sem consequências; e suas preciosas atenções, embora um tanto raras, seriam suficientes para minha felicidade.

Certamente, você é rico em boas opiniões sobre si mesmo; mas aparentemente eu não sou rica em modéstia, pois por mais que me olhe, não consigo me ver decaída a esse ponto. Talvez seja um erro de minha parte; mas previno-o de que ainda tenho muitos outros.

Tenho, sobretudo, o de acreditar que o *colegial, o meloso* Danceny, interessado somente em mim, sacrificando-me, sem fazer disso um mérito, uma primeira paixão antes mesmo de satisfazê-la e me amando, enfim, como se ama nessa idade, poderia, apesar de seus vinte anos, trabalhar mais eficazmente que você para minha felicidade e meus prazeres. Eu me permitiria até a acrescentar que, se me ocorresse a fantasia de lhe dar um auxiliar, este não seria você, pelo menos nesse momento.

E por quais razões, poderá me perguntar? Primeiramente, poderia muito bem não haver nenhuma, pois o capricho que o leva a preferir pode igualmente levá-lo a excluir. Quero realmente, no entanto, por gentileza, lhe dar meus motivos. Parece-me que você teria sacrifícios demais a fazer; e eu, em lugar da gratidão que você certamente esperaria de mim, seria capaz de achar que ainda me deveria algum! Bem vê que, tão distanciados um do outro em nossa maneira de pensar, não podemos nos aproximar de forma alguma; e receio que eu precise de tempo, de muito tempo, antes de mudar de opinião. Quando me tiver corrigido, prometo avisá-lo. Até lá, acredite, tome outras disposições, e guarde seus beijos: tem tantas opções de empregá-los melhor!...

Adeus, como outrora, diz você? Mas outrora, parece-me, você fazia mais caso de mim; não me havia destinado, de forma alguma, a um papel de terceira categoria e, sobretudo, esperava que eu tivesse dito "sim" antes de estar seguro de meu consentimento. Queira aceitar, portanto, que em vez de lhe dizer também "adeus como outrora", eu lhe diga adeus como agora.

Sua criada, senhor visconde.

Do castelo de..., 31 de outubro de 17**.

CARTA 128

**DA PRESIDENTA DE TOURVEL
À SENHORA DE ROSEMONDE**

Só ontem recebi, senhora, sua tardia resposta. Ela teria me matado no ato, se eu ainda tivesse minha existência em mim; mas é outro que a possui e esse outro é o senhor de Valmont. Como vê, não lhe escondo nada. Se não me julgar mais digna de sua amizade, prefiro ainda perdê-la do que surpreendê-la. Tudo o que posso lhe dizer é que, colocada pelo senhor de Valmont entre sua morte e sua felicidade, decidi por essa segunda alternativa. Não me vanglorio nem me acuso; digo simplesmente o que é.

Pode facilmente imaginar, de acordo com isso, que impressão me causou sua carta e as severas verdades que ela contém. Não pense, contudo, que ele pudesse ter suscitado em mim um arrependimento, nem que possa algum dia me levar a mudar de sentimento nem de conduta. Não é que eu não tenha momentos cruéis: mas quando meu coração mais se dilacera, quando temo não conseguir mais suportar meus tormentos, penso comigo mesma: Valmont está feliz; e tudo desaparece diante dessa ideia, ou melhor, ela transforma tudo em prazer.

É, portanto, a seu sobrinho que me consagrei, é por ele que me perdi. Ele se tornou o único centro de meus pensamentos, de meus sentimentos, de meus atos. Enquanto minha vida for necessária à felicidade dele, ela me será preciosa e a julgarei afortunada. Se algum dia ele julgar de outro modo... não ouvirá de minha parte nem queixa nem recriminação. Já ousei fixar o olhar nesse momento fatal e minha decisão está tomada.

Percebe agora quão pouco deve me afetar o receio que parece ter de que o senhor de Valmont cause algum dia minha perdição, pois, antes disso, ele terá deixado de me amar, que vão me importar então vãs repressões que já não haverei de ouvir? Ele será meu único juiz. Como só terei vivido para ele, será nele que vai repousar minha memória; e se ele for obrigado a reconhecer que eu o amava, estarei suficientemente justificada.

A senhora acaba de ler em meu coração. Preferi a infelicidade de perder sua estima com minha franqueza àquela de me tornar indigna pelo aviltamento da mentira. Pensei que devia essa inteira confiança a suas antigas e bondosas atenções para comigo. Acrescentar uma palavra a mais poderia levá-la a suspeitar que tenho a presunção de ainda contar com essa bondade, quando, pelo contrário, me faço justiça deixando de pretender à mesma. Sou, com todo o respeito, senhora, sua humilde e obediente serva.

Paris, 1º. de novembro de 17**.

CARTA 129

**DO VISCONDE DE VALMONT
À MARQUESA DE MERTEUIL**

Diga-me, pois, minha bela amiga, de onde pode vir esse tom de azedume e de ironia que reina em sua última carta? Qual é, pois, esse crime que cometi, aparentemente sem desconfiar, que tanta irritação lhe causa? Dei a impressão, segundo me recrimina, de contar com seu consentimento antes de tê-lo obtido; mas eu julgava que aquilo que, para todos, pudesse parecer presunção, jamais poderia ser visto, de sua parte para comigo, senão como confiança; e desde quando esse sentimento prejudica a amizade ou o amor? Juntando a esperança ao desejo, não fiz mais que ceder ao impulso natural que nos leva a nos colocarmos sempre mais perto possível da felicidade que procuramos; e você tomou como efeito do orgulho o que não era senão o efeito de minha solicitude. Sei muito bem que o costume introduziu, nesse caso, uma respeitosa dúvida; mas sabe também que isso não passa de uma formalidade, de um simples protocolo; e eu estava, ao que me parece, autorizado a julgar que essas minuciosas precauções não eram mais necessárias entre nós.

Parece-me até mesmo que essa atitude franca e espontânea, quando está baseada numa antiga relação, é preferível à insípida lisonja que tantas vezes torna o amor sem sabor. De resto, talvez o valor que atribuo a essa atitude só provenha daquele que atribuo à felicidade que ela me relembra; por isso mesmo, seria ainda mais penoso para mim vê-la pensar de outro modo.

Aí está, no entanto, o único erro que reconheço, pois não posso imaginar que você tenha pensado seriamente que pudesse existir neste mundo uma mulher que me parecesse preferível a você e, muito menos, que eu pudesse julgá-la tão mal como finge acreditar. Você se olhou, como você mesma disse, e não se achou decaída a esse ponto.

Acredito realmente e isso só prova que seu espelho é fiel. Mas não poderia ter concluído com mais facilidade e justiça, que eu certamente não a havia julgado desse modo?

Em vão procuro uma causa para essa estranha ideia. Parece-me, contudo, que está mais ou menos ligada aos elogios que me permiti dirigir a outras mulheres. Pelo menos é o que deduzo de sua afetação ao destacar os epítetos *adorável, celestial, cativante* de que me servi ao lhe falar da senhora de Tourvel ou da pequena Volanges. Mas não sabe que essas palavras, na maioria das vezes tomadas antes ao acaso do que por reflexão, expressam menos a imagem que se faz da pessoa do que a situação em que estamos quando a mencionamos? E se, no exato momento em que eu estava tão intensamente afetado por uma ou por outra, nem por isso desejava menos a você; se lhe dava uma preferência evidente sobre as duas, porquanto, enfim, eu não podia reatar nossa primeira relação senão em detrimento das outras duas, não vejo por que deve haver nisso tão grande motivo de recriminação.

Não será tampouco difícil me justificar quanto ao *desconhecido encanto*, com que também parece ter ficado um tanto chocada, pois, em primeiro lugar, pelo fato de ser desconhecido não se segue que seja mais forte. Ora, quem seria capaz de superar os deliciosos prazeres que só você sabe tornar sempre novos e sempre mais intensos? Eu quis simplesmente dizer, portanto, que esse era de um gênero que ainda não havia experimentado, mas sem pretender lhe atribuir um grau de valor; e tinha acrescentado, e hoje repito, que, qualquer que seja, vou poder combatê-lo e vencê-lo. Nisso vou me empenhar com mais zelo ainda, se puder vislumbrar, nesse pequeno esforço, uma homenagem a mais a lhe oferecer.

Quanto à pequena Cécile, creio que seja de todo inútil lhe falar dela. Você não se esqueceu que foi a pedido seu que me encarreguei dessa menina e só espero sua permissão para me livrar dela. Pude observar sua ingenuidade e frescor; pude até mesmo tê-la julgado, por momentos, *cativante*, porque, mais ou menos, sempre nos comprazemos um pouco em nossa obra; mas certamente ela não tem a suficiente confiança necessária para prender minimamente a atenção.

Agora, minha bela amiga, apelo à sua justiça, a suas primeiras atenções para comigo, à longa e perfeita amizade, à inteira confiança que desde então estreitaram nossos laços: acaso mereci o tom rigoroso com que me tem tratado? Mas será fácil para você me compensar quando quiser! Diga uma só palavra e verá se todos os encantos e toda a afeição vão me reter aqui, não digo um dia, mas nem um minuto. Vou voando me jogar a seus pés e em seus braços e lhe provar, mil vezes e de mil maneiras, que você é, e sempre será a verdadeira soberana de meu coração.

Adeus, minha bela amiga; aguardo sua resposta com grande ansiedade.

Paris, 3 de novembro de 17**.

CARTA 130

**DA SENHORA DE ROSEMONDE
À PRESIDENTA DE TOURVEL**

E por que, minha bela, não quer mais ser minha filha? Por que parece me comunicar que toda correspondência vai ser interrompida entre nós? Será que é para me punir por não ter adivinhado o que era contra toda expectativa? Ou suspeita que eu a tenha afligido propositadamente? Não, conheço bem demais seu coração para crer que pense assim do meu. Por isso o pesar que sua carta me causou se refere muito menos a mim do que a você mesma!

Ó minha jovem amiga! É com tristeza que o digo; mas você é digna demais de ser amada para que o amor algum dia a faça feliz. Ora, que mulher verdadeiramente delicada e sensível não encontrou o infortúnio nesse mesmo sentimento que lhe prometia tanta felicidade! Os homens sabem apreciar a mulher que possuem?

Não é que muitos deles não sejam sinceros em suas atitudes e constantes em seu afeto; mas, mesmo entre esses, quão poucos são os que sabem se pôr em uníssono com nosso coração! Não pense, minha querida filha, que o amor dos homens seja semelhante ao nosso. Eles sentem realmente a mesma embriaguez; até mesmo com frequência eles são mais arrebatados, mas não conhecem essa diligência inquieta, essa delicada solicitude que produz em nós ternos e contínuos cuidados e cujo único alvo é sempre o objeto amado. O homem desfruta da felicidade que sente, e a mulher, daquela que proporciona. Essa diferença, tão essencial e tão pouco notada, influi, no entanto, de maneira bem sensível no conjunto de sua respectiva conduta. O prazer de um está em satisfazer desejos e o do outro é sobretudo em despertá-los. Agradar é para eles somente um meio de sucesso, ao passo que para elas é o sucesso em si. E a exibição, tão criticada nas mulheres, não é senão a exorbitância dessa maneira de sentir e, por isso mesmo, prova como é natural. Enfim, essa atração exclusiva que caracteriza particularmente o amor, nos homens não passa de uma preferência que serve, quando muito, para aumentar um prazer que outro objeto talvez enfraquecesse, mas não destruiria; ao passo que nas mulheres é um sentimento profundo, que não somente aniquila qualquer outro desejo, mas também, mais forte que a natureza e alheio a seu domínio, não lhes permite sentir senão repugnância e desgosto, precisamente onde deveria nascer a volúpia.

E não vá pensar que exceções mais ou menos numerosas, que poderiam ser citadas, possam se opor com sucesso a essas verdades gerais! Estas são avalizadas pela opinião pública que, só para os homens, distinguiu a infidelidade da inconstância, distinção de que eles se prevalecem, quando deveriam se sentir humilhados; que, para nosso sexo, nunca foi adotada senão pelas mulheres depravadas que fazem dela sua vergonha e para as quais todos os meios são bons, desde que as possam salvar do penoso sentimento de sua própria baixeza.

Julguei, minha bela, que poderia lhe ser útil receber essas reflexões para opô-las às quiméricas ideias de uma felicidade perfeita em que o amor nunca deixa de confundir nossa imaginação: ilusória esperança a que nos apegamos, mesmo quando nos vemos forçados a abandoná-la e cuja perda acirra e multiplica os desgostos já por demais reais, inseparáveis de uma intensa paixão! Esse empenho de aliviar suas mágoas ou de diminuir seu número é o único que quero, que posso fazer nesse momento. Nos males sem remédio, os conselhos devem se limitar à dieta. O que só lhe peço é que se lembre de que ter pena de um doente não significa criticá-lo. Ora, quem somos nós para nos criticarmos uns aos outros? Deixemos o direito de julgar somente àquele que lê em nossos corações e ouso até mesmo a acreditar que, a seus olhos paternais, uma multidão de virtudes pode redimir uma fraqueza.

Mas eu lhe suplico, minha cara amiga, evite sobretudo essas resoluções extremas que, mais do que força, denotam um total desânimo; não se esqueça de que, ao fazer de outra pessoa a dona de sua existência, para usar sua própria expressão, você nem por isso, no entanto, pode tirar de seus amigos o que eles possuíam de antemão e nunca vão cessar de reclamar.

Adeus, minha querida filha; pense de vez em quando em sua terna mãe e acredite que sempre será, e acima de tudo, o objeto de seus mais caros pensamentos.

Do castelo de..., 4 de novembro de 17**.

CARTA 131

**DA MARQUESA DE MERTEUIL
AO VISCONDE DE VALMONT**

Muito bem, visconde, dessa vez estou mais contente com você do que da outra; mas agora, vamos falar como bons amigos e espero convencê-lo de que, para você como para mim, o arranjo que parece desejar seria uma verdadeira loucura.

Ainda não reparou que o prazer, que é realmente o único móvel da união dos dois sexos, não basta, contudo, para criar uma relação entre eles? E, embora precedido pelo desejo que aproxima, também é seguido pelo desgosto, que repele? É uma lei da natureza, que só o amor pode mudar; e acaso se tem amor quando se quer? Ele, no entanto, é sempre necessário; e seria verdadeiramente embaraçoso, se não tivéssemos percebido que, felizmente, basta que ele exista de um dos lados. A dificuldade, com isso, diminui pela metade, e sem que isso implique em perdas; com efeito, um desfruta a felicidade de amar e o outro, a de agradar, que na verdade é um pouco menos intensa, mas à qual se junta o prazer de enganar, o que restabelece o equilíbrio e tudo se ajeita.

Mas me diga, visconde, qual de nós dois se encarregará de enganar o outro? Você conhece a história dos dois gatunos que se reconheceram num jogo e disseram um ao outro: "Não vamos chegar a lugar nenhum, vamos pagar as cartas pela metade." E deixaram a partida. Sigamos, acredite em mim, esse prudente exemplo, e não percamos, juntos, um tempo que poderíamos tão bem empregar em outras coisas.

Para lhe provar que nesse ponto levo em conta tanto seu interesse como o meu e que não estou agindo nem por irritação nem por capricho, não lhe recuso o prêmio combinado entre nós; sinto perfeitamente, de resto, que para uma só noite seremos mais que suficientes um para o outro; e não duvido até que saibamos embelezá-la para não vê-la terminar com pesar. Mas não esqueçamos que esse pesar é necessário para a felicidade e, por mais doce que seja nossa ilusão, não vamos crer que possa ser duradoura.

Pode ver que eu estou fazendo minha parte e isso sem que você esteja em dia comigo, pois, enfim, eu devia ter recebido a primeira carta da celestial virtuosa e, no entanto, seja porque você ainda se apega a ela, seja porque esqueceu as condições de um acordo que talvez lhe interesse menos do que quer dar a entender, ainda não recebi nada, absolutamente nada. Mas eu me engano ou a terna devota deve escrever muito, pois o que mais ela faria quando está sozinha? Certamente ela não tem o bom senso de se distrair. Eu teria, portanto, se quisesse, algumas pequenas reprimendas a lhe fazer, mas as deixo sob silêncio, como compensação por um pouco de irritação que talvez tenha manifestado em minha última carta.

Agora, visconde, nada mais me resta do que lhe fazer um pedido que, mais uma vez, é tanto de seu interesse como do meu: é o de adiar um momento, que talvez eu deseje tanto quanto você, mas que me parece que deve ser retardado até meu regresso à cidade. Por um lado, não teríamos aqui a liberdade necessária e, por outro, eu haveria de correr algum risco, pois bastaria um pouco de ciúme para prender cada vez mais a esse triste Belleroche que, no entanto, já está por um fio. Anda se debatendo de todos os modos para me amar, a ponto que agora coloco tanto malícia como prudência nas carícias com que o sobrecarrego. Mas, ao mesmo tempo, pode muito bem ver que esse não seria um sacrifício que deveria fazer por você! Uma infidelidade recíproca tornará o encanto muito mais poderoso.

Sabe que, às vezes, lamento que nos tenhamos sujeitado a esses recursos! No tempo em que nos amávamos, pois acredito que era amor, eu era feliz; e você, visconde!... Mas por que remoer ainda uma felicidade que não pode voltar? Não, por mais que você diga, é um retorno impossível. Primeiramente, eu exigiria sacrifícios que você certamente não poderia ou não quereria fazer e pode muito bem ser que eu não mereça; e depois, como prendê-lo? Oh! não, não, não quero nem sequer me deter nessa ideia; e apesar do prazer que sinto nesse momento em lhe escrever, ainda prefiro me despedir bruscamente.

Adeus, visconde.

Do castelo de..., 6 de novembro de 17**.

CARTA 132

**DA PRESIDENTA DE TOURVEL
À SENHORA DE ROSEMONDE**

Comovida, senhora, por sua grande bondade para comigo, a ela me entregaria inteiramente, se não me retivesse, de alguma forma, pelo medo de profaná-la, ao aceitá-la. Por que, se a considero tão preciosa, devo ao mesmo tempo sentir que não sou mais digna dela? Ah! ousarei pelo menos demonstrar-lhe minha gratidão; admirarei especialmente essa indulgência da virtude que só conhece nossas fraquezas para se compadecer delas e cujo poderoso encanto mantém no coração um domínio tão doce e tão forte domínio, mesmo ao lado do encanto do amor.

Mas posso merecer uma amizade que não é mais suficiente para minha felicidade? Digo o mesmo sobre seus conselhos; sinto o valor deles, mas não consigo segui-los. E como não haveria de acreditar numa felicidade perfeita, se a estou vivendo nesse momento? Sim, se os homens são assim como diz, é preciso fugir deles, são detestáveis; mas como Valmont está longe de se parecer com eles! Se possui, como eles, essa violência na paixão que a senhora chama de arrebatamento, como ela é sobrepujada nele pelo excesso de delicadeza! Ó minha amiga! Fala-me em compartilhar meus desgostos, pois então alegre-se com minha felicidade; devo-a ao amor, e como seu objeto lhe aumenta ainda o valor! Diz que ama seu sobrinho, talvez com fraqueza? Ah! se o conhecesse como eu o conheço! Amo-o com idolatria e bem menos ainda do que ele merece. Ele pôde, sem dúvida, ter sido levado a cometer alguns erros, como ele próprio reconhece, mas quem jamais conheceu como ele o verdadeiro amor? Que mais posso lhe dizer? Ele sente o amor do mesmo modo que o inspira.

    Vai julgar que se trata aqui de *uma dessas ideias quiméricas com que o amor nunca deixa de iludir nossa imaginação.* Mas, nesse caso, por que teria ele se tornado mais terno, mais prestativo, desde que não tem mais nada a obter? Confesso que antes via nele um ar de reflexão, de reserva, que raramente o abandonava e, muitas vezes, contra minha vontade, me remetia às falsas e cruéis impressões que me haviam passado a respeito dele. Mas, desde que pode se entregar sem constrangimento aos impulsos de seu coração, parece adivinhar todos os desejos do meu. Quem sabe se não nascemos um para o outro! Se essa felicidade de ser necessária à dele não me estava reservada! Ah! se for uma ilusão, que eu morra antes que ela acabe. Mas não; posso viver para querer bem a ele, para adorá-lo. Por que ele deixaria de me amar? Que outra mulher ele faria mais feliz que eu? E o sinto por mim mesma; essa felicidade que fazemos nascer é o laço mais forte, o único que prende verdadeiramente. Sim, é esse sentimento delicioso que enobrece o amor, que o purifica de certa forma e o torna realmente digno de uma alma terna e generosa, como a de Valmont.

    Adeus, minha cara, minha respeitável, minha indulgente amiga. Em vão haveria de querer lhe escrever por mais tempo: chegou a hora que ele prometeu vir e qualquer outra ideia me foge. Perdão! Mas a senhora deseja minha felicidade e esta é tão grande nesse momento que mal me dou conta de senti-la.

Paris, 7 de novembro de 17**.

CARTA 133

**DO VISCONDE DE VALMONT
À MARQUESA DE MERTEUIL**

Quais são, portanto, minha bela amiga, esses sacrifícios que julga que eu não faria e cuja recompensa, no entanto, seria a de lhe agradar? Diga-me somente quais são e, se eu hesitar em oferecê-los, permito-lhe recusar a homenagem que com eles lhe faria. Ora, que juízo faz de mim nos últimos tempos se, mesmo em sua indulgência, duvida de meus sentimentos ou de minha energia? Sacrifícios que eu não gostaria ou não poderia fazer! Acredita então que eu esteja apaixonado, subjugado? E suspeita que ligue à pessoa o valor que dei ao sucesso? Ah! graças aos céus, ainda não estou reduzido a tanto e me disponho a prová-lo. Sim, vou prová-lo, mesmo que tivesse de ser com relação à senhora de Tourvel. Depois disso, seguramente, não deverá lhe restar mais dúvida alguma.

Pude dedicar, creio que sem me comprometer, algum tempo a uma mulher que tem, pelo menos, o mérito de ser de um gênero que raramente se encontra. Talvez também a baixa estação em que ocorreu essa aventura me levou a me envolver mais nela; e mesmo agora, quando mal recomeça o movimento, não é de surpreender que me ocupe quase por inteiro. Considere, porém, que mal faz oito dias que estou colhendo o fruto de três meses de cuidados. Tantas vezes me detive mais tempo no que valia muito menos e não me havia custado tanto!... e você nunca chegou a concluir nada contra mim.

Além disso, quer saber a verdadeira causa do empenho com que me dedico a isso? Aí vai ela. Essa mulher é naturalmente tímida; nos primeiros tempos, duvidava sem cessar de sua própria felicidade e essa dúvida bastava para perturbá-la, de modo que mal estou começando a observar até onde vai meu poder nesse sentido. Era uma coisa, no entanto, que eu estava curioso por saber e ocasiões para tanto não se encontram tão facilmente como se pensa.

Primeiramente, para muitas mulheres o prazer é sempre prazer e nunca é mais que isso; e com essas mulheres, qualquer que seja o título com que nos adornem, nunca passamos de carteiros, de simples mensageiros, cujo mérito depende totalmente do ritmo da atividade e, entre os quais, quem faz mais é sempre quem faz melhor.

Em outra categoria, talvez a mais numerosa hoje, a celebridade do amante, o prazer de tê-lo roubado de uma rival, o temor de que lhe seja tirado por sua vez ocupam quase inteiramente as mulheres; e nos envolvemos, mais ou menos, por alguma razão na espécie de felicidade de que elas desfrutam, mas isso se deve mais às circunstâncias do que à pessoa. A felicidade lhes chega por meio de nós e não de nós.

Era preciso encontrar, portanto, para minha observação, uma mulher delicada e sensível, cujo único interesse fosse o amor e que, no amor em si, só visse seu amante; uma mulher, cuja emoção, longe de seguir o caminho comum, sempre partisse do coração para chegar aos sentidos, mulher que vi, por exemplo (e não estou falando do primeiro dia), emergir do prazer totalmente banhada em lágrimas e, no momento seguinte, reencontrar a volúpia numa palavra que respondia à sua alma. Enfim, era preciso que ela também tivesse essa candura natural, tornada insuperável pelo hábito de se entregar a ela e que não lhe permite dissimular nenhum sentimento de seu coração. Ora, deverá concordar que semelhantes mulheres são raras e posso crer que, se não fosse essa, talvez nunca tivesse encontrado alguma.

Não seria, portanto, surpreendente que ela me prendesse por mais tempo que qualquer outra; e se o que pretendo realizar com ela exige que eu a torne feliz, perfeitamente feliz, por que haveria de me recusar a isso, sobretudo porque me serve, em vez de me contrariar? Mas pelo fato de o espírito estar ocupado decorre que o coração seja escravo? Sem dúvida, não. Por isso o valor que não me furto de dar a essa aventura não vai me impedir de procurar outras ou mesmo de sacrificá-la por outras mais agradáveis.

Sinto-me de tal modo livre que não negligenciei somente a pequena Volanges, que, no entanto, tão pouco me interessa. Sua mãe deve levá-la de volta à cidade dentro de três dias e eu, desde ontem, soube garantir minhas comunicações: algum dinheiro ao porteiro e algumas flores à mulher dele resolveram o assunto. Dá para entender que Danceny não soube atinar com esse meio tão simples? E ainda dizem que o amor nos torna engenhosos! Pelo contrário, ele imbeciliza aqueles que domina. E eu não poderia me defender? Ah! fique tranquila. Dentro de poucos dias vou atenuar, dividindo-a, a impressão, talvez demasiado intensa que senti e, se uma simples divisão não for suficiente, vou multiplicá-la.

Nem por isso deixarei de estar pronto a entregar a jovem colegial a seu discreto namorado, desde que você o julgue oportuno. Parece-me que não tem mais motivo para impedi-lo e, de minha parte, consinto em prestar esse insigne favor ao pobre Danceny. Na verdade, é o mínimo que lhe devo pelos tantos que ele me prestou. Atualmente, ele está mais que preocupado em saber se será recebido em casa da senhora de Volanges; eu o acalmo mais que posso, assegurando-lhe que, de uma forma ou de outra, vou lhe dar essa alegria na primeira oportunidade; enquanto isso, continuo me encarregando da correspondência, que ele quer retomar com a chegada de *sua Cécile*. Já tenho seis cartas dele e deverei ter mais uma ou duas até o ditoso dia. Tudo indica que esse rapaz não tenha muito que fazer!

Mas vamos deixar de lado esse casal infantil e voltemos a nós. Que eu possa tratar unicamente da esperança tão doce que sua carta me deu. Sim, sem dúvida, você vai me prender e não a perdoaria por duvidar disso. Acaso deixei alguma vez de ser constante em relação a você? Nossos laços foram desatados, mas não se romperam; nossa pretensa ruptura não passou de um erro de nossa imaginação: nossos sentimentos, nossos interesses não deixaram de permanecer unidos. Como o viajante que retorna desiludido, vou reconhecer, como ele, que havia deixado a felicidade para correr atrás da esperança; e direi, como d'Harcourt:

Quanto mais estrangeiros vi, mais amei minha pátria.[40]

Não combata mais, portanto, a ideia, ou melhor, o sentimento que a traz de volta para mim; e, depois de termos experimentado todos os prazeres em nossas diferentes incursões, vamos desfrutar a felicidade de sentir que nenhum deles se compara àquele que sentimos juntos que reencontraremos, mais delicioso ainda!

Adeus, minha encantadora amiga. Consinto em esperar seu retorno, mas apresse-o, pois, e não se esqueça de quanto o desejo.

Paris, 8 de novembro de 17**.

CARTA 134

**DA MARQUESA DE MERTEUIL
AO VISCONDE DE VALMONT**

Na verdade, visconde, você é mesmo como as crianças, diante das quais não se deve dizer nada e às quais não se pode mostrar nada, sem que elas logo queiram se apoderar! Comento uma simples ideia que me ocorre, sobre a qual o previno que não quero me deter para lhe falar, e você se aproveita para me trazer a ela, para nela prender minha atenção, quando procuro me distrair com ela e me levar, de certa forma, a compartilhar, contra minha vontade, de seus estouvados desejos! Será generoso, portanto, de sua parte deixar que eu suporte sozinha todo o fardo da prudência? Torno a lhe dizer, e o que repito mais ainda a mim mesma, que o arranjo que me propõe é realmente impossível. Mesmo que colocasse nisso toda a generosidade que me mostra nesse momento, acha então que eu não tenha também minha delicadeza e queira aceitar sacrifícios que

---

40   Du Belloi, Tragédia do cerco de Calais (1765).

haveriam de prejudicar sua felicidade?

Ora, é verdade, visconde, que se iluda sobre o sentimento que o liga à senhora de Tourvel? É amor ou nunca existiu amor: você o nega de cem maneiras, mas o prova de mil formas. Que subterfúgio é esse, por exemplo, que usa perante si mesmo (pois acredito que seja sincero comigo), pelo qual atribui à vontade de observar o desejo que não consegue esconder nem combater, de manter essa mulher? Não se poderia dizer que você nunca fez outra mulher feliz, perfeitamente feliz? Ah! se duvida disso, você tem realmente memória fraca! Mas não, não é isso. Simplesmente seu coração ilude sua mente e se contenta com más razões; mas eu, que tenho grande interesse em não me enganar, não sou tão fácil a contentar.

Assim é que, ao observar sua polidez, que o levou a suprimir cuidadosamente todas as palavras que imaginou que poderiam me desagradar, reparei, no entanto, que talvez sem perceber, você ainda assim conservava as mesmas ideias. Com efeito, não é mais a adorável, a celestial senhora de Tourvel, mas é *uma mulher surpreendente, uma mulher delicada e sensível*, e isso com a exclusão de todas as outras; *uma mulher rara, enfim*, como *não se encontraria outra igual*. Ocorre o mesmo com esse encanto desconhecido, que não é o *mais forte*. Pois bem! que seja, mas visto que não a tinha encontrado até então, é bem possível que tampouco a encontrasse no futuro, e a perda então não seria menos irreparável. Se esses não são, visconde, sintomas indiscutíveis de amor, é preciso desistir de encontrá-lo.

Esteja certo de que, por essa vez, lhe falo sem irritação. Prometi a mim mesma não me irritar mais; percebi muito bem que ela poderia se tornar uma armadilha perigosa. Acredite em mim, sejamos apenas amigos e vamos ficar nisso. Saiba somente reconhecer minha coragem em me defender; sim, minha coragem, pois, às vezes, é necessária, até mesmo para não tomar uma decisão que sentimos que é má.

Não é mais, portanto, para fazê-lo respeitar minha opinião, por meio de persuasão, que vou responder à pergunta que me faz sobre os sacrifícios que eu exigiria e você não poderia fazer. Emprego de propósito a palavra *exigir*, porque tenho certeza de que, dentro de um momento, você vai, de fato, me julgar demasiado exigente; tanto melhor! Longe de me aborrecer com sua recusa, vou lhe agradecer. Veja bem, não é com você que quero dissimular, talvez eu precise disso.

Eu exigiria, portanto, veja a crueldade!, que essa rara, essa surpreendente senhora de Tourvel não fosse mais para você que uma mulher como outra qualquer, uma mulher tal qual é, somente, pois não há como se iludir, esse encanto que se julga encontrar nos outros é em nós que ele está; e é somente o amor que tanto embeleza o objeto amado. Isso que lhe peço, por impossível que seja, você talvez fizesse até mesmo o esforço de prometê-lo, de jurá-lo até; mas, confesso, eu não acreditaria em vãos discursos. Só poderia ser persuadida por todo o conjunto de sua conduta.

Mas isso não é tudo, pois eu seria caprichosa. O sacrifício da pequena Cécile, que você me oferece com tanto bom grado, em nada me interessaria. Eu lhe pediria, ao contrário, que continuasse essa penosa tarefa até segunda ordem minha, seja porque gostasse de abusar assim de meu poder, seja porque, mais indulgente ou mais justa, eu me contentasse em dispor de seus sentimentos sem querer contrariar seus prazeres. Seja como for, gostaria de ser obedecida, e minhas ordens seriam bem rigorosas!

É verdade que então eu me sentiria obrigada a lhe agradecer; quem sabe, talvez até mesmo a recompensá-lo. Certamente, por exemplo, eu abreviaria uma ausência que se tornaria insuportável. Tornaria a vê-lo, enfim, visconde, e tornaria a vê-lo... como?... Mas lembre-se de que essa não passa de uma conversa, a simples descrição de um plano impossível, e não quero ser a única a esquecer...

Sabe que meu processo me preocupa um pouco? Quis enfim saber ao certo quais eram meus meios; meus advogados me citam algumas leis e, sobretudo, muitas *autoridades*, como eles dizem, mas não vejo nisso muita razão e justiça. Já estou quase arrependida de ter recusado o acordo. Mas acabo por me tranquilizar, lembrando que o procurador é hábil, o advogado é eloquente e a pleiteante, bonita. Se esses três meios deixassem de valer, seria necessário mudar todo o rumo dos negócios, que fim levaria o respeito pelas antigas tradições?

Esse processo é atualmente a única coisa que me retém aqui. O de Belleroche terminou: foi arquivado, e as despesas compensadas. Está lamentando perder o baile dessa noite; é bem o lamento de um desocupado! Vou lhe devolver sua inteira liberdade, assim que voltar à cidade. Vou lhe fazer esse doloroso sacrifício e me consolo pela generosidade que ele vê nisso.

Adeus, visconde, escreva-me com frequência; a descrição de seus prazeres vai compensar, pelo menos em parte, os aborrecimentos que me acometem.

Do castelo de..., 11 de novembro de 17**.

CARTA 135

**DA PRESIDENTA DE TOURVEL
À SENHORA DE ROSEMONDE**

Estou tentando lhe escrever, sem saber ainda se vou conseguir fazê-lo. Ah! meu Deus, quando penso que em minha última carta era o excesso de felicidade que me impedia de continuar! É o de meu desespero que agora me oprime, que me deixa força somente para sentir minhas dores e me tira aquela para expressá-las.

Valmont... Valmont não me ama mais, nunca me amou. O amor não vai embora desse jeito. Ele me engana, me trai, me ultraja. Tudo o que se pode reunir de infortúnios, de humilhações, eu os provei e é dele que provêm.

E não pense que se trata de simples suspeita: eu estava tão longe de ter alguma! Não tenho a sorte de poder duvidar. Eu o vi: o que ele poderia me dizer para se justificar?... Mas que lhe importa! Ele nem sequer vai tentar... Infeliz! O que é que vão lhe causar suas recriminações e suas lágrimas? Se não é com você que ele se preocupa!...

    É verdade, portanto, que ele me sacrificou, me entregou até... e a quem?... a uma vil criatura... Mas que digo? Ah! perdi até o direito de desprezá-la. Ela traiu menos deveres, é menos culpada que eu. Oh! que dolorosa é a mágoa quando provém do remorso! Sinto que meus tormentos redobram. Adeus, minha querida amiga; por mais indigna que me tenha tornado de sua compaixão, ainda vai sentir alguma por mim, se puder ter ideia do quanto sofro.

    Acabo de reler minha carta e percebo que não a elucida em nada; vou tratar, portanto, de criar coragem para lhe contar esse fato cruel. Foi ontem; pela primeira vez desde meu retorno, eu ia jantar fora de casa. Valmont veio me ver às cinco horas; nunca me pareceu tão terno. Deu-me a entender que minha intenção de sair o contrariava e, como pode supor, logo decidi ficar em casa. Mas duas horas depois, e de repente, seu jeito e seu tom mudaram sensivelmente. Não sei se me escapou alguma coisa que poderia tê-lo aborrecido; seja como for, pouco depois, alegou se lembrar de um assunto que o obrigava a me deixar, e saiu. Não foi, no entanto, sem antes me manifestar profundo pesar, que me pareceu terno e que, naquele momento, julguei sincero.

    Ficando sozinha, julguei mais conveniente não me furtar a meus compromissos iniciais, porquanto tinha tempo para cumpri-los. Terminei de me arrumar e subi na carruagem. Infelizmente, meu cocheiro fez com que eu passasse na frente da Ópera e fiquei presa no congestionamento da saída do espetáculo; avistei, a quatro passos de mim, na fila ao lado, a carruagem de Valmont. Meu coração começou a bater acelerado, mas não de medo; a única ideia que me ocupava era o desejo de ver minha carruagem avançando. Em vez disso, foi a dele que foi forçada a recuar, parando ao lado da minha. Avancei de imediato: qual não foi meu espanto ao ver a seu lado uma mulher, bem conhecida como mulher da vida! Recuei, como deve pensar, e já era mais do que suficiente para dilacerar meu coração. Mas o que deverá ter dificuldade de acreditar é que essa mesma mulher, aparentemente informada por alguma odiosa confidência, não saiu da portinhola da carruagem nem parou de me encarar, com gargalhadas de causar escândalo.

Aniquilada como estava, deixei-me, no entanto, conduzir para casa, onde deveria jantar, mas não me foi possível ficar ali; sentia-me a todo instante prestes a desmaiar e, sobretudo, não conseguia conter as lágrimas.

Ao voltar para casa, escrevi ao senhor de Valmont e mandei entregar a carta em seguida; ele não estava. Querendo a qualquer preço sair daquele estado mortal, ou confirmá-lo de vez, tornei a mandar entregar a carta, com ordens de esperá-lo. Mas antes da meia-noite, meu criado voltou, dizendo-me que o cocheiro, que já tinha regressado, lhe havia dito que seu patrão não retornaria para casa naquela noite. Essa manhã, julguei não me restar outra coisa a fazer senão pedir que me devolvesse minhas cartas e que não aparecesse mais em minha casa. Com efeito, dei ordens nesse sentido, mas, certamente, eram inúteis. Já é quase meio-dia; ele ainda não apareceu e nem sequer recebi um recado da parte dele.

De momento, minha querida amiga, não tenho mais nada a acrescentar: agora já sabe de tudo e conhece meu coração. Minha única esperança é não ter mais muito tempo para afligir sua sensível amizade.

Paris, 15 de novembro de 17**.

CARTA 136

**DA PRESIDENTA DE TOURVEL
AO VISCONDE DE VALMONT**

Sem dúvida, senhor, depois do que ocorreu ontem, não espera mais ser recebido em minha casa e, sem dúvida, tampouco o deseja! Esse bilhete, portanto, tem por objetivo não tanto lhe pedir que não venha mais à minha casa, mas para lhe solicitar a devolução das cartas que jamais deveriam ter existido e que, se elas puderam interessá-lo em algum momento, como provas da cegueira que o senhor suscitava, só podem lhe ser indiferentes agora que essa mesma cegueira se dissipou e porque elas não exprimem mais que um sentimento que o senhor destruiu.

Reconheço e confesso que cometi um erro ao depositar no senhor uma confiança de que tantas outras antes de mim tinham sido vítimas; disso me culpo somente a mim mesma; mas julgava pelo menos não ter merecido ser entregue pelo senhor ao desprezo e ao insulto. Julgava que, ao lhe sacrificar tudo e, perdendo, exclusivamente pelo senhor, meus direitos à estima dos outros e à minha própria, pudesse esperar, no entanto, não ser julgada pelo senhor com mais severidade que pela opinião pública, que ainda separa com grande distinção, a mulher fraca da mulher depravada. Esses erros, que o seriam para qualquer pessoa, são os únicos de que lhe falo. Eu me calo sobre aqueles do amor; seu coração não haveria de entender o meu. Adeus, senhor.

Paris, 15 de novembro de 17**.

CARTA 137

**DO VISCONDE DE VALMONT
À PRESIDENTA DE TOURVEL**

Faz pouco, senhora, que me entregaram sua carta. Estremeci ao lê-la e ela mal me deixa forças para responder. Que ideia horrorosa faz então de mim! Ah! sem dúvida, cometo erros; e erros que nunca haveria de me perdoar, mesmo que a senhora os cobrisse com sua indulgência. Mas aqueles que me recrimina sempre estiveram longe de minha alma! Quem, eu! Humilhá-la! Aviltá-la!

Eu, que a respeito tanto quanto lhe quero bem, eu que só conheci o orgulho no momento em que me julgou digno da senhora! As aparências a enganaram; e admito que puderam estar contra mim, mas não havia, pois, em seu coração o necessário para combatê-las? E seu coração não se revoltou à mera ideia que poderia ter de se queixar do meu? A senhora, no entanto, acreditou. Assim, não só me julgou capaz desse delírio atroz, mas ainda receou estar exposta a ele por causa de suas atenções para comigo. Ah! se acaso se julga degradada a esse ponto por seu amor, eu próprio sou então realmente vil a seus olhos?

Oprimido pelo doloroso sentimento que essa ideia me causa, perco, para refutá-la, o tempo que deveria empregar para destruí-la. Vou confessar tudo; outra consideração me detém ainda. Será preciso, portanto, expor de novo fatos que eu queria esquecer e fixar sua atenção e a minha num momento de erro que eu gostaria de resgatar com o resto de minha vida, do qual tento ainda entender a causa e cuja lembrança deverá constituir para sempre minha humilhação e meu desespero? Ah! se, ao confessar, devo suscitar sua ira, pelo menos não terá de procurar em outro lugar sua vingança; ser-lhe-á suficiente me entregar a meus próprios remorsos.

Mas quem diria? Esse acontecimento tem por causa primeira o poderoso encanto que sinto em sua presença. Foi ele que me fez esquecer por longo tempo um assunto importante que não podia adiar. Tarde demais me despedi da senhora e não consegui mais encontrar a pessoa que procurava. Esperava alcançá-la na Ópera, mas minha busca foi igualmente infrutífera. Émilie, que encontrei ali e que conheci numa época em que estava bem longe de conhecer a senhora e o amor, Émilie estava sem sua carruagem e me pediu para que a deixasse em casa, a poucos passos dali. Não vi nisso problema algum e concordei. Foi então que encontrei a senhora e percebi de imediato que seria levada a me julgar culpado.

O medo de lhe desagradar ou de afligi-la é tão forte em mim que deve ter sido notado e, com efeito, logo o foi. Confesso até mesmo que me levou a tentar pedir a essa mulher que não se mostrasse; essa precaução de delicadeza se voltou contra o amor. Acostumada, como todas as mulheres dessa condição, a só assegurar um poder constantemente usurpado pelo abuso que elas se permitem fazer dele, Émilie não deixou escapar uma ocasião tão propícia. Quanto mais via crescer meu embaraço, mais fazia questão de se mostrar; e sua louca alegria, de que enrubesço ao pensar que a senhora, por um momento, pudesse julgar que era o objeto, tinha por única causa a dor cruel que eu sentia, dor que provinha sempre de meu respeito e de meu amor.

Até aí, sem dúvida, sou mais azarado que culpado; e esses erros, *que seriam erros para qualquer pessoa e os únicos de que me fala*, esses erros, não existindo, não podem me ser recriminados. Mas é em vão que se cala sobre aqueles do amor; não vou guardar sobre eles o mesmo silêncio; um interesse grande demais me obriga a rompê-lo.

Não é que, na confusão em que estou por causa desse inconcebível desatino, eu possa, sem extrema dor, tomar sobre mim o peso de evocar sua lembrança. Ciente de meus erros, consentiria em expiar a pena ou esperaria meu perdão do tempo, de minha eterna ternura e de meu arrependimento. Mas como posso me calar quando o que me resta dizer importa à sua sensibilidade?

Não julgue que eu procure um subterfúgio para justificar ou dissimular minha falta; confesso-me culpado. Mas não confesso, nem confessarei nunca, que esse erro humilhante possa ser considerado como um erro do amor. Ora, o que pode haver de comum entre uma surpresa dos sentidos, entre um momento de esquecimento de si mesmo, logo seguidos pela vergonha e pelo arrependimento, e um sentimento puro, que só pode nascer numa alma delicada e nela se sustentar pela estima, e de que, enfim, a felicidade é o fruto! Ah! Não profane assim o amor! Receie, acima de tudo, profanar-se a si mesma, reunindo, sob um mesmo ponto de vista aquilo que nunca pode se confundir. Deixe as mulheres vis e degradadas temer uma rivalidade que elas sentem, contra a vontade, se instaurar, deixe-as experimentar os tormentos de um ciúme igualmente cruel e humilhante; a senhora, porém, desvie os olhos desses objetos que só lhe turvariam o olhar; e, pura como a divindade, como ela também castigue a ofensa sem senti-la.

Mas qual pena haveria de me impor que seja mais dolorosa que a que sinto? Que possa ser comparada ao pesar de tê-la desagradado, ao desespero de vê-la aflita, à ideia acabrunhante de ter me tornado menos digno da senhora? Trata de me punir! E eu lhe peço consolo: não que o mereça; mas porque me é necessário e só da senhora pode vir.

Se, de repente, esquecendo meu amor e o seu e não dando mais valor à minha felicidade, quiser, pelo contrário, me entregar a uma dor eterna, é um direito que lhe assiste; vá em frente. Mas se, mais indulgente ou mais sensível, recordar ainda esses sentimentos tão ternos que uniam nossos corações; essa volúpia da alma, sempre renascendo e sempre mais intensamente sentida; esses dias tão doces, tão venturosos, que cada um de nós devia ao outro; todos esses bens do amor, e que só ele proporciona, então talvez preferiria o poder de fazê-los renascer ao de destruí-los. Que mais vou lhe dizer, enfim? Perdi tudo e tudo perdi por minha culpa; mas posso recuperar tudo por sua graça. Agora, cabe à senhora decidir. Só acrescento mais uma palavra. Ainda ontem me jurava que minha felicidade estava assegurada enquanto dependesse da senhora. Ah! senhora, vai me condenar hoje a um eterno desespero?

Paris, 15 de novembro de 17**.

CARTA 138

DO VISCONDE DE VALMONT
À MARQUESA DE MERTEUIL

Insisto, minha bela amiga: não, não estou apaixonado; e não é culpa minha se as circunstâncias me obrigam a desempenhar esse papel. Consinta somente e volte; logo verá como sou sincero. Dei prova disso ontem e ela não pode ser destruída pelo que acontece hoje.

Eu estava então em casa da terna virtuosa, sem nenhum outro compromisso, pois a pequena Volanges, apesar de seu estado, devia passar a noite inteira no baile precoce da senhora V... A ociosidade me havia levado a desejar, de início, prolongar esse serão e, nesse sentido, tinha até exigido um pequeno sacrifício; mal foi outorgado, porém, o prazer por que ansiava foi perturbado pela ideia desse amor que você insiste em me atribuir ou, pelo menos, em me recriminar, de modo que não tinha mais outro desejo senão o de poder, a um tempo, me assegurar a mim mesmo e convencê-la de que isso era, de sua parte, pura calúnia.

Tomei então uma decisão extrema e, com um pretexto qualquer, deixei ali minha bela, muito surpresa e, sem dúvida, mais aflita ainda. Mas eu fui tranquilamente me encontrar com Émilie na Ópera; e ela poderia confirmar que, até de manhã, quando nos separamos, nenhum arrependimento perturbou nossos prazeres.

Tinha, no entanto, um motivo de preocupação até razoável, se minha perfeita indiferença não me tivesse salvado; eu estava a apenas quatro casas de distância da Ópera, com Émilie em minha carruagem, quando a da austera devota veio se emparelhar exatamente ao lado da minha e um congestionamento nos deixou quase dez minutos lado a lado. Nós nos víamos como se fosse em pleno meio-dia e não havia jeito de escapar.

Mas isso não é tudo; resolvi contar a Émilie que se tratava da mulher da carta. (Você talvez recorde essa loucura, que Émilie servia de escrivaninha.[41]) Ela, que não tinha esquecido o fato e gosta de rir à toa, não descansou enquanto não contemplou à vontade *essa virtude*, como dizia ela, e isso com escandalosas gargalhadas, que chegavam a irritar.

---

41   Cartas 46 e 47.

E isso não é tudo ainda. A ciumenta mulher não é que mandou o criado em minha casa na mesma noite? Eu não estava, mas, em sua obstinação, mandou-o uma segunda vez, com ordens para me esperar. Eu, porém, tinha decidido ficar na casa de Émilie e havia mandado de volta minha carruagem, sem outra ordem ao cocheiro, senão a de me buscar hoje pela manhã; e como, ao chegar a minha casa, encontrou ali o mensageiro dela, julgou de todo natural informá-lo de que eu não voltaria para casa nessa noite. Pode imaginar o efeito dessa notícia; e, ao regressar, encontrei minha dispensa, expressa com toda a dignidade que a circunstância exigia.

Assim essa aventura, interminável segundo você, poderia, como vê, ter acabado esta manhã; e se não acabou, não é, como poderá acreditar, porque eu faça questão de continuá-la; é porque, de um lado, não achei decente ser dispensado desse modo e, de outro, porque quis lhe reservar a honra desse sacrifício.

Respondi, portanto, ao severo bilhete com uma longa epístola de sentimentos; dei extensas razões e deixei ao amor o cuidado de fazer com que parecessem ser boas. Tive êxito. Acabo de receber um segundo bilhete, ainda bem rigoroso e que confirma o rompimento eterno, como devia ser, mas cujo tom, no entanto, não é mais o mesmo. De modo particular, não quer mais me ver; essa decisão é comunicada quatro vezes de forma inteiramente irrevogável. Disso concluí que não havia nenhum momento a perder para me apresentar. Já enviei meu criado para entreter o porteiro; dentro de poucos momentos, irei eu mesmo pedir perdão, pois em erros desse tipo só existe uma fórmula de obter a absolvição plena, e esta só se dá com a própria presença.

Adeus, minha encantadora amiga; corro para tentar esse grande desfecho.

Paris, 15 de novembro de 17**.

CARTA 139

**DA PRESIDENTA DE TOURVEL
À SENHORA DE ROSEMONDE**

Como me recrimino, minha sensível amiga, por ter falado demais e demasiadamente cedo de minhas mágoas passageiras! Por minha causa deverá estar se afligindo agora; esses desgostos que lhe causei devem perdurar ainda, ao passo que eu estou feliz. Sim, tudo foi esquecido, perdoado; melhor dizendo, tudo foi reparado. A esse estado de dor e de angústia sucederam-se tranquilidade e delícias. Oh! alegria de meu coração, como lhe exprimir isso? Valmont é inocente; com tanto amor, não se pode ser culpado. Esses erros graves, ofensivos, que eu lhe recriminava com tanta amargura, ele não os cometeu; e se, num único ponto, eu precisei de indulgência, eu não tinha também minhas injustiças a reparar?

Não vou descrever em detalhes fatos ou razões que o justifiquem; até mesmo o espírito poderia apreciá-los mal; só ao coração cabe senti-los. Se, no entanto, tivesse de suspeitar de fraqueza de minha parte, eu apelaria a seu juízo para apoiar o meu. Para os homens, como a senhora diz, a infidelidade não significa inconstância.

Não é que eu não sinta que essa distinção, que em vão é autorizada pelo senso comum, deixe de ferir a sensibilidade; mas do que haveria de se queixar a minha, se a de Valmont sofre mais ainda? Esse mesmo erro que eu esqueço, não julgue que ele o perdoe a si mesmo ou se console; e, no entanto, quanto já não reparou essa leve falta com o excesso de seu amor e o de minha felicidade!

Ou minha felicidade é maior ou sinto melhor seu valor, desde o momento em que temi tê-la perdido. Mas o que posso lhe dizer é que, se sentisse em mim a força para suportar mais desgostos tão cruéis como os que acabo de experimentar, não julgaria estar pagando caro demais o acréscimo de felicidade que tenho desfrutado desde então.

Ó minha terna mãe, ralhe com sua irrefletida filha por tê-la afligido em sua precipitação; ralhe com ela por ter temerariamente julgado e caluniado aquele que não devia cessar de adorar; mas, ao reconhecê-la imprudente, veja como é feliz e aumente sua alegria ao compartilhá-la.

Paris, 16 de novembro de 17**, à noite.

CARTA 140

**DO VISCONDE DE VALMONT
À MARQUESA DE MERTEUIL**

Como se explica então, minha bela amiga, que eu não receba uma resposta sua? Minha última carta, contudo, me parecia que merecia uma; e, como já poderia tê-la recebido há três dias, ainda a espero! Estou um tanto aborrecido; por isso não vou lhe falar de modo algum de meus grandes assuntos.

Que a reconciliação tenha surtido pleno efeito; que, em vez de recriminações e de desconfiança, tenha produzido renovadas ternuras; que seja eu atualmente que receba desculpas e reparações devidas à minha inocência posta sob suspeita, a respeito disso não direi palavra e, sem o imprevisível acontecimento da noite passada, nem sequer lhe escreveria. Mas como este diz respeito à sua pupila e como provavelmente ela não vai estar em condições de informá-la pessoalmente, pelo menos por algum tempo, eu me encarrego dessa tarefa.

Por motivos que poderá imaginar ou não, a senhora de Tourvel não vinha me ocupando havia alguns dias e, como esses motivos não podiam existir para a pequena Volanges, eu me fazia mais assíduo junto dela. Graças ao gentil porteiro, eu não tinha nenhum obstáculo a superar e nós levávamos, sua pupila e eu, uma vida cômoda e regrada. Mas o hábito leva à negligência; nos primeiros dias, não tínhamos tomado precauções suficientes para nossa segurança; estremecíamos ainda por trás dos ferrolhos. Ontem, uma incrível distração causou o acidente que devo lhe comunicar e se, por minha culpa, não passou de um susto, para a menina está custando mais caro.

Não estávamos dormindo, mas nos entregávamos ao repouso e ao abandono que se seguem à volúpia, quando ouvimos a porta do quarto se abrir de repente. Agarro imediatamente minha espada, tanto para minha defesa como para a de nossa pupila; avanço e não vejo ninguém, mas, de fato, a porta estava aberta. Como tivéssemos uma lamparina, andei à procura e não encontrei viva alma. Então me lembrei de que havíamos esquecido nossas precauções habituais e, sem dúvida, a porta apenas encostada ou mal fechada, se abrira sozinha.

Ao voltar para junto de minha tímida companheira para tranquilizá-la, não a encontrei mais na cama; teria caído ou se escondido no vão; enfim, ali estava ela desmaiada e sem outro movimento além de fortes convulsões. Imagine meu embaraço! Consegui, no entanto, recolocá-la na cama e até fazer com que voltasse a si; mas ela se havia machucado na queda e não demorou a sentir o efeito.

Dores nos rins, violentas cólicas, sintomas ainda menos equívocos logo me deixaram a par de seu estado; mas para lhe explicar isso, precisei primeiramente lhe referir o estado em que se encontrava antes, pois ela nem sequer desconfiava. Nunca, talvez, até então, tínhamos conservado tamanha inocência ao fazer tão bem tudo o que era preciso para dissipá-la! Oh! esta não é de perder tempo refletindo!

Mas ela perdia muito tempo se lamentando e percebi que precisava tomar uma decisão. Combinei com ela, portanto, que eu iria imediatamente procurar o médico e o cirurgião da família e que, ao preveni-los de que alguém iria chamá-los, lhes contaria tudo, sob sigilo; e ela, por seu lado, haveria de chamar a camareira e iria lhe contar ou não o segredo, como quisesse, mas a mandaria procurar ajuda e haveria de proibi-la, acima de tudo, de acordar a senhora de

Volanges, sinal de atenção delicada e natural de uma filha que teme inquietar a mãe.

Fiz minhas duas visitas e minhas duas confissões o mais depressa que pude e então voltei para casa, de onde ainda não saí. Mas o cirurgião que, aliás, eu conhecia, veio ao meio-dia para me relatar o estado da doente. Eu não me havia enganado; mas ele espera que, se não ocorrer nenhum imprevisto, ninguém na casa vai perceber o que quer que seja. A camareira está a par do segredo; o médico deu um nome à doença e o caso deverá se ajeitar, como mil outros, a menos que, na sequência, nos seja útil comentá-lo.

Mas há ainda algum interesse comum entre mim e você? Seu silêncio me levaria a duvidar; nem sequer acreditaria mais nisso, se o desejo que dele tenho não me fizesse procurar todos os meios de conservar a esperança.

Adeus, minha bela amiga; um abraço, apesar de meu rancor.

Paris, 21 de novembro de 17**.

CARTA 141

**DA MARQUESA DE MERTEUIL
AO VISCONDE DE VALMONT**

Meu Deus, visconde, como me incomoda com sua obstinação! Que lhe importa meu silêncio? Julga que, se o guardo, seja por falta de razões para me defender? Ah! Deus queira! Mas não, é somente porque me custa dizê-las.

Fale a verdade; está se iludindo a si mesmo ou procura me enganar? A diferença entre suas palavras e suas ações não me deixa escolha senão entre esses dois sentimentos: qual será o verdadeiro? O que quer então que eu lhe diga, se eu mesma não sei o que pensar?

Parece que se atribui grande mérito em sua última cena com a presidenta, mas o que essa cena prova em favor de seu método ou contra o meu? Seguramente, eu nunca lhe disse que você amava bastante essa mulher para não traí-la, para não agarrar todas as oportunidades que lhe parecessem agradáveis ou fáceis; nem mesmo duvidava de que tanto faria para você satisfazer com outra mulher, com a primeira que aparecesse, até os desejos que somente esta lhe teria despertado; e não me surpreende que, por uma libertinagem de espírito que seria um erro lhe recriminar, tenha feito uma vez de propósito o que já havia feito mil outras vezes por oportunismo. Quem não sabe que essa é meramente a tendência geral e a prática de todos vocês, desde o celerado até os *abjetos*? Quem se abstém disso hoje em dia passa por romântico e não é esse, creio, o defeito de que o repreendo.

Mas o que eu disse, o que pensei, o que penso ainda, é que você não sente menos amor por sua presidenta; não que seja, na verdade, um amor muito puro nem muito terno, mas o amor que você pode ter; um amor que, por exemplo, leva a encontrar numa mulher os encantos ou as qualidades que ela não tem; que a coloca numa classe à parte e destina todas as outras a uma segunda categoria; que o mantém preso a ela, mesmo quando a ultraja; enfim, o amor que imagino que um sultão deve sentir por sua sultana favorita, o que não o impede de preferir com frequência uma simples odalisca. Minha comparação parece tão mais acertada porque você, como o sultão, você nunca é o amante nem o amigo de uma mulher, mas sempre, seu tirano ou seu escravo. Por isso estou realmente certa de que você se humilhou, se aviltou para recair nas graças desse belo objeto; e, feliz demais por tê-lo conseguido, tão logo julga chegado o momento de obter seu perdão, você se despede de mim para ir ao encontro *desse grande acontecimento*.

Ainda em sua última carta, se não me fala unicamente dessa mulher é porque não quer me dizer nada de *seus grandes assuntos*; seriam tão importantes que o silêncio que mantém a respeito lhe parece um castigo para mim. E é depois dessas mil provas de sua marcante preferência por outra mulher que me pergunta tranquilamente se ainda há *algum interesse comum entre mim e você*! Cuidado, visconde! Se eu chegar a responder, minha resposta será irrevogável e temer dá-la nesse momento talvez seja dizer até demais. Por isso não quero mais tocar de modo algum nesse assunto.

Tudo o que posso fazer é lhe contar uma história. Talvez não tenha tempo de lê-la ou de lhe dar atenção suficiente para bem entendê-la? Como quiser. No pior dos casos, será apenas uma história perdida.

Um conhecido meu se havia envolvido, como você, com uma mulher que não estava à altura dele. Tinha até, de quando em quando, o bom senso de perceber que, cedo ou tarde, essa aventura iria prejudicá-lo, mas embora ela o envergonhasse, não tinha coragem de romper. Seu embaraço era tanto maior por ter se gabado entre seus amigos de ser totalmente livre e que não ignorava que nosso ridículo sempre aumenta na medida em que dele nos defendemos. Passava assim a vida fazendo bobagens sem cessar e sem cessar afirmando depois: *Não é culpa minha*. Esse homem tinha uma amiga que se sentiu tentada, em dado momento, a denunciar publicamente esse seu estado de embriaguez, tornando assim indelével seu ridículo; mais generosa que maligna, no entanto, ou talvez por algum outro motivo, ela resolveu tentar um derradeiro recurso para estar, em qualquer caso, em condições de poder dizer como seu amigo: *Não é culpa minha*. Ela lhe enviou então, sem mais explicações, a seguinte carta, como um remédio que, se usado, podia ser útil a seu mal:

"A gente se cansa de tudo, meu anjo; é uma lei da natureza; não é culpa minha.

Se hoje, portanto, me cansei de uma aventura que me envolveu inteiramente durante quatro meses mortais, não é culpa minha.

Se, por exemplo, tive precisamente tanto amor como você teve virtude, e é certamente dizer muito, não será surpresa que aquele tenha terminado ao mesmo tempo que esta. Não é culpa minha.

Disso se segue que, já faz algum tempo, eu a tenha traído, mas também a isso me obrigou, de certa forma, sua implacável ternura! Não é culpa minha.

Hoje, uma mulher que amo perdidamente exige que eu a sacrifique. Não é culpa minha.

Percebo muito bem que essa é uma bela ocasião para me acusar de perjúrio, mas se a natureza só concedeu aos homens a confiança, enquanto dava às mulheres a obstinação, não é culpa minha.

Acredite em mim, escolha outro amante, assim como eu escolhi outra amante. Esse conselho é bom, é excelente; se julgar que é mau, não é culpa minha.

Adeus, meu anjo, eu a possuí com prazer e a deixo sem pesar. Talvez ainda volte para você. Assim caminha o mundo. Não é culpa minha."

Não é o momento de lhe dizer, visconde, o resultado dessa última tentativa e do que se seguiu, mas prometo dizê-lo em minha próxima carta. Nela vai encontrar também meu *ultimatum* relativo à renovação do tratado que me propõe. Até lá, adeus simplesmente...

A propósito, agradeço os detalhes sobre a pequena Volanges; é um artigo a reservar até o dia seguinte ao casamento, para a Gazeta da maledicência. Enquanto isso, queira aceitar minhas sentidas condolências pela perda de sua posteridade. Boa noite, visconde.

Do castelo de..., 24 de novembro de 17**.

CARTA 142

DO VISCONDE DE VALMONT
À MARQUESA DE MERTEUIL

Na verdade, minha bela amiga, não sei se li mal ou entendi mal, tanto sua carta como a história que nela me conta e o pequeno modelo epistolar que nela estava incluído. O que posso lhe dizer é que esse último me pareceu original e próprio para causar efeito; por isso o copiei simplesmente e simplesmente o enviei também à celestial presidenta. Não perdi um instante sequer, pois a terna missiva foi expedida ainda ontem à noite. Preferi assim, primeiro porque lhe havia prometido escrever e depois, também porque pensei que a noite inteira não lhe seria demasiada para se recolher e meditar sobre *esse grande acontecimento*, mesmo que, pela segunda vez, você me repreenda por essa expressão.

Esperava poder lhe enviar hoje de manhã a resposta de minha bem-amada, mas já é perto do meio-dia e ainda não a recebi. Vou esperar até as cinco horas e, se até lá não tiver tido notícias, vou eu mesmo procurar, pois, principalmente em se tratando de atitudes, o que custa é somente o primeiro passo.

No momento, como pode imaginar, estou bastante ansioso para saber o final da história desse seu conhecido, tão veementemente suspeito de não saber, caso necessário, sacrificar uma mulher. Será que não se corrigiu? E será que sua generosa amiga não o perdoou?

Não é menor meu desejo de receber seu *ultimatum*, como diz de modo tão político! Estou curioso, sobretudo, para saber se, nessa última atitude, vai encontrar ainda amor. Ah! sem dúvida, há amor, e muito! Mas por quem? Não pretendo, contudo, afirmar absolutamente nada e tudo espero de sua extrema bondade.

Adeus, minha encantadora amiga; só vou fechar esta carta às duas horas, na esperança de ainda poder incluir nela a desejada resposta.

Às duas horas da tarde.

Nada ainda. Está quase na hora, não tenho mais tempo de acrescentar nem uma palavra; mas, dessa vez, vai recusar ainda os mais ternos beijos de amor?

Paris, 27 de novembro de 17**.

CARTA 143

DA PRESIDENTA DE TOURVEL
À SENHORA DE ROSEMONDE

Rasgou-se o véu, senhora, no qual estava pintada a ilusão de minha felicidade. A funesta verdade me ilumina e só me deixa ver uma morte certa e próxima, cujo caminho me é traçado entre a vergonha e o remorso. Vou percorrê-lo... vou acariciar meus tormentos, se abreviarem minha existência. Envio-lhe a carta que recebi ontem; não vou acrescentar a ela nenhuma reflexão, pois ela as traz em si. Não é mais tempo de se queixar, resta-me apenas sofrer. Não é de compaixão que preciso, mas de força.

Receba, senhora, o único adeus que vou lhe dar e me perdoe meu derradeiro pedido; é o de me deixar à minha própria sorte, de me esquecer completamente, de não mais contar comigo neste mundo. Há um momento na desgraça em que a própria amizade aumenta nossos sofrimentos e não pode curá-los. Quando as feridas são mortais, qualquer ajuda se torna desumana. Qualquer outro sentimento que não seja o do desespero me é estranho. Nada mais pode me convir senão a noite profunda em que vou sepultar minha vergonha. Nela vou prantear meus erros, se é que ainda consigo chorar!, pois, desde ontem, não derramei nem uma lágrima. Meu coração fenecido não as produz mais.

Adeus, senhora. Não me responda. Jurei sobre esta carta cruel não receber mais nenhuma.

Paris, 27 de novembro de 17**.

CARTA 144

DO VISCONDE DE VALMONT
À MARQUESA DE MERTEUIL

Ontem, às três horas da tarde, minha bela amiga, impaciente por não ter notícias, me apresentei em casa da bela abandonada; disseram-me que tinha saído. Não vi nessa frase mais que uma recusa em me receber, que não me magoou nem me surpreendeu; e me retirei na esperança de que semelhante atitude incitasse pelo menos uma mulher tão educada a me honrar com uma palavra como resposta. Minha vontade de recebê-la fez com que eu passasse em casa de propósito em torno das nove horas, mas nada encontrei. Surpreso com esse silêncio, que não esperava, pedi a meu criado que fosse buscar informações e saber se a sensível criatura estava morta ou moribunda. Enfim, quando voltei, ele me informou que a senhora de Tourvel havia saído, de fato, às onze horas da manhã, com sua camareira; que havia pedido para ser levada ao convento de..., e que, às sete horas da noite, havia mandado de volta a carruagem e os criados, com ordens para dizer que não a esperassem em casa. Certamente, foi para pôr sua vida em ordem. O convento é o verdadeiro asilo de uma viúva; e, se ela persistir em tão louvável resolução, vou acrescentar a todas as obrigações que já lhe devo a notoriedade que essa aventura vai adquirir.

Eu lhe dizia claramente, há algum tempo que, apesar de suas inquietações, eu só haveria de reaparecer na cena social para brilhar com novo esplendor. Que se mostrem, pois, esses críticos severos que me acusavam de um amor romântico e infeliz; que façam rupturas mais repentinas e mais brilhantes, não, que façam melhor: que se apresentem como consoladores, o caminho está aberto. Pois bem! que ousem somente tentar essa carreira que percorri por inteiro e, se um deles obtiver o menor êxito, eu lhe cedo o primeiro lugar. Mas todos eles vão perceber que, quando ponho meu empenho, a impressão que deixo é indelével. Ah! sem dúvida, essa o será e vou considerar como nada todos os meus outros triunfos, se algum dia chegasse a ter, junto dessa mulher, um rival preferido.

Essa decisão que ela tomou lisonjeia meu amor-próprio, admito, mas fico aborrecido que ela tenha encontrado em si mesma força suficiente para se afastar tanto de mim. Deverá haver, portanto, entre nós dois, outros obstáculos além daqueles que eu mesmo coloquei! O quê! se eu quisesse me aproximar dela, ela poderia não querer mais? Que digo? Não desejar mais? Não fazer mais sua suprema felicidade! Será que é assim que se ama? E julga, minha bela amiga, que eu deva aceitar isso? Será que eu não poderia, por exemplo, será que não seria melhor tentar induzir essa mulher a ponto de prever a possibilidade de uma reconciliação, que sempre se deseja, bem como tanto se espera? Eu poderia tentar esse alternativa sem lhe dar muita importância e, por conseguinte, sem que lhe causasse ciúmes. Pelo contrário, seria uma pequena experiência, que faríamos de comum acordo; e, mesmo que eu tivesse êxito, seria apenas mais um meio de renovar, a seu bel-prazer, um sacrifício que me pareceu lhe ser agradável. No momento, minha bela amiga, resta-me receber minha recompensa e todos os meus votos são para seu próximo regresso. Venha, pois, depressa reencontrar seu amante, seus prazeres, suas amigas e o mundo das aventuras.

Aquela da pequena Volanges se concluiu às mil maravilhas. Ontem, que minha inquietude não me permitia ficar quieto, numa de minhas várias saídas, fui até a casa da senhora de Volanges. Encontrei sua pupila já na sala, ainda em trajes de doente, mas em plena convalescença e mostrando-se mais viçosa e mais interessante. Vocês, mulheres, em semelhante situação, teriam passado um mês inteiro na espreguiçadeira. Na verdade, viva às donzelas! Esta, na realidade, me deu vontade de conferir se a cura era completa!

Devo lhe dizer ainda que esse acidente da menina por pouco não enlouqueceu seu *sentimental* Danceny. Primeiro, foi de tristeza; e hoje, de alegria! *Sua Cécile* estava enferma! Pode imaginar como a cabeça gira diante de tal desgraça. Mandava pedir notícias três vezes ao dia e não deixava passar nenhum sem se apresentar pessoalmente; enfim, pediu, por meio de uma bela epístola à mãe dela, permissão para ir cumprimentá-la pela convalescença de um ser tão querido; a senhora de Volanges consentiu, de modo que vi o jovem tão à vontade como no passado, a não ser por certa familiaridade que ainda não ousava se permitir.

Foi por meio dele que eu soube desses detalhes; pois fui embora junto com ele e o fiz falar. Não faz ideia do efeito que lhe causou essa visita. É uma alegria, são desejos, arroubos impossíveis de descrever. Eu, que gosto das grandes emoções, terminei por fazê-lo perder a cabeça ao lhe garantir que, dentro de bem poucos dias, iria lhe dar a oportunidade de ver sua bela ainda mais de perto.

Com efeito, estou decidido a lhe entregar a menina tão logo conclua minha experiência. Quero me dedicar inteiramente a você; e, além disso, valeria a pena que sua pupila fosse também minha aluna apenas para trair o marido? A obra-prima está em trair o amante e, sobretudo, o primeiro amante! Pois, para mim, não devo me recriminar por ter pronunciado a palavra amor.

Adeus, minha bela amiga; volte, portanto, o quanto antes para desfrutar do poder que tem sobre mim, receber por ele minha homenagem e me pagar o prêmio.

Paris, 28 de novembro de 17**.

CARTA 145

**DA MARQUESA DE MERTEUIL
AO VISCONDE DE VALMONT**

É sério, visconde, você largou a presidenta? Você lhe enviou a carta que eu lhe havia redigido para ela? Na verdade, você é encantador e superou minha expectativa! Confesso de bom grado que esse triunfo me lisonjeia mais que todos aqueles que já pude alcançar até hoje. Talvez julgue que dou um valor bem elevado a essa mulher que antigamente eu apreciava tão pouco; nada disso: mas é que não foi sobre ela que obtive essa vantagem, foi sobre você. Isso é o que é agradável e verdadeiramente delicioso.

Sim, visconde, você amava muito a senhora de Tourvel e pode ser que ainda a ame; você a amava loucamente, mas porque eu me divertia em envergonhá-lo por isso, você a sacrificou bravamente. Teria sacrificado mil outras para não ter de suportar uma brincadeira. Até onde, portanto, nos leva a vaidade! O sábio tem realmente razão quando diz que ela é inimiga da felicidade.

Como estaria nesse momento, se eu só tivesse querido lhe pregar uma peça? Mas eu sou incapaz de enganar, sabe disso; e, ainda que você me reduzisse, por minha vez, ao desespero e ao convento, corro os riscos e me rendo a meu vencedor.

Mas se eu capitulo é, na verdade, por pura fraqueza, pois, se quisesse, quantas tramoias poderia ainda lhe armar! E talvez você as merecesse? Admiro, por exemplo, com que sutileza ou com que inabilidade me propõe sutilmente deixá-lo reatar com a presidenta. Muito lhe conviria, não é mesmo, atribuir-se o mérito desse rompimento sem perder os prazeres do desfrute? E então, como esse aparente sacrifício não passaria de mais um para você, me oferece a chance de renová-lo a meu bel-prazer! Com esse arranjo, a celestial devota continuaria se achando a única eleita de seu coração, enquanto eu me orgulharia de ser a rival preferida; as duas seríamos enganadas, mas você estaria satisfeito, que importa o resto?

É uma pena que, com tanto talento para os projetos, tenha tão pouco para executá-los e, por uma única atitude irrefletida, tenha você mesmo erguido um obstáculo intransponível diante daquilo que mais deseja.

O quê! Você tinha a ideia de reatar e ainda assim pôde escrever minha carta! Então me julgou, por minha vez, bem desajeitada! Ah! acredite em mim, visconde, quando uma mulher atinge o coração de outra, raramente erra o ponto sensível e a ferida é incurável. Enquanto eu dirigia meus golpes contra essa, ou melhor, enquanto dirigia os golpes que você desferia, eu não esquecia que essa mulher era minha rival, que por um momento você a tinha julgado preferível a mim e que, enfim, me havia colocado num nível abaixo dela. Se me enganei em minha vingança, consinto em assumir a culpa. Assim, acho correto que você tente todos os meios, até o convido a isso e prometo não me aborrecer com seus sucessos, se acaso vier a obtê-los. Estou tão tranquila sobre esse assunto que não quero mais tratar dele. Falemos de outra coisa.

Por exemplo, da saúde da pequena Volanges. Você haverá de me dar notícias positivas quando eu voltar, não é verdade? Gostaria muito de tê-las. Depois disso, caberá a você julgar se lhe convém entregar a menina a seu amante ou tentar se tornar, uma segunda vez, o fundador de um novo ramo dos Valmont, sob o nome Gercourt. Essa ideia tinha me parecido bastante interessante e, deixando-lhe a escolha, lhe peço, no entanto, para não tomar uma decisão definitiva sem antes termos conversado juntos a respeito. Isso não significa adiar por muito tempo, pois devo estar em Paris em breve. Não posso lhe dizer exatamente o dia, mas não tenha dúvida de que, tão logo chegar, você será o primeiro a ser informado.

Adeus, visconde; apesar de minhas implicâncias, minhas malícias e minhas recriminações, eu o amo sempre mais e me preparo para lhe dar prova disso. Até breve, meu amigo.

Do castelo de..., 29 de novembro de 17**.

CARTA 146

DA MARQUESA DE MERTEUIL
AO CAVALEIRO DANCENY

Enfim, vou partir, meu jovem amigo, e amanhã à noite estarei de volta em Paris. No meio de todos os transtornos que um deslocamento acarreta, não vou receber ninguém. Mas se tiver alguma confidência urgente a me fazer, faço questão de excetuá-lo da regra geral; mas vou excetuar unicamente você. Assim, peço-lhe segredo sobre minha chegada. Até mesmo Valmont não vai ser informado.

Se alguém me tivesse dito, há algum tempo, que logo você haveria de gozar de minha inteira confiança, eu não teria acreditado. Mas sua confiança desencadeou a minha. Estaria até tentada a acreditar que você pôs nela um jeito todo seu, talvez até mesmo sedução. Isso seria um tanto esquisito, pelo menos! De resto, ela não representaria nenhum perigo agora: você tem realmente outras coisas a fazer! Quando a protagonista entra em cena, não se dá mais atenção à confidente.

Por isso não teve tempo para me contar seus novos sucessos. Quando sua Cécile estava ausente, os dias não eram suficientemente longos para ouvir seus ternos queixumes. Teria se lamentado para o eco, se eu não estivesse ali para ouvi-los. Depois que ela caiu doente, você ainda me honrou com o relato de suas preocupações; precisava de alguém a quem contá-las. Mas agora que aquela que você ama está em Paris, que passa bem de saúde e que, sobretudo, pode vê-la de vez em quando, ela preenche tudo e seus amigos não significam mais nada.

Não o recrimino; é culpa de seus vinte anos. Desde os tempos de Alcibíades até você, não se sabe que os jovens só conhecem a amizade em seus desgostos? A felicidade os torna, às vezes, indiscretos, mas jamais confiantes. Diria, como Sócrates: *Gosto de que meus amigos venham a mim quando estão infelizes;*[42] mas ele, na qualidade de fi-

---

42   Jean-François Marmontel em Conte moral d'Alcebiade (Conto moral de Alcibíades).

lósofo, prescindia deles quando não vinham. Nisso, não sou de modo algum tão sábia como ele e fiquei sentida com seu silêncio, com toda a fraqueza de uma mulher.

Não vá, contudo, me julgar exigente; estou bem longe de sê-lo! O mesmo sentimento que me leva a observar essas carências me ajuda a suportá-las com coragem quando são prova ou causa da felicidade de meus amigos. Só conto, portanto, com você amanhã à noite, desde que o amor o deixar livre e disponível e o proíbo de fazer por mim o menor sacrifício.

Adeus, cavaleiro; será um grande prazer revê-lo: vai vir de verdade?

Do castelo de..., 29 de novembro de 17**.

CARTA 147

**DA SENHORA DE VOLANGES
À SENHORA DE ROSEMONDE**

Ficará seguramente tão aflita como estou, minha digna amiga, ao saber do estado em que se encontra a senhora de Tourvel; está doente desde ontem; sua enfermidade a acometeu tão intensamente e se manifesta com sintomas tão graves, que estou verdadeiramente alarmada.

Uma febre ardente, uma agitação violenta e quase contínua, uma sede que nada pode aplacar, é tudo o que se pode observar. Os médicos dizem que nada podem prognosticar ainda, e o tratamento será tanto mais difícil quanto a enferma recusa com obstinação qualquer tipo de remédio, a tal ponto que foi preciso segurá-la à força para fazer uma sangria e depois foi preciso usar do mesmo método por duas vezes, a fim de repor a atadura que ela, em sua agitação, sempre tenta arrancar.

A senhora que a viu, como eu, tão frágil, tão tímida e tão meiga, poderá imaginar então que quatro pessoas mal conseguem contê-la e que assim que alguém tenta lhe fazer alguma observação, entra em indescritíveis acessos de fúria? Para mim, receio que não haja nisso mais que delírio e que se trate de uma autêntica alienação mental.

O que aumenta ainda mais meu receio a respeito é o que ocorreu anteontem.

Nesse dia, ela chegou em torno das onze horas da manhã, acompanhada da camareira, ao convento de... Como foi educada nessa instituição e conservou o hábito de se recolher nela de vez em quando, foi recebida como de costume e parecia, aos olhos de todos, tranquila e bem de saúde. Cerca de duas horas depois, perguntou se o quarto que ocupara quando era pensionista estava vago; ao lhe responderem que sim, pediu para revê-lo. A priora a acompanhou, junto com algumas outras religiosas. Foi então que ela declarou que voltaria a ocupar esse quarto que, dizia ela, nunca deveria ter deixado, acrescentando que dali só sairia *na hora da morte*; foi essa a expressão que usou.

De início, ninguém soube o que dizer, mas, passado o espanto inicial, observaram-lhe que sua condição de mulher casada não permitia que a recebessem sem uma permissão especial. Esse argumento nem mil outros de nada adiantaram; e, desde esse momento, ela se obstinou a não sair não só do convento, mas também de seu quarto. Por fim, às sete horas da noite, vencidas pelo cansaço, consentiram em que passasse a noite ali. Mandaram de volta a carruagem com os criados e adiaram para o dia seguinte a decisão a tomar.

Garantem que, durante toda a noite, seu aspecto ou sua postura, longe de aparentar algo de desvairado, estavam compostos e equilibrados e que ela só caiu quatro ou cinco vezes num devaneio tão profundo, do qual não conseguiam tirá-la falando e que, cada vez, antes de sair dele, levava as duas mãos à testa, parecendo que a apertava com força. Diante disso, uma das religiosas presentes lhe perguntou se estava com dor de cabeça; ela a fitou demoradamente antes de responder, dizendo-lhe por fim: "Não é ali que está minha dor!" Um momento depois, pediu que a deixassem sozinha e implorou que, no futuro, não lhe fizessem mais perguntas.

Todas se retiraram, menos sua camareira, que felizmente deveria dormir no mesmo quarto, na falta de outro lugar.

Segundo o relato dessa moça, sua patroa esteve bastante calma até as onze horas da noite. Disse então que queria se deitar, mas antes de terminar de se despir, se pôs a andar pelo quarto, agitada e gesticulando com frequência. Julie, que havia presenciado o que tinha acontecido ao longo do dia, não se atreveu a dizer nada e esperou em silêncio por quase uma hora. Enfim, a senhora de Tourvel a chamou duas vezes seguidas; mal teve tempo de acorrer e a patroa caiu em seus braços, dizendo: "Não posso mais." Deixou-se levar até a cama e não quis tomar nada nem que se buscasse ajuda. Apenas pediu a Julie que deixasse água ao lado dela e mandou que se deitasse.

Esta garante que ficou até as duas horas da manhã sem dormir e, durante esse tempo, não percebeu nem movimentos nem queixumes. Mas afirma ter acordado às cinco horas com a patroa falando em voz alta; perguntando-lhe se precisava de alguma coisa e não obtendo resposta, apanhou a lamparina e foi até a cama da senhora de Tourvel, que não a reconheceu, mas que, interrompendo repentinamente sua fala sem nexo, exclamou de modo incisivo: "Deixe-me sozinha, deixe-me no escuro: o escuro é que me faz bem." Eu mesma tinha observado ontem que ela repetia com frequência essa frase.

Enfim, Julie aproveitou dessa espécie de ordem para sair e foi em busca de alguém e de socorro; mas a senhora de Tourvel rejeitou uma e outra coisa, com fúria e acessos que se repetiram seguidamente desde então.

O alvoroço que isso causou no convento fez com que a priora mandasse me chamar às sete horas da manhã de ontem. Era antes do amanhecer ainda. Acorri imediatamente. Quando me anunciaram à senhora de Tourvel, ela pareceu voltar a si e disse: "Ah! sim, que entre." Mas quando cheguei perto de sua cama, ela me olhou fixamente, tomou minha mão energicamente, apertou-a e me disse em voz bem alta, mas sombria: "Morro por não ter acreditado na senhora." Logo em seguida, escondendo os olhos, retornou a seu discurso mais frequente: "Deixem-me sozinha, etc.", e perdeu a consciência.

Essas palavras que me dirigiu e algumas outras que lhe escaparam em seu delírio, me levam a acreditar que essa cruel doença tenha uma causa mais cruel ainda. Respeitemos, porém, os segredos de nossa amiga e contentemo-nos a lamentar seu infortúnio.

Todo o dia de ontem foi igualmente tempestuoso, dividido entre acessos pavorosos de arroubo e momentos de abatimento letárgico, os únicos que ela tem e lhe permite algum repouso. Só saí da cabeceira de sua cama às nove horas da noite e devo voltar para lá esta manhã para ficar o dia inteiro. Certamente, não vou abandonar minha infeliz amiga, mas o que é desolador é sua obstinação em rejeitar qualquer cuidado e qualquer ajuda.

Envio-lhe o boletim dessa noite, que acabo de receber, e que, como verá, não é nada animador. Cuidarei de lhe encaminhar todos eles regularmente.

Adeus, minha digna amiga, vou voltar para junto da enferma. Minha filha, que felizmente está quase restabelecida, lhe envia saudações.

Paris, 29 de novembro de 17**.

CARTA 148

DO CAVALEIRO DANCENY
À MARQUESA DE MERTEUIL

Ó senhora que amo! Ó senhora que adoro! Ó senhora que deu início à minha felicidade! Ó senhora que a cumulou! Amiga sensível, terna amante, por que a lembrança de sua dor vem perturbar o enlevo em que me encontro? Ah! senhora, acalme-se, é a amizade que o pede. Oh! minha amiga, seja feliz, é a súplica do amor.

Ora, que recriminações tem afinal a me fazer? Acredite-me, sua sensibilidade a ilude. As queixas que ela lhe suscita, os erros de que ela me acusa são igualmente ilusórios e sinto em meu coração que não houve entre nós dois, outro sedutor senão o amor. Não receie mais, portanto, entregar-se aos sentimentos que a senhora inspira e deixar-se penetrar por todo o ardor que a senhora desperta. O quê! por terem sido iluminados mais tarde, nossos corações seriam menos puros? Não, sem dúvida. Pelo contrário, é a sedução que, agindo sempre segundo um plano, pode combinar seu curso e seus meios e prever de longe os acontecimentos. Mas o verdadeiro amor não permite meditar e refletir; ele nos distrai de nossos pensamentos com nossos sentimentos; seu poder nunca é tão forte a não ser quando é desconhecido e é na sombra e no silêncio que ele nos envolve em laços impossíveis igualmente de perceber e de romper.

Assim é que ontem mesmo, apesar da intensa emoção que me causava a ideia de seu regresso, apesar do prazer extremo que senti ao vê-la, ainda julgava, no entanto, não ser atraído nem guiado senão pela pacífica amizade; ou melhor, inteiramente entregue aos doces sentimentos de meu coração, pouco me importava desvendar a origem ou a causa. Assim como eu, minha terna amiga, a senhora experimentava, sem conhecê-lo, esse imperioso encanto que entregava nossas almas às doces sensações da ternura; e nós dois só reconhecemos o amor ao emergirmos da embriaguez em que esse Deus nos havia mergulhado.

Mas isso mesmo nos justifica, em vez de nos condenar. Não, a senhora não traiu a amizade e eu tampouco abusei de sua confiança. Ambos, é verdade, ignorávamos nossos sentimentos, mas vivíamos somente essa ilusão, sem procurar despertá-la. Ah! longe de nos lamentarmos, pensemos apenas na felicidade que ela nos propiciou;

e, sem perturbá-la com injustas recriminações, tratemos apenas de aumentá-la ainda mais com o encanto da confiança e da segurança. Oh! minha amiga! Como é cara a meu coração essa esperança! Sim, doravante livre de qualquer receio e inteiramente entregue ao amor, vai compartilhar meus desejos, meus arroubos, o delírio de meus sentidos, a embriaguez de minha alma e cada instante de nossos afortunados dias será marcado por uma nova volúpia.

Adeus, ó senhora que adoro! Vou vê-la essa noite, mas vou encontrá-la sozinha? Não ouso esperá-lo. Ah! a senhora não o deseja tanto quanto eu.

Paris, 1º. de dezembro de 17**.

CARTA 149

**DA SENHORA DE VOLANGES
À SENHORA DE ROSEMONDE**

Esperei ontem quase o dia inteiro, minha digna amiga, poder lhe dar nessa manhã notícias mais favoráveis sobre a saúde de nossa querida enferma. Mas, desde ontem à noite, essa esperança ruiu e resta-me apenas o pesar de tê-la perdido. Um acontecimento, indiferente na aparência, mas bem cruel pelos desdobramentos que teve, deixou a enferma num estado tão aflitivo como antes, se não até mesmo pior.

Eu não teria compreendido essa súbita transformação, se não tivesse recebido ontem toda a confidência de nossa infeliz amiga. Como ela não me escondeu que a senhora estava a par de todos os seus infortúnios, posso lhe falar sem reservas sobre a triste situação dela.

Ontem de manhã, quando cheguei ao convento, disseram-me que a enferma dormia havia mais de três horas e seu sono era tão profundo e tão tranquilo que tive medo, por um momento, de que fosse letárgico. Algum tempo depois, ela acordou e ela própria abriu o cortinado da cama. Olhou para todos nós com ar de surpresa e, como eu me levantasse para ir até ela, me reconheceu, disse meu nome e pediu para que me aproximasse. Não me deu tempo para lhe fazer qualquer pergunta e me indagou onde ela estava, o que nós estávamos fazendo ali, se estava doente e por que não estava em sua própria casa. De início, julguei que se tratava de novo delírio, somente mais calmo que o precedente, mas percebi que ela compreendia muito bem minhas respostas. Com efeito, tinha recobrado a razão, mas não sua memória.

Passou a me interrogar, com muitos detalhes, sobre tudo o que lhe havia acontecido desde sua chegada ao convento, para onde não se lembrava de ter ido. Respondi com exatidão, omitindo somente o que poderia assustá-la demais; e quando, por minha vez, lhe perguntei como se sentia, respondeu-me que nesse momento não sentia nada, mas que tinha sido realmente atormentada durante seu sono e que agora se sentia cansada. Insisti para que ficasse tranquila e para que falasse pouco; depois disso fechei em parte o cortinado, deixando-o entreaberto, e me sentei perto da cama. Ao mesmo tempo, foi-lhe oferecido um caldo, que ela tomou e achou bom.

Permaneceu assim por cerca de meia hora, durante a qual falou apenas para me agradecer os cuidados que lhe dispensava e pôs em seus agradecimentos a graça e o encanto que a senhora conhece. Em seguida, manteve-se por algum tempo num silêncio absoluto, que só interrompeu para dizer: "Ah! Sim, recordo-me de ter vindo para cá." E um momento depois, exclamou dolorosamente: "Minha amiga, minha amiga, tenha pena de mim; estou relembrando todas as minhas desgraças." Como então me achegasse a ela, tomou minha mão e, apoiando nela a cabeça, continuou: "Grande Deus! por que não morro de uma vez?" Sua expressão, mais ainda que suas palavras, me enterneceu até as lágrimas; ela o percebeu por minha voz e me disse: "Tenha pena de mim! Ah! se soubesse!..." E então, interrompendo-se: "Peça que nos deixem a sós, vou lhe contar tudo."

Acho que já lhe mencionei que eu tinha algumas suspeitas sobre o que devia ser o objeto dessa confidência; e, temendo que essa conversa, que previa ser longa e triste, pudesse ser prejudicial ao estado de nossa infeliz amiga, me recusei de início, a pretexto de que ela precisava de repouso; mas ela insistiu e eu me rendi a suas instâncias. Assim que estivemos sozinhas, ela me contou tudo o que a senhora já sabe por ela, motivo pelo qual não vou repeti-lo.

Enfim, falando-me da forma cruel com que havia sido abandonada, acrescentou: "Eu estava certa de que ia morrer e sentia coragem para tanto; mas sobreviver à minha desgraça e vergonha, é o que me é impossível." Tentei combater esse desânimo, ou melhor, esse desespero, com as armas da religião, até então tão poderosas para ela, mas logo percebi que eu não tinha forças suficientes para essas augustas funções e me limitei a propor que chamasse o padre Anselmo, em quem sei que confia inteiramente. Ela consentiu e pareceu até mesmo desejá-lo realmente. Então mandamos chamá-lo e ele veio imediatamente. Permaneceu durante muito tempo com a enferma e, ao sair, disse que, se os médicos fossem da mesma opinião, pensava que a cerimônia dos sacramentos podia ser adiada e que ele voltaria no dia seguinte.

Eram cerca de três horas da tarde e, até as cinco, nossa amiga esteve bastante tranquila, de modo que todos voltamos a ter alguma esperança. Por infelicidade, trouxeram então uma carta para ela. Quando quiseram entregá-la, primeiro afirmou que não queria receber nenhuma carta, e ninguém insistiu. Mas a partir desse momento, pareceu mais agitada. Logo depois, perguntou de onde vinha a carta; não estava com nenhum timbre. Quem a havia trazido? Ninguém sabia. Da parte de quem havia sido entregue? Não o haviam dito às irmãs da portaria. Em seguida, ela ficou em silêncio por algum tempo; depois disso, recomeçou a falar, mas suas palavras sem nexo nos mostraram somente que o delírio havia voltado.

Mas ainda houve um intervalo tranquilo, até que por fim pediu que lhe entregassem essa carta. Assim que pôs os olhos nela, exclamou: "É dele! meu Deus!" e então, com voz forte, mas sufocada, disse: "Tomem-na de volta, tomem-na de volta." Mandou fechar imediatamente o cortinado da cama e proibiu que qualquer um se aproximasse; mas quase logo depois fomos obrigados a voltar para junto dela. Os arroubos tinham voltado mais fortes que nunca, acrescidos de convulsões verdadeiramente assustadoras. Esses acessos violentos não cessaram mais durante a tarde inteira, e o boletim dessa manhã me informa que a noite não foi menos tempestuosa. Enfim, seu estado é tal que me espanta que ela ainda não tenha sucumbido; e não lhe escondo que só me resta mais que reduzida esperança.

Suponho que essa malfadada carta seja do senhor de Valmont; mas o que é que ele ainda pode ousar lhe dizer? Perdão, minha cara amiga, proíbo-me qualquer comentário; mas é bem cruel ver perecer tão desgraçadamente uma mulher até então tão feliz e tão digna de sê-lo.

Paris, 2 de dezembro de 17**.

CARTA 150

**DO CAVALEIRO DANCENY
À MARQUESA DE MERTEUIL**

Esperando pela felicidade de vê-la, entrego-me, minha terna amiga, ao prazer de lhe escrever; e é pensando em você que amenizo o desgosto por estar longe. Descrever meus sentimentos, recordar os seus, é para meu coração uma verdadeira alegria e é por ela que o próprio período das privações me oferece ainda mil bens preciosos a meu amor. Se é para crer no que me diz, porém, não vou obter de você resposta alguma; esta mesma carta deverá ser a última e nos privaremos de um intercâmbio que, a seu ver, é perigoso, *e do qual não precisamos*. Certamente vou acreditar nisso, se você persistir, pois o que é que você pode querer que por essa mesma razão eu não o queira também? Mas antes de se decidir em definitivo, não vai permitir que conversemos a respeito?

Sobre o tópico dos perigos, só você deve julgar; eu não sei como avaliar e me limito a lhe pedir que cuide de sua segurança, pois não posso fica tranquilo enquanto você estiver preocupada. Nesse assunto, nós dois não somos um, é você que é nós dois.

O mesmo não ocorre no tocante *à necessidade*; nesse ponto, não podemos ter senão um só pensamento e, se divergirmos, só poderá ser por falta de nos explicarmos ou de nos entendermos. Aqui vai, portanto, o que julgo sentir.

Sem dúvida, uma carta parece bem pouco necessária quando podemos nos ver livremente. O que diria ela que uma palavra, um olhar ou mesmo o silêncio não exprimissem cem vezes melhor? Isso me parece tão verdadeiro que, no momento em que você me falou de não mais nos escrevermos, essa ideia penetrou facilmente em minha alma; incomodou-a, talvez, mas não a afetou. Mais ou menos como, ao querer beijar seu coração, me deparo com uma fita ou uma gaze e apenas a afasto, sem ter, porém, a sensação de um obstáculo.

Mas depois, nos separamos e, a partir do momento em que você não estava mais presente, a ideia da carta voltou a me atormentar. Por que, pensei, mais essa privação? O quê! porque estamos afastados, não temos mais nada a nos dizer? Suponho que, favorecidos pelas circunstâncias, passemos juntos um dia inteiro; teremos de tomar o tempo de conversar daquele de desfrutar? Sim, desfrutar, minha terna amiga; pois, junto com você, os próprios momentos de repouso oferecem ainda um delicioso desfrute. Enfim, por mais tempo que tenhamos, acabamos por nos separar e então ficamos tão sós! É nesse momento que uma carta é preciosa; se não a lemos, pelo menos a contemplamos... Ah! sem dúvida, podemos contemplar uma carta sem lê-la, assim como me parece que à noite eu ainda teria algum prazer em tocar seu retrato...

Eu disse seu retrato? Mas uma carta é o retrato da alma. Não tem, como a fria imagem, essa estagnação tão distante do amor; ela se presta a todas as nossas emoções: ora se anima, ora desfruta, ora descansa... Seus sentimentos são todos tão preciosos para mim, e vai me privar de um meio de recolhê-los?

Tem mesmo certeza de que a necessidade de me escrever nunca vai atormentá-la? Se na solidão, seu coração se dilatar ou se oprimir, se uma emoção de alegria perpassar sua alma, se uma tristeza involuntária vier perturbá-la um instante; não será então no peito de seu amigo que vai derramar sua alegria ou sua tristeza? Vai ter então um sentimento que ele não vai compartilhar? Vai deixá-lo então pensativo e solitário se desgarrar para longe de você? Minha amiga... minha terna amiga! Mas cabe a você se pronunciar. Eu quis somente conversar e não persuadi-la; só expus alguns motivos, ouso acreditar que teria sido mais simpático com súplicas. Vou procurar, portanto, se você persistir, não me afligir; vou me esforçar para dizer a mim mesmo o que você haveria de me escrever; mas deveras, você o diria melhor do que eu e, acima de tudo, eu teria mais prazer em ouvi-la.

Adeus, minha encantadora amiga; aproxima-se, enfim, a hora em que poderei vê-la; encerro esta rapidamente, para ir mais cedo a seu encontro.

Paris, 3 de dezembro de 17**.

CARTA 151

DO VISCONDE DE VALMONT
À MARQUESA DE MERTEUIL

Sem dúvida, marquesa, não me julga tão inexperiente para pensar que eu tenha tomado a troca de olhares em que a flagrei essa noite e tenha engolido o *surpreendente acaso* que havia conduzido Danceny à sua casa! Não que sua exercitada fisionomia não tenha sabido adotar perfeitamente a expressão da calma e da serenidade, nem que se tenha traído por alguma dessas frases que às vezes escapam à perturbação ou ao remorso. Reconheço até mesmo que seus olhares dóceis lhe obedeceram inteiramente e que, se tivessem sabido convencer tão bem como se fizeram entender, longe de ter ou conservar a menor suspeita, eu não teria duvidado, um momento sequer, do extremo desgosto que lhe causava *esse terceiro importuno*. Mas para não esbanjar em vão tão grandes talentos, para obter o êxito que deles esperava para produzir, enfim, a ilusão que procurava despertar, deveria ter instruído antes com mais cuidado seu amante novato.

Uma vez que está começando a investir em educação, ensine a seus alunos a não corar e se desconcertar ao menor gracejo, a não negar com tanta veemência, por uma única mulher, as mesmas coisas que desmentem tão frouxamente por todas as outras. Ensine-lhes ainda a ouvir o elogio de sua amante sem se sentir obrigados a fazer suas honras; e se lhes permitir que lhe dirijam o olhar em público, que saibam pelo menos disfarçar antes esse olhar de posse, tão fácil de reconhecer e que eles confundem tão desajeitadamente com o olhar do amor. Então poderá lhes permitir comparecer em seus exercícios públicos, sem que sua conduta comprometa a sábia preceptora; e eu mesmo, feliz demais em contribuir para sua celebridade, prometo elaborar e publicar os programas dessa nova escola.

Mas até lá, não deixa de me surpreender, confesso, que seja a mim que você tenha resolvido tratar como um colegial. Oh! com qualquer outra mulher eu logo estaria vingado! E que prazer isso me daria! Um prazer que excederia facilmente aquele que ela teria julgado me tirar! Sim, é realmente só por você que posso preferir a reparação à vingança; e não creia que eu me detenha pela menor dúvida, pela menor incerteza; eu sei de tudo.

Faz quatro dias que está em Paris e todos os dias esteve com Danceny, e só com ele. Hoje mesmo a porta de sua casa estava ainda fechada e só faltou a seu porteiro, para me impedir de chegar até você, uma segurança igual à sua. Mas eu não devia duvidar, como você me escrevia, de que seria o primeiro a ser informado de sua chegada, dessa chegada de que ainda não podia me dizer o dia, mesmo que me tenha escrito na véspera de sua partida. Vai negar esses fatos ou vai tentar se desculpar? Ambas as opções são igualmente impossíveis e, no entanto, ainda me contenho! Reconheça nisso seu poder; mas acredite em mim, satisfeita por tê-lo experimentado, não abuse dele por muito mais tempo. Nós dois nos conhecemos, marquesa; essas palavras devem lhe bastar.

Disse-me que deve sair amanhã o dia inteiro? Muito bem, se de fato vai sair; e pode crer que vou ficar sabendo. Mas enfim, à noite deverá voltar e, para nossa difícil reconciliação, não teremos muito tempo até o dia seguinte. Mande-me dizer se será em sua casa, ou *naquele lugar* que deveremos fazer nossas numerosas e recíprocas expiações. E sobretudo, nada mais de Danceny. Sua cabeça malvada estava repleta da ideia dele e posso não ter ciúmes desse delírio de sua imaginação, mas pense que, a partir desse momento, o que não passava de fantasia haveria de se transformar em clara preferência. Não creio que seja feito para essa humilhação e não espero recebê-la de você.

Espero até mesmo que esse sacrifício não se configure como tal. Mas se lhe custar um pouco, parece-me que lhe dei um belo exemplo! Exemplo de que uma mulher sensível e linda, que só existia para mim, que nesse exato momento talvez esteja morrendo de amor e de desgosto, pode muito bem dar valor a um jovem colegial que, se quiser, não lhe falta boa aparência nem inteligência, mas que ainda não possui experiência nem consistência.

Adeus, marquesa; não lhe digo nada a respeito de meus sentimentos por você. Tudo o que posso fazer, nesse momento, é não perscrutar meu coração. Aguardo sua resposta. Pense bem, ao escrevê-la, pense que, quanto mais fácil lhe for fazer-me esquecer a ofensa que me fez, tanto mais uma recusa de sua parte, um simples adiamento, eu a gravaria em meu coração com traços indeléveis.

Paris, 3 de dezembro de 17**.

CARTA 152

**DA MARQUESA DE MERTEUIL
AO VISCONDE DE VALMONT**

Tenha cuidado, visconde, e seja mais obsequioso com minha extrema timidez! Como quer que eu suporte a acabrunhadora ideia de incorrer em sua indignação e, sobretudo, que eu não sucumba ao temor de sua vingança? Mesmo porque, como sabe, se me fizesse alguma maldade, seria impossível para mim revidá-la. Por mais que eu falasse, sua existência não seria menos brilhante nem menos tranquila. De fato, o que teria a temer? Ser obrigado a partir, se lhe deixassem tempo para isso. Mas não se vive tão bem no estrangeiro como aqui? E, no final das contas, desde que a corte da França o deixasse em paz onde quisesse fixar residência, isso para você seria uma simples mudança de local de seus triunfos. Depois de tentar lhe devolver o sangue-frio por meio dessas considerações morais, voltemos a nossos assuntos.

Sabe por que, visconde, nunca tornei a me casar? Certamente não foi por falta de ter encontrado partidos bastante vantajosos, foi unicamente para que ninguém tivesse o direito de recriminar meus atos. Não é que eu temesse não poder mais fazer minhas vontades, pois isso eu sempre acabaria por fazer; mas é que ficaria incomodada se alguém tivesse se sentido unicamente no direito de se queixar; enfim, é porque eu queria trair somente por prazer e não por necessidade. E então você me escreve a carta mais marital que se possa ver! Nela só me fala das falhas de minha parte e dos atrativos da sua! Mas como se pode, pois, estar em falta com aquele a quem não se deve nada? Não poderia imaginar isso!

Vejamos. De que se trata afinal? Você encontrou Danceny em minha casa e isso o desagradou? Muito bem, mas o que é que pôde concluir disso? Que era fruto do acaso, como eu lhe dizia, ou de minha vontade, como eu não lhe dizia. No primeiro caso, sua carta é injusta; no segundo, é ridícula: nem valia a pena escrever! Mas você está com ciúmes, e o ciúme não raciocina. Pois bem, vou raciocinar por você.

Ou você tem um rival, ou não tem. Se tem um, é preciso agradar para ser o preferido; se não tem, é preciso igualmente agradar para evitar vir a tê-lo. Em ambos os casos, a conduta a manter é a mesma. Assim, por que se atormentar? E sobretudo, por que me atormentar? Então não sabe mais ser o mais amável? E não está mais seguro de seus sucessos? Ora, visconde, está se enganando a si mesmo. Mas não é isso, é que, a seu ver, eu não quero todo esse esforço de sua parte. Você deseja menos minhas atenções do que quer abusar de seu poder. Vamos, você é um ingrato. Aí há realmente, creio eu, algum sentimento! E por pouco que eu continuasse, esta carta poderia se tornar muito terna, mas você não o merece.

Tampouco merece que eu me justifique. Para puni-lo de suas suspeitas, vou deixar que as guarde para si; assim, sobre a data de meu regresso ou sobre as visitas de Danceny, nada vou lhe dizer. Você andou se esforçando muito para obter informações a respeito, não é verdade? Pois bem, valeu realmente a pena? Espero que tenha encontrado nisso muito prazer; isso não prejudicou o meu.

Tudo o que posso responder, portanto, à sua ameaçadora carta é que ela não teve o dom de me agradar nem o poder de me intimidar, e que, no momento, estou numa condição em que não poderia estar menos disposta a atender seus pedidos.

Na verdade, aceitá-lo como se mostra hoje seria uma verdadeira infidelidade. Não seria reatar com meu antigo amante, seria arranjar um novo que não vale, nem de longe, o outro. Ainda não esqueci suficientemente o primeiro para me enganar dessa forma. O Valmont que eu amava era encantador. Quero até mesmo admitir que nunca encontrei homem mais amável. Ah! por favor, visconde, se o encontrar novamente, traga-o para mim; esse será sempre bem recebido.

Previna-o, contudo, que, em caso algum, seria para hoje ou para amanhã. Seu sósia lhe causou algum dano; e se me apressar demais, ficaria com receio de me enganar, ou melhor, talvez já me comprometi com Danceny nesses dois dias? E sua carta me mostrou que você não brincaria caso se faltasse com a palavra dada. Pode ver, portanto, que é preciso esperar.

Mas que lhe importa? Você vai se vingar de qualquer maneira de seu rival. Ele não vai fazer pior com sua amante do que você fez com a dele; e, afinal de contas, não é que tanto faz uma mulher que outra? São esses seus princípios. Mesmo aquela que fosse *terna e sensível, que só existisse para você e morresse enfim de amor e de remorso*, não deixaria de ser sacrificada ao primeiro capricho, ao medo de ser por um momento ridicularizado; e quer que eu fique preocupada? Ah! isso não é justo.

Adeus, visconde; torne, pois, a ser amável. Ora, tudo o que peço é vê-lo encantador; e desde que eu esteja certa disso, comprometo-me a prová-lo. Na verdade, sou boa demais.

Paris, 4 de dezembro de 17**.

CARTA 153

DO VISCONDE DE VALMONT
À MARQUESA DE MERTEUIL

Respondo imediatamente sua carta e vou tentar ser claro, o que não é fácil com você, quando se decide de vez a não entender.

Não eram necessários longos discursos para demonstrar que, tendo cada um de nós em mãos tudo o que é preciso para perder o outro, temos igual interesse em nos poupar mutuamente; não é disso, portanto, que se trata. Mas entre a desastrosa opção de nos perdermos e aquela, sem dúvida melhor, de permanecermos unidos como éramos, de nos tornarmos ainda mais unidos, reatando nossa primeira relação, entre essas duas opções, digo, há mil outras possíveis. Não era ridículo lhe dizer, portanto, e não o é repeti-lo que, desse dia em diante, serei seu amante ou seu inimigo.

Percebo perfeitamente que essa escolha a incomoda, que lhe conviria mais tergiversar; e não ignoro que você jamais gostou de ser colocada desse modo entre o sim e o não; mas deve perceber também que não posso deixá-la sair desse estreito círculo sem correr o risco de ser ridicularizado; e você deveria ter previsto que eu não o suportaria. Agora, cabe a você decidir; posso lhe deixar a escolha, mas não permanecer na incerteza.

Previno-a somente de que não vai me iludir com seus raciocínios, bons ou maus; que tampouco vai me seduzir com algumas carícias com que vai procurar enfeitar sua recusa; e que, finalmente, é chegado o momento da franqueza. Estou disposto até a lhe dar o exemplo e, com prazer, lhe declaro que prefiro a paz e a união; mas, se for preciso romper com uma ou com outra, creio ter direitos e meios para tanto.

Acrescento, portanto, que o menor obstáculo de sua parte será encarado por mim como uma verdadeira declaração de guerra; pode ver que a resposta que lhe peço não exige nem longas nem belas frases. Duas palavras são suficientes.

Paris, 4 de dezembro de 17**.

**RESPOSTA DA MARQUESA DE MERTEUIL
ESCRITA NO RODAPÉ DA MESMA CARTA**

Pois bem! Guerra!

CARTA 154

**DA SENHORA DE VOLANGES
À SENHORA DE ROSEMONDE**

Os boletins a informam melhor do que eu poderia fazê-lo, minha cara amiga, sobre o deplorável estado de nossa enferma. Inteiramente dedicada aos cuidados que venho lhe prestando, só tomo o tempo de lhe escrever quando há outros acontecimentos, além daqueles da doença. Segue-se um deles, que eu certamente não esperava.

Trata-se de uma carta que recebi do senhor de Valmont, que achou por bem me escolher como confidente e até como sua mediadora junto da senhora de Tourvel, a quem tinha também enviado uma carta, anexa à minha. Devolvi uma ao responder à outra. Encaminho-lhe esta última e creio que vai concordar comigo que eu não podia, nem devia, fazer nada daquilo que ele me pede. Ainda que o quisesse, nossa infeliz amiga não estaria em condições de me ouvir. Está sempre delirando. Mas o que poderia me dizer desse desespero do senhor de Valmont? Primeiramente, devemos acreditar nele ou será que ele quer somente enganar a todos até o fim?[43] Se, por essa vez, for sincero, pode muito bem dizer que ele próprio escolheu sua sorte. Creio que não vai ficar muito contente com minha resposta, mas confesso que tudo o que envolve essa infeliz aventura me deixa cada vez mais revoltada contra seu autor.

Adeus, minha querida amiga; vou retornar a meus tristes cuidados, ainda mais tristes pela pouca esperança que tenho de vê-los dar resultado. Conhece meus sentimentos para com a senhora.

Paris, 5 de dezembro de 17**.

---

43 Nada encontrando na sequência dessa correspondência que pudesse dirimir essa dúvida, decidimos suprimir a carta do senhor de Valmont.

CARTA 155

**DO VISCONDE DE VALMONT
AO CAVALEIRO DANCENY**

Passei duas vezes em sua casa, meu caro cavaleiro; mas desde que abandonou o papel de amante pelo de homem de belas aventuras, você se tornou, como é natural, impossível de encontrar. Seu criado de quarto me garantiu, no entanto, que você voltaria à noite, que ele tinha ordens de esperá-lo. Mas eu, que estou a par de seus planos, compreendi muito bem que você só passaria em casa por momentos, a fim de trocar de roupa e imediatamente recomeçar suas investidas vitoriosas. Muito bem, só posso aplaudir. Mas talvez, por essa noite, vai ser tentado a lhes dar uma direção diferente. Por ora você só conhece a metade de seus envolvimentos; é preciso que esteja informado da outra metade e então vai poder decidir. Tome o tempo necessário, portanto, para ler minha carta. Não será para desviá-lo de seus prazeres, porque, ao contrário, não tem outro objetivo senão de lhe permitir escolher entre eles.

Se eu tivesse merecido sua inteira confiança, se tivesse sabido por você a parte de seus segredos que deixou para que eu os adivinhasse, teria sido informado a tempo e meu zelo, menos inábil, não iria perturbar hoje seu caminho. Mas vamos partir do ponto em que estamos. Qualquer que seja a decisão que tomar, a menos interessante para você sempre poderia resultar na alegria de outro.

Você tem um encontro marcado para essa noite, não é verdade? Com uma mulher encantadora que você adora? Pois, em sua idade, que mulher não adoramos, pelo menos nos primeiros oito dias? O local do encontro também deve contribuir para seus prazeres. Uma deliciosa casa pequena e *adquirida só por sua causa*, deverá embelezar a volúpia com os encantos da liberdade e do mistério. Está tudo combinado; você é esperado, e você está mais que ansioso para se dirigir para lá! Veja só o que nós dois sabemos, embora você não me tenha dito nada. Agora, veja só o que não sabe e preciso lhe contar.

Desde meu retorno a Paris, andava me ocupando dos meios de aproximá-lo da senhorita de Volanges; eu o havia prometido e, ainda da última vez em que lhe falei a respeito, tive motivos para julgar, por suas respostas, diria até por seus enlevos, que isso significava me ocupar de sua felicidade. Não podia ter êxito, sozinho, nessa difícil tarefa, mas depois de ter preparado os meios, deixei o restante ao zelo de sua jovem namorada. Ela encontrou, em seu amor, os recursos que faltaram à minha experiência. Enfim, para azar seu, ela conseguiu. "Há dois dias", disse-me ela hoje à tarde, " todos os obstáculos foram superados". E sua felicidade depende agora somente de você.

Há dois dias também, ela estava ansiosa para lhe dar pessoalmente essa notícia e, apesar da ausência da mãe dela, você seria recebido. Mas você simplesmente não se apresentou! E para dizer tudo, seja por capricho, seja por deliberação, a moça me pareceu um tanto aborrecida com essa falta de empenho de sua parte. Enfim, ela encontrou o meio para que eu também pudesse chegar até ela e me fez prometer de lhe entregar o quanto antes a carta que anexo a esta. Pela ansiedade que ela mostrou, poderia apostar que se trata de um encontro para essa noite. Seja como for, prometi, por minha honra e por minha amizade, que você teria em mãos a terna missiva no decorrer do dia e não posso nem quero faltar com minha palavra.

Agora, meu jovem, que atitude vai tomar? Dividido entre a aventura e o amor, entre o prazer e a felicidade, qual vai ser sua escolha? Se eu estivesse falando ao Danceny de três meses atrás, ou mesmo de oito dias atrás, seguro de seu coração, saberia quais seriam seus passos. Mas o Danceny de hoje, disputado pelas mulheres, envolvendo-se em aventuras e tendo-se tornado, segundo o costume, um tanto malvado, vai preferir uma jovem bem tímida, que conta apenas com sua beleza, sua inocência e seu amor, aos encantos de uma mulher perfeitamente *experiente*?

Para mim, meu caro amigo, parece-me que, mesmo em seus novos princípios que, confesso, são também um pouco os meus, as circunstâncias me levariam a decidir pela jovem namorada. Primeiro, porque seria uma a mais e depois, por ser novidade, e ainda pelo receio de perder o fruto de seus esforços, ao se desinteressar em colhê-lo; pois, enfim, no tocante a essa, seria verdadeiramente a oportunidade perdida, que nem sempre se repete, sobretudo no caso de uma primeira fraqueza. Com frequência, nesses casos, basta um instante de irritação, uma suspeita ciumenta ou menos ainda, para impedir a mais bela conquista. A virtude que está por se afogar, às vezes, se agarra em galhos e, uma vez resgatada, fica de sobreaviso e não é mais tão fácil surpreendê-la.

No tocante à outra, pelo contrário, o que você estaria arriscando? Nem mesmo um rompimento, uma pequena discórdia quando muito, em que pagamos com algumas delicadezas o prazer de uma reconciliação. Que alternativa resta a uma mulher já rendida, a não ser a indulgência? O que haveria de ganhar com a severidade? A perda de seus prazeres, sem proveito para seu prestígio.

Se, como suponho, decidir pela opção do amor, que me parece ser também aquela da razão, creio que é mais sensato não se desculpar por não poder comparecer ao encontro marcado; fique simplesmente esperando; se arriscar apresentar uma justificativa, ela poderá ficar tentada a verificá-la. As mulheres são curiosas e obstinadas; tudo sempre pode ser descoberto. Eu mesmo, como sabe, fui há pouco tempo um exemplo disso. Mas se deixar persistir a esperança, sendo esta sustentada pela vaidade, essa esperança só se perderá muito tempo depois da hora propícia a colher informações. Então, amanhã você poderá escolher o obstáculo intransponível que o terá retido: terá estado doente, morto se preciso for, ou qualquer outra coisa que o deixou igualmente desesperado, e tudo vai se acomodar.

De resto, qualquer que seja sua decisão, peço-lhe somente que me informe. E como não tenho nenhum interesse nisso, em qualquer caso sempre vou pensar que agiu a contento. Adeus, meu caro amigo.

    O que quero acrescentar ainda é que sinto falta da senhora de Tourvel; estou desesperado por ter me separado dela. Daria a metade de minha vida pela felicidade de lhe consagrar a outra metade. Ah! acredite em mim, só no amor somos felizes.

Paris, 5 de dezembro de 17**.

CARTA 156

DE CÉCILE VOLANGES
AO CAVALEIRO DANCENY
(Anexa à precedente)

Como é possível, meu caro amigo, que eu deixe de vê-lo quando é exatamente isso o que mais desejo? Não tem mais tanta vontade quanto eu? Ah! é precisamente agora que estou triste! Mais triste do que no tempo em que estávamos totalmente separados. O desgosto que os outros me causavam, agora é por sua causa que o sinto e isso machuca muito mais.

    Já faz alguns dias que minha mãe nunca está em casa, como bem sabe; e eu esperava que você tentasse se aproveitar desse momento de liberdade, mas você nem sequer pensa em mim, o que me deixa realmente infeliz! Você tanto repetia que era eu que amava menos! Eu sabia muito bem que era o contrário, e aí está toda a prova. Se você tivesse vindo me ver, teria me visto de fato, pois não sou como você e só penso no que pode nos reunir. Você mereceria realmente que eu não lhe contasse tudo o que fiz nesse sentido e me custou tanto esforço; mas eu o amo demais e tenho tanta vontade de vê-lo, que não posso deixar de lhe contar. E então poderei ver se me ama de verdade!

    Arranjei tudo tão bem que o porteiro está de nosso lado e me prometeu que todas as vezes que você aparecesse, ele o deixaria entrar como se não o tivesse visto; e podemos confiar nele, pois é um homem muito correto. Só se trata, portanto, de impedir que o vejam dentro de casa, o que é bem fácil, se você só vier à noite e quando não houver mais nada a temer. Desde que minha mãe passou a sair todos os dias, por exemplo, ela vai se deitar sempre às onze horas; assim, teríamos bastante tempo.

O porteiro me disse que, quando você quiser vir dessa forma, em vez de bater à porta, basta bater na janela dele, que ele vai responder em seguida; então, você certamente vai encontrar a escada de serviço e, como não poderá usar nenhuma luz, vou deixar a porta de meu quarto entreaberta, o que sempre vai lhe dar um pouco de claridade. Deverá tomar todo o cuidado para não fazer barulho, especialmente ao passar perto da porta do quarto de minha mãe. Quanto à de minha camareira, tanto faz, pois me prometeu que vai fingir nada perceber; ela também é uma boa moça! E quando for embora, será do mesmo jeito. Vamos ver agora se você realmente vem.

Meu Deus, por que bate tão forte meu coração ao lhe escrever? Será que deve me acontecer uma desgraça ou é a esperança de vê-lo que me perturba desse jeito! O que sinto de fato é que nunca o amei tanto e nunca tive tanta vontade de dizê-lo. Venha, pois, meu amigo, meu caro amigo; que eu possa lhe repetir cem vezes que o amo, que o adoro, que nunca amarei senão você.

Encontrei um meio de mandar avisar ao senhor de Valmont que tinha algo a lhe dizer; e ele, como é ótimo amigo, certamente virá amanhã, e vou lhe pedir que lhe entregue minha carta de imediato. Assim, vou ficar esperando por você amanhã à noite, e há de vir sem falta, se não quiser que sua Cécile fique extremamente infeliz.

Adeus, meu caro amigo; abraço-o de todo o meu coração.

Paris, 4 de dezembro de 17**, à noite.

CARTA 157

**DO CAVALEIRO DANCENY
AO VISCONDE DE VALMONT**

Não duvide, meu caro visconde, nem de meu coração nem de minhas atitudes; como haveria de resistir a um desejo de minha Cécile? Ah! é mesmo ela, somente ela, que eu amo, que sempre amarei! Sua ingenuidade, sua ternura têm para mim um encanto, de que pude ter a fraqueza de me deixar desviar, mas que nada jamais o apagará. Envolvido em outra aventura sem perceber, por assim dizer, com frequência a lembrança de Cécile veio me perturbar até nos mais doces prazeres e talvez meu coração nunca lhe tenha prestado mais sincera homenagem do que no próprio momento em que lhe era infiel. Mas, meu amigo, vamos poupar sua delicadeza e vamos lhe esconder meus erros; não para enganá-la, mas para não afligi-la. A felicidade de Cécile é meu mais ardente desejo; nunca haveria de me perdoar um erro que tivesse lhe custado uma lágrima.

Mereci, reconheço, a brincadeira que faz sobre o que você chama de meus novos princípios. Mas pode acreditar que não é por eles que me conduzo no momento e, a partir de manhã, estou decidido a prová-lo. Vou me desculpar com aquela mesma que causou meu desvio e o compartilhou; vou lhe dizer: "Leia em meu coração; ele nutre pela senhora a mais terna amizade; a amizade aliada ao desejo se assemelha tanto ao amor!... Ambos nos enganamos; mas suscetível de erro, não sou capaz de má-fé." Conheço minha amiga; é tão honesta quanto indulgente; vai fazer mais do que me perdoar, vai me apoiar. Ela própria se recriminava com frequência por ter traído a amizade; muitas vezes, sua fraqueza assustava seu amor; mais sábia que eu, vai fortalecer em minha alma esses úteis temores que eu procurava temerariamente sufocar na dela. Vou dever a ela o fato de me tornar melhor, como a você fico devendo o de ser mais feliz. Oh!

meus amigos, compartilhem minha gratidão. A ideia de lhes dever minha felicidade só aumenta seu valor.

Adeus, meu caro visconde. O excesso de minha alegria não me impede de pensar em suas dores e de compartilhá-las. Quem me dera pudesse lhe ser útil! A senhora de Tourvel permanece, então, inexorável? Dizem também que está muito doente. Meu Deus, como sinto por você! Possa ela recobrar tanto a saúde quanto a indulgência, e fazer sua felicidade para sempre! São os votos da amizade; ouso esperar que sejam atendidos pelo amor.

Gostaria de conversar mais tempo com você, mas a hora me pressiona e talvez Cécile já esteja me esperando.

Paris, 5 de dezembro de 17**

CARTA 158

DO VISCONDE DE VALMONT
À MARQUESA DE MERTEUIL
(A seu despertar)

Então, marquesa, como está passando depois dos prazeres dessa noite? Não está um pouco cansada? Admita que Danceny é encantador! Faz prodígios, esse rapaz! Não esperava isso da parte dele, não é verdade? Vamos lá, justiça seja feita: um rival desse tipo bem merecia que eu lhe fosse sacrificado. Falando sério, ele tem muitas qualidades! Mas, de modo particular, quanto amor, quanta constância, quanta delicadeza! Ah! se for amada por ele como é amada sua Cécile, não terá rivais a temer: ele o provou essa noite. Talvez à força de exibicionismo, outra mulher poderá lhe roubá-lo por um momento; o jovem praticamente não sabe resistir a investidas provocantes, mas uma só palavra do objeto amado basta, como vê, para dissipar essa ilusão; assim, a você falta apenas ser esse objeto para ser perfeitamente feliz.

Certamente não vai se enganar; você tem o tato seguro demais para que se possa ter esse receio. Mas a amizade que nos une, tão sincera de minha parte como bem reconhecida da sua, me fez desejar, para você, a experiência dessa noite; foi obra de meu zelo; deu certo, mas nada de agradecimentos, não vale a pena, nada era mais fácil.

De fato, o que me custou? Um leve sacrifício e um pouco de habilidade. Consenti em dividir com o jovem os favores de sua namorada; mas, enfim, nisso o direito dele era o mesmo que o meu e a mim, pouco se me dava! A carta que a jovem criatura lhe escreveu, fui eu mesmo que a ditou; mas era somente para ganhar tempo, porque tínhamos formas melhores de empregá-lo. A carta que anexei, oh!, não era nada, quase nada, algumas reflexões sobre a amizade para guiar a escolha do novo amante. Mas, para ser sincero, eram inúteis; verdade seja dita, ele não hesitou nem um momento sequer.

E então, em sua candura, ele deve ir à sua casa ainda hoje para lhe contar tudo e certamente esse relato lhe dará muito prazer! Ele, como me segredou, vai lhe dizer: *Leia em meu coração*. E, como bem vê, isso conserta tudo. Espero que, ao ler em seu coração o que ele quiser, você leia também que amantes tão jovens têm seus perigos e, ainda, que é preferível ter-me como amigo do que como inimigo.

Adeus, marquesa; até a próxima oportunidade.

Paris, 6 de dezembro de 17**.

CARTA 159

**DA MARQUESA DE MERTEUIL
AO VISCONDE DE VALMONT**

(*Bilhete*)

Não gosto que a maus procedimentos se acrescentem brincadeiras de mau gosto; isso não faz parte de meu modo de agir nem é de meu agrado. Quando tenho de me queixar de alguém, eu não o ridiculariza, faço melhor: eu me vingo. Por mais contente que possa se sentir nesse momento, não se esqueça de que não seria a primeira vez que você se congratula de antemão e sozinho, na esperança de uma vitória que lhe teria escapado no exato instante em que você se felicitava. Adeus.

Paris, 6 de dezembro de 17**.

CARTA 160

**DA SENHORA DE VOLANGES
À SENHORA DE ROSEMONDE**

Escrevo-lhe do quarto de sua infeliz amiga, cujo estado continua mais ou menos o mesmo. Hoje à tarde deve haver uma consulta de quatro médicos. Infelizmente é, no mais das vezes, como sabe, uma prova de perigo que um meio de ajuda.

Parece, no entanto, que está com a cabeça um pouco melhor desde a noite passada. A camareira me informou, hoje de manhã, que, em torno da meia-noite, a patroa mandou chamá-la e quis ficar sozinha com ela para lhe ditar uma carta bastante longa. Julie acrescentou que, enquanto se preparava para preencher o envelope, a senhora de Tourvel voltou a ser acometida de arroubos delirantes, de modo que a moça não chegou a saber a quem deveria endereçá-la. De início, fiquei surpresa que a carta em si não contivesse essa informação; mas a respeito disso, ela me respondeu que temia se enganar, ainda mais que a patroa lhe havia recomendado de enviá-la imediatamente; diante disso, assumi a responsabilidade de abri-la.

Encontrei o texto que lhe remeto que, de fato, não é endereçado a ninguém por dirigir-se a muitas pessoas. Estaria inclinada a acreditar, no entanto, que era ao senhor de Valmont que nossa infeliz amiga quis escrever inicialmente, mas cedeu, sem perceber, à desordem de suas ideias. Seja como for, julguei que essa carta não deveria ser entregue a ninguém. Envio-a à senhora, porque nela poderá ver melhor do que eu poderia dizer quais são os pensamentos que ocupam a cabeça de nossa enferma. Enquanto ela permanecer tão fortemente afetada, não poderei ter muita esperança. O corpo dificilmente se restabelece quando o espírito está tão intranquilo.

Adeus, minha estimada e digna amiga. Alegra-me que esteja distante do triste espetáculo que tenho continuamente diante dos olhos.

Paris, 6 de dezembro de 17**.

CARTA 161

DA PRESIDENTA DE TOURVEL A...
(Ditada por ela e transcrita por sua camareira)

Criatura cruel e malfazeja, não vai se cansar de me importunar? Não lhe basta ter me atormentado, degradado, aviltado, quer me arrebatar até a paz do túmulo? O quê! Nessa morada de trevas em que a ignomínia me forçou a me sepultar, as penas serão sem trégua, a esperança é desconhecida? Não imploro uma graça que não mereço; para sofrer sem me queixar, me bastará que meus sofrimentos não excedam minhas forças. Mas não torne insuportáveis meus tormentos. Ao me deixar com minhas dores, retire de mim a cruel lembrança dos bens que perdi. Uma vez que os arrebatou de mim, não exponha mais diante de meus olhos sua desoladora imagem. Eu era inocente e tranquila; foi por tê-lo visto que perdi meu sossego, foi por escutá-lo que me tornei criminosa. Autor de minhas faltas, que direito tem você de puni-las?

Onde estão os amigos que me queriam bem, onde estão? Meu infortúnio os assusta. Nenhum ousa se aproximar de mim. Estou oprimida, e eles me deixam sem ajuda! Morro, e ninguém chora por mim. Todo consolo me é negado. A compaixão se detém à beira do abismo em que o criminoso mergulha. Os remorsos o dilaceram e seus gritos não são ouvidos!

E você, que eu ultrajei; você, cuja estima se soma a meu suplício; você, o único, enfim, que teria o direito de se vingar, o que faz longe de mim? Venha punir uma mulher infiel. Que eu sofra, finalmente, merecidos tormentos. Já teria me submetido à sua vingança, mas me faltou coragem para lhe contar minha vergonha. Não por dissimulação, mas por respeito. Que essa carta, pelo menos, lhe fale de meu arrependimento. O céu tomou sua causa; ele o vinga de uma injúria que você ignorou. Foi ele que atou minha língua e reteve minhas palavras; receava que você me perdoasse uma falta que ele queria punir. Ele me subtraiu à sua indulgência, que teria ferido a justiça dele.

Impiedoso em sua vingança, o céu me entregou àquele mesmo que me perdeu. É para ele e por ele que sofro ao mesmo tempo. Em vão quero fugir dele; ele me segue, está ali, ele me obceca sem cessar. Mas como está diferente! Seus olhos não exprimem mais que ódio e desprezo. Sua boca não profere senão insultos e recriminações. Seus braços só me envolvem para me dilacerar. Quem vai me salvar de seu bárbaro furor?

Mas o quê! É ele... Não estou enganada; é ele que revejo. Oh! meu amável amigo! Acolha-me em seus braços; esconda-me em seu peito; sim, é você, é você mesmo! Que funesta ilusão me havia levado a desconhecê-lo! Como sofri com sua ausência! Não nos separemos mais, não nos separemos jamais. Deixe-me respirar. Sinta meu coração, como palpita! Ah! não é mais de temor, é a doce emoção do amor. Por que se recusar a minhas ternas carícias? Volte para mim seu doce olhar! Quais são esses laços que você procura romper? Por que prepara esse aparato de morte? Quem pode alterar assim suas feições? O que é que você faz? Deixe-me, estremeço! Meu Deus! É esse monstro de novo! Minhas amigas, não me abandonem. Você, que me aconselhava a fugir dele, ajude-me a combatê-lo; e você que, mais indulgente, me prometia diminuir minhas penas, venha, pois, para junto de mim. Onde estão vocês duas? Se não me for mais permitido revê-las, ao menos respondam a esta carta; para que eu saiba que ainda me amam.

Deixe-me em paz, cruel! Que novo furor o anima? Receia que um doce sentimento penetre até minha alma? Você redobra meus tormentos, você me obriga a odiá-lo. Ah! que doloroso é o ódio! Como corrói o coração que o destila! Por que me persegue? O que é que você ainda pode ter a me dizer? Não me pôs na impossibilidade de ouvi-lo como de lhe responder? Não espere mais nada de mim. Adeus, senhor.

Paris, 5 de dezembro de 17**.

CARTA 162

DO CAVALEIRO DANCENY
AO VISCONDE DE VALMONT

Estou sabendo, senhor, de seus procedimentos para comigo. Sei também que, não satisfeito de ter-me indignamente enganado, não hesita em se vangloriar, em se congratular com isso. Vi a prova de sua traição escrita de seu próprio punho. Confesso que meu coração se afligiu e senti certa vergonha por eu mesmo ter contribuído tanto para que abusasse tão odiosamente de minha cega confiança. Não o invejo, contudo, por essa vergonhosa vantagem; só estou curioso em saber se você vai conservar igualmente todos esses procedimentos com relação a mim. Vou estar inteirado disso se, como espero, tiver realmente a honradez de estar amanhã, entre oito e nove horas da manhã, à entrada do bosque de Vincennes, na aldeia de Saint-Mandé. Tomarei o cuidado para dispor ali de tudo o que for necessário para os esclarecimentos que me restam receber de você.

Cavaleiro Danceny

Paris, 6 de dezembro de 17**, à noite.

CARTA 163

**SENHOR BERTRAND
À SENHORA DE ROSEMONDE**

Senhora, é com grande pesar que cumpro o triste dever de lhe comunicar uma notícia que vai lhe causar um desgosto tão cruel. Antes, permita-me convidá-la a essa piedosa resignação que todos tantas vezes admiraram na senhora e só ela pode nos ajudar a suportar os males de que está semeada nossa miserável existência.

O senhor seu sobrinho... Meu Deus! será que devo afligir tanto uma tão respeitável dama! O senhor seu sobrinho teve a infelicidade de sucumbir num duelo que teve esta manhã com o senhor cavaleiro Danceny. Desconheço totalmente o motivo da intriga, mas parece, pelo bilhete que encontrei no bolso do senhor visconde que tenho a honra de lhe remeter, parece, digo, que ele não era o agressor. E foi justamente ele que o céu permitiu que sucumbisse!

Eu estava em casa do senhor visconde, esperando-o, na mesma hora em que o trouxeram. Imagine meu susto ao ver o senhor seu sobrinho carregado por dois de seus criados, todo banhado em sangue. Tinha dois ferimentos de espada no corpo e já estava muito fraco. O senhor Danceny também estava presente e inclusive chorava. Ah! sem dúvida que deve chorar: mas é tarde para derramar lágrimas, depois de ter causado uma desgraça irreparável!

De minha parte, não consegui me conter e, apesar de minha insignificância, não deixei de lhe expressar meu modo de ver as coisas. Mas foi ali que o senhor visconde mostrou verdadeiramente sua grandeza. Ordenou que me calasse e tomou a mão daquele que era seu assassino, chamou-o de amigo e o abraçou diante de nós três e nos disse: "Ordeno-lhes de ter para com esse senhor toda a consideração que se deve a um homem bravo e distinto." Além disso, mandou que lhe entregassem, diante de mim, um espesso volume de papéis, que eu não conhecia, mas aos quais sei que dava grande importância. Em seguida, quis que os deixássemos a sós por um momento. Logo a seguir, porém, eu havia mandado buscar ajuda, tanto espiritual como material. Mas ai!, o mal não tinha mais remédio. Menos de meia hora depois, o senhor visconde estava desacordado. Só pôde receber a extrema-unção e mal havia terminado a cerimônia, exalou o último suspiro.

Meu bom Deus! Quando recebi em meus braços, ao nascer, esse precioso esteio de casa tão ilustre, como poderia prever que seria em meus braços que haveria de expirar e teria de chorar sua morte? Morte tão precoce e tão infeliz! Minhas lágrimas correm contra a vontade. Peço-lhe perdão, senhora, por ousar assim mesclar minha dor à sua. Mas qualquer que seja nossa condição, temos coração e sensibilidade e muito ingrato eu seria se não chorasse pelo resto da vida um senhor que era tão bondoso para comigo e me honrava com tamanha confiança.

Amanhã, depois do traslado do corpo, vou mandar pôr lacres em tudo e a senhora pode contar inteiramente com meus cuidados. Não desconhece, senhora, que esse infeliz acidente anula o testamento e a deixa inteiramente livre para novas disposições. Se puder ser-lhe útil de alguma forma, peço-lhe que não se furte a me transmitir suas ordens; porei todo meu zelo para executá-las pontualmente.

Sou, com o mais profundo respeito, senhora, seu humilde, etc.

Bertrand

Paris, 7 de dezembro de 17**.

CARTA 164

**DA SENHORA DE ROSEMONDE
AO SENHOR BERTRAND**

Recebi nesse instante sua carta, meu caro Bertrand, e por ela tomo conhecimento do terrível acidente de que meu sobrinho foi a infeliz vítima. Sim, sem dúvida, terei ordens a lhe dar e só por elas é que não posso me ocupar de outra coisa senão de minha mortal aflição.

O bilhete do senhor Danceny, que me enviou, é uma prova bastante convincente de que foi ele quem provocou o duelo e minha intenção é que o senhor dê queixa imediatamente, e em meu nome. Ao perdoar seu inimigo, a seu assassino, meu sobrinho pôde satisfazer sua generosidade natural, mas eu devo vingar, de uma só vez, sua morte, a humanidade e a religião. Nunca se poderia incitar demais a severidade das leis contra esse resquício de barbárie que ainda infecta nossos costumes e não creio que possa ser esse o caso em que o perdão das ofensas nos seja prescrito. Espero, portanto, que acompanhe esse caso com todo o zelo e com toda a diligência de que sei que é capaz e que o senhor deve à memória de meu sobrinho.

Terá, acima de tudo, o cuidado de procurar o senhor presidente de... em meu nome e conversar com ele a respeito. Não vou lhe escrever, premida como estou para me entregar inteiramente à minha dor. Apresente-lhe minhas desculpas e transmita-lhe essa carta.

Adeus, meu caro Bertrand; louvo e agradeço seus bons sentimentos e afianço-lhe que sempre poderá contar comigo.

Do castelo de..., 8 de dezembro de 17**.

CARTA 165

DA SENHORA DE VOLANGES
À SENHORA DE ROSEMONDE

Sei que já foi informada, minha querida e digna amiga, da perda que acaba de sofrer. Eu conhecia sua ternura pelo senhor de Valmont e compartilho sinceramente a aflição que deve estar sentindo. Sinto-me verdadeiramente constrangida em ter de acrescentar novo pesar aos que já está provando; mas ai!, não lhe restam mais que lágrimas a oferecer à nossa infeliz amiga. Nós a perdemos ontem, às onze horas da noite. Por uma fatalidade ligada a seu destino e parecia desafiar toda a prudência humana, esse breve intervalo que ela sobreviveu ao senhor de Valmont lhe foi suficiente para ser informada da morte dele e, como ela própria disse, para não ter de sucumbir sob o peso de suas desgraças a não ser depois que a medida estivesse cheia.

Com efeito, a senhora soube que há mais de dois dias ela estava inconsciente; e ainda ontem pela manhã, quando seu médico chegou e nos aproximamos de sua cama, ela não nos reconheceu, e nós não conseguimos obter dela nem uma palavra nem o menor gesto. Pois bem, mal tínhamos retornado para junto da lareira e, enquanto o médico me informava sobre o triste evento da morte do senhor de Valmont, essa desafortunada mulher recobrou a lucidez, seja que a natureza em si tenha produzido essa reviravolta, seja que tenha sido causada pela repetição das palavras *senhor de Valmont* e *morte*, que puderam lembrar à enferma os únicos pensamentos com que se ocupava havia já muito tempo.

Seja como for, ela abriu precipitadamente o cortinado de sua cama, exclamando: "O quê! O que diz? O senhor de Valmont morreu!" Esperava levá-la a acreditar que se havia enganado e lhe assegurei, de início, que havia escutado mal; mas longe de se deixar persuadir, exigiu do médico que recomeçasse esse cruel relato; e no momento em que eu quis ainda tentar dissuadi-la, ela me chamou e me disse em voz baixa: "Por que quer me enganar? Ele já não estava morto para mim?" Foi preciso, portanto, ceder.

Nossa infeliz amiga escutou, de início, com ar bastante tranquilo, mas logo depois interrompeu o relato, dizendo: "Basta, já é bastante." Pediu imediatamente que fechassem o cortinado e quando o médico, em seguida, quis cuidar de seu estado, ela não permitiu nem sequer que ele se aproximasse.

Assim que este se retirou, mandou que saíssem igualmente a enfermeira e a camareira; e quando ficamos a sós, me pediu que a ajudasse a se pôr de joelhos sobre a cama e a sustentasse. Permaneceu assim por algum tempo em silêncio, sem outra expressão além das lágrimas, que escorriam em abundância. Por fim, juntando as mãos e erguendo-as para o céu, disse com voz fraca, mas fervorosa: "Deus todo-poderoso, submeto-me à sua justiça, mas perdoe Valmont. Que minhas desgraças, que reconheço ter merecido, não lhe sejam motivo de recriminação, e eu bendirei sua misericórdia!" Permiti-me, minha prezada e digna amiga, entrar nesses detalhes sobre um assunto que, percebo nitidamente, deve renovar e agravar sua dor, porque não duvido que essa prece da senhora de Tourvel traga, porém, grande consolação à sua alma.

Depois que nossa amiga terminou de proferir essas poucas palavras, deixou-se recair em meus braços e, mal se havia reacomodado na cama, foi tomada por uma fraqueza prolongada, mas que cedeu, no entanto, diante dos cuidados habituais. Logo que recobrou a consciência, ela me pediu para mandar chamar o padre Anselmo e acrescentou: "Agora é o único médico de que necessito; sinto que meus males em breve vão terminar." Queixava-se muito de opressão e falava com dificuldade.

Pouco depois, ela mandou sua camareira me entregar uma caixinha, que lhe envio, dizendo que continha documentos pessoais e me encarregava de entregá-la à senhora logo após sua morte.[44] Em seguida, me falou da senhora, de sua amizade por ela, enquanto seu estado o permitia, e com muita ternura.

O padre Anselmo chegou em torno das quatro horas e permaneceu quase uma hora com ela. Quando entramos de novo, o semblante da enferma estava calmo e sereno; mas era fácil perceber que o padre Anselmo tinha chorado muito. Ele ficou para assistir às derradeiras cerimônias da Igreja. Essa cena, sempre tão imponente e tão dolorosa, o era ainda mais pelo contraste entre a tranquila resignação da enferma e a profunda dor de seu venerável confessor, que se desmanchava em lágrimas ao lado dela. A emoção tomou conta de todos, e aquela que todos pranteavam foi a única a não chorar.

O resto do dia transcorreu nas orações usuais, que só foram interrompidas pelos frequentes desmaios da enferma. Enfim, por volta das onze horas da noite, ela me pareceu mais oprimida e mais abatida pelo sofrimento. Estendi a mão, procurando seu braço; ela ainda teve forças para tomá-la e pousá-la sobre seu coração. Não senti mais o batimento e, com efeito, nossa infeliz amiga expirou naquele mesmo instante.

Recorda-se, minha prezada amiga, que em sua última viagem para cá, há menos de um ano, ao conversarmos sobre certas pessoas cuja felicidade nos parecia mais ou menos assegurada, nos detivemos com

---

44   Essa caixinha continha todas as cartas relativas à sua aventura com o senhor de Valmont.

satisfação sobre o destino dessa mesma mulher de que hoje choramos a um tempo os infortúnios e a morte! Tantas virtudes, louváveis qualidades e encantos; um caráter tão doce e tão fácil; um marido que ela amava e pelo qual era adorada; amigos de que gostava e aos quais deliciava com sua companhia; boa aparência, juventude, riqueza; tantas vantagens reunidas foram perdidas, portanto, por uma única imprudência! Oh! Providência! Sem dúvida, devemos adorar seus decretos, mas como são incompreensíveis! Detenho-me aqui; receio aumentar sua tristeza, ao me entregar à minha.

Deixo-a e vou passar nos aposentos de minha filha, que está um pouco indisposta. Ao ser informada por mim, essa manhã, da morte tão súbita de duas pessoas que ela conhecia, sentiu-se mal e mandei colocá-la na cama. Espero, no entanto, que essa leve indisposição não tenha consequências. Nessa idade, ainda não se está habituado às desgraças, e a impressão que causam se torna mais viva e mais forte. Essa sensibilidade tão aguçada é, sem dúvida, uma qualidade louvável; mas como tudo o que vemos todos os dias nos ensina a temê-la! Adeus, minha estimada e digna amiga.

Paris, 9 de dezembro de 17**.

CARTA 166

DO SENHOR BERTRAND
À SENHORA DE ROSEMONDE

Senhora,
Em decorrência das ordens que se dignou me transmitir, tive a honra de me encontrar com o senhor presidente de..., e lhe entregar sua carta, prevenindo-o de que, segundo seus desejos, eu só agiria de acordo com seus conselhos. Esse respeitável magistrado me

incumbiu de levá-la a observar que a queixa que pretende registrar contra o senhor cavaleiro Danceny haveria de comprometer igualmente a memória do senhor seu sobrinho e a honra dele seria necessariamente manchada pela sentença da Corte, o que seria, sem dúvida, um grande mal. O parecer dele é, portanto, que não se deve de forma alguma fazer qualquer diligência e, se fosse necessário, seria, ao contrário, para tentar impedir que o Ministério Público tomasse conhecimento dessa infeliz aventura, que já repercutiu mais do que deveria.

Essas observações me pareceram muito sábias e decidi então ficar no aguardo de novas ordens de sua parte.

Permita-me pedir-lhe, senhora, que tenha a bondade, ao me transmitir essas ordens, de acrescentar alguma palavra sobre seu estado de saúde, para o qual receio extremamente o triste efeito de tantos desgostos. Espero que perdoe essa liberdade à minha dedicação e a meu zelo.

Sou, senhora, com respeito, seu, etc.

Paris, 10 de dezembro de 17**.

CARTA 167
DE UM ANÔNIMO
AO SENHOR CAVALEIRO DANCENY

Senhor,
Tenho a honra de alertá-lo de que essa manhã, no tribunal da Corte, foi tratado, entre os senhores procuradores do rei, do caso em que se envolveu com o senhor visconde de Valmont e é de temer que o Ministério Público apresente queixa. Julguei que esse aviso poderia lhe ser útil, seja para que interesse seus protetores para deter essas lastimáveis consequências, seja, caso não o consiga, para que possa tomar medidas para sua segurança pessoal.

Se me permitir um conselho, creio que faria bem se, durante algum tempo, aparecesse menos em público do que tem feito nos últimos dias. Embora geralmente prevaleça a indulgência para esses tipos de assunto, pelo menos esse respeito à lei sempre é devido.

Essa precaução se torna tanto mais necessária por ter me chegado aos ouvidos que certa senhora de Rosemonde, que me disseram ser tia do senhor de Valmont, pretendia apresentar queixa contra o senhor e então o Ministério Público não poderia negar sua requisição. Seria talvez oportuno que o senhor pudesse encontrar alguém que possa falar com essa senhora.

Razões particulares me impedem de assinar essa carta. Mas quero crer que, por não saber de quem vem, não deixará nem por isso de fazer justiça ao sentimento que a ditou.

Tenho a honra de ser, etc.

Paris, 10 de dezembro de 17**.

CARTA 168
DA SENHORA DE VOLANGES
À SENHORA DE ROSEMONDE

Têm-se difundido por aqui, minha prezada e digna amiga, a propósito da senhora de Merteuil, rumores bem surpreendentes e deploráveis. Certamente, estou longe de acreditar neles e poderia muito bem apostar que se trata de uma terrível calúnia; mas sei bem demais como as maldades, mesmo as menos verossímeis, adquirem facilmente consistência e como a impressão que deixam dificilmente se apaga, para não ficar muito alarmada com essas, por mais fáceis que acredite ser destruí-las. Desejaria, acima de tudo, que pudessem ser rapidamente sustadas, antes que se espalhem mais ainda. Mas foi somente ontem, muito tarde, que eu soube desses horrores que mal começam a ser divulgados; e quando, hoje pela manhã, mandei um mensageiro à senhora de Merteuil, ela acabava de partir para o campo, onde deve passar dois dias. Não souberam me dizer para a casa de quem tinha ido. Sua segunda camareira, que mandei chamar, me disse que sua patroa só lhe havia dado ordens para esperá-la na quinta-feira próxima e nenhum dos criados que ela deixou aqui sabe algo mais a respeito. Eu mesma não imagino onde ela possa estar; não me lembro de ninguém, entre seus conhecidos, que permaneça até essa época do ano no campo.

Seja como for, espero que a senhora possa me fornecer, desde agora até o retorno dela, esclarecimentos que possam ser úteis, pois esses odiosos boatos se baseiam em circunstâncias da morte do senhor de Valmont, de que a senhora deverá estar informada se são verdadeiras ou sobre as quais poderá pelo menos se informar com facilidade, o que lhe peço como especial favor. Veja o que se anda divulgando, ou melhor, o que ainda se murmura, mas que certamente não tardará a repercutir com mais força.

Dizem que a briga entre o senhor de Valmont e o cavaleiro Danceny teria sido instigada pela senhora de Merteuil, que enganava igualmente os dois; que, como quase sempre acontece, os dois rivais começaram a brigar e só depois passaram aos esclarecimentos; que estes resultaram numa sincera reconciliação; e, a fim de dar a conhecer ao cavaleiro Danceny quem era realmente a senhora de Merteuil e também para se justificar inteiramente, o senhor de Valmont juntou a todas as suas palavras uma quantidade de cartas, cartas que compunham uma correspondência regular que ele mantinha com ela e em que esta conta sobre si mesma, no estilo mais livre, as mais escandalosas histórias.

Acrescentam que Danceny, em sua indignação inicial, entregou essas cartas a quem quisesse vê-las e agora correm por toda a Paris.

Duas são particularmente citadas:[45] uma em que conta toda a história de sua vida e de seus princípios, e dizem ser o cúmulo do horror; a outra, que inocenta totalmente o senhor de Prévan, de cuja história a senhora deve se lembrar, por conter a prova de que ele nada mais fez, pelo contrário, do que ceder às mais provocantes investidas da senhora de Merteuil e o encontro havia sido combinado com ela.

Felizmente, tenho os mais fortes motivos para crer que essas imputações são tão falsas quanto odiosas. Para começar, nós duas sabemos que o senhor de Valmont não estava certamente interessado na senhora de Merteuil e tenho absoluta certeza de acreditar que tampouco Danceny se interessava por ela; assim, parece demonstrado que ela não pode ter sido nem o objeto nem a autora da desavença. Tampouco entendo que interesse teria tido a senhora de Merteuil, que se supõe ter combinado com o senhor de Prévan, em criar uma situação que só haveria de prejudicar seu prestígio e podia se tornar muito perigosa para ela, visto que, com isso, transformava em inimigo irreconciliável um homem que detinha parte de seu segredo que tinha na época muitos partidários. Mas convém observar que, depois dessa aventura, não houve uma só voz que se elevasse em favor de Prévan e, mesmo da parte dele, não houve reclamação alguma.

Essas reflexões me levariam a suspeitar que é ele o autor dos boatos que correm hoje e de considerar essas perfídias como obra do ódio e da vingança de um homem que, vendo-se perdido, espera por esse meio espalhar, pelo menos, dúvidas e talvez criar uma diversão útil. Mas de qualquer lado que venham essas maldades, o mais urgente é destruí-las. Elas cairiam por si mesmas se fosse possível provar, como deveria ser provável, que o senhor de Valmont e o senhor Danceny não tivessem conversado depois de seu malfadado caso e não houvesse qualquer documento difundido.

Em minha impaciência de verificar esses fatos, enviei essa manhã

---

45   Cartas 81 e 85 dessa coletânea.

um mensageiro à casa do senhor Danceny; ele também não está em Paris. Seus empregados disseram a meu criado que ele havia partido essa noite, em decorrência de um bilhete que havia recebido ontem e seu paradeiro era um segredo. Aparentemente, ele teme os desdobramentos do caso. Só por meio da senhora, minha prezada e digna amiga, é que posso obter os detalhes que me interessam que podem se tornar tão necessários para a senhora de Merteuil. Renovo o pedido de ser informada a respeito o mais breve possível.

P. S. – A indisposição de minha filha não teve nenhuma consequência; pede que eu lhe transmita seus respeitos.

Paris, 11 de dezembro de 17**.

CARTA 169

**DO CAVALEIRO DANCENY
À SENHORA DE ROSEMONDE**

Senhora,
Talvez possa achar bem estranha a iniciativa que ora tomo, mas lhe suplico que me escute antes de me julgar e não veja audácia nem temeridade onde só existe respeito e confiança. Não pretendo dissimular os males que lhe causei e nunca haveria de perdoá-los a mim mesmo se pudesse, por um momento, pensar que tivesse sido possível evitá-los. Esteja mais que certa, senhora, de que, embora me julgue isento de recriminações, não o sou de pesar, e posso acrescentar ainda, com sinceridade, que o pesar que lhe causo contribui em muito para aquele que eu mesmo sinto. Para crer nesses sentimentos de que ouso assegurá-la, deve ser suficiente fazer-lhe justiça e saber que, sem ter a honra de ser seu conhecido, tenho, no entanto, a de conhecê-la.

Mas enquanto lamento a fatalidade que causou ao mesmo tempo seu desgosto e minha desgraça, há quem queira me fazer temer que, ansiosa por vingança, a senhora procura os meios de satisfazê-la até mesmo pela severidade das leis.

Permita-me, antes de tudo, observar, a esse respeito, que nesse ponto sua dor a ilude, visto que meu interesse nesse ponto está essencialmente ligado ao do senhor de Valmont, e ele próprio ficaria envolvido na condenação que a senhora provocasse contra mim. Eu, portanto, acreditaria, senhora, poder contar antes com seu auxílio do que com obstáculos de sua parte nas atitudes que eu pudesse ser obrigado a tomar, a fim de que esse desastroso evento ficasse sepultado no silêncio.

Mas esse recurso de cumplicidade, que convém igualmente ao culpado e ao inocente, não pode bastar para minha consciência: ao desejar afastá-la como oponente, eu a reclamo como meu juiz. A estima das pessoas que respeitamos é preciosa demais para que eu me veja privado da sua, sem defendê-la, e creio ter meios para tanto.

Com efeito, se concordar que a vingança é permitida ou, melhor dizendo, que a devemos a nós mesmos quando fomos traídos no amor, na amizade e, sobretudo, na confiança, se concordar com isso, então meus erros vão desaparecer a seus olhos. Não acredite em minhas palavras, mas leia, se tiver coragem, a correspondência que entrego em suas mãos.[46] A quantidade de cartas que aí se encontra no original parece autenticar aquelas de que só existe a cópia. De resto, recebi esses documentos, exatamente como tenho a honra de lhe repassar, do próprio senhor de Valmont. Nada acrescentei, e subtraí somente duas cartas, que me permiti divulgar.

Uma era necessária para a vingança comum do senhor de Valmont

---

46   Foi com essa correspondência, com aquela entregue por ocasião da morte da senhora de Tourvel e com as cartas confiadas à senhora de Rosemonde pela senhora de Volanges, que foi composta a presente coletânea, cujos originais estão nas mãos dos herdeiros da senhora de Rosemonde.

e minha, a que ambos tínhamos direito e da qual ele me havia expressamente incumbido. Além do mais, julguei que estaria prestando um serviço à sociedade ao desmascarar uma mulher realmente perigosa como é a senhora de Merteuil que, como pode ver, é a única, a verdadeira causa de tudo o que se passou entre o senhor de Valmont e eu.

Um sentimento de justiça me levou também a divulgar a segunda carta para inocentar o senhor de Prévan, que mal conheço, mas que não merecia de modo algum o rigoroso tratamento a que foi recentemente submetido nem a severidade da opinião pública, mais temível ainda, e pela qual vem sofrendo desde então, sem ter como se defender.

A senhora vai encontrar, portanto, somente a cópia dessas duas cartas, das quais devo guardar os originais. Em relação a todas as outras, creio não poder entregar em mãos mais seguras um acervo que talvez me importe não ver destruído, mas do qual me envergonharia abusar. Creio, senhora, ao lhe confiar esses documentos, estar prestando um serviço também às pessoas a quem esses documentos interessam do que se os entregasse diretamente a elas mesmas; e assim as poupo do constrangimento de recebê-los de mim, de saber que estou a par de aventuras que, sem dúvida, elas desejam que todos ignorem.

A propósito, creio dever alertá-la de que essa correspondência anexa não é senão uma parte de uma coleção bem mais volumosa, da qual o senhor de Valmont a extraiu, em minha presença, que a senhora deve encontrar, após a retirada dos lacres, sob o título, que vi, de *Contas em aberto, entre a marquesa de Merteuil e o visconde de Valmont*. Sobre esse assunto, haverá de tomar a decisão que sua prudência lhe sugerir.

Sou, respeitosamente, senhora, etc.

P. S. – Alguns avisos que recebi e os conselhos de meus amigos me convenceram a me ausentar de Paris por algum tempo, mas o local de meu refúgio, mantido em segredo para todos, não o será para a senhora. Se quiser me honrar com uma resposta, peço-lhe que a enderece para a Comendadoria de..., por P..., e aos cuidados do senhor Comendador de... É da residência dele que tenho a honra de lhe escrever.

Paris, 12 de dezembro de 17**.

CARTA 170

**DA SENHORA DE VOLANGES
À SENHORA DE ROSEMONDE**

Tenho andado, minha estimada amiga, de surpresa em surpresa e de desgosto em desgosto. Só quem é mãe pode ter ideia do que sofri durante toda a manhã de ontem; e se minhas mais cruéis inquietações se acalmaram desde então, ainda me resta uma viva aflição, da qual não consigo prever o fim.

Ontem, em torno das dez horas da manhã, surpresa por não ter visto ainda minha filha, mandei minha camareira verificar o que podia estar ocasionando esse atraso. Retornou momentos depois, muito assustada e me assustando bem mais ao me informar que minha filha não se encontrava em seus aposentos e que desde manhã cedo a camareira dela não a havia visto. Imagine minha situação! Mandei chamar todos os meus criados e principalmente o porteiro: todos juraram não saber de nada nem poderem me informar nada sobre o fato. Logo em seguida, me dirigi ao quarto de minha filha. A desordem que nele reinava me revelou que aparentemente só tinha saído pela manhã, mas não encontrei, além disso, nenhuma pista. Vasculhei seus armários, sua escrivaninha; tudo estava no devido no lugar, bem como suas roupas, com exceção da que vestia ao sair. Não havia levado nem sequer o pouco dinheiro que tinha com ela.

Só ontem é que ela ficou sabendo de tudo o que andam dizendo da senhora de Merteuil, à qual é muito apegada; impressionada, passou a noite inteira chorando. Como eu me lembrasse também de que ela não sabia que a senhora de Merteuil estava no campo, minha primeira ideia foi que ela tivesse desejado ver sua amiga e tinha cometido a insensatez de ir para lá sozinha. Mas o tempo, que ia passando sem que ela voltasse, fez renascer todas as minhas inquietações. Cada minuto aumentava meu sofrimento e, embora extremamente ansiosa por notícias, não ousava, no entanto, procurar informações por medo de alardear um fato que mais tarde talvez eu quisesse esconder de todos. Não, nunca sofri tanto em minha vida!

Enfim, já passava das duas horas quando recebi, ao mesmo tempo, uma carta de minha filha e uma da superiora do convento de... A carta de minha filha dizia somente que, temendo que eu me opusesse à sua vocação de se tornar religiosa, não tinha ousado me falar a respeito; o restante não passava de desculpas por ter tomado, sem minha permissão, essa decisão, que eu certamente não haveria de desaprovar, acrescentava ela, se conhecesse seus motivos que, no entanto, me implorava para que não lhe perguntasse quais seriam.

A superiora me dizia que, ao ver chegar uma moça sozinha, de início tinha se recusado a recebê-la; mas que, depois de interrogá-la e de descobrir quem ela era, tinha julgado me prestar um favor oferecendo, primeiramente, abrigo à minha filha, a fim de não expô-la a novas andanças, a que parecia estar determinada. A superiora, ao se oferecer naturalmente a me devolver minha filha, me convida, como era de se esperar, a não me opor a uma vocação, segundo ela, tão determinada; dizia ainda não ter podido me informar mais cedo sobre o ocorrido, por causa da dificuldade que tivera em fazer com que minha filha me escrevesse, pois a ideia da menina era que todos ignorassem o local para onde se havia retirado. O desatino dos filhos é uma coisa realmente cruel!

Fui imediatamente a esse convento; e, depois de me encontrar com a superiora, pedi a esta para ver minha filha que só veio a duras penas e toda trêmula. Falei com ela na presença das religiosas e também a sós; tudo o que pude lhe arrancar, entre muitas lágrimas, é que ela só poderia ser feliz no convento; resolvi permitir que ficasse, mas não ainda como postulante, como ela pedia. Receio que a morte da senhora de Tourvel e a do senhor de Valmont tenham afetado demais essa jovem cabeça. Por mais respeito que tenha pela vocação religiosa, não veria sem pesar e mesmo sem temor minha filha abraçar esse estado. Parece-me que já temos deveres até em demasia a cumprir, sem que seja necessário inventar outros; e ainda, que nessa idade praticamente não sabemos o que nos convém.

O que vem redobrar minhas preocupações é o próximo regresso do senhor de Gercourt; será preciso anular esse casamento tão vantajoso? Como fazer a felicidade de nossos filhos, se não basta para tanto desejá-la e dar-lhe toda a atenção? Eu lhe ficaria muito agradecida se me dissesse o que faria em meu lugar; não consigo tomar nenhuma decisão; não há nada de tão terrível como o ter de decidir o destino dos outros e tenho medo ainda de me valer, nessa circunstância, da severidade de um juiz ou da fraqueza de uma mãe.

Recrimino-me sem cessar por aumentar seus desgostos ao lhe falar dos meus; mas conheço seu coração; o consolo que poderá dar aos outros haverá de se tornar, para a senhora, o maior que jamais possa receber.

Adeus, minha querida e digna amiga; aguardo ansiosamente suas duas respostas.

Paris, 13 de dezembro de 17**.

CARTA 171

DA SENHORA DE ROSEMONDE
AO CAVALEIRO DANCENY

Depois do que me deu a conhecer, senhor, só nos resta chorar e nos calar. Lamentamos estar ainda vivos quando ficamos sabendo de semelhantes horrores; envergonho-me de ser mulher quando se pode ver uma delas capaz de semelhantes excessos.

Eu me prestarei de bom grado, senhor, no que me diz respeito, a deixar no silêncio e no esquecimento tudo o que pudesse se relacionar e trazer consequências a esses funestos acontecimentos. Desejo inclusive que não lhe causem outros desgostos além daqueles que são inseparáveis da infeliz vitória que obteve sobre meu sobrinho. Apesar dos erros dele, que sou obrigada a reconhecer, sinto que jamais vou me consolar por sua perda; mas minha eterna aflição será a única vingança que vou me permitir em relação ao senhor; cabe a seu coração lhe avaliar a extensão.

Se me permite, em minha idade, uma reflexão que não se faz na sua, é que, se tivéssemos clareza sobre o que é a verdadeira felicidade, nunca haveríamos de procurá-la fora dos limites prescritos pelas leis e pela religião.

Pode estar certo de que guardarei fielmente e de bom grado o acervo de documentos que me confiou; mas peço-lhe autorização para não entregá-lo a ninguém, nem mesmo ao senhor, a menos que se torne necessário para sua defesa. Ouso acreditar que não vai se negar a esse meu pedido e que o senhor não vai mais ouvir que, muitas vezes, chegamos a lamentar o fato de nos termos permitido até a mais justa vingança.

Não me detenho em meus pedidos, persuadida como estou de sua generosidade e de sua delicadeza; faria jus a ambas, se me entregasse também as cartas da senhorita de Volanges, que aparentemente conservou e certamente não lhe interessam mais. Sei que essa jovem errou muito em relação ao senhor, mas não acredito que pense em puni-la por isso; e mesmo que fosse apenas por respeito a si mesmo, não haveria de aviltar a quem tanto amou. Não preciso, portanto, acrescentar que a consideração que a filha não merece é pelo menos devida à mãe, essa mulher respeitável, à qual deve, sem dúvida, reparação, pois, enfim, por mais que procurássemos nos iludir com uma pretensa delicadeza de sentimentos, aquele que, por primeiro, tenta seduzir um coração ainda honesto e puro se torna, por isso mesmo, o primeiro fautor de sua corrupção e deverá ser para sempre responsabilizado pelos excessos e desvios que dela decorrem.

Não se surpreenda, senhor, com tamanha severidade de minha parte; ela é a maior prova que posso lhe dar de minha perfeita estima. Fará ainda mais jus a essa estima prestando-se, como o desejo, a guardar ciosamente um segredo cuja revelação causaria danos ao senhor mesmo e levaria a morte a um coração materno que o senhor já feriu. Enfim, senhor, desejo prestar esse favor à minha amiga; e se eu pudesse temer que haveria de me negar esse consolo, lhe pediria para pensar que é o único que o senhor me deixou.

Tenho a honra de ser, etc.

Do castelo de..., 15 de dezembro de 17**.

CARTA 172

DA SENHORA DE ROSEMONDE
À SENHORA DE VOLANGES

Se eu tivesse sido obrigada, minha prezada amiga, a solicitar e aguardar que me mandassem de Paris os esclarecimentos que me pede, relativos à senhora de Merteuil, não me seria possível ainda contentá-la; e, sem dúvida, só os teria recebido de modo vago e incerto. Mas chegaram alguns que eu não esperava e não tinha motivo para esperar; e esses não poderiam ser mais certos. Oh! minha amiga! Como essa mulher a enganou!

Repugna-me entrar em detalhes sobre esse amontoado de horrores; mas asseguro-lhe que, qualquer coisa que se comente a respeito, ainda vai estar muito aquém da verdade. Espero, minha estimada amiga, que me conheça bastante para confiar em minha palavra, sem exigir de mim nenhuma prova. Que lhe baste saber que existe uma multidão delas, que tenho, nesse exato momento, em minhas mãos.

Não é sem extremo pesar que lhe faço o mesmo pedido de não me obrigar a justificar o conselho que me solicita a respeito da senhorita de Volanges. Peço-lhe, em princípio, que não se oponha à vocação que ela mostra. Certamente, não há motivo algum que possa forçar alguém a abraçar esse estado quando a ele não se sente chamado; mas, às vezes, é uma grande bênção que o seja; e pode ver que sua própria filha lhe diz que não a desaprovaria, se conhecesse seus motivos. Aquele que inspira nossos sentimentos sabe melhor que nossa vã sabedoria o que convém a cada um e, muitas vezes, o que parece um ato de sua severidade é, pelo contrário, um ato de sua clemência.

Enfim, minha opinião, que percebo muito bem que vai afligi-la e que por isso mesmo deve acreditar que não a dou sem antes ter refletido muito, é que deixe a senhorita de Volanges no convento, uma vez que foi essa a decisão que ela tomou; que encoraje, em vez de contrariar, o projeto de vida que escolheu para si e que, no aguardo de sua execução, não hesite em desfazer o casamento que havia combinado.

Depois de ter cumprido esses penosos deveres da amizade e na impossibilidade em que me encontro de lhes acrescentar qualquer consolo, resta-me, minha cara amiga, pedir-lhe o obséquio de não me perguntar mais sobre nada que tenha relação com esses tristes acontecimentos; vamos deixá-los no esquecimento que lhes convém. E, sem procurar inúteis e aflitivas luzes, vamos nos sujeitar aos decretos da Providência e acreditemos na sabedoria de seus desígnios, mesmo que ela não nos permita compreendê-los. Adeus, minha prezada amiga.

Do castelo de..., 15 de dezembro de 17**.

CARTA 173

**DA SENHORA DE VOLANGES
À SENHORA DE ROSEMONDE**

Oh! minha amiga! Com que véu assustador envolve o destino de minha filha! E parece recear que eu tente levantá-lo! O que ele me esconde, pois, que possa afligir ainda mais um coração de mãe do que as terríveis suspeitas a que a senhora me entrega? Quanto mais penso em sua amizade, em sua indulgência, mais redobram meus tormentos; vinte vezes, desde ontem, eu quis pôr fim a essas cruéis incertezas e lhe pedir para que me explicasse sem considerações nem rodeios; e cada vez estremeci de medo ao lembrar seu pedido para que eu não a interrogasse. Enfim, detenho-me numa alternativa que ainda me deixa alguma esperança; e espero de sua amizade que não se recuse a me dizer o que desejo: é de me responder se compreendi mais ou menos o que poderia me dizer; de não ter medo de me contar tudo o que a indulgência materna pode abranger e que não é impossível de reparar. Se minhas desventuras excedem essa medida, então consinto em deixar que de fato só se explique com seu silêncio. Aí está, portanto, o que já pude descobrir e até onde podem se estender meus receios.

Minha filha mostrou certa inclinação pelo cavaleiro Danceny e fui informada de que chegou até a receber cartas dele e mesmo a respondê-las; mas eu julgava ter conseguido impedir que esse erro de menina tivesse alguma consequência perigosa. Hoje, quando tenho medo de tudo, percebo que minha vigilância pudesse ter sido burlada e temo que minha filha, seduzida, tenha levado ao cúmulo seus desatinos.

Recordo-me ainda de várias circunstância que podem fortalecer esse temor. Eu lhe contei que minha filha passou mal com a notícia da desgraça ocorrida ao senhor de Valmont; talvez essa sensibilidade tivesse por único motivo a ideia dos riscos que o senhor Danceny havia corrido nesse duelo. Quando, depois disso, chorou tanto ao ficar sabendo de tudo o que se dizia da senhora de Merteuil, talvez aquilo que julguei ser dor de amizade não passasse, de fato, de ciúmes ou de desgosto por saber que seu namorado era infiel. Sua última atitude pode também, ao que me parece, se explicar pelo mesmo motivo. Muitas vezes nos sentimos chamadas por Deus tão somente por nos sentirmos revoltadas contra os homens. Enfim, supondo que esses fatos sejam verdadeiros e a senhora esteja a par deles, poderá, sem dúvida, julgá-los suficientes para fundamentar o rigoroso conselho que me dá.

Se assim fosse, no entanto, ao recriminar minha filha, ainda me sentiria no dever de tentar por todos os meios para poupá-la dos tormentos e dos perigos de uma vocação ilusória e passageira. Se o senhor Danceny não perdeu todo o senso de honestidade, não haverá de se recusar a reparar um erro de que ele é o único autor; e quero crer, enfim, que o casamento com minha filha seja bastante vantajoso para ser do agrado dele bem como de sua família.

Essa é, pois, minha prezada e digna amiga, a única esperança que me resta; confirme-a rapidamente, se isso lhe for possível. Pode imaginar como estou ansiosa por uma resposta sua e que golpe terrível seria para mim seu silêncio.[47]

---

47   Essa carta ficou sem resposta.

Estava para fechar minha carta quando um conhecido meu veio me visitar e me contou a cena cruel que anteontem envolveu a senhora de Merteuil. Como não estive com ninguém nesses últimos dias, não tinha sabido nada desse fato; transmito-lhe o relato tal como o recebi de uma testemunha ocular.

A senhora de Merteuil, ao chegar do campo, anteontem, quinta-feira, se dirigiu à *Comédie Italienne*, onde tem um camarote; estava sozinha e, o que deve ter lhe parecido extraordinário, nenhum homem se apresentou ali durante todo o espetáculo. À saída, segundo seu costume, ela entrou no pequeno salão, que já estava repleto de gente; imediatamente se passou a ouvir um murmúrio, mas do qual ela aparentemente não julgou ser objeto. Percebeu um lugar vago numa das banquetas e ali foi se sentar; mas logo, todas as mulheres que já estavam ali se levantaram, como de comum acordo, e a deixaram absolutamente sozinha. Esse gesto ostensivo de indignação geral foi aplaudido por todos os homens e fez com que os murmúrios redobrassem e, dizem, chegaram até as vaias.

Para que nada faltasse à sua humilhação, quis sua má sorte que o senhor de Prévan, que não se havia mostrado em parte alguma desde aquela conhecida aventura, entrasse nesse exato momento no pequeno salão. Assim que o avistaram, todos, homens e mulheres, se acercaram dele e o aplaudiram; e ele se viu, por assim dizer, carregado até diante da senhora de Merteuil pelos presentes, que formavam um círculo em torno dos dois. Garantem que essa senhora manteve a aparência de quem nada via e nada entendia, de semblante inalterado. Mas creio que é um exagero. Seja como for, essa situação verdadeiramente ignominiosa para ela, perdurou até o momento em que anunciaram sua carruagem; e, à saída dela, redobraram uma vez mais as escandalosas vaias. É horrível para quem é parente dessa mulher. O senhor de Prévan foi, nessa mesma noite, muito bem acolhido por todos os oficiais de seu regimento que ali se encontravam e ninguém duvida de que em breve vão lhe devolver seu posto e sua patente.

A mesma pessoa que me contou isso me disse que a senhora de Merteuil foi acometida, na noite seguinte, por uma forte febre, que de início se julgou ser o efeito da situação degradante em que ora se via. Mas, segundo se sabe, desde ontem à noite, trata-se de varíola e de caráter bem grave. Na verdade, creio que seria uma bênção para ela morrer disso. Comenta-se ainda que todo esse caso talvez lhe cause muitos prejuízos em seu processo, que está prestes a ser julgado e para o qual, assim dizem, ela precisaria de muito favorecimento.

Adeus, minha estimada e digna amiga. Vejo muito bem, em tudo isso, os maus sendo punidos; mas não posso ver nenhum consolo para suas infelizes vítimas.

Paris, 18 de dezembro de 17**.

CARTA 174

**DO CAVALEIRO DANCENY
À SENHORA DE ROSEMONDE**

Tem razão, senhora, e certamente não vou lhe recusar nada do que depender de mim e ao que a senhora parece atribuir algum valor. O pacote que tenho a honra de lhe enviar contém todas as cartas da senhorita de Volanges. Se as ler, talvez não veja sem espanto como se pode aliar tanta ingenuidade a tanta perfídia. Foi, pelo menos, o que mais me impressionou na última leitura que acabo de fazer delas.

Mas, acima de tudo, como não sentir a mais viva indignação contra a senhora de Merteuil, ao lembrarmos com que horrendo prazer ela se empenhou por todos os meios em abusar de tanta inocência e candura?

Não, não sinto mais amor. Não conservo nada de um sentimento tão indignamente traído; não é por ele que tento justificar a senhorita de Volanges. Esse coração tão ingênuo, no entanto, esse caráter tão meigo e tão fácil não teriam se inclinado mais facilmente ainda ao bem do que se deixaram arrastar para o mal? Que outra moça, saindo de um convento, sem experiência e quase sem ideias, e só trazendo ao mundo, como acontece quase sempre, uma total ignorância do bem e do mal; que outra moça teria conseguido resistir a tão criminosos artifícios?

Ah! para ser indulgente, basta pensar em quantas circunstâncias alheias a nós depende a assustadora alternativa da delicadeza ou da depravação de nossos sentimentos. Era correta a meu respeito, senhora, ao julgar que os erros da senhorita de Volanges, que tão intensamente me magoaram, não me inspiram, contudo, nenhuma ideia de vingança. Já é até demais ser obrigado a desistir de amá-la! Haveria de me custar demais odiá-la.

Não precisei de nenhuma reflexão para desejar que tudo o que a ela se refere e que poderia prejudicá-la, permaneça para todo o sempre ignorado por todos. Se dei a impressão de diferir por algum tempo o cumprimento de seu desejo nesse sentido, creio que não preciso lhe ocultar o motivo; eu quis antes ter certeza de que não haveria de ser perturbado pelas consequências desse malfadado caso. Num momento em que implorava sua indulgência ou em que ousava mesmo acreditar ter algum direito a ela, receava dar a impressão de querer negociá-la, de alguma forma, por essa condescendência de minha parte; e, certo da pureza de minhas intenções, tive, confesso, o orgulho de querer que a senhora não pudesse duvidar delas. Espero que me perdoe essa minha maneira de ser, talvez demasiado suscetível à veneração que a senhora me inspira e ao apreço que tenho por sua estima.

O mesmo sentimento me leva a pedir-lhe, como último favor, que tenha a bondade de me dizer se julga que cumpri com todas as obrigações que puderam me impor as infelizes circunstâncias em que me envolvi. Uma vez tranquilo sobre esse ponto, minha decisão está tomada: vou partir para Malta. Lá vou fazer com prazer e cumprir religiosamente votos que vão me separar de um mundo do qual, tão jovem ainda, já tive tanto de que me queixar; enfim, vou procurar desfazer sob um céu estrangeiro a imagem de tantos horrores acumulados, cuja lembrança só poderia entristecer e enfraquecer minha alma.

Sou respeitosamente, senhora, seu humilde, etc.

Paris, 26 de dezembro de 17**.

CARTA 175

DA SENHORA DE VOLANGES
À SENHORA DE ROSEMONDE

A sorte da senhora de Merteuil parece estar, enfim, selada, minha prezada e digna amiga; e de tal forma que seus maiores inimigos se sentem divididos entre a indignação que ela merece e a compaixão que inspira. Eu tinha razão ao dizer que talvez fosse para ela uma bênção morrer dessa varíola. Ela sobreviveu, é verdade, mas terrivelmente desfigurada e, além disso, perdeu um dos olhos. Na realidade, não tornei a vê-la, mas dizem que estava verdadeiramente horrorosa.

O marquês de..., que não perde a oportunidade de proferir uma maldade, dizia ontem, a respeito dela, que a doença a tinha virado ao avesso e que agora sua alma estava estampada em seu rosto. Infelizmente, todos acharam que a expressão cabia perfeitamente.

Outro fato acaba de se somar a suas desgraças e a seus erros. Seu processo foi julgado anteontem e ela o perdeu por unanimidade. Custas, indenizações, juros, restituição dos lucros, tudo foi adjudicado aos menores, de modo que o pouco da fortuna que não estava comprometido no processo, e até mais que isso, foi consumido pelas despesas.

Assim que ela soube dessa notícia, embora ainda doente, tomou providências e partiu sozinha, à noite, e de diligência. Os criados dela dizem hoje que nenhum deles quis acompanhá-la. Acredita-se que tomou o rumo da Holanda.

Essa partida aumentou mais ainda os comentários do que todo o resto, uma vez que ela levou consigo seus diamantes, de considerável valor e que deveriam fazer parte do inventário de seu marido; além da prataria, joias, enfim tudo o que pôde e que deixa atrás de si quase 50 mil libras de dívidas. Uma verdadeira bancarrota.

A família deve se reunir amanhã para tentar entrar em acordo com os credores. Embora seja parenta bem afastada, eu me ofereci para contribuir, mas não vou estar presente nessa assembleia, pois devo assistir a uma cerimônia ainda mais triste. Minha filha, amanhã, toma o hábito de postulante. Espero que não vá esquecer, minha prezada e boa amiga, que, nesse grande sacrifício que faço, não tenho outro motivo para me sentir obrigada a isso que o silêncio que a senhora manteve comigo.

O senhor Danceny deixou Paris há cerca de quinze dias. Dizem que vai para Malta, onde pretende se estabelecer. Haveria ainda tempo, talvez, para retê-lo?... Minha amiga!... minha filha é, portanto, realmente culpada!... Vai perdoar talvez a uma mãe por só se render com dificuldade a essa terrível certeza.

Que fatalidade se desencadeou, portanto, em torno de mim de uns tempos para cá e me golpeou naqueles que me são mais caros! Minha filha e minha amiga!

Quem deixaria de estremecer ao pensar nas desgraças que uma única relação perigosa pode causar! E quanto sofrimento não se poderia evitar refletindo melhor a respeito! Que mulher não haveria de fugir diante das primeiras palavras de um sedutor? Que mãe poderia, sem tremer, ver qualquer pessoa, além dela própria, falar com sua filha? Mas essas reflexões tardias só ocorrem depois dos fatos; e uma das mais importantes verdades, como também, talvez, uma das mais geralmente reconhecidas, fica sufocada e sem serventia no turbilhão de nossos inconsequentes costumes.

Adeus, minha estimada e digna amiga; sinto, nesse momento, que nossa razão, tão insuficiente já para prevenir nossos infortúnios, o é mais ainda para deles nos consolar. [48]

Paris, 14 de janeiro de 17**.

---

48   Razões particulares e considerações que sempre haveremos de respeitar nos forçam a parar por aqui.
     Não podemos, nesse momento, dar ao leitor a sequência das aventuras da senhorita de Volanges nem lhe revelar os sinistros acontecimentos que coroaram as desgraças da senhora de Merteuil ou que lhe completaram a punição.
     Talvez algum dia nos será permitido concluir essa obra, mas não podemos assumir qualquer compromisso a respeito e, mesmo que pudéssemos, ainda assim haveríamos de acreditar ser nosso dever consultar previamente a opinião do público, que não tem os mesmos motivos que os nossos para se interessar nessa leitura (Nota do editor).

Impressão e Acabamento
Gráfica Oceano